▸ Schade um Italien!

Die Andere Bibliothek
Herausgegeben
von Hans Magnus Enzensberger

Giacomo Leopardi
Giuseppe Prezzolini
Vitaliano Brancati
Pier Paolo Pasolini
Alber

Schade um Italien!

Zweihundert Jahre Selbstkritik

Ausgewählt, eingeleitet und übersetzt
von Anselm Jappe

Francesco De Sanctis
Fabio Cusin
iovanni Ansaldo
Ennio Flaiano
Giovanni Papini
Leonardo Sciascia
rbasino

Eichborn Verlag
Frankfurt am Main 1997

ISBN 3-8218-4149-4

Anselm Jappe
Italia docet
oder Tua res agitur

Un paese normale – »Ein normales Land«. Wenn die mitgliederstärkste Partei eines Landes nach fünfzig Jahren zum ersten Mal offiziell an die Regierung darf, steht zu vermuten, daß sie ein besonders begeisterndes Programm aufgestellt hat. So war es in gewisser Weise auch. Dem Wahlsieg war ein Bestseller vorausgegangen: in kurzer Zeit waren mehr als hunderttausend Exemplare eines Buches ihres Vorsitzenden verkauft worden, das sich bescheidenerweise *Ein normales Land* nennt, Untertitel: »Ein Regierungsprogramm«. Von einem Land, dessen gesellschaftliche Verhältnisse so sind, daß sich seine Bewohner nichts sehnlicher als ein bißchen »Normalität« wünschen, kann man wohl sagen, daß es schade um es ist. Schade um Italien.

Die Italiener sind unzufrieden mit dem Land, in dem sie leben. Schwer vorstellbar in England, daß die größte Dichtung des Landes aus einem Strafgericht über die Nation besteht und diese eine »Schmerzensstätte«, »Schiff ohne Bootsführer im großen Sturm« und »Bordell« nennt, wie es die *Göttliche Komödie* tut; ausgeschlossen in Frankreich, daß Sätze wie »Da sieht man mal wieder, daß wir in Frankreich sind« oder »Typisch französisch« stets etwas Negatives bedeuten, wie die entsprechenden Sätze in Italien. Und dieses Unbehagen ist nicht nur einzelnen Mißständen geschuldet, einer schlechten

Regierung, der Unterdrückung einer Klasse durch eine andere, den Übergriffen eines Landesteils auf die anderen. Klagen solcher Art, bei denen die Schafe säuberlich von den Böcken geschieden werden können, gibt es auf der ganzen Welt. Aber in Italien scheint fast jeder das Gefühl zu haben, an einem Ort zu leben, wo fast alles schlechter ist als nötig und jedenfalls schlechter als in jenen Ländern, an denen Italien sich mißt. Für die Italiener ist das ein unerschöpfliches Gesprächsthema; und alle müssen zugeben, daß ein jeder zu den Mißständen auf seine Weise beiträgt. Es sind also ihre eigenen »Sitten«, die den Italienern mißfallen, oder, wenn man diesen moderneren Ausdruck vorzieht, ihr eigenes »kulturelles Modell«. Ähnlich vielleicht manchen Deutschen und vielen Russen, und anders jedenfalls als die Franzosen oder Engländer, sind die Italiener von der Existenz »anthropologischer« oder »systemischer« Übel in ihrem Land überzeugt. (Es fällt übrigens auf, daß die Neigung zur Selbsterforschung und -kritik besonders ausgeprägt ist in jenen Ländern – Deutschland, Italien, Rußland –, die als erste moderne totalitäre Regime entwickelt haben. Könnte das mit einer tiefsitzenden Unsicherheit zu tun haben? Die Bollwerke der liberalen Demokratie waren hingegen die von ruhigem Selbstvertrauen, von *assurance* und *self-confidence* geprägten Länder wie Frankreich und vor allem England.) Natürlich fehlte es in Italien nicht an gedungenen und freiwilligen Barden, die das Italienersein als Krone der Schöpfung priesen, aber ernstgenommen haben ihre Landsleute meist nur diejenigen, die das weitverbreitete Gefühl artikulierten, es sei eher ein ausgesprochenes Unglück, ausgerechnet zwischen dem Brenner und Syrakus zur Welt zu kommen. »Warum die Italiener sich verachten«, lautet der Titel eines vor wenigen Jahren veröffentlichten Aufsatzes (allerdings hassen sie sich nicht). Niemand widerspricht denen, die mit oft geradezu masochistischer Freude unterstreichen, daß Mißstände wie die »typisch italienischen« zwar auch anderswo vorkommen, aber nirgendwo alle zusammen und in solcher Ausprägung. (Allerdings liebt man die Kritik nur en famille. Sobald ein Ausländer auch nur einen Bruchteil von dem wiederholt, was er die Italiener selbst hat sagen hören, ist die Entrüstung eher noch größer als anderswo.) Die hier versammelten elf Schriftsteller sind also durchaus keine Außenseiter, sondern machen einem kollektiven Unmut Luft; und tatsächlich ist niemand von ihnen für diese Schriften angefeindet worden.

Ein »kulturelles Modell« im Sinne der Kulturanthropologie ist etwas, was hinter dem Rücken der Menschen entsteht und sich über ihre Köpfe hinweg durchsetzt; es ist eine Form dessen, was Marx »Fetischismus« und Durkheim »fait social« nannten. Das »kulturelle Modell« ist freilich keine statische Größe, sondern heute die spezifische Art und Weise, in der jedes Land auf die Modernität und ihre verschiedenen Durchsetzungsschübe reagiert. Diese Art und Weise etwas näher zu betrachten, wird nicht nur helfen, die in den Beiträgen dieses Buches beschriebenen »italienischen Defekte« in ihren Zusammenhang einzuordnen, sondern auch einiges über die Modernität selbst sagen. Immerhin kann so auch die Frage beantwortet werden, warum die Italiener bei aller Unzufriedenheit so wenig an ihrem kulturellen Modell geändert haben. Könnte das auf verborgene »sekundäre Vorteile« – wie man in der Psychologie sagt – der italienischen Anomalien hinweisen? Außerdem wird so vermieden, daß der deutsche Leser sich voreilig beruhigt oder gar schadenfroh zurücklehnt und denkt, die italienischen

Übel würden ein so fortgeschrittenes Land wie das seine nie betreffen können. Die Geschichte hat sich wieder in Bewegung gesetzt, die Zeichen stehen auf Sturm und überall fängt der Notstand an, sich als Regel zu etablieren. Eine »Italienisierung« der Zustände könnte dann ein Teil des Problems, aber auch ein Teil der Lösung sein, nämlich als vorläufige Gegenstrategie. Sollte also der deutsche Leser pharisäisch die Achseln zucken über die Zustände Italiens oder sich optimistisch dabei beruhigen, daß in Deutschland die Sachen noch lange nicht so schlimm stehen, so muß man ihm zurufen: Tua res agitur.

Während die meisten Deutschen bei »Italien« erst einmal an Goethes »Kennst du das Land, wo die Zitronen blühn« denken, schrieb Ende des vorigen Jahrhunderts der italienische Epigrammatiker Massimo Rapisardi dazu die Variante: »Conosci tu il paese degli aranceti – dove su cento abitanti, settanta sono analfabeti – conosci tu il paese dell'aure profumate – dove le rondini si ricevono a fucilate?« (Kennst Du das Land der Orangenhaine – Wo von hundert Bewohnern siebzig Analphabeten sind – Kennst Du das Land der süßen Lüfte – Wo man die Schwalben mit Flintenschüssen empfängt?) Wer also bittere Wahrheiten über Italien wissen will, braucht nur die Italiener selbst zu fragen. Auf das Urteil der ausländischen Beobachter hingegen ist im Fall Italiens besonders wenig zu geben, da die Bewohner kaum eines anderen Landes so wenig objektive Urteile hervorgerufen haben. Projektionsfläche romantischer Sehnsüchte für die einen, Saustall für die anderen, und manchmal auch beides gleichzeitig: an diesen Klischees hat sich nichts geändert seit der Mitte des 18. Jahrhunderts. Aber dafür gibt es kaum ein zweites Volk, das, wenn schon nicht so objektiv – das läßt sich schwer entscheiden –, zumindest so schlecht von sich denkt wie das italienische, von seinen größten Dichtern bis zum »Mann auf der Straße«. Deshalb erscheint es besonders angebracht, den unmittelbar Betroffenen das Wort zu geben, um etwas über die Kehrseite der Medaille zu erfahren. Allerdings nicht ohne daran zu erinnern, daß die Italiener, wenn sie das wohl selbstkritischste Volk der Welt sind, deswegen noch nicht unbedingt das tatsächlich kritikwürdigste sind. Sicher ist nur, daß sie am wenigsten dazu neigen, ihre Schattenseiten zu verbergen, auch weil das immerhin die eigene Eitelkeit befriedigt. Es ist, meint man in Italien, immer noch besser, durch seine Fehler hervorzustechen, als niemand zu sein.

Giacomo Leopardi war nicht nur einer von Italiens größten Dichtern, sondern auch einer seiner schärfsten Denker und besten Beobachter. Wer trotz der etwas verschlungenen Syntax und den gelegentlichen Abschweifungen die vom Autor nicht zur Veröffentlichungsreife gebrachte *Abhandlung über den gegenwärtigen Zustand der Sitten der Italiener* (1824) aufmerksam durchliest, wird nicht nur erstaunliche einzelne Bemerkungen finden wie die, daß »jeder Italiener beinahe gleichermaßen geehrt und entehrt« sei, oder den Satz von der »Lebhaftigkeit des italienischen Charakters, die sie die Schauspiele und anderen Sinnesgenüsse den eigentlich geistigen Genüssen vorziehen läßt und sie zur reinen Vergnügung ohne jede geistige Anstrengung antreibt«, der nach genau 170 Jahren einen besseren Kommentar zum Wahlsieg eines Rattenfängers abgab als alle Analysen in den Zeitungen. Vor allem wird der Leser eine Grundthese finden: Italien ist kein rückständiges Land wie das Spanien oder Rußland des 19. Jahrhunderts, die noch einen gewissen Halt in dem naiven Glauben an die traditionellen Werte besaßen, sondern es hat voll und ganz an der *pars destruens* der Aufklärung teilgenommen; alle Illusionen sind zerstoben. Aber anders als Frankreich, England oder Deutschland hat Italien nicht von der *pars construens* der Aufklärung profitiert. Ohne die Vorzüge des Alten und ohne die Vorzüge des Neuen ist niemand illusionsloser und zynischer als der Italiener, der mehr als alle anderen die Leere des Daseins verspürt. Soweit Leopardi. Auf seine Weise, die mehr auf moralische und existentielle Faktoren achtet als auf geschichtliche im engeren Sinne, hat er so die Eigenart der italienischen Modernität herausgestellt: die Auflösung der vorbürgerlichen, archaischen, »naturwüchsigen« (Marx) gesellschaftlichen Bindungen (wobei Leopardi sie hauptsächlich bei den Oberschichten seiner Zeit feststellte, so wie 150 Jahre später Pasolini bei den Unterschichten seiner Epoche), ohne daß diese, wie es anderswo geschah, ersetzt wurden durch eine entwickelte bürgerliche Gesellschaft und die Verinnerlichung neuer Normen. An ihre Stelle trat ein Drittes, eine oft nur rein negative Moderne, die gerade das spezifisch Mißliche der italienischen Zustände ausmacht und sich auf immer weitere Bereiche der Gesellschaft ausgedehnt hat. Der seit Leopardis Zeiten größte Schub in dieser Hinsicht waren wohl die sechziger und frühen siebziger Jahre, von denen uns Flaiano, Pasolini und Arbasino erzählen. In Italien spricht man von der Abwesenheit einer »Zivilgesellschaft« (nicht zufälligerweise kommt das im Deutschen nicht so recht wiederzugebende Wort »civile« bei mehreren Autoren dieser Anthologie vor) im Sinne einer Reihe von effektiv garantierten Bürgerrechten. Natürlich gelten formell die Gesetze und Regeln der modernen bürgerlichen Gesellschaft. In Wirklichkeit jedoch richtet sich das Leben in Italien zu einem großen Teil nach anderen Regeln, die keinesfalls einfach die vorbürgerlichen sind, sondern einen eigenen Charakter haben, den man eher als postmodern bezeichnen könnte. Dieses Nebeneinander zweier Regelsysteme, eines geschriebenen und eines ungeschriebenen, bestimmt den Alltag wie das geschichtliche Leben Italiens. Gelegentlich stoßen diese parallelen Welten dann zusammen, bei den seit Jahren andauernden Offensiven der Justiz gegen die Korruption (»mani pulite«) so gut wie im alltäglichen Fall des Autobusfahrers, der nicht einfach um das an der Haltestelle geparkte Auto herumfährt, sondern auf seinem Abfahren beharrt und darum von dessen Fahrer verprügelt wird.

Das italienische kulturelle Modell beruht auf einem brutalen Realismus (der oft als der »Zynismus« der Italiener beschrieben wird), einer jederzeitigen Anerkennung der gegebenen Kräfteverhältnisse. Die Spannung zwischen Sein und Sollen, zwischen der Wirklichkeit und ihrem Anspruch, wird zwar vermerkt und gibt Anlaß zum Schimpfen und Klagen, aber statt zu Verbesserungsversuchen führt sie zur Bemühung, für sich selbst eine unmittelbare Lösung zu finden. Als einziges Ziel gibt das ungeschriebene Regelsystem das Überleben des gesellschaftlichen Atoms um jeden Preis vor, besonders in seiner erweiterten Form als Familie oder Korporation. (Der Schriftsteller Leo Longanesi meinte, die italienische Flagge solle in ihrer Mitte die Inschrift »Ich habe Frau und Kind« tragen.) »Nichts ist wahr, alles ist erlaubt«, könnte der erste Artikel dieses parallelen Gesetzbuchs sein, das mindestens die Hälfte der Italiener aufs Wort befolgen. Für Prinzipien bleibt da nicht viel Raum, und der Gerechtigkeit bringt man nur Lippenbekenntnisse entgegen. Vollendete Tatsachen werden fast immer anerkannt, ohne daß dabei nach Recht oder Unrecht gefragt würde. Die

Proteste gegen den Mangel an Zivilgesellschaft sind im allgemeinen nur verbal; wenn jemand wirklich auf der Erfüllung der »offiziellen« Regeln besteht, wird er als Naivling belächelt. Wer den kürzeren gezogen hat, auch wenn ihm dabei Unrecht geschah, resigniert meist und versucht, sich irgendwo anders schadlos zu halten (die »ausgleichende Ungerechtigkeit«, von der Prezzolini spricht). Sowohl sture Prinzipienreiterei und Rechthaberei als auch nobles *fiat justitia pereat mundus* stoßen in Italien auf geringes Verständnis.

Diese weitgehende Abwesenheit von verinnerlichten ethischen Regeln hängt damit zusammen, daß Italien vom Katholizismus vor allem die Barmherzigkeit, die Beichte, die Absolution und den Ablaß übernommen hat. (Die Inquisition hingegen hat in Italien nie große Bedeutung erlangt.) Die daraus sich ergebende geringe Neigung zu Schuldgefühlen, Gewissenskonflikten, Reue und Scham sowie die Dreistigkeit (die *faccia tosta*) beim Durchsetzen der eigenen Interessen erschweren jeden Versuch, Übel an der Wurzel anzugehen. Aber gleichzeitig garantieren sie das Minimum an Harmonie, ohne die eine Gesellschaft nicht leben könnte, der es an Konfliktmaterial wahrlich nicht fehlt. Wenngleich dieses Klima der Straflosigkeit hauptsächlich denjenigen zugute kommt, die sich mit dem Ellenbogen durchzusetzen vermögen, so ist doch die Angewohnheit, nicht bei allem, was nicht so ist, wie es sein soll, sofort zu versuchen, den Schuldigen festzustellen, wohl einer der Gründe, warum die Italiener – dem Urteil der Ausländer zufolge – im Alltag meistens freundlicher und nachsichtiger sind als etwa Franzosen oder Deutsche, die sich sofort »auf den Schlips getreten« fühlen, obwohl sie oft in leichter zu ertragenden Umständen leben. Der einzelne identifiziert sich in

Italien weniger mit von oben verordneten Regeln, um dann dem anderen gegenüber damit aufzutrumpfen; er ist nicht ständig geradezu auf der Suche danach, seine Mitmenschen bei einem Verstoß zu ertappen. Nicht immer ist es dabei leicht, zwischen einer heilsamen Disziplinlosigkeit unter Gleichen und dem bloßen Recht des Stärkeren zu unterscheiden. Die oft eisernen und hochkomplizierten ungeschriebenen Gesetze, deren Unkenntnis sofort den »blöden Ausländer« verrät (und das kann auch ein Italiener aus einer anderen Region sein), sind meistens Privilegien, und zwar zugunsten der bereits Privilegierten. Aber auch die geschriebenen Gesetze sind keineswegs einfach außer Kraft gesetzt, sondern es ist eine ganze Wissenschaft zu begreifen, wann, wie, wo, mit wessen Erlaubnis und zu welchem Preis man sich über welche von ihnen hinwegsetzen darf.

Die »inoffiziellen« Regeln sind die einer stark hierarchischen Gesellschaft, mit der aber im Grunde die meisten Italiener einverstanden sind. Wie der Esel zwecklos hinter der vor ihm aufgehängten Mohrrübe herläuft, so rennen die Bürger Italiens hinter der Idee her, *signori,* Herren sein zu können. Eine unausgesprochene Utopie durchzieht die italienische Gesellschaft: nur aus *signori* zu bestehen. Nicht so sehr um den Wohlstand geht es, sondern um den Rang, das hierarchische Privileg. Das ist verständlich bei Personen, die an der Spitze der Gesellschaftspyramide stehen oder zumindest die Hoffnung haben, sich ihr nähern zu können – aber es mutet reichlich seltsam an, daß auch alle anderen dem so begeistert zustimmen. Wohlstand für alle ist noch vorstellbar, aber es ist ein Paradox, wenn *alle* eine Gesellschaft aus wenigen *signori* wollen, in der definitionsgemäß der größte Teil auf den Rang der Plebejer beschränkt bleibt. Stärker als diese Einsicht ist indes die Überzeugung, zu den wenigen Glücklichen zählen zu können, oder die Fähigkeit und der Wille, sich in diesem Sinne Illusionen zu machen. Wirklich erstrebt wird nicht der materielle Reichtum, sondern *signori* zu sein; lieber eine Stunde im Mercedes brauchen als zehn Minuten in der U-Bahn. Vergeblich bleibt die Erfahrung, daß ein großes Auto zu besitzen nicht bedeutet, zu den *signori* zu zählen, wenn alle eins besitzen (auf Raten gekauft), und daß die Kinder nicht *signori* werden durch ein Hochschulstudium im Zeitalter der Massenuniversität. Oft genug begnügt man sich auch mit dem Anschein: nach neun Uhr abends sieht man in den öffentlichen Verkehrsmitteln nur Touristen, Eingewanderte aus der Dritten Welt und Randfiguren. Der Italiener bleibt eher zu Hause, als daß er mit dem Autobus zum Kino führe. Das macht die Versuche zur Rettung der italienischen Städte vor dem Verkehr so zwecklos: es handelt sich nicht um ein praktisches Problem. In der Straßenbahn oder zu Fuß sind alle gleich, *horribile dictu.*

Die mangelnde Bereitschaft der italienischen gesellschaftlichen Atome, sich in irgendeiner übergeordneten Instanz zu »entfremden«, bringt genauso den Krankenpfleger hervor, der die für die Kranken bestimmte Milch einfach mit nach Hause nimmt, wie den italienischen Soldaten, der nicht einsieht, was er davon haben soll, weit entfernt lebende Leute in ihrer Heimat zu belästigen, und der Italien seit der Einigung so gut wie alle Kriege hat verlieren lassen, sogar die gegen Griechenland und Abessinien. Sie bringt den Politiker hervor, dessen letzter Gedanke das »Gemeinwohl« ist, hat aber dem Land andererseits ideologischen Fanatismus und Bürgerkriege erspart und trug zum Unterschied zwischen Faschismus und Nazismus bei.

Aber wenn Italien seit langem an einen Kapitalismus ohne Zivilgesellschaft gewöhnt ist, bedeutet das unbedingt Rückständigkeit? Beeinträchtigen die italienischen Übel notwendigerweise die Funktionsfähigkeit des kulturellen Modells – vor allem heute, wo das, was der Kapitalismus an »zivilisatorischen Errungenschaften« vielleicht hervorgebracht hatte, überall wieder zurückgenommen wird und der selbstzerstörerische Kern dieser Gesellschaftsform ans Licht tritt?

Die meisten italienischen und ausländischen Beobachter führen die Schattenseiten der italienischen Gesellschaft auf ihre ungenügende Modernität zurück. Für sie ist der Fall klar: Italien ist immer ein rückständiges, durch eine feudale Erbschaft und parasitäre Schichten belastetes Land geblieben, das sich nie wirklich modernisiert noch den Wohltaten der liberalen Demokratie und des freien Marktes, der »Zivilgesellschaft« und des Staatssinnes geöffnet hat. Aber wenn man den Kräften des demokratischen Kapitalismus, der die nördlichen Länder reich und glücklich gemacht hat, erlauben würde, auch in Italien zu wirken, würden dort die »typisch italienischen« Mißstände bald auf ein Niveau sinken, das vergleichbare Mißstände auch in Dänemark aufweisen. In dieser Analyse stimmen linke und rechte Autoren weitgehend überein, obwohl sie sehr unterschiedlicher Ansicht darüber sind, welches System das Land bräuchte: für die einen ist es das sozialdemokratisch-keynesianische, für die anderen das liberistische. Dementsprechend gehen die Meinungen darüber auseinander, wer denn nun die Feinde der Modernität sind. Aber es wird immer davon ausgegangen, daß die von einem Gruppenegoismus verursachten Schäden – meistens wird die Schuld einer Bourgeoisie gegeben, die unfähig sei, ihre historische

Rolle zu spielen, andere schreiben sie den Gewerkschaften zu und noch andere dem Katholizismus – Italien daran gehindert haben, voll und ganz zu den modernen Nationen aufzuschließen.

Solche Interpretationen fassen die Moderne als ein statisches Modell auf, entsprechend dem »idealtypischen« Kapitalismus Englands oder der USA. Im Italien von 1861 – Zeitpunkt seiner nationalen Einigung – wie im heutigen Rußland geht es angeblich nur darum, dieses Modell, das »richtige« Modell, anzuwenden. In der kapitalistischen Weltwirtschaft, die auf der Konkurrenzlogik beruht und in der die Gewinne des einen notwendigerweise die Verluste des anderen sind, hängt die politische und wirtschaftliche Lage eines Landes aber hauptsächlich davon ab, wann und in welchem Zustand es den Weltmarkt betreten hat. Je später ein Land sich auf den Wettbewerb einläßt, desto schneller muß es den Rückstand aufzuholen versuchen. Die Sowjetunion, die alles auf die Karte des staatlichen Dirigismus setzte, stellt, nach anfänglichen Erfolgen, das kolossalste Scheitern auf diesem Gebiet dar. Die Länder der Dritten Welt haben nie auch nur anfangen können, am Weltmarkt teilzunehmen. Italien hingegen bietet ein beinahe einzigartiges Beispiel einer gelungenen nachholenden Modernisierung. Es war das letzte Land, das es noch vermocht hat, sich der Spitzengruppe der industrialisierten Länder anzuschließen, und diese Position des letzten unter den ersten hat es bis heute beibehalten. Diese Leistung ist alles andere als eine Selbstverständlichkeit. Wenn man die Anklagen liest, die um die Jahrhundertwende einige Zeitgenossen dem damaligen Regierungssystem Italiens entgegengeschleudert haben, dann begreift man nur dank den Namen der an den Pranger gestellten Personen, daß es sich nicht um Schriften von heute handelt. Nichts scheint sich in hundert Jahren gebessert zu haben. Aber ein Land, das nach hundert Jahren immer noch an denselben Gebrechen leidet, müßte doch eigentlich längst auf dem Misthaufen der Geschichte gelandet sein – und statt dessen hat Italien auf beeindruckende Weise aufgeholt gegenüber den reichen Ländern. Die Modernisierung und die Mängel, welche die Moderne abschaffen sollte, schließen einander offenbar nicht unbedingt aus.

Vom Standpunkt der kapitalistischen Entwicklung aus hat das italienische Modell, mit all seinen Defekten, Erfolg gehabt, wo andere gescheitert sind. So kommt die Frage auf, ob die italienischen Mißstände und die weiterhin bestehenden archaischen Züge nicht vielmehr spezifische Mittel des italienischen Weges zur Moderne ausmachen; ob Italien nicht vielleicht *trotz*, sondern vielmehr *dank* seiner Schattenseiten zum Erfolg gelangt ist. (Das rechtfertigt natürlich keineswegs die angewandten Mittel, sondern wirft ein düsteres Licht auf ein Ziel, das solche Mittel nötig macht.) So würde sich das Rätsel lösen, über das sich schon so viele italienische und ausländische Beobachter den Kopf zerbrochen haben: wie ist es möglich, daß Italien immer in einer verzweifelten Lage schwebt und es doch immer weitergeht? Und nachdem es Italien gelungen ist, voll am fordistischen Wirtschaftswunder teilzunehmen, scheint es noch viel mehr im Einklang mit der neuen, »postmodernen« Phase der Weltwirtschaft zu stehen, die im Zeichen der *Deregulation*, der Spekulation und dem Kampf bis aufs Messer in den immer enger werdenden internationalen Märkten steht. Das bedeutet nicht, daß Italien zwangsläufig seine Stellung gegenüber den anderen Ländern verbessern wird (denn dabei spielen noch viele andere Faktoren eine Rolle);

aber es bedeutet sicher, daß die ganze Welt Italien immer ähnlicher wird. Den Plänen für ein »normales Land« ist es dann beschieden, noch lange Traum zu bleiben in einer Welt, die jeden Tag weniger »normal« wird.

Bereits am Anfang des 18. Jahrhunderts bewies einer der ersten Verteidiger des entstehenden Kapitalismus, Bernard de Mandeville, in seiner *Bienenfabel*, daß viele private Laster öffentliche Wohltaten sind. Italien zeigt, wie ein Wirtschafts- und Gesellschaftssystem auch unter keineswegs idealen Umständen überleben kann, und zwar nicht nur trotz, sondern sogar aufgrund seiner »Laster«. Die in Italien erworbenen Erfahrungen in der Kunst, unter schwierigsten Bedingungen zu überleben, indem man aus seinen Schwächen Stärken macht, sind äußerst wertvoll, wenn die globale Wetterlage jeden Tag unsicherer wird. Das »Modell Deutschland«, von dem in den siebziger Jahren soviel gesprochen wurde, stellte den Höhepunkt der fordistischen Modernität dar und kann nur unter optimalen Bedingungen funktionieren; deshalb ist es nicht exportierbar und gerät auch in seiner Heimat in Schwierigkeiten, sobald sich die Umstände verschlechtern. Das »Modell Italien« hingegen ist für alle Länder im Osten und Süden geeignet und in wachsendem Maße auch für die hochindustrialisierten Länder selbst. Italien ist immer wieder ein Laboratorium für die Entwicklung neuer Herrschaftstechniken gewesen: von der zehn Jahre vor der deutschen erfolgten nationalen Einigung und der Erfindung des Faschismus (»Italia docet«, frohlockten damals viele reaktionäre Kreise in Deutschland, und nicht vergeblich), über die Verzahnung von Mafia und Staatsapparat und die Benutzung des Terrorismus, um einen außer Kontrolle geratenden Massenprotest zu stoppen, bis hin zur

Entwicklung neuer, auf flexiblen Kleinbetrieben beruhenden dezentralisierten Produktionsweisen, der Entdeckung des Privatfernsehens als Sprungbrett zur politischen Macht und dem Rezept eines durch hohe Defizite und hohe Inflation, Schattenwirtschaft und staatliche Subventionen hervorgerufenen Wirtschaftswachstums, das in den Ländern Osteuropas bereits fleißig angewendet wird. (Übrigens sind auch Spanien und Griechenland, seit dort die Demokratie eingeführt worden ist, Italien immer ähnlicher geworden.)

Aber mit seinem ganzen Habitus, mit seinen »anthropologischen« Lastern und Tugenden scheint Italien nur allzu gut für die Herausforderungen der Zukunft gerüstet. Flexibilität und Improvisationsfähigkeit, vorurteilsloser Realismus und Kompromißbereitschaft, Kombination modernster und archaischer Züge, Erfahrung im Umgehen rechtlicher Hindernisse und der Besitz von Techniken, die es erlauben, mit geringem Aufwand alle Oppositionen zu neutralisieren und dabei trotzdem die demokratische Fassade aufrechtzuerhalten: in der postmodernen Epoche nützt all das viel mehr als die »protestantische Ethik« und die traditionellen Tugenden, die den klassischen Kapitalismus auszeichneten. Daß Nachteile der italienischen Art nunmehr beginnen, sich als Vorteile im globalen Wettbewerb herauszustellen, ist auch bezeichnend dafür, was aus dieser Modernität geworden ist, die so viele hartnäckig als ein unbewegliches Ziel auffassen wollen, das zu erreichen allen Ländern früher oder später beschieden sei. Italien hat schon seit langem jene permanente Unsicherheit vorweggenommen, die sich heute überall ausbreitet. Nunmehr müssen auch in den wohlgeordnetsten Ländern die Regierenden und die Regierten mit viel Mühe die Tugenden des »Sichdurchschlagens« (für das es nicht zufälligerweise viele Synonyme im Italienischen gibt) erlernen, die vor ein paar Jahrzehnten häßliche Laster von Unterentwickelten schienen. Nicht der berühmte – auch in Italien oft als Modell beschworene – ehrliche, fleißige und gründliche Nordeuropäer scheint heute überlebensfähig, sondern der sprichwörtliche Neapolitaner, der sofort zur Stelle ist, um Regenschirme zu verkaufen, wenn es in der Sahara alle fünfzig Jahre einmal regnet. Welche Aufregung, was für Empörung, wieviel Verzweiflung in Frankreich oder Deutschland, wenn die Sozialleistungen gekürzt werden oder die Arbeitslosenzahl steigt, und wieviel Hilflosigkeit seitens derer, die alles von einem öffentlichen System erwarteten, auf dessen Zukunft jetzt keiner mehr setzen würde! Werden sie bald die Bewohner eines Landes beneiden, in dem trotz Rekordarbeitslosigkeit und dem Fehlen einer allgemeinen Arbeitslosenunterstützung oder von Sozialhilfe noch niemand verhungert ist?

Das italienische Sprichwort »Jeder haut den andern übers Ohr, und so haben alle zu leben« konnte archaisch wirken im Zeitalter des Wohlfahrtsstaates und der Überflußgesellschaft, aber im Grunde ist es nichts anderes als das klassische Prinzip der »unsichtbaren Hand« (jeder denkt nur an den eigenen Vorteil, und doch gehen am Ende die gesellschaftliche Harmonie und der Wohlstand für alle daraus hervor), das die Grundlage der Marktwirtschaft vor allem in ihrer liberistischen Spielart bildet. Nicht, daß das Profitprinzip in Italien herrscht, ist erstaunlich, sondern wie sehr es sich dabei um den *individuellen* und *unmittelbaren* Gewinn handelt. Die Hauptaufgabe der Regierung, jeder Regierung, in Italien ist es weniger, die Interessen dieser oder jener gesellschaftlichen Gruppe zu verteidigen, sondern vielmehr jedes Mittel zu schützen, das es irgendwie erlaubt, privaten Profit zu erzielen, selbst wenn es gewaltige Unkosten für die Öffentlichkeit mit sich bringt. Die dadurch hervorgerufenen Schäden sind auf die Dauer viel größer als der Nutzen, auch auf der rein wirtschaftlichen Ebene. Der praktisch alle paar Jahre erneut erlassene *condono edilizio* legalisiert nachträglich, gegen Zahlung einer bescheidenen Summe, alle seit dem letzten *condono* ohne Baugenehmigung errichteten Häuser, was nicht nur eine wahre Aufstachelung zur Verschandelung von Städten und Landschaften darstellt, sondern auch – entgegen der erklärten Absicht des Staates, damit seine Kassen auffüllen zu wollen – finanziell ein Schlag ins Wasser ist, da die Gemeinden gleichzeitig verpflichtet werden, unter großen Kosten die Infrastrukturen für die legalisierten Häuser zu schaffen. Aber die unerklärte Hauptabsicht des *condono*, würdiger Nachfolger der kirchlichen Ablässe, ist in Wirklichkeit sowieso die, es jedem zu erlauben, da zu bauen, wo er ein Grundstück besitzt. Ein anderes Beispiel: nach der vorletzten der periodisch wiederkehrenden, stets ungehört vorausgesagten Überschwemmungen der Poebene hat man, um der lokalen Wirtschaft (in Wahrheit einer Handvoll Personen) zu ermöglichen, sich für die erlittenen Verluste schadlos zu halten, das Verbot aufgehoben, Kies aus dem Flußbett auszubaggern – ein Verbot, das gerade deswegen eingeführt worden war, weil diese Aktivität eine der Hauptursachen der wiederholten Überschwemmungen ist. Die Art und Weise, wie mit den Natur- und Kunstschätzen umgegangen wird, kann sowieso nur als ein Schlachten der goldene Eier legenden Henne bezeichnet werden. Das alles zeigt, wie gut Italien dem postmodernen Wirtschaftsleben angepaßt ist, das von Finanzmärkten beherrscht wird, auf denen »langfristig denken« bedeutet: zehn Minuten.

Vielen italienischen Mißständen kann man eine »systemische Funktion« zuschreiben; ihre Beseitigung würde die Überlebensfähigkeit des Gesellschaftsmodells verringern, nicht vergrößern. So stände es eigentlich zu erwarten, daß das Fehlen einer wirklichen »Staatsbürgerschaft«, einer wahrhaften »Zivilgesellschaft« eine Quelle der Unzufriedenheit darstellt, weil jene da, wo sie existieren, stark zum sozialen Frieden beitragen. Nun hat das italienische Gesellschaftsmodell aber bisher, obwohl es an Konfliktstoff wahrlich nicht mangelt, alle Stürme überstanden und erfreut sich eines gewissen Konsenses, der sich bekanntlicherweise nicht allein durch die Bajonette erzwingen läßt. Wie erklärt sich das? Bei Fabio Cusin findet man einen der wahrsten Sätze, die wohl über Italien gesagt worden sind: »Der Italiener glaubt mehr an die Barmherzigkeit, die carità, als an die Gerechtigkeit.« Barmherzigkeit auszuüben schafft immer ein persönliches Abhängigkeitsverhältnis, ist widerruflich und hält den anderen in Schach. Dem anderen ein Recht zu verleihen, schafft hingegen keinerlei Machtrendite. Wer das, was seine Pflicht wäre, in Form eines persönlichen Gefallens verrichtet, kann immer auf eine Gegenleistung hoffen oder hat zumindest die Eitelkeit befriedigt, eine persönliche Macht auszuüben. Wenn man endlich seinen Stempel auf dem Formular hat, fühlt man leicht dem Beamten gegenüber so etwas wie Dankbarkeit, als ob dieser einen zum Abendessen eingeladen hätte. Jede, stets mit vielen Monaten Verspätung erfolgte Bezahlung einer Dienstleistung (es gibt darüber einschlägige Statistiken) wirkt wie ein mit Rührung zu empfangendes Geschenk. Auch die große Bereitwilligkeit, Gefallen zu erweisen, die man zuweilen findet und die vor allem die Ausländer angenehm überrascht, entspringt im allgemeinen dem Wunsch, den eigenen Einfluß zur Schau zu stellen. Lediglich seine Pflicht zu erfüllen, verschafft hingegen keinerlei Befriedigung. Das beweist auch der von Ennio Flaiano erwähnte typische Autofahrer (so wie überhaupt der Verkehr das Spiegelbild eines Landes ist), der gerne für den Fußgänger anhält, welcher die Straße weitab der Zebrastreifen überquert, denn das ist, als ob er ihm sagte: »Ich hätte das Recht, Dich zu überfahren, aber von der Höhe meiner Macht herab tue ich es nicht, aus freien Stücken, was meine Macht bestätigt, es zu tun, wenn ich es nur will« – während derselbe Autofahrer am Zebrastreifen dann durchbraust. Dieselbe Sache, die er gern tut, wenn sie ein individueller Gnaden- oder Willkürakt scheint, für den man ihm eigentlich Dank sagen muß, kommt ihm unerträglich vor, wenn er sie als bloße Befolgung einer Regel tun soll, ohne Ruhm und ohne individuelle Anerkennung. Der Grundsatz »Barmherzigkeit statt Gerechtigkeit« erklärt auch, warum vielleicht nirgendwo anders die Durchschnittsbürger so bereit sind, etwas von dem afrikanischen Hausierer zu kaufen, der ihnen leid tut, und doch gleichzeitig dazu neigen, repressive Maßnahmen gegen die Immigration aus der Dritten Welt zu billigen. Niemand hatte gegen die 1938 in Italien erlassenen antisemitischen Gesetze protestiert – selbst dort nicht, wo die Möglichkeit bestanden hätte –, aber sehr viele haben dann während der deutschen Besatzung Juden versteckt.

Wo aber die Rechte und die Gerechtigkeit durch die Barmherzigkeit, den Gefallen und das Privileg ersetzt werden, da kann sich niemand außerhalb des Ganzen stellen. Jeder ist gezwungen, auf Gefälligkeiten und kleine Ungesetzlichkeiten zurückzugreifen, nicht nur, um Karriere zu machen, sondern auch einfach, um das zu bekommen, was ihm zusteht. Es gibt niemanden in Italien, der nicht irgendeinen formell illegalen Vorteil genießt, denn es wäre sonst unmöglich zu überleben; und außerdem muß man sich für all das entschädigen, auf das zu verzichten man gezwungen ist, obwohl man ein Recht darauf hätte. Erst wird alles so schwierig wie möglich gemacht, um es dann wie einen persönlichen Gefallen oder eine illegale Vergünstigung zu verteilen: so werden alle zu Komplizen, sitzen alle in einem Boot. Jeder ist erpreßbar, niemand kann sich als moralisches Modell hinstellen. Die ärgerlichsten Erlebnisse vermeiden zu können, zum Beispiel indem man durch den Diensteingang ein Büro betritt, an dessen Schaltern man zwei Stunden anstehen müßte, ist vielleicht ein größerer Antrieb zur Karrieremacherei als die Habgier. Deshalb ist es in jedermanns Interesse, daß alles so weitergeht wie gewohnt, denn jeder fürchtet, sonst das eigene, oft mühsam erworbene Privileg zu verlieren. Wer immer einen Onkel beim Einwohnermeldeamt, im Gesundheitswesen oder beim Gericht hat – und wer hat ihn nicht? –, meint, daß er nur verlieren kann bei einer Umwälzung, welche die »Beziehungen« abschaffen würde. Denn Italien unterscheidet sich von anderen Ländern mit ähnlichen Klientelstrukturen dadurch, daß die Privilegierten nicht eine kleine geschlossene Kaste ausmachen, sondern, nach sehr beweglichen Hierarchien, die große Mehrheit der Bevölkerung umfassen: am Ende ist jeder irgendwo privilegiert.

Die Zustimmung, welche das italienische Gesellschaftsmodell bei seinen Mitgliedern findet, ist also nicht die aktive und enthusiastische, die von einer Gesellschaft hervorgerufen wird, die zahlreiche Bedürfnisse befriedigt und sich deshalb als die beste aller möglichen Welten präsentieren kann, sondern eine durch Erpressung erzeugte Zustimmung, die gerade deswegen um so mehr ihrem Zweck dient. Aber was gewinnt ein politisches System dabei, seinen Bürgern ständig etwas vorzuenthalten, statt sie durch Befriedigungen zu »korrumpieren«? Für arme Diktaturen ist es nützlich, wenn ein Kilo Fleisch ein beinahe unerreichbarer Luxusgegenstand ist, denn dann wird es nie schwierig sein, Spione und Folterknechte anzuwerben. Derselbe Mechanismus funktioniert, mutatis mutandis, auch auf anderen Ebenen. Die Qualität dessen, was dem italienischen Durchschnittsbürger geboten wird, von den öffentlichen Verkehrsmitteln über die Schule bis zu den Krankenhäusern, und die Verachtung, die man ihm bedeutet, weil er niemand ist, stellen sicher, daß die meisten alles tun, um sich anzupassen und individuell aufzusteigen; oft zu dem einzigen Zweck, sich den Zugang zu den Dienstleistungen erlauben zu können, die in anderen europäischen Ländern – auch in den keinesfalls reicheren – jedem Bürger garantiert sind. Etwas ähnliches gilt übrigens auch für die unteren Ränge der Mafia: ihre Angehörigen führen ein mühseliges und gefährliches Leben und erzielen meist keinen höheren Lebensstandard als ein normaler Unternehmer anderswo. Eine der von der kalabresischen Mafia, der *'Ndrangheta*, entführten und monatelang gefangengehaltenen Personen (eine ziemlich aufwendige und nicht risikolose Art der Geldbeschaffung) fragte einen seiner Entführer, was er mit seinem Anteil des Lösegeldes anzufangen gedächte, und dieser erwiderte ihm, es sei sein Traum, eine Tankstelle zu eröffnen.

Mittelfristig muß jede Protestbewegung deshalb im Sande verlaufen, weil niemand darum herumkommt, seine Schäfchen ins Trockene zu bringen, und das bedeutet, sich irgendwie mit den bestehenden Kräfteverhältnissen zu arrangieren. Entscheidend sind in Italien nicht die mit der Macht verknüpften Privilegien – die gibt es überall –, sondern die Unmöglichkeit, überhaupt angemessen zu leben, wenn man sich nicht den Spielregeln beugt. Der Wahnsinn hat Methode, und die dringende Operation, für die man beim öffentlichen Krankenhaus einen Termin für das nächste Jahr erhält, ist kein *disservizio* (vielgebrauchtes Wort für das Gegenteil eines *servizio*, einer Dienstleistung), der früher oder später verschwinden wird, sondern eine Mahnung an alle, dafür zu sorgen, Freunde an der richtigen Stelle oder Geld zu haben. Wenn das öffentliche Gesundheitswesen sich nicht um Zahnbehandlung kümmert und eine private Zahnbehandlung drei Monatsgehälter eines Briefträgers oder Lehrers kostet, während doch gleichzeitig der Briefträger oder Lehrer eine solche Behandlung für normal hält (denn die Bedürfnisstruktur ist eben die eines wohlhabenden Landes), dann wird es beinahe obligatorisch, nach Mitteln zu suchen, um nicht »unten zu bleiben«. Daß die Inhaber der Kommandoposten diese mit Klauen und Zähnen verteidigen, ist auch ihrer Angst geschuldet, in den Zustand zurückzufallen, den sie den anderen bereitet haben: zum Beispiel drei Stunden in der Schlange zu stehen, um am Ende hören zu müssen, man solle ein anderes Mal wiederkommen statt außerhalb der Bürozeiten im Zimmer des Direktors empfangen zu werden. In Italien steht nicht nur eine rein quantitative Einkommensminderung auf dem Spiel beim sozialen Abstieg; es geht nicht nur darum, sich mit einem kleineren Auto bescheiden zu müssen oder auf eine teure Uhr zu verzichten. Man riskiert vielmehr den Verlust des ganzen

»Status«. Aus der Klasse der Reichen auszuscheiden, bedeutet unter anderem, keine angemessene medizinische Versorgung mehr zu haben; bedeutet die Gefahr, Prozesse auch dann zu verlieren, wenn man recht hat, während man sie vorher selbst dort gewinnen konnte, wo man im Unrecht war; bedeutet das Risiko, sein vor langem illegal erbautes Haus auf einmal beschlagnahmt zu sehen. In den Ländern mit einer »Zivilgesellschaft«, in denen dem Individuum vieles auch unabhängig von seinem gesellschaftlichen Status gesichert ist, nehmen die Verteilungskonflikte im allgemeinen nicht den Charakter von Kämpfen auf Leben und Tod an. Das erklärt, warum die besitzenden Klassen Italiens mehrmals, um die bescheidensten Reformen abzuwehren oder die kleinste Verringerung ihrer Einkünfte zu verhindern, halbe Bürgerkriege entfesselt haben. Auch in anderen Ländern wehren sie sich, aber doch mit einem gewissen Respekt vor den Regeln; und wenn sie eine Runde verloren haben, nehmen sie das hin, statt den ganzen Tisch umzuwerfen. Man kann sich schwer vorstellen, daß in Schweden Attentate organisiert werden, um die Verstaatlichung der Stromerzeugung zu verhindern, oder die Inflation angeheizt wird, damit ein bestimmtes Unternehmen leichter seine Schulden bezahlen kann. Aber für die italienische Bourgeoisie hätte bereits eine wirksame Bekämpfung der Steuerhinterziehung den Effekt einer entschädigungslosen Enteignung, und jede wirkliche Reform käme einer Revolution gleich: so labil ist die Basis, auf der ihre internationale Wettbewerbsfähigkeit beruht.

So ist auch die Massenarbeitslosigkeit in Italien nicht unbedingt ein sozialer Sprengstoff. Die Schwierigkeit, überhaupt ins Berufsleben einzutreten, erzeugt ein allgemeines Klima der Unterwürfigkeit, das natürlich sehr angenehm für diejenigen ist, die über die Zuweisung der wenigen Arbeit entscheiden. Die angehende Journalistin arbeitet jahrelang ganztags bei Zeitungen gratis mit, um irgendwann einmal »bezahlte Mitarbeiterin« zu werden; der Angestellte liest ein Leben lang dem Bürochef jeden Wunsch von den Augen ab, damit dieser sich dann vielleicht geneigt zeigt, den Sohn einzustellen; der Student mit intellektuellen Ambitionen macht einem Poesiepapst den Hof, damit dieser ein paar seiner Gedichte in eine Anthologie aufnimmt, die niemand liest, aber die ein kleines Element bei einer langfristigen Strategie darstellt, die irgendwann einmal vielleicht – vielleicht – in eine Stelle als Universitätsassistent oder Verlagslektor mündet. In Italien werden nicht nur, wie überall, die politische Macht, der große Reichtum und die Starrollen mit viel Mühe erreicht, sondern auch zu den bescheidensten Auskommen, vor allem im völlig überfüllten Kulturbereich, gelangt man nur durch jahre-, oft jahrzehntelange Arbeit, durch Beziehungen, gratis geleistete Dienste, Antichambrieren, glückliche Zufälle, Einsatz von Familienmitgliedern usw. Das hat zwar langfristig einige gesamtgesellschaftliche Nachteile, wie den enormen Brain-Drain, dem Italien ausgesetzt ist – und man wird die Annahme eines Lehrstuhls in den USA dem italienischen Physiker nicht verübeln, der regelmäßig in den größten internationalen Fachzeitschriften publiziert, in Italien hingegen mehrfach von der Universität abgelehnt worden ist zugunsten von Kandidaten, die nie etwas veröffentlicht haben, aber dafür jahrelang Assistenten des jeweiligen Fakultäts-»Barons« waren. Auf kürzere Sicht produziert die so geschaffene Unterwürfigkeit jedoch ein Klima, das sicher die »Investoren ermutigt«, und in der Tat gibt es in Italien keine »Standortdebatte«. Wer in Italien investiert, kommt, zumal in den letzten Jahren, ganz auf seine Kosten, und wenn ausländische Konkurrenten von den zahllosen Schwierigkeiten – von der Bürokratie bis zur Kriminalität – abgeschreckt werden, dann haben die italienischen Übel einmal mehr ihre Nützlichkeit erwiesen. Die italienischen Banken zum Beispiel legen gar keinen Wert darauf, daß ausländische Banken in Italien Filialen eröffnen und die Italiener dann Leistungs- und Preisvergleiche anstellen können.

Als »nützliches Übel« stellt sich heute auch die enorme Bedeutung illegaler Praktiken heraus. Einer der Gründe, warum in der ganzen Welt die bürgerliche Gesellschaft ihre eigenen Legalitätskriterien immer weniger respektiert, ähnelt dem Mechanismus der technischen und organisatorischen Neuerungen: wer sie als erster benutzt, kommt in den Genuß von Konkurrenzvorteilen, und die anderen sehen sich gezwungen, sehr schnell die gleichen Methoden anzuwenden oder noch wirkungsmächtigere zu erfinden. So wie jede neue Maschine den Produktivitätsstandard für die ganze Welt erhöht, so schafft jede erfolgreiche Methode, die Legalität zu umgehen, neue Standards für das, was man überall wagen darf (und muß). Ebensowenig dürfte die traditionelle italienische Abneigung gegen den Staat ein Hindernis für Italiens Behauptung in der postmodernen Welt sein, da sie nicht über dem Staat steht, wie der politische Anarchismus, sondern eher von liberistischer Natur ist und der heutigen Unmöglichkeit entgegenkommt, die entfesselte Marktlogik durch politische Eingriffe zu regulieren.

Erwähnt werden soll ein letzter Grundzug des italienischen »kulturellen Modells«, der heute zu unerwarteten Ehren kommt: die Bedeutung des schönen Scheins, der *bella figura*, des Aufrechterhaltens der Fassade auch da, wo die Substanz fehlt. Was wäre mehr dem heutigen Zeitalter der Simulation angemessen, des fiktiven Kapitals, der »virtuellen Realitäten«, der Ersetzung jeder Wirklichkeit durch eine manipulierbare Kopie? »In Italien liegt das ›Sein im Haben‹; vor allem, ergänzen wir, im ›Scheinen‹«, schrieb Cusin 1945, und ähnlich schon Leopardi. Das entspricht recht genau dem, was 1967 Guy Debord als Grundzug der *Gesellschaft des Spektakels* in seinem gleichnamigen Werk festgestellt hat: »Die erste Phase der Herrschaft der Wirtschaft über das gesellschaftliche Leben hatte in der Definition jeder menschlichen Realisierung eine offensichtliche Degradierung des Seins zum Haben mit sich gebracht. Die gegenwärtige Phase der völligen Beschlagnahme des gesellschaftlichen Lebens durch die akkumulierten Ergebnisse der Wirtschaft führt zu einer verallgemeinerten Verschiebung vom Haben zum Scheinen.«

Nach all dem Gesagten wird man verstehen, warum eine Figur wie Silvio Berlusconi – auf den so gut paßt, was Marx von Napoleon III. sagte: »Nie hat ein Prätendent platter auf die Plattheit der Massen spekuliert« – nicht der Bösewicht war, der ein unschuldiges Volk mit Hilfe seiner diabolischen Fernsehkanäle verführt hat, sondern vielmehr eine logische Folge des italienischen Gesellschaftsmodells und seiner Geschichte. Spätmittelalterliche Handbüchlein lehrten bereits, nur an sich selbst zu denken. Der Humanist Leon Battista Alberti empfahl im 15. Jahrhundert, sich lediglich um das Wohlergehen der eigenen Familie und des eigenen Unternehmens zu kümmern und sich den öffentlichen Angewohnheiten nur dann zu widmen, wenn Familie und Unternehmen daraus Nutzen ziehen. Guicciardini, von dem in dieser Anthologie die Rede ist, identifizierte die Klugheit mit dem Opportunismus. Berlusconi entspricht den

Tiefen des italienischen kulturellen Modells so wie Hitler, mutatis mutandis, den Tiefen des deutschen. Und es entspricht der Logik des italienischen Modells, seiner Flexibilität, seinem Sinn für das Maß, seinem Mangel an Gründlichkeit und Starrsinn, daß diese Figur so schnell wieder an Bedeutung verloren hat. Denn, um es noch einmal zu sagen: wenn der Zerfallsprozeß der Moderne in Italien besonders fortgeschritten ist, so sind die Italiener dafür auch besonders fähig, damit umzugehen. Deswegen bleibt es offen, ob es nun die schlechteste aller möglichen Lösungen wäre, wenn die postmoderne Welt Italien ähneln wird statt zum Beispiel Taiwan, Rußland oder Brasilien. Schließlich kann es auch nicht nur am Klima liegen, wenn trotz allem Stöhnen wesentlich weniger Italiener freiwillig nach Deutschland, England oder Skandinavien ziehen als umgekehrt, und daß nur einer der Autoren dieser Anthologie, Prezzolini, freiwillig ins Exil gegangen ist. Nachdem er sich viele Jahre lang von seinen Landsleuten entsetzt gezeigt hatte, schrieb Ennio Flaiano am Ende seines Lebens den hier als Nachwort abgedruckten Beitrag.

Einige Worte zur Auswahl der Beiträge. Sie stellen nicht einfach einen Querschnitt durch die italienische Selbstkritik der letzten zwei Jahrhunderte dar. Es ging darum, längere, fortlaufende Texte vorzustellen – sei es vollständig, sei es als zusammenhängende Ausschnitte –, nicht einzelne Sätze oder wenige Absätze. Dabei stellte sich heraus, daß der große Hang der Italiener zur Selbstkritik sich oft nur im Murren oder in Wutausbrüchen äußert, aber relativ selten zu einer systematischen Reflexion führt. Außerdem wurde auf solche Texte verzichtet, die allzusehr an konkrete Anlässe gebunden sind, die zu viele Erläuterungen verlangen, die nicht eindeutig genug auf die italienische Situation bezogen sind oder deren italienkritischer Aspekt in der Gesamtaussage liegt, ohne daß sich ihnen einzelne Stücke für eine Anthologie entnehmen ließen. Wert gelegt wurde schließlich auch auf eine sich in polemischen, pamphletistischen oder satirischen Formen äußernde subjektive Note.

Aus diesen Gründen des Zuschnitts fehlt zum Beispiel ein so interessanter Autor wie Piero Gobetti (der den Faschismus »die Autobiographie der Nation« nannte), während ein eher zweitrangiger Mitarbeiter seiner Zeitschrift *La rivoluzione liberale*, Giovanni Ansaldo, hier vertreten ist. Genauso mußte auf Autoren wie Antonio Gramsci, Gaetano Salvemini, Carlo Berneri, Carlo Dossi, Carlo Emilio Gadda verzichtet werden, wie überhaupt auf alle literarischen Texte. Erwähnung verdient allerdings, daß man eine der ätzendsten Kritiken der italienischen Gesellschaft, die sogar ein Attentat auf den König inspiriert hat, in Alessandro Manzonis klassischem Roman *Die Verlobten* findet, Pflichtlektüre an allen Schulen und von den Pfarrern empfohlen. Eine oft erbarmungslose Sittenkritik hat sich seit dem Krieg auch im Film niedergeschlagen.

Verzichtet wurde darauf, hinter Leopardi zurück zugehen. Indirekt aufgenommen wurde indes Francesco Guicciardini, der im 16. Jahrhundert den Typus des nur am privaten Wohlergehen interessierten, skeptischen und klugen Bürgers skizziert hat, den Prototyp auch des modernen Italieners. Dem wurde Rechnung getragen durch den Einschluß von De Sanctis blendend geschriebenem Aufsatz, der das unheilvolle Fortleben dieser Mentalität über die Jahrhunderte hinweg analysiert und so auch indirekte Kritik am Italien seiner Zeit übt.

Daß Alberto Arbasino, dessen Mißvergnügen inzwischen populistische und rassistische Töne angenommen hat, der einzig lebende Autor der Anthologie ist, bedeutet nicht, daß er die kritischste Stimme im gegenwärtigen Italien wäre; wohl aber, daß die Kritik allzuvieler anderer nicht die Dimensionen eines organischen Buches annimmt. Während es bei Cusin vor allem um anthropologische Konstanten geht, beschreiben Flaiano, Arbasino und besonders Pasolini den rapiden Wandel Italiens in den sechziger und siebziger Jahren. Mit Sciascia mündet die Anthologie in die generelle Frage nach dem Phänomen der nationalen Selbsterforschung.

Mit Ausnahme von Pasolinis Artikeln sind alle diese Aufsätze zum ersten Mal ins Deutsche übersetzt worden.

Ich danke allen, die das Zustandekommen dieses Buches ermöglicht haben, vor allem aber Lorenzo Quaresima. Es ist dem Andenken an Luigi Ricci gewidmet.

▸ Giacomo Leopardi
Abhandlung über den gegenwärtigen Zustand der Sitten der Italiener

Sei es auf Grund der Zunahme der Handelsbeziehungen und der Angewohnheit des Reisens, sei es auf Grund der Verbreitung der Literatur und des heute üblichen enzyklopädischen Wissens – denn jede Nation will so gründlich wie möglich die Sprachen, Literaturen und Sitten der anderen Völker kennenlernen –; sei es infolge des allgemeinen Unglücks, das die zivilisierten Völker getroffen hat; oder sei es, weil sich in Europa – da Frankreich durch seine Niederlagen herabgedrückt ist und die anderen Nationen aufsteigen, zum Teil dank ihrer Siege, zum Teil wegen des Anwachsens der Kultur und Literatur in jeder von ihnen – eine Art Gleichheit sowohl des literarischen als auch des zivilen und militärischen Ansehens hergestellt hat, während früher, seit den Zeiten Ludwigs XIV. – also seit dem Zeitalter der verbreiteten und gefestigten europäischen Kultur –, alle Nationen den Ehrenplatz spontan Frankreich eingeräumt hatten, das auf sie alle herabsah[1]: sei es also aus einem der besagten Gründe oder aus allen, jedenfalls haben in diesem Jahrhundert die zivilisierten Nationen Europas, also hauptsächlich Deutschland, England und selbst Frankreich (vielleicht auch wegen der Fortschritte der Aufklärung und des philosophischen und vernünftigen Geistes, der die Klarheit erweitert, die Leidenschaften beruhigt und die Mäßigung zur Gewohn-

[1] Jetzt hingegen ist Frankreich selber aus den erwähnten Gründen tolerant geworden und bereit, bis zu einem gewissen Grade den Fremden gerecht zu werden, und da es weiterhin teilweise den Ton des zivilisierten Europas angibt, ruft es mit dieser Haltung eine ähnliche in den anderen Nationen hervor.

heit macht; und außerdem wegen der Abschwächung der Liebe zum Vaterland und der Begeisterung für dieses, so wie überhaupt aller menschlichen Leidenschaften)[2] einen Großteil der alten Nationalvorurteile, der Feindschaft und der Abneigung gegen die Ausländer und vor allem der Ver-

[2] Außerdem sind das Leben und die Einbildungskraft und in der Literatur die Originalität und Neuheit, also alles, was dazu dient, die Menschen zu unterhalten, die Langeweile zu vertreiben und irgendwie diejenigen zu beschäftigen, die keinerlei Mangel leiden, zwar ungleich verteilt, aber so rar selbst bei den Nationen, die noch am meisten davon haben, daß alle jetzt sozusagen damit beschäftigt sind, überall Zweige zu sammeln, um sich vor der Kälte zu schützen, die im allgemeinen das moderne zivilisierte Leben auszeichnet, und um aus den wenigen, hier und da verstreuten Flammen, die ungenügend für jeden einzelnen sind, so etwas wie ein gemeinsames Feuer zu bilden, das weniger ungenügend für das Bedürfnis nach Wärme ist, das alle haben, und um das wenige Leben zu versammeln, das sich überall findet. Außer dem Rückgriff auf alle Arten und Teile des menschlichen Wissens, wodurch sich das heute übliche sogenannte enzyklopädische Wissen bildet, und außer den Reisen in die abgelegensten Länder sowie dem Handel jeder Art, lebendiger denn je zwischen den entferntesten und verschiedensten Nationen, ist jetzt jede Nation bestrebt und begierig, die Sitten, die Literatur und sonst alles kennenzulernen, was den anderen Nationen angehört, und daran soviel wie möglich teilzunehmen oder sich damit wenigstens zu beschäftigen. Antike und moderne ausländische Werke werden übersetzt, zusammengefaßt und verbreitet, die bis dahin in jener Nation unbekannt waren und unter anderen Umständen nie bekannt geworden wären, und die es vielleicht kaum verdienen, von ihren Landsleuten gekannt zu werden, geschweige denn die Grenzen ihrer Nationen zu überschreiten; alle Literatursprachen werden studiert; die Zeitungen, die von ausländischen Dingen und Werken berichten, vermehren sich ebenso, wie die Genauigkeit, Ausdehnung und Gründlichkeit ihrer Berichte zunimmt. Dasselbe gilt für die Sitten und alles andere, was die Ausländer betrifft, und um das man sich nicht weniger auf tausend Weisen bemüht als um ihre Literatur. Aus dem muß notwendigerweise folgen, daß das überall vorhandene Gute (denn alles kann nicht schlecht sein), wenn es besser bekannt ist, die schlechte Meinung verbessert, die man vom Ganzen hatte, und daß allgemein nichts verachtet, sondern alles gebilligt wird und man sich, wenn man auch nur ein wenig Gutes, Neues und Interessantes findet, mit allem zufriedengibt. Die Neuigkeit oder das Ungewöhnliche, dem man bei der Erforschung ausländischer Dinge eigentlich immer begegnet, ist sehr begehrt in einer Zeit, die so arm an Neuigkeiten ist wie die unsere (nach so vielen Jahrhunderten Erfahrung und Studien) und so begierig nach ihnen, wie es alle Zeiten waren, und erst recht in einem ansonsten so beschäftigungslosen Jahr-

achtung für diese und für ihre Literatur, Kultur und Sitten abgelegt, so verschieden sie auch von den eigenen sein mögen. Da die Lust, sie kennenzulernen, mit der Wertschätzung derselben und den ausgeglichenen Urteilen gewachsen ist, werden zahllose Bücher in jeder Nation veröffentlicht, um über die Angelegenheiten der anderen zu informieren. Darunter befinden sich auch unzählige, die von Ausländern jeden Tag über Italien veröffentlicht werden, welches Gegenstand der universalen Neugier und Reiseziel geworden ist, viel mehr und viel allgemeiner als irgendwann früher und mehr als jedes andere Land. Aber in diesen Büchern laufen die Schriftsteller, ohne eigene Schuld, vielmehr durch die Beschaffenheit des Themas,

hundert. Dazu kommen noch der Geist der Mäßigung und des überlegten und leidenschaftslosen Urteils, notwendige Folge des Geistes der Philosophie und der Gerechtigkeit, der in dieser Zeit universal und größer ist, als er es je in irgendeinem einzelnen Volk war; die allgemeine Bereitschaft, sich selbst gegenüber unparteiisch zu sein und die eigenen Dinge mit so wenig Voreingenommenheit wie möglich zu beurteilen, um so mehr, als diese besser bekannt sind; daraus entspringt die Bereitschaft, den anderen Nationen Gerechtigkeit widerfahren zu lassen und sie nicht leichthin zu verurteilen, bloß weil sie in irgend etwas und irgendwie von der eigenen verschieden sind. – Wirklich (was die Literatur im besonderen anbelangt), außer einem Funken Feuers, der sich noch in Deutschland aufgrund der Jugend seiner Literatur erhält und der bald erloschen sein wird, sind die Originalität, die Phantasie und die Erfindungsgabe in ganz Europa ausgestorben: alle beschränken sich darauf, das nachzuahmen, zu sammeln, zusammenzustellen oder zu besprechen, was andere Autoren, entweder antike oder ausländische, geschaffen haben. Überall ist die Schöpferkraft versiegt, oder jedenfalls beinahe. Daher rührt es, daß nicht nur alles aus dem Ausland Kommende, was es auch sei, mit Vergnügen empfangen wird, und vorher verachteten Literaturen Gerechtigkeit widerfährt, sondern auch die Werke und Autoren geschätzt werden, die es nicht verdienen und die zu Recht geringgeschätzt wurden; oder jedenfalls schätzt man sie mehr, als es ihrem Wert entspricht, und entdeckt in ihnen nicht vorhandene Vorzüge und Schönheiten. Kurz und gut, in dem Urteil über ausländische Literaturen, Klassiker und Schriftsteller übertreibt man in der Wertschätzung vielleicht genauso, wie man früher in der Geringschätzung übertrieb, oder sicherlich übertreibt man eher in jener als in dieser. Das geschieht vor allem im Fall der italienischen Literatur und der italienischen Autoren bei den Ausländern heutzutage. Und etwas Ähnliches gilt für die Sitten, die Meinungen und so weiter.

zwei Gefahren: einerseits irren sie oft, da es für einen Ausländer unmöglich ist, eine andere Nation vollständig zu kennen, erst recht ohne einen langen Aufenthalt; andererseits ziehen sie sich, wenn sie etwas Falsches sagen, oder auch etwas Wahres, das auch nur ein wenig ungünstig für die ist, von denen sie sprechen, den Haß der Nation zu, über die sie schreiben, selbst wenn sie es ohne jede Feindschaft sagen (denn schlecht von den anderen Nationen zu sprechen, ist kein Mittel mehr, um sich bei der eigenen beliebt zu machen, und man verabscheut jede Feindschaft, die man in solchen Büchern entdeckt).[3] Dieses zweite Übel ist besonders schwerwiegend in den Büchern, die von den Italienern handeln, welche empfindlicher als alle anderen sind, wenn es um sie selbst geht; was wirklich seltsam ist, wenn man bedenkt, wie schwach oder ganz abwesend die Vaterlandsliebe bei uns ist, und jedenfalls geringer als in den anderen Ländern. Das hängt sicher weitgehend damit zusammen, daß die Italiener von sich auf die anderen schließen (da sie immer hinter den anderen zurückbleiben, sind sie noch nicht so weit entfernt wie diese von den Vorurteilen und der Feindseligkeit gegen die Ausländer, und sicherlich kennen und studieren sie die Ausländer hundertmal weniger als diese die Italiener) und stets dem Haß, der Abneigung und dem Neid jedes nicht völlig günstige Wort zuschreiben, das ein Fremder in bezug auf sie ausspricht oder schreibt. Trotzdem ist es wahr, daß in den letzten Jahren, seit der *Corinne*, in Europa mehr Italien wohlgesinnte Werke veröffentlicht worden sind als in allen früheren Zeiten zusammen; Werke, in denen man von uns mehr Gutes sagt, als wir je von uns selbst gesagt haben. Einige sind wahre Lobreden auf uns, oft mit enthusiastischer Zuneigung und zum Teil mit Bewunderung für unsere Zustände geschrieben. Man bemerkt, allgemein gesagt, in der zivilisierten Welt ein Wohlwollen uns gegenüber, das wesentlich größer als in der

[3] Und heute sind der Haß und die Verachtung für die anderen Nationen, sowohl in den Büchern wie anderswo, wirklich außer Mode gekommen.

Vergangenheit und als das für irgendein anderes Land ist; und es herrscht eine vorteilhafte Meinung von uns, von der ich zu behaupten wage, daß sie unser Verdienst um nicht weniges übertrifft und in vieler Hinsicht nicht der Wahrheit entspricht. Und man kann wohl sagen, daß sich die Ausländer heute, im Gegensatz zu früher, wenn sie sich in bezug auf uns irren, eher zu unseren Gunsten als zu unseren Ungunsten irren. Dennoch werden sowohl die *Corinne* als auch alle anderen Werke dieser Art von den Italienern mit Eifersucht betrachtet, und die Ausländer haben viele wahre und nützliche Dinge über unsere Sitten geschrieben, die aus diesem und aus anderen Gründen uns von keinem Nutzen sind. Die Italiener selbst schreiben weder über ihre Sitten, noch denken sie darüber nach, genauso wenig wie über irgend etwas anderes, das für sie selbst oder andere wichtig oder lohnend wäre: die einzige Ausnahme ist vielleicht Baretti[4], ein zum Großteil ebenso falscher wie origineller Geist, maßlos in der üblen Nachrede, wenig darauf bedacht zu nutzen, oder jedenfalls wenig geeignet dazu; und das sowohl wegen der – allerdings keinesfalls gekünstelten – Eigenartigkeit seines Denkens und seiner Sichtweise als auch wegen seiner entschiedenen Neigung, von allem schlecht zu reden[5], sowie auf Grund seines schroffen und aufbrausenden Wesens allem gegenüber, und meistens zu Unrecht. Außerdem haben sich die Sitten und Zustände Italiens unglaublich verändert seit seiner Zeit, also seit der Zeit vor der Revolution. Damals waren vor allem in Süditalien die Meinungen und Sitten beinahe in dem Zustand, in dem sie sich

[4] Auch Gozzi, Parini, Goldoni und die wenigen italienischen Lustspieldichter, die diesen Namen verdienen, die also die Sitten ihrer eigenen Nation studiert haben und diese beschreiben statt die ausländischen, wie es so viele unserer Bühnendichter tun, und zwar die gegenwärtigen Sitten, nicht die antiken, können also zu den Schilderern unserer modernen Sitten gerechnet werden, wenngleich ihre Schriften weder philosophisch noch argumentativ waren, denn das war nicht ihr Zweck und ihre Natur.

[5] Weshalb er oft – auch bewußt – dieser Vorliebe und diesem Zweck und Charakter seiner Bücher die Wahrheit opfert.

bis vor wenigen Jahren in Spanien befanden und zum weitaus größten Teil noch befinden. Auf Grund der Herrschaft der Ausländer, vor allem der Franzosen, und des gewohnheitsmäßigen Verkehrs mit ihnen ist Italien heute, was die Meinungen angeht, auf derselben Ebene wie die anderen Völker, abgesehen von einer größeren Verwirrung in den Ideen und einer geringeren Verbreitung von Kenntnissen beim einfachen Volk. Der völlig verschiedenen Umstände wegen üben diese Meinungen jedoch auf die Lage und das Leben der Italiener einen anderen Einfluß aus als bei den übrigen Völkern. Daher kommt es, daß trotz weitgehend gleicher Meinungen – jedenfalls bei einem Großteil der Nation – sich Italiens Sitten von denen der anderen zivilisierten Völker beträchtlich unterscheiden. Wenn ich einige Dinge über diese gegenwärtigen Sitten (wobei ich mich aufs Allgemeine beschränken werde) mit der Freimütigkeit und Aufrichtigkeit sagen werde, mit der ein Ausländer darüber schreiben könnte, sollten mich die Italiener deswegen nicht tadeln, da sie es nicht nationalem Haß und Neid zuschreiben können; und vielleicht wird man meinen, daß unsere Angelegenheiten einem Italiener besser als einem Ausländer bekannt sind oder sein können; und wenn der Ausländer unsere Eigenliebe nicht auf Kosten der Wahrheit schonen darf, warum sollte ich dann nicht ungezwungen zu meiner eigenen Nation sprechen, was ja beinahe heißt, zu meiner Familie und meinen Brüdern?

Wenn wir die Meinungen und die gegenwärtige Lage der Völker betrachten: das beinahe universelle Erlöschen oder die Abschwächung der Überzeugungen, auf denen die moralischen Grundsätze beruhen können, sowie all der Meinungen, ohne die es unmöglich ist, daß das Gerechte und das Ehrliche vernünftig und die Ausübung der Tugend eines Weisen würdig scheinen; und wenn wir andererseits die von den politischen Zuständen der gegenwärtigen Staaten abhängende Nutzlosigkeit der Tugend und entschiedene Nützlichkeit des Lasters betrachten: dann scheint die Erhaltung der Gesellschaft unbestreitbarerweise mehr dem Zufall als irgendeinem anderen

Grund geschuldet, und es wirkt wirklich wie ein Wunder, daß eine Gesellschaft aus Individuen bestehen kann, die einander ständig hassen und behindern und die mit allen Mitteln versuchen, einander zu schaden. Das Gesetz und die öffentliche Gewalt scheinen jetzt die einzigen der Gesellschaft verbliebenen Bänder und Zügel zu sein, und doch sind sie seit langer Zeit als völlig unzureichend erkannt, um vom Bösen abzuhalten, und erst recht, um zum Guten anzuhalten. Alle wissen mit Horaz, daß die Gesetze ohne Sitten nicht ausreichen und daß andererseits die Sitten von den Meinungen abhängen, von denen sie bestimmt, im wesentlichen begründet und garantiert werden. In dieser allgemeinen Auflösung der gesellschaftlichen Prinzipien, in diesem Chaos, das wahrhaft das Herz eines Philosophen erschreckt und ihn in große Zweifel ob des künftigen Geschicks der zivilisierten Gesellschaften versetzt und in große Unsicherheit darüber, wie sie in Zukunft weiter bestehen können, haben die anderen zivilisierten Nationen, also vor allem Frankreich, England und Deutschland, ein Prinzip, das die Moral und damit die Gesellschaft erhält, und das – obwohl es, verglichen mit den verlorengegangenen Moralprinzipien und großen Illusionen, geringfügig und beinahe gemein erscheint – eine gewaltige Wirkung hat. Dieses Prinzip ist die Gesellschaft selbst. Außer der Gesellschaft im allgemeinen Sinne – also dem Zusammenleben der Menschen, um einander ihre Bedürfnisse zu befriedigen und sich vor gemeinsamen Schäden und Gefahren zu schützen – weisen besagte Nationen jene besondere Art von Gesellschaft auf, die üblicherweise mit demselben Namen, aber in einer engeren Bedeutung bezeichnet wird. Diese besteht aus einem vertrauteren Verkehr der Individuen, und zwar vor allem derjenigen, die durch ihren Stand frei davon sind, mit der mechanischen Arbeit ihrer Hände ihren Unterhalt und den anderer sicherstellen zu müssen, und die mit dem zum Leben Nötigen durch die Mühe anderer versorgt sind; der Sorge um die Grundbedürfnisse enthoben, wenden sie sich natürlicherweise dem zweiten Bedürfnis zu, nämlich irgendeine andere Beschäftigung zu finden, die ihr Leben ausfüllt und ihnen die Last des Daseins erleichtert, die immer drückend und unerträglich ist, wenn jenes unbeschäftigt ist. Der Zweck dieser Gesellschaft, die hauptsächlich aus Menschen solcher Art besteht, ist das Vergnügen und das Ausfüllen der durch die Befriedigung der Grundbedürfnisse hervorgerufenen Leere im Leben; die Ursache dieser Gesellschaft sind besagte sekundäre Bedürfnisse, so wie hingegen die Grundbedürfnisse und die Naturnotwendigkeit der Ursprung der weiteren und allgemeineren Art von Gesellschaft sind.

Durch diese engere Gesellschaft werden die Städte, ganze Nationen und, hauptsächlich in den letzten Zeiten, auch die Vereinigung mehrerer zivilisierter Nationen beinahe zu einer einzigen Familie, um in den engeren und häufigeren Beziehungen, die aus einer solchen fast häuslichen Verbindung hervorgehen, eine Beschäftigung, eine Nahrung oder einen Zeitvertreib für das Leben derer zu finden, die ansonsten ihre Zeit nur totschlagen würden; und das sind, strenggenommen, alle Menschen außer den Bauern und denjenigen, die uns die nötigsten Kleider beschaffen. Durch den Umgang fangen die Menschen natürlicherweise und unvermeidlicherweise an, einander zu achten: zwar nicht im Sinne einer guten Meinung – im Gegenteil, diese ist im allgemeinen in jedem um so geringer gegenüber den anderen, je größer besagter Umgang und damit die Kenntnis der Menschen ist –; aber die enge Gesellschaft bewirkt, daß jeder die anderen Menschen in Betracht zieht, wünscht, von ihnen geachtet zu werden (das ist die eigentliche Achtung, die man für sie empfindet), und sie als für das eigene Glück notwendig betrachtet, sowohl in anderen Hinsichten als auch bezüglich der – nirgendwo anders zu findenden – Befriedigung der Eigenliebe, die jeder von denen erwartet, erhofft und zu erlangen sucht, von denen er abhängt. Dieser Wunsch ist der Ehrgeiz genannte; ein äußerst mächtiger Zusammenhalt und Pfeiler der Gesellschaft, der aus nichts anderem hervorgeht als aus eben der Gesellschaft im engeren Sinn, da außerhalb dieser der Ehrgeiz keinen Platz im Menschen hat und die natürliche Eigenliebe nie dieses Aussehen annehmen würde, das doch ihr ureigenster, wesentlichster und unmittelbarster Ausdruck zu sein scheint. Der Ehrgeiz kann verschiedene Formen und verschiedene Zwecke aufweisen. Einst stellte er sich als weitverbreiteter leidenschaftlicher Wunsch nach Ruhm dar. Aber jetzt ist dieser etwas zu Großes, Edles, Starkes und Lebendiges, um noch Platz haben zu können inmitten der Kleinheit der modernen Ideen und Leidenschaften, die der geometrische Verstand und die politischen Zustände der Gesellschaft auf das allerkleinste Minimum und den allerniedrigsten Grad beschränkt und herabgesetzt haben, oder um mit dem Zustand der Kälte und Leblosigkeit vereinbar zu sein, der überall im zivilisierten Leben aus den besagten Ursachen hervorgeht; und der Ruhm ist eine allzu herrliche Illusion und ein allzu hoher Name, um noch fortdauern zu können nach dem Massaker der Illusionen und nach der Erkenntnis der Wahrheit über die Dinge und ihres wirklichen Gewichtes und Wertes. Die Liebe zum Ruhm ist unvereinbar mit der Natur der gegenwärtigen Zeiten; sie ist eine überholte Angelegenheit wie die veralteten Bräuche oder Wörter: es gibt diese Liebe nicht mehr, oder sie ist so selten und, wo sie trotzdem besteht, so schwach und kraftlos, daß sie kein Anlaß großer Wohltaten für die Gesellschaft sein und noch viel weniger ihr als Zusammenhalt dienen kann, wie das einst weitgehend der Fall war. In unseren Zeiten erzeugt bei den Nationen, bei denen die oben definierte engere Gesellschaft üblich ist, der Ehrgeiz ein anderes, ganz modernes Gefühl, das von eigener Art ist, da es nach den großen Illusionen des Altertums geboren und ihnen unterlegen ist. Dieses Gefühl ist das, welches Ehre genannt wird. Es ist selbst eine Illusion, da es in dem Wert besteht, welchen die Individuen der Meinung beilegen, die andere von ihnen haben; einer Meinung, der strenggenommen keinerlei Wert zukommt.[6] Aber es

[6] Die öffentliche Meinung hat keinerlei Wert, an sich nicht und weil sie wenig oder gar keinen Einfluß auf die Person, das Geschick, das Heil oder Unheil, Glück oder Unglück des Individuums ausübt, keinerlei Gehalt hat und mehr in der Einbildung als in der Wirklichkeit besteht.

handelt sich um eine so wenig erhabene, so wenig lebendige oder strahlende Illusion, daß sie ihre Nichtigkeit selbst dem im Erkennen der Wahrheit geübten Auge leicht verbirgt und sich mit dem gegenwärtigen Zustand und mit der Zerstörung beinahe aller anderen Illusionen verträgt, der sie, auf Grund ihrer sozusagen kalten und demütigen Natur, nur mäßig widerstrebt. Diese Illusion ist jedoch äußerst mächtig bei den Nationen und Klassen, wo die engere Gesellschaft üblich ist, aus der allein sie hervorgehen kann. Vor allem in Frankreich hat es viele in ihren Meinungen höchst standhafte Philosophen gegeben, tiefe Kenner der Wahrheit in ihrer ganzen Ausdehnung, welche die Eitelkeit und Nichtigkeit der Dinge und der Menschen empfunden und die oftmals auch in ihren Schriften bewiesen haben, die öffentliche Meinung geringschätzen, und die gleichfalls die vielleicht übertriebene Wertschätzung bekämpft haben, die man in ihrer Nation dafür empfand, und deren Unvernünftigkeit sowie den nicht geringen Schaden in verschiedenen Hinsichten vor Augen führten. Aber in der Wirklichkeit und im Leben ist es ganz sicher, daß niemand von ihnen, ebensowenig wie irgendein anderer Franzose, von der Entstehung der französischen

Aber darüber hinaus muß sie, philosophisch gesehen, mehr als alles andere verachtet werden, weil sie außerhalb der Macht des Individuums liegt, regelmäßig unsicher und ohne Regeln ist, unbeständig in den Prinzipien und den Anwendungen, jeden Tag schwankend und veränderlich in bezug auf dasselbe Individuum, auf dieselbe Handlung oder Eigenschaft, meistens ungerecht, dem Bösen und den Bösen wohlgesonnen, dem Guten und den Guten abgeneigt, und da es stets unmöglich ist, sie vorherzusehen, sie mit sicheren Mitteln zu erwerben und sie, einmal erlangt, zu bewahren. – Übrigens hat die öffentliche Meinung tatsächlich weniger Gehalt dort, wo sie weniger geachtet wird, und umgekehrt; und keinerlei Gehalt da, wo ihr keinerlei Achtung widerfährt. Wo sie berücksichtigt wird, hat man recht, auch philosophisch gesehen und ohne Illusionen, sie zu berücksichtigen, da sie dort wirklich mehr oder weniger Einfluß auf viele wirkliche (oder vermeintliche) Güter und Übel des Lebens des Individuums besitzt. Sie hat soviel wirkliches Gewicht, wie die Menschen ihr beimessen, was nicht der Fall bei den anderen Dingen ist, die, soviel oder sowenig Gewicht die Menschen ihnen auch beilegen, meistens dieselbe Summe und Qualität tatsächlichen Werts haben.

Gesellschaft bis zur Gegenwart je sich selbst dazu hat bringen können, die öffentliche Meinung tatsächlich zu ignorieren, ja nicht einmal dazu, diese, was die Wirkung und was den Grund seines Gemüts angeht, nicht an die Spitze seiner Gedanken und seiner Ziele zu stellen und ihr nicht den Hauptteil seiner Handlungen und seiner Unterlassungen zu widmen. Dieser Respekt vor der öffentlichen Meinung ist zwar eine sehr geringfügige Angelegenheit, reicht aber in besagten Nationen (deren jede sich daran im Maße ihrer gesellschaftlichen Umstände beteiligt) doch beinahe aus als Ersatz der bei ihnen gleichfalls verlorenen moralischen Prinzipien, vor allem bei den nicht arbeitenden Klassen, und der anderen gesellschaftlichen Bande, der anderen Zügel des Lasters und Anreize zum Guten, an deren Stelle der bloße Respekt tritt; und dieser genügt trotzdem, um die Gesellschaft zusammenzuhalten. Wie bereits gesagt, ist diese Sache zweifellos winzig klein und eiskalt. Die wohlerzogenen Menschen jener Nationen schämen sich, Böses zu tun, so wie sie sich schämen, in einer Gesellschaft mit einem Fleck auf dem Rock oder einem abgenutzten oder zerschlissenen Kleidungsstück aufzutreten; sie tun das Gute aus demselben Grund und mit keinem anderen Antrieb und Gefühl als dem, mit dem man die Moden genau beachtet und befolgt und danach trachtet, mit Kleidern, Kutschen, Möbeln und Gepränge zu glänzen: der Luxus hat bei ihnen dieselbe Grundlage wie die Tugend oder die Gerechtigkeit, nicht nur im weiteren Sinne, wie überall und fast immer, sondern im unmittelbaren und engeren Sinne. Was ist an sich frivoler, als einer guten Tat nicht mehr und nicht weniger Bedeutung beizumessen als einer witzigen Bemerkung oder einem schönen Kleid; um seine Rechtschaffenheit aus dem einzigen Grund besorgt zu sein, aus dem man darauf bedacht ist, die guten Umgangsformen zu erwerben und zu bewahren; eine böse Tat wie eine Unhöflichkeit und das Laster wie eine Geschmacklosigkeit zu vermeiden? Aber man muß auch zugeben (was nützt es, immer verstellt zu sprechen, und von den völlig neuen Dingen mit der alten Sprache?), daß der Zustand der Meinungen und der Nationen tatsächlich, was die Moral anbelangt, ein so elender ist, daß der gute Ton nicht nur die stärkste, sondern die einzige Grundlage ist, die den guten Sitten verblieben ist, und daß die guten Sitten, allgemein gesagt und in bezug auf die zivilisierten Klassen, bloß aus dem Grund ausgeübt werden, aus dem man den guten Ton pflegt, und daß da, wo es keinen guten Gesellschaftston gibt oder er nicht gepflegt wird, die Moral jeder Grundlage und die Gesellschaft jedes Bandes entbehrt, außer dem der Gewalt, die niemals gute Sitten hervorbringen noch die schlechten verbannen oder entfernt halten kann. So schafft in besagten Nationen die Gesellschaft selber, indem sie den guten Ton schafft, die wichtigste und sogar einzige heute mögliche Garantie der öffentlichen wie der privaten Sitten und ist deshalb unmittelbare Ursache der Erhaltung ihrer selbst.[7]

[7] Die wohlerzogenen Menschen besagter Nationen enthalten sich des Bösen und tun das Gute, nicht weil sie von der Pflicht, sondern weil sie von der Ehre bewegt werden. Ich bemerke hier nebenbei, daß heutzutage – anders als man immer gesagt und geglaubt hat und heute genauso glaubt und sagt – die Einsamkeit der Moral des Individuums, und vor allem des Individuums mit philosophischem Geist, eher schadet als nutzt. In der Einsamkeit hören die gesellschaftlichen Illusionen auf und verschwindet die Ehre, denn wenn der Sicht das entzogen ist, was diesen Wahrscheinlichkeit und eine Art von Wirklichkeit verschaffte, erkennt man deren Unvernünftigkeit, Eitelkeit und Nichtigkeit. Die Ehre verschwindet, ohne daß die Pflicht an deren Stelle tritt. (Auf welchen Betrachtungen und Prinzipien würde sie beruhen? Was kann deren Idee erneuern oder erwecken in einem sich selbst überlassenen Gemüt, das deshalb nachdenklicher denn je und in der Lage ist, den Dingen tiefer auf den Grund zu gehen, und ohne sichere Beweise nicht einmal das zu glauben – wie es hingegen so häufig in der Unordnung und Zerfahrenheit der Welt vorkommt –, was alle als wahr und sicher anerkennen?) In der Einsamkeit fehlen die Stachel der Leidenschaften und die Gelegenheiten, Böses zu tun, aber auch die, Gutes zu tun, so daß man in dieser Hinsicht schwer sagen kann, ob der moralische Charakter dazugewinnt oder verliert. Und andererseits, da allgemein die Prinzipien und die festen Grundlagen der Moral fehlen, die in der Einsamkeit nicht wiederaufleben (ganz im Gegenteil), verschwinden auch die von der Gesellschaft selbst geschaffenen Zügel des Bösen und Antriebe zum Guten, oder schwächen sich ab, und man erkennt bei ruhiger Betrachtung ihre Nichtigkeit. Das ist nun sehr zum Nachteil und Schaden des moralischen Charakters des Individuums, selbst wenn aufgrund des in der Einsamkeit natürlichen Mangels an Gelegenheiten seine Pläne und Werke dadurch nicht getrübt werden.

Seit der Zeit der Revolution sind die Italiener, was die Moral anbelangt, so philosophisch, also so vernünftig und so geometrisch, wie die Franzosen oder jede andere Nation, und bemerkenswerterweise ist das Volk es vielleicht sogar mehr als das Volk irgendeiner anderen Nation. Ich will sagen, daß hinsichtlich der Erkenntnis der nackten Wahrheit über die moralischen Prinzipien, hinsichtlich der damit zusammenhängenden Überzeugungen und hinsichtlich der Preisgabe antiker Überzeugungen die italienische Nation, sowohl in ihrer Gesamtheit als auch Klasse um Klasse, mit den anderen Nationen verglichen, in etwa auf derselben Ebene sich befindet wie jede beliebige der zivilisierteren und gebildeteren Nationen Europas oder Amerikas. Deshalb ermangelt sie in dieser Hinsicht, wie die anderen Nationen, jeder moralischen Grundlage und jedes wirklichen Bandes und Erhaltungsprinzips der Gesellschaft. Aber darüber hinaus ermangelt sie, im Unterschied zu besagten Nationen, der oben definierten Art von engerer Gesellschaft. Viele Gründe, die ich jetzt nicht untersuchen will, tragen dazu bei, sie dieser zu berauben. Das Klima, das die Italiener natürlicherweise dazu geneigt macht, einen Großteil des Tages im Freien zu verbringen, mit Spazierengehen und ähnlichem, und die Lebhaftigkeit des italienischen Charakters, die sie die Schauspiele und anderen Sinnesgenüsse den eigentlich geistigen Genüssen vorziehen läßt und sie zur reinen Vergnügung ohne jede geistige Anstrengung sowie zur Nachlässigkeit und Faulheit treibt: das sind von den Gründen, welche die obenerwähnte Wirkung erzeugen, bloß die geringsten und am leichtesten zu überwindenden. Sicher ist, daß das Spazierengehen, die Schauspiele und die Kirche nichts mit der Gesellschaft zu tun haben, von der wir sprachen und die die anderen Nationen besitzen. Nun sind der Spaziergang, die Schauspiele und die Kirche die Hauptgelegenheiten zur Gesellschaft für die Italiener, und aus ihnen besteht, so kann man sagen, ihre ganze Gesellschaft (abgesehen von der Gesellschaft zur Befriedigung der notwendigsten Bedürfnisse), weil die Italiener weder das häusliche Leben lieben, noch die Konversation zu schätzen wissen; jedenfalls haben sie keine. Sie gehen also spazieren, gehen zu Schauspielen und Vergnügungen, zur Messe und zur Predigt, zu religiösen und weltlichen Festen. Das ist das ganze Leben und die ganze Beschäftigung aller nicht bedürftigen Klassen in Italien.

Das hat notwendig zur Folge, daß es die Italiener weder fürchten noch es sie irgendwie bekümmert, voneinander, und jeder von allen, verschieden zu sein oder zu scheinen, worum immer es auch geht. Ich übergehe, daß es in der Nation, da sie kein Zentrum hat, kein wirklich italienisches Publikum gibt; ich übergehe die Abwesenheit eines nationalen Theaters und einer wirklich nationalen modernen Literatur, welche bei den anderen Nationen, vor allem in der letzten Zeit, ein wichtiges Mittel zur Vereinheitlichung der Meinungen, Vorlieben, Sitten, Umgangsformen und individuellen Charaktere ist, nicht nur innerhalb der Grenzen der Nation selbst, sondern auch zwischen verschiedenen Nationen. Letztere Mängel sind notwendige Folge ersterer, also des Mangels an einem Zentrum, sowie vieler anderer Gründe. Aber wir übergehen all diese und beschränken uns auf den bloßen Mangel an Gesellschaft, der natürlicherweise bewirkt, daß es in Italien keinen bestimmten italienischen Ton und Stil gibt. Es gibt deswegen überhaupt keinen guten Ton, oder er ist so vage, weitgefaßt und unbestimmt, daß er die Vorgehensweise jedes einzelnen in jeder Angelegenheit beinahe vollkommen dessen Willkür anheimstellt. Nicht nur jede italienische Stadt, sondern jeder einzelne Italiener regelt den eigenen Ton und Stil.

Wenn es keinen guten Ton gibt, kann es auch keine gesellschaftlichen Konventionen geben (bienséances). Da diese fehlen, und da die Gesellschaft selber fehlt, kann es keine ernste Sorge um die eigene Ehre geben, oder die Idee der Ehre und der sie beleidigenden oder sie achtenden und ihr entsprechenden Einzelheiten ist vage und keinesfalls zwingend. Jeder Italiener ist beinahe gleichermaßen geehrt und entehrt. Ich meine damit, daß er weder das eine noch das andere ist, da es keine Ehre gibt, wo es keine engere Gesellschaft gibt, denn die Ehre ist eine Idee, die völlig von der Gesellschaft erzeugt wird und nur in dieser bestehen und durch diese bestimmt werden kann.

Die Italiener sind, wie gesagt, ungefähr auf der Höhe der anderen Nationen, was die allgemeine Erkenntnis der Wahrheit hinsichtlich der Grundlagen der moralischen Prinzipien angeht – jedenfalls genügend, um jedermanns öffentliches und privates Verhalten zu beeinflussen und zu regeln; trotzdem ist es unbezweifelbar und allen Ausländern nicht weniger als uns bekannt und wird allgemein zugegeben, daß Italien in der philosophischen Wissenschaft und der tiefen und reifen Menschen- und Weltkenntnis unvergleichlich tief unter Frankreich, England und Deutschland steht, wenn man diese und Italien allgemein betrachtet. Aber gleichzeitig ist es auch völlig sicher, obwohl dies paradox scheint, daß besagte Nationen zwar philosophischer als die Italiener im Verstand, die Italiener aber in der Praxis tausendmal mehr Philosophen sind als der größte Philosoph sind, den man in irgendeiner dieser Nationen finden kann.

Erstens legen die Italiener, vor allem verglichen mit anderen Völkern, im allgemeinen überhaupt keinen Wert auf die öffentliche Meinung. Den ganzen Tag werden in Italien hundert geläufige Sprichwörter wiederholt, die behaupten, man solle nicht darauf achten, was die Welt von einem sagt oder sagen wird, sondern auf seine eigene Art verfahren, ohne sich um das Urteil der anderen zu kümmern, und so weiter. Anders als die Franzosen sind die Italiener weit davon entfernt zu meinen, daß es kein schlimmeres Unglück gäbe, als die Gunst der öffentlichen Meinung zu verlieren oder abgeschwächt zu sehen, weshalb sie nicht bereit sind, wie die gesitteten Franzosen, eher alles zu erleiden und zu opfern als – sei es auch zu Unrecht – in diese Verlegenheit zu geraten; über nichts trösten sich die Italiener leichter hinweg als über den sogar vollständigen Verlust (geschehe er zu Recht oder Unrecht) der öffentlichen Anerkennung; und sie schätzen den gering, der dieses Hirngespinst über seinen wirklichen Nutzen und Vorteil stellt (oder das, was in der Sprache des Lebens so heißt) und dem es nichts ausmacht, jenem zuliebe echten Schaden und Nachteil auf sich zu nehmen oder auf selbst geringe Vergnügungen zu verzichten und so weiter. Mit einem Wort, keine Sache, sei sie auch noch so unbedeutend, ist ein Italiener *von Welt* bereit, der öffentlichen Meinung zu opfern, und diese Italiener *von Welt*, die so denken und handeln, stellen den Großteil, ja sogar die Gesamtheit derer dar, die an dem wenigen Leben teilnehmen, das man in Italien findet. Philosophisch und geometrisch gesehen haben sie unbestreitbar viel mehr recht als die Franzosen und als alle, die anders denken und handeln, und deshalb sind sie in dieser Hinsicht auf der praktischen Ebene sehr viel philosophischer. Das ist eine Folge ihrer Zustände, in denen in Wirklichkeit, aufgrund des Fehlens einer engeren Gesellschaft, die Gunst der öffentlichen Meinung sehr wenig nutzt und ihre Ungunst kaum Nachteile bringt, und in denen die Leute, so viele Gründe sie auch haben, von einem Schlechtes oder Gutes zu reden oder zu denken, sehr schnell des einen und des anderen müde werden; sie vergessen völlig die Gründe, die sie hatten, dieses oder jenes zu tun, auch wenn diese noch so sicher und gewichtig waren, und sprechen und denken erneut von besagter Person mit völliger Gleichgültigkeit und wie von irgendeiner beliebigen.

Zweitens hat, wie man leicht beobachten kann, außer der öffentlichen Meinung auch das Leben in Italien nicht nur keinerlei Gehalt und Wahrheit – aber das hat es auch anderswo nicht –, sondern nicht einmal den Anschein, um dessentwillen es für wichtig erachtet werden könnte. Ich übergehe den völligen Mangel an Gewerbefleiß, an jeder Art von Tätigkeit, an politischen und militärischen Karrieren, an jeder anderen gesellschaftlichen und beruflichen Einrichtung, durch die der Mensch nach einem Ziel strebt und durch die er, dank der Erwartung, den Plänen und den Hoffnungen auf die Zukunft, den Wert des Daseins erhöht, welches, wenn es der Aussicht auf eine bessere Zukunft ermangelt und auf die bloße Gegenwart beschränkt ist, unweigerlich eine ganz wertlose und verächtliche Sache scheint, weil in der Gegenwart, also in dem, was man vor Augen hat, es keinen Platz gibt für die Illusionen, ohne die das Leben bedeutungslos ist. Nun ist das Leben der Italiener genau so: ohne Aussicht auf ein besseres zukünftiges Geschick, ohne Beschäftigung, ohne Zweck und auf die reine Gegenwart beschränkt. Aber wenn wir davon absehen und uns auf das bloße Fehlen einer Gesellschaft beschränken, so ist es sicher, daß eines der größten und wichtigsten Mittel, die heute den Menschen verblieben sind, um die Nichtigkeit ihrer Angelegenheiten nicht zu bemerken oder, auch wenn sie diese kennen, sie nicht zu verspüren, und um sich in der Praxis nicht von der völligen Eitelkeit all ihrer Beschäftigungen zu überzeugen und von der völligen Unwürdigkeit des Lebens, unter Mühen und Sorgen gepflegt, betrachtet und geführt zu werden – daß also eines der wichtigsten Mittel dazu, und vielleicht das überhaupt wichtigste, die Gesellschaft ist. Der Mensch ist ein nachahmendes und Beispielen folgendes Tier. Das ist bewiesen. Er ist es immer, auch nachdem er sich von dem Joch der Überzeugungen und der Denk- und Sichtweisen anderer befreit hat (wenn ihm das je gelingt); und wenn er Philosoph ist, ist er all das weniger als die anderen, aber immer noch zum Großteil. Es sind vor allem seine Mitmenschen, die er nachahmt; die Beispiele, denen er folgt, hat er hauptsächlich von ihnen. Ein größerer oder geringerer, aber jedenfalls immer bestehender Teil nicht nur seines Verhaltens, nicht nur seines Charakters und seiner Sitten, nicht nur seines Gemüts im allgemeinen, sondern auch seines Verstandes und seiner Denkweise hängt vom Beispiel anderer ab, das er nachahmt, nach dem er sich richtet und durch das er verändert wird, hängt also hauptsächlich von denen seiner Mitmenschen ab, mit denen er zusammenlebt, sei es mittels Lektüre, oder vor allem persönlich, oder auf irgendeine andere Weise.[8]

[8] Auch die strengsten, hartnäckigsten, unnachgiebigsten und unabhängigsten Menschen, die am meisten den Ratschlägen, Wünschen und Meinungen anderer widerstehen, tun jedoch im Handeln oder im Denken, in ihren Lebensweisen und ihren Überzeugungen einen sehr großen und vielleicht den größten Teil von dem, was sie tun, und glauben den größten Teil von dem, was sie glauben, nur deshalb, weil die anderen es glauben, schätzen, tun oder zu tun pflegen. Der sowohl in

Da man nun in der engeren Gesellschaft ständig Zeuge der Mühen ist, denen die anderen sich unterziehen (weil die Gesellschaft sie verlangt und Notwendigkeiten sie auferlegen, die zwar nicht mit den natürlichen vergleichbar, aber doch gebieterisch und wirksam sind), sowie der Bedeutung, die sie den Lappalien der Gesellschaft und des ganzen Lebens beilegen oder die ihr beizulegen sie ständig und überall äußerlich bezeigen, und zwar notwendigerweise und infolge eines sehr natürlichen Gesetzes dieser Gesellschaft; so kann jeder seinerseits nicht umhin, was die Praxis und auch einen gewissen Teil seines Verstandes angeht, dem Leben und den menschlichen Dingen eine gewisse Wertschätzung entgegenzubringen und einige Bedeutung beizumessen.

Die ständige und völlige Verhehlung der Nichtigkeit der Dinge, welche in einer engeren Gesellschaft alle gegenseitig mit Worten und Taten betreiben und denen jeder auf die gleiche Weise verpflichtet ist, unablässig gegenüber allen anderen zu betreiben, täuscht auf gewisse Weise das Denken und erhält schlecht und recht und soweit möglich die Illusion des Daseins. Selbst der Mensch, der auf das

seinem Betragen als auch in seinen Meinungen und Urteilen jeder Art (wenn er in Gesellschaft lebt) ungewöhnlichste, freieste, schroffste und unzugänglichste Mensch ist es nur in einem kleinen Teil seiner Handlungen und seiner Gedanken. In allem übrigen wird er von den anderen bestimmt und verändert. Wenn man ein Buch liest oder gelesen hat, auch wenn es dumm ist oder man es dafür hält, auch wenn es den teuersten, tiefsten und festesten Meinungen des Lesers direkt widerspricht, ist es unmöglich, daß dieser, sei er auch der entschiedenste und freieste Philosoph, nicht wenigstens eine halbe Stunde lang, auch ungewollt, auf eine irgendwie dem Autor des Buches gemäße Weise denkt, dessen Geist annimmt, von seiner Autorität bewegt wird und ihm ein gewisses Gewicht beimißt. Dasselbe gilt, wenn man mit einer Person spricht oder gesprochen hat, und dann sogar noch mehr, da es scheint, daß die Stimme und das lebendige Beispiel den Meinungen, Sicht- und Denkweisen, Vorlieben und Neigungen jedes Beliebigen mehr Autorität und mehr Gewicht verleihen. Es ist unmöglich, daß nicht wenigstens ein Schatten des Zweifels – der nicht auf der Vernunft beruht, sondern auf dem bloßen Beispiel und der bloßen Autorität – in das Gemüt desjenigen tritt und dort einige Zeit verweilt, der, so frei er auch sei, auf die erwähnte Weise gelesen oder gesprochen hat.

innigste durch Überlegungen sowie durch das Gefühl von der Nichtigkeit seiner selbst, der Eitelkeit der anderen, der Vergeblichkeit des Lebens und der Mühen und dem völligen Unwert besagter Gesellschaft überzeugt ist, auch der perfekteste spekulative Philosoph, kann es in einer engeren Gesellschaft nicht nur nie erreichen, sich nicht so zu verhalten, als ob die Welt doch etwas wert wäre, sondern er kann es nicht einmal verhindern, daß eine Seite seines Verstandes mit der anderen ringt und behauptet, die menschlichen Angelegenheiten verdienten doch einige Aufmerksamkeit, und daß sie bei diesem Ringen meistens siegt und auf verworrene Weise die Person davon überzeugt, sozusagen deren eigener Überzeugung zum Trotz. Schon deshalb, weil die Vorstellungskraft, die uns von Natur aus dazu bringt, dem Leben einigen Wert beizumessen, in der engeren Gesellschaft Nahrung findet sowie die Möglichkeit, einen Teil ihrer Tätigkeit und ihres Einflusses auf den Menschen zu bewahren.[9] All das geschieht

[9] Von der Neigung des Menschen zur Nachahmung, vor allem von seinesgleichen, rührt zum Teil sein Hang her, der Autorität zu folgen, sowohl im Entscheiden und im Handeln als auch im Urteilen und im Glauben; ein Hang, der unbezweifelbar dem Menschen eigen ist, nicht nur dem schwachen, sondern mehr oder weniger allen Menschen, vorausgesetzt, daß sie in Beziehung zu anderen stehen. Dieser Hang hat für lange Zeit die Vorherrschaft der Autorität über den Verstand bewirkt, nicht nur im allgemeinen, sondern auch bei den besten Geistern, die sich, wie die anderen, vielleicht nicht so sehr nach der Autorität der Meister oder Lehrer richteten, denen sie folgten, sondern nach der Autorität ihrer Zeitgenossen und Vorgänger, die jenen gefolgt waren oder folgten. Man darf nicht glauben, der Fortschritt der Vernunft hätte heute die Herrschaft zerstört, oder werde sie je zerstören, welche die Autorität über die Gemüter oder über die Köpfe nicht nur der Gemeinen, Unsicheren oder Unbedachten ausübt, sondern auch über die der großen Geister, der Freiesten und Kühnsten im Denken und im Entscheiden, im Handeln, in den Überzeugungen und im Urteil, die der Nachdenklichsten und derjenigen, die am ehesten »Autognomoni« genannt zu werden verdienen. Die Autorität hat immer und unvermeidlich einen größeren oder geringeren Anteil an allen Bestimmungen jedes Geistes, vor allem des in Gesellschaft lebenden, und am größten ist die Autorität derer, mit denen man sich am meisten aus der Nähe und alltäglich unterhält, sei es durch Bücher oder im Leben, selbst wenn diese von der betreffenden Person sehr wenig geschätzt werden. Man lese die Bemerkungen von Madame de Staël in der *Histoire*

in der Einsamkeit nicht, aber noch weniger in einer alltäglichen und ständigen Zerstreuung ohne Gesellschaft. In der Einsamkeit trägt selbst für den weisesten, erfahrensten und nüchternsten Menschen die Entfernung der Gegenstände unendlich dazu bei, sie zu vergrößern, öffnet

de Corinne über den Einfluß der uns Umgebenden auf unsere Urteile und Entschlüsse, sogar wenn ein großer Kopf zwischen ganz beschränkten und ungebildeten Geistern lebt. Der Einfluß der Autorität ist so groß, daß diejenige der Personen, die uns (auf irgendeine Weise) umgeben, aber die wir mit Grund geringschätzen, irgendwo immer die Autorität der entfernten Personen, die wir mit Grund sehr schätzen, überwiegt, und die des zuletzt gelesenen Buches die der vergangenen Lektüren und so weiter; oder jedenfalls ist es sehr schwierig zu verhindern, daß sie irgendwo überwiegt. Auch das ist noch der natürlichen Schwäche sowohl des Intellekts als auch der Wahlfähigkeit jedes Menschen geschuldet, der immer eine Art Stütze oder Sicherheit braucht, eine Garantie seiner Entschlüsse. Auch der entschlossenste und im Denken freieste Mensch ist immer irgendwo der Unentschlossenheit und dem Zweifel unterworfen, die beide der menschlichen Natur äußerst unangenehm sind. Das nächstliegende und vielleicht einzige Mittel gegen diese beiden Übel ist die Autorität, und es ist unmöglich, daß der Mensch dieses Mittel vollkommen ablehnt. Er empfindet ein gewisses Vergnügen, ein Gefühl der Erholung, eine Idee oder eine unklare Vorstellung von Sicherheit, wenn er sich, in der großen Unsicherheit der Dinge und des Lebens, auf die Autorität beruft, sich unter ihren Schatten setzt und sie als einen Schutz der Entschlüsse seines Verstandes wie seines Willens benutzt. Die Vernunft, die ihm die Eitelkeit und Unzulänglichkeit dieses Schutzes aufzeigt, reicht nicht hin, damit er sich seiner nicht beinahe immer auf irgendeine Weise bedient. Und umgekehrt reicht besagter Verstand, selbst im größten und stärksten Geist, nur selten aus, damit eine Überzeugung oder Entscheidung, die gegen die Meinung der anderen, vor allem der nächsten, gegenwärtigsten und am meisten geschätzten Personen, getroffen wurde, nicht stets von einem gewissen Verdacht oder Bedenken begleitet wird, sich geirrt zu haben und zu irren, obwohl sie sich selbst für höchst vernünftig erkennt, soweit ihr eigenes Denken und Urteil reicht, und die gegenteilige Meinung für völlig falsch, jeder Grundlage bar und grundschlecht hält. Der Mensch zieht oft die Meinung der anderen der eigenen Einsicht vor, oder wenn er sie übereinstimmend findet, wird er mehr vom fremden als vom eigenen Urteil bewegt und verläßt sich darauf mehr, selbst in den Angelegenheiten, wo er die anderen als ihm an Verstand, Erfahrung und ähnlichem weit unterlegen erkennt. Das kommt daher, daß man die einen selbst bestimmenden Ursachen vollständig sieht, die der anderen hingegen nicht so gut, weshalb man sie mehr schätzt. Der Mensch braucht in allem die Illusion sowie die Entfernung und Dunkelheit der Gegenstände, um sie der Vorstellungskraft das Feld dank der Abwesenheit des Wahren, der Wirklichkeit und der Praxis, erweckt oft die Illusionen wieder und belebt sie neu, statt sie einzuschläfern oder ihre Zerstörung zu vollenden; das Gemüt des Menschen fängt wieder an, die Welt auf seine eigene Weise zu schaffen und zu gestalten; und der Mangel an lebendigen Beschäftigungen oder Zerstreuungen, das ständige, weder unterbrochene noch abgelenkte Denken, das sich notwendigerweise den gegenwärtigen Dingen zuwendet, sowie die totale Aufmerksamkeit des Geistes, die aus dem Mangel an Eindrücken entsteht, die ihn hierhin und dorthin entrücken, bewirken es, daß man am Ende den kleinsten Gegenständen Bedeutung beimißt, und eine viel größere, als man in der Welt weit wichtigeren (oder angeblich wichtigeren) Gegenständen beimaß oder als andere ihnen beimessen, und man schenkt ihnen soviel Sorgfalt, daß sie am Ende die ganze Zeit ausfüllen und das Leben beschäftigen, das manchmal nicht einmal ausreicht. Das beweist die Erfahrung derjenigen, die sie selbst oder durch andere machen konnten.[10]

bewerten zu können. – Im Zweifel und in der Unentschiedenheit suchen wir deshalb sehr gerne, und beinahe aus Notwendigkeit oder Naturinstinkt, den Rat selbst solcher Personen – wenn es nicht anders geht –, von denen wir wenig oder die wir für uns unterlegen halten, und von denen wir wissen, daß sie uns entweder nicht gut beraten können oder sie die Angelegenheit nicht verstehen und uns die richtige Entscheidung weniger aufzeigen werden, als wir es alleine können.

[10] Die Einsamkeit erquickt die Seele und stellt ihre Kräfte wieder her, und zwar hauptsächlich den Teil von ihr, der Phantasie heißt. Sie verjüngt uns. Sie löscht die Ernüchterung beinahe aus oder verringert sie und schwächt sie ab, wenn sie stattgefunden hat, sei sie auch noch so vollkommen und tief gewesen. Sie erneuert das Innenleben. Kurz gesagt, obwohl die Einsamkeit die unzertrennliche Begleiterin und beinahe das Synonym der Langeweile scheint, ist sie trotzdem für ein Gemüt, das sich in gewisser Weise an sie gewöhnt hat und deshalb in der Lage ist, in der Einsamkeit seine Fähigkeiten zu entwickeln, sie auszubreiten und ins Werk zu setzen, eher dazu geeignet, es mit dem Leben wieder zu versöhnen oder es dieses liebgewinnen zu lassen, als davon zu entfremden; eher dazu geeignet, die Wertschätzung gegenüber den Menschen und dem Leben selbst zu erneuern, zu bewahren oder zu steigern, als dazu, diese zu zerstören, zu verringern oder gänzlich auszulöschen. Und das aus keinem anderen Grund als dem, daß

Aber besagte ständige Zerstreuung ohne Gesellschaft, die das Leben der wohlhabenden Italiener ausmacht, ermangelt der von der Entfernung bewirkten Unterstützung und der inneren Hilfsquellen der Phantasie und des Geistes, eben weil sie Zerstreuung ist und immer die Wirklichkeit vor Augen hat; und andererseits fehlt es ihr am äußeren Beistand der Vorstellungskraft und an den Dingen, die in der Außenwelt die Illusionen erhalten oder wiederaufrichten, denn wie könnte man diese außerhalb der Gesellschaft finden?[11] Aus diesen Gründen empfinden die Italiener von Welt, der Gesellschaft bar, alle – mehr oder weniger, aber, im großen und ganzen gesprochen, alle – mehr als die Ausländer die wirkliche Nichtigkeit der menschlichen Dinge und des Lebens und sind davon vollständiger, wirksamer und praktischer überzeugt, obwohl sie diese Nichtigkeit meistens viel weniger durch die Vernunft kennen. Und so sind die Italiener also in der Praxis,

die Menschen und das Leben weit entfernt von der Einsamkeit sind, denn genau besehen ist es eigentlich nicht das gegenwärtige Leben, also das in der Einsamkeit geführte, das man durch diese liebgewinnt und mit dem sie versöhnt, sondern das Leben in der Welt, das man verlassen und mit Abscheu unterbrochen hat. Siehe meine *Gedanken*, S. 678–683, 717, Absatz 3.

[11] Außerdem langweilt diese Zerstreuung natürlich über alle Maßen (vielleicht mehr als die nämliche beschäftigungslose Einsamkeit, da sie des Innenlebens des Gemüts ermangelt, das es in dieser gibt): und in einem Leben ohne Beschäftigungen und ohne große Ziele oder Interessen, wie auch ohne Not, gibt es sicher nichts, was geeigneter ist, die Zeit ohne Langeweile oder mit weniger Langeweile auszufüllen, als die engere Gesellschaft und vor allem die gute Gesellschaft, sowohl an und für sich als auch wegen der unbegrenzten und gewaltigen Wirkungen, die sie außerhalb ihrer selbst erzeugt, sowie aufgrund der durch sie notwendig gemachten oder angeregten Mühen und Sorgfalt, die nicht nur in der Lage sind, die Zeit zu vertreiben, sondern auch, das Leben gänzlich und wirklich auszufüllen. Die nicht bedürftigen und unbeschäftigten Ausländer langweilen sich deshalb viel weniger als wir, und die Italiener desselben Standes langweilen sich mehr als alle anderen Lebenden während beinahe ihres ganzen Lebens. Es ist also offensichtlich, daß sie auf dieses Leben viel weniger Wert legen müssen als die anderen, praktisch gesprochen, und an ihm weniger hängen, da es im Grunde für sie absolut nichts anderes ist als eine reine, unendliche, abgrundtiefe und zentnerschwere Langeweile, ein Gähnen und eine Lethargie.

und zum Teil auch im Verstand, viel mehr Philosophen als jeder ausländische Philosoph, da sie viel vertrauter mit der Meinung und Erkenntnis sind – mit der sie sozusagen zusammenleben und eins sind –, die den Gipfel aller Philosophie bildet, nämlich die Erkenntnis der Nichtigkeit aller Dinge; und dieser Erkenntnis, die in ihnen eher eine Meinung oder ein Gefühl ist, sind sie in jeder Hinsicht praktisch viel näher als die anderen Nationen.

Daraus erwächst nun den Sitten der denkbar größte Schaden. Genau wie die Verzweiflung sind die Verachtung und das innerliche Gefühl der Nichtigkeit des Lebens die größten Feinde des guten Handelns und Urheber des Bösen und der Unsittlichkeit. Aus diesen Haltungen geht die tief verwurzelte und wirksame Gleichgültigkeit gegen sich selbst und die anderen hervor, welche die schlimmste Pest für die Sitten, die Charaktere und die Moral ist. Für einen ernüchterten Menschen, der sich über die Wirklichkeit der Dinge und der Menschen im klaren ist, ohne jedoch verzweifelt zu sein oder zu extremen Entschlüssen zu neigen, sondern der ruhig und friedlich in seiner Ernüchterung und seiner Erkenntnis bleibt, wie die meisten der sich in diesem Zustand befindlichen Menschen, ist die vernünftigste und natürlichste Haltung, die er einnehmen kann, unbestreitbar die eines vollkommenen und ständigen Zynismus des Gemüts, der Gedanken, des Charakters, der Sitten, der Meinungen, der Worte und der Handlungen. Wenn man die Nichtigkeit und das Elend des Lebens und die Schlechtigkeit der Menschen gründlich kennengelernt hat und ständig empfindet, aber nicht daran verzweifeln will oder kann oder nicht den Mut oder, auch wenn man ihn hat, nicht die Kraft dazu hat, genausowenig wie man sie zu extremen Entschlüssen gegen die Notwendigkeit, gegen sich selbst und gegen die anderen hat, die doch immer gleich unverbesserlich blieben; wenn man trotzdem leben und sich fügen und der Natur der Dinge nachgeben will oder muß: mit einem Leben fortfahren, das man verachtet, und mit Menschen zusammenleben und verkehren, die man für schlecht und nichtig erachtet; dann ist der weiseste Entschluß der, unterschiedslos und gewohnheitsmäßig über alles und jeden zu lachen, bei sich selber angefangen. Das ist sicher der *natürlichste* und vernünftigste Entschluß. Im allgemeinen und in den unterschiedlichen Ausmaßen, die man in den verschiedenen Klassen und Individuen voraussetzen muß, da es sich um eine ganze Nation handelt, haben sich nun die Italiener dieser Entscheidung vollkommen hingegeben. Die Italiener lachen über das Leben: sie lachen viel mehr darüber und mit mehr Wahrheit, inniger Überzeugung, Verachtung und Kälte als irgendeine andere Nation. Das ist ganz natürlich, da das Leben für sie viel weniger wert ist als für die anderen und da es sicher ist, daß die von Natur aus lebhaftesten und heißesten Charaktere, wie der italienische, sich in die kältesten und apathischsten verwandeln, wenn sie von Umständen behindert werden, die ihre Kräfte übersteigen. Das gilt für Individuen wie für Nationen. Die höheren Klassen Italiens sind die zynischsten unter allen entsprechenden Klassen in den anderen Nationen. Der italienische Pöbel ist der zynischste aller Pöbel. Diejenigen, welche die französische Nation im Zynismus für allen anderen überlegen halten, irren sich. Keine übertrifft oder erreicht darin die italienische. Sie vereinigt dabei die natürliche Lebhaftigkeit (die viel größer als die der Franzosen ist) mit der erworbenen Gleichgültigkeit gegen alles und mit der geringen Rücksicht auf die anderen, eine Folge des Mangels an Gesellschaft, auf Grund dessen die Italiener sich nicht sehr um die Wertschätzung und den Respekt der anderen ihnen gegenüber sorgen; während die französische Gesellschaft bekanntlicherweise auch sehr das Volk beeinflußt, so daß es voller Rücksichten sowohl gegenüber den eigenen Individuen als auch gegenüber den anderen Klassen ist, soweit es in seiner Natur liegt. Wenn die Ausländer die Umgangsformen der Italiener, vor allem untereinander, nicht gut kennen, rührt das eben von dem Mangel an Gesellschaft in Italien her, der es für einen Fremden schwierig macht, sich eine genaue Vorstellung von unserem gewöhnlichen gesellschaftlichen Verhalten zu bilden, da ihm die Gelegenheit fehlt, es leicht und oft beobachten zu können, und wir außerdem daran gewöhnt sind, die Ausländer damit zu verschonen. Aber in unserem Verkehr untereinander übertrifft aus besagten Gründen der Zynismus bei weitem den aller anderen Völker, in den jeder Klasse entsprechenden Proportionen. Über alles lacht man, und das ist der hauptsächliche Inhalt der Gespräche; aber die anderen Völker, die genauso wie wir und noch mehr Philosophen sind, jedoch über mehr Leben und außerdem über mehr Gesellschaft verfügen, lachen eher über die Dinge als über die Menschen und eher über die Abwesenden als über die Anwesenden, denn eine engere Gesellschaft kann nicht fortbestehen zwischen Menschen, die ständig damit beschäftigt sind, sich gegenseitig ins Gesicht zu lachen und sich fortwährend ihre wechselseitige Verachtung zu bezeigen. In Italien lacht man meistens über die Menschen und die Anwesenden. Aus der *Raillerie* und der *Persiflage*, die anderswo so wenig zur guten Konversation gehören, besteht zur Gänze das Wenige an echter Konversation, das es in Italien gibt. Dies ist die einzige Weise, die einzige Kunst der Konversation, die man dort kennt. Wer sich in ihr auszeichnet, ist bei uns am meisten Mann von Welt und gilt den anderen im Umgang und in der Konversation als überlegen, während er anderswo meist als unerträglich und aller Gesprächskunst denkbar fern gelten würde. Die Italiener besitzen mehr als jede andere Nation die Kunst, einander zu verfolgen und mit Worten *se pousser à bout.* Die Persiflage der anderen ist sicher sehr viel feiner, unsere hat oft und meistens etwas Rohes an sich und ist eine Art von *Polissonnerie*; aber trotzdem würde ich den Ausländer bedauern, der mit einem Italiener in *Raillerien* wetteiferte und stritte. Die Schläge des letzteren, obwohl wenig kunstvoll, verwirren mit völliger Sicherheit unrettbar jeden, der nicht an unsere Kampfesweise gewöhnt und darin geübt ist, und der sich nicht auf dieselbe Weise zu schlagen versteht. So wird ein erfahrener Fechter oft von einem unerfahrenen verwirrt oder ein ausgeruhter von einem rasenden und besessenen. Die wohlhabenden Italiener bringen ihre Zeit damit zu, sich gegenseitig zu verspotten und bis aufs Blut zu reizen. So wie es anderswo als größter Vorzug gilt, die anderen zu respektieren, ihre Eigenliebe, ohne die keine Gesellschaft bestehen kann, zu schonen, ihr ohne Niedrigkeit zu schmeicheln und es zu erreichen, daß die anderen mit einem zufrieden sind, so besteht in Italien die wichtigste und unentbehrlichste Begabung für jeden, der Konversation treiben will, darin, mit Worten und Weisen jede Form von Verachtung gegen die anderen zu zeigen, ihre Eigenliebe soviel wie möglich zu verletzen und sie so unzufrieden wie möglich mit sich selbst und demzufolge mit euch zu machen.

Unermeßlich ist der Schaden, der den Sitten aus dieser Angewohnheit des Zynismus – obwohl sie in Wahrheit die angemessenste für einen völlig ernüchterten und innerlich und praktisch philosophischen Geist ist – sowie aus all unseren oben ausgeführten gegenseitigen Umgangsformen erwächst. Wer die anderen nicht achtet, kann nicht geachtet werden. Die Ausländer und die Menschen der guten Gesellschaft achten die anderen nur, um selber geachtet und geschont zu werden, und mit Erfolg. Aber in Italien würde man damit keinen Erfolg haben, denn wo jeder bewaffnet ist und gegen jeden kämpft, ist es nötig, daß sich jeder früher oder später dazu entschließt, sich zu bewaffnen und das Kämpfen zu lernen; sonst wird er, da er wehrlos ist und sich nicht verteidigt, von den anderen unterdrückt statt verschont. Es ist gleichfalls nötig, daß er das Angreifen lernt. Das wird nicht gelingen, solange man nicht eine gewohnheitsmäßige Geringschätzung, Verachtung und höchste Gleichgültigkeit sich selbst gegenüber angenommen hat, da in dieser Art der Konversation nichts mehr schadet, als zartfühlend und empfindlich in bezug auf die eigene Person zu sein. Abgesehen davon, daß man damit allen Spott auf sich zieht, ist man immer schüchtern und unfähig anzugreifen, aus Angst, dasselbe zu erleiden und die anderen zu mehr zu reizen; und man ist unfähig, sich angemessen zu verteidigen, denn die Leidenschaft verhindert, daß man frei und offen denkt und handelt und sich richtig und ungezwungen verteidigt. Und es genügt, daß sich einer gewohnheitsmäßig oder momentan empfindlich für Sticheleien zeigt, damit die anderen ihn um so eifriger reizen und ihm keine Ruhe lassen. Sich immer verspottet zu sehen, ruft außerdem notwendigerweise eine Geringschätzung der eigenen Person hervor sowie auf Dauer eine Gleichgültigkeit bezüglich des eigenen Rufes. Und wer wüßte nicht, wie sehr diese Gleichgültigkeit den Sitten schadet? Und sicher ist die Hauptgrundlage der Sittlichkeit eines Individuums und eines Volkes die ständige und tiefe Achtung, die es für sich selbst hegt, die Sorge darum, sie zu bewahren (und man kann sie nicht bewahren, wenn man sieht, daß die anderen einen verachten), und die Eifersucht, Feinfühligkeit und Empfindlichkeit hinsichtlich der eigenen Ehre. Im Gegensatz zu dem, was man gewöhnlicherweise behauptet, ist es unmöglich, daß ein Mensch ohne Eigenliebe gerecht, ehrlich und tugendhaft im Charakter, in den Neigungen, Sitten und Gedanken sowie im Handeln ist.

Das wenige, was es in Italien an Konversation gibt (meistens in Cafés und öffentlichen Versammlungsorten statt bei Privatleuten, bei denen man sich nicht wirklich unterhält, sondern spielt, tanzt, singt, musiziert oder spazierengeht, während die anderswo üblichen echten Privatkonversationen in Italien unbekannt sind), ist nichts anderes als ein reiner, ständiger Krieg ohne Waffenstillstand, ohne Verträge und ohne Hoffnung auf Quartier; und obwohl in ihm mit Worten und Umgangsformen über völlig unbedeutende Sachen gestritten wird, ist es trotzdem offensichtlich, wie sehr er alle Geister entzweien und entfremden muß, die stets in ihrer Eigenliebe verletzt werden, und wie verderblich dieser Krieg demzufolge für die Sitten ist, wenn er einerseits eine Übung wird und andererseits ein Ansporn, andere zu beleidigen und gegen sie Feindschaft zu hegen, was gerade die Unmoral, die Sittenverderbnis und die moralische Bosheit der Handlungen und der Charaktere ausmacht. Da jeder von jedem angegriffen und beleidigt wird, muß er notwendigerweise seine ganze Zuneigung auf sich selbst beschränken und seine Liebe auf sich konzentrieren, was eben Egoismus genannt wird, und sie den anderen entziehen und sich gegen sie wenden, was Menschenfeindschaft genannt wird. Das eine und das andere sind die größten Übel dieses Jahrhunderts. So sind die Konversationen Italiens ein Tummelplatz, wo man mittels Beleidigungen in Worten und im Benehmen einerseits lernt, den Mitmenschen kräftig weh zu tun, und andererseits Anreize dazu erhält. Darin liegen das gesellschaftliche und nationale Unglück und Verhängnis beschlossen; das ist der Gipfel der Verworfenheit und Verderbnis der Sitten. Und es ist sichtbar, wie sehr auch dem Nationalgeist und der Liebe zur Nation diese Konversationsweisen schaden müssen, in denen wir uns daran gewöhnen, die anderen ganz und gar nicht als Brüder zu betrachten und zu behandeln, und wir einen feindseligen Geist gegen den Nächsten einnehmen oder unterhalten und nähren. Bei den anderen Nationen sind die Gesellschaft und die Konversation, in denen jedermanns Eigenliebe von allen Seiten geachtet wird und auch Nahrung findet, ein außerordentlich wirksames Mittel zur wechselseitigen nationalen wie allgemein gesellschaftlichen Liebe; umgekehrt ist in Italien die engere Gesellschaft, da sie so klein ist, ein Mittel des Hasses und der Zwietracht, welche die Abneigung und die natürlichen Leidenschaften der Menschen gegen die Menschen verstärkt, übt und entflammt, vor allem gegen die nächsten, die zu lieben, zufriedenzustellen oder zu schonen am wichtigsten ist; so daß es sogar im Vergleich viel besser wäre, es gäbe die engere Gesellschaft überhaupt nicht und die Italiener unterhielten sich nie miteinander, außer zu Hause und nur über notwendige Dinge, wie es bei einigen unzivilisierten und armen oder sehr beschäftigten und regen Nationen geschieht. Sicher ist, daß die in Italien bestehende Gesellschaft für die Sitten und den moralischen Charakter nur von Schaden ist und keinerlei Vorteil birgt.

Das sind die Folgen der kaum vorhandenen Gesellschaft und des geringfügigen öffentlichen Lebens in Italien. Weil es kaum Gesellschaft gibt, gibt es keine gute, und die vorhandene schadet der Moral. Und das geht, wie gesagt, aus der Geringschätzung des Lebens hervor, die natürlich vor allem bei denen vorkommt, die in ihm nichts genießen und für die das Leben nichts wert ist angesichts der anderen

Umstände, wie dem Mangel an guter und nicht sterbenslangweiliger Gesellschaft. Die mangelnde Gesellschaft und das wenige Leben (also die wenigen Handlungen) ergeben sich aus den obenerwähnten Dingen, die natürlich gleichbedeutend mit schlechter, unsittlicher, langweiliger und unmoralischer Gesellschaft und Lebensführung sind.

Alle oben angeführten Nachteile[12], oder einen großen Teil davon, findet man entsprechend auch bei den geselligsten Nationen und in den besten Unterhaltungen. Überall gibt es Nachteile, überall sind die Gesellschaft und der Mensch, sowohl an sich und als Individuum wie auch als Gesellschaftswesen betrachtet, durchaus unvollkommen. Darüber hinaus sind die Mängel des Menschen und die Nachteile der Gesellschaft, sowohl allgemein wie einzeln betrachtet, überall dieselben, erst recht in diesen Zeiten ausgedehnten Handels jeder Art und damit der Gleichförmigkeit zwischen den zivilisierten Nationen, auch den entferntesten. Es ist unmöglich, einen Mangel oder Nachteil zu erwähnen oder zu beschreiben, der einer bestimmten Nation allgemein eigen ist und den man nicht in gleicher oder wenig verschiedener Form in jeder anderen Nation antrifft. Ich will also besagte Nachteile nicht ausschließlich Italien zuschreiben. Es liegt mir fern, mir eine andere und schönere Welt als die unsere in den Ländern weit von meinem Blick vorzustellen. Überall, wo es Gesellschaft gibt, versucht der Mensch stets, auf jede Weise, mit jedem Mittel und durch Herabsetzung der anderen emporzusteigen und aus den anderen einen Fußschemel für sich selbst zu machen (mit Worten oder Taten), und in jedem Land geht die Eigenliebe stets mit Abneigung und Feindseligkeiten gegen die Mitmenschen einher, und zwar besonders gegen die, mit denen man zusammenlebt und die uns am nächsten stehen, entweder durch die Interessen oder durch den alltäglichen Umgang. Und das geschieht mehr denn je bei den zivilisierten Völkern, und zwar heute mehr als in irgendeiner früheren

[12] Ich meine besonders die Nachteile in bezug auf die Art der Unterhaltung, des Benehmens in guter Gesellschaft und so weiter.

Zeit, da man jene Art von Eigenliebe, die sich Egoismus nennt – die schlimmste von allen –, als bezeichnend für dieses Jahrhundert und als notwendige Folge der Meinungen und der gegenwärtigen Lage der Völker ansieht. Aber auch abgesehen von den bereits erwähnten möglichen Unterschieden und Abwandlungen der menschlichen und gesellschaftlichen Mängel und Nachteile, kommen sie auch in verschiedenen Ausmaßen vor, und ein Mangel kann hier vorherrschen und ein anderer dort. Ich will also sagen, daß aus den erläuterten Gründen und infolge unserer Umstände besagte Nachteile in Italien größer sind als anderswo, daß sie hier vorherrschen und in unserer Gesellschaft und unserem Leben bösartiger, wirksamer, schwerwiegender, ausgedehnter, häufiger, verbreiteter, schädlicher, bezeichnender und ausgeprägter sind als anderswo.

Man ersieht daraus, daß Italien, was die Moral anbelangt, mehr der Grundlagen ermangelt als vielleicht jede andere europäische und zivilisierte Nation, weil ihm diejenigen fehlen, welche die Zivilisation selbst hervorgebracht hat und nunmehr jeden Tag mehr mit ihren Fortschritten bestätigt, und es diejenigen verlor, die der Fortschritt der Zivilisation und der Aufklärung zerstört hat. So ist Italien sowohl den gebildeteren, oder jedenfalls besser unterrichteten, gesellschaftlicheren, tätigeren und lebendigeren Nationen unterlegen als auch den weniger gebildeten, unterrichteten und gesellschaftlichen, wie etwa Rußland, Polen, Portugal und Spanien, die noch einen Großteil der Vorurteile der vergangenen Jahrhunderte bewahren und denen die Unwissenheit noch einige Garantien der Moral gibt; obwohl ihnen die fehlen, welche die Gesellschaft und das empfindliche Ehrgefühl verschaffen. Dieser Zustand vor allem Spaniens veranlaßte Chateaubriand, vor Spaniens Revolution, zu seiner Meinung, wenn die anderen Völker, zerbrochen und gealtert durch das Übermaß an Zivilisation und also durch die Verderbnis, jede Tugend und damit alle Kraft, Tapferkeit und Energie verloren haben werden, dann werde Spanien, noch frisch und der Natur noch nahe, sich in dem Zustand der Stärke befinden, der eine Folge der unverdorbenen Grundsätze und Sitten einer Nation ist, die dem Verkehr mit den anderen Völkern fern und davon unversehrt geblieben ist; und das werde die Zeit sein, in der Spanien erneut aufblühen und wieder als den anderen Nationen Europas überlegen erscheinen werde, als die einzige nicht verdorbene. Darin irrte sich Chateaubriand sehr, wie in vielen anderen Dingen und als notwendige Folge seiner vielen falschen Grundsätze. Man kann vielleicht lange darüber streiten, ob die antike Zivilisation der modernen voranzusetzen oder hintanzusetzen sei, was das Glück der Menschen wie der Völker und was Tugend, Tapferkeit, Leben, Energie und Tätigkeit der Nationen anbelangt. Aber der Zustand Spaniens hat nichts zu tun mit der antiken Zivilisation. Alles, worin Spanien, so wie die ihm ähnelnden Völker, sich von den anderen Völkern Europas unterscheidet (wenn man von den notwendigerweise durch das Klima und den Nationalcharakter verursachten Unterschieden absieht: solche Unterschiede gibt es zwischen allen Nationen, auch den zivilisiertesten), gehört der Barbarei des Mittelalters an und ist deren Ableitung oder vielmehr Fortsetzung. Wenn sich Spanien von den anderen europäischen Ländern und von seinen Nachbarn mehr unterscheidet, als sich all diese, auch die entferntesten, voneinander unterscheiden, ist dies nicht deshalb so, weil Spanien irgend etwas Antikes bewahrt oder wiedererworben hätte, sondern weil es von der mittelalterlichen Barbarei mehr bewahrt hat als alle anderen zivilisierten Nationen zusammen. Die eigentlich antiken Sitten, Meinungen und Zustände begünstigten, erweckten und erzeugten das Große, während die mittelalterlichen, alles in allem, nie etwas Großes begünstigt oder geschaffen haben, noch liegt es in ihrer Natur, es erschaffen zu können oder mit der wahren Größe des Individuums oder gar der Nationen vereinbar zu sein. Es ist eine grundfalsche Sichtweise, in der modernen Zivilisation die Befreierin Europas vom antiken Zustand zu sehen. Diese falsche Auffassung trübt sehr häufig das Urteil über die Geschichte und die Wechselfälle der menschlichen Gattung und der Nationen und stellt einen Irrtum oder einen grundlegenden Fehler dar, der die ganze Idee stört und verfälscht, die ein Philosoph sich von der Geschichte und den Fortschritten oder der Entwicklung des menschlichen Geistes machen kann.[13] Die Befreiung war die von der mittelalterlichen Barbarei, nicht von den antiken Zuständen; Zivilisation, Wissenschaft, Kunst und Erkenntnis haben uns mit ihrer Wiedergeburt, ihrem Fortschritt und ihrer Verbreitung nicht vom Antiken befreit, sondern von der vollständigen und grausigen Verderbnis des Antiken. Die Zivilisation wurde also nicht im 15. Jahrhundert in Europa geboren, sondern wiedergeboren. Sicher, sie war der ersten nicht völlig gleich, ja, *beaucoup s'en faut;* die Umstände erlaubten es damals nicht und haben uns dann womöglich weiter denn je davon entfernt, und jeden Tag entfernen sie uns noch weiter; aber insofern wir durch diese Zivilisation verschieden von den Alten werden, kann man vielleicht sehr bezweifeln, ob sie eine Wohltat für die Individuen und die Nationen darstellt und ob sie dem Glück, der Tugend und der Größe der einzeln betrachteten Individuen oder der jede für sich und alle zusammen betrachteten Nationen nützt. Die wiedergeborene Zivilisation und die Wiederkehr der Erkenntnis haben das gewaltige und unbestreitbare Verdienst, uns von den mittelalterlichen, und das heißt äußerst verderbten Zuständen befreit zu haben, die gleich weit entfernt von der Kultur wie von der Natur waren, also von Zuständen, die weder zivilisiert noch natürlich waren, sondern schlicht und einfach barbarisch; von jener Art von Unwissenheit, die viel schlimmer und schädlicher als die der Kinder und der Primitiven war; vom Aberglauben; von der grausamen und blutrünstigen Feigheit und Gemeinheit; von der ehrsüchtigen, ränkevollen und unterdrückerischen Untätigkeit und Kleinmütigkeit; von der unruhigen und mörderischen Tyrannei orientalischer Art; vom hemmungslosen

[13] Trotzdem ist diese Sichtweise sehr verbreitet und sogar allgemein, auch unter den Philosophen, jedenfalls normalerweise und gewöhnlicherweise.

Mißbrauch des Zweikampfs; von dem Feudalwesen, dem Baronentum und der Vasallenschaft; vom freiwilligen oder erzwungenen, kirchlichen oder weltlichen Zölibat; von dem Fehlen jeglichen Gewerbefleißes und dem Verfall und der Schwäche der Landwirtschaft; von der Entvölkerung, der Armut, der Hungersnot und den Epidemien, die unentwegt von diesen Ursachen hervorgerufen wurden; von dem erblichen Familienhaß, den ständigen todbringenden Kriegen und den Verwüstungen, Stadtbränden und Feldzügen zwischen König und Baronen, König und Untertanen, Baronen und Baronen, Baronen und Vasallen, Städten und Städten, Faktionen und Faktionen und Unterabteilungen von Parteien, Familien und Familien; vom nicht heroischen, sondern raubritterlichen und mordbrennerischen Geist; von der weder für die Heimat noch für die Nation angewandten Wildheit; von dem völligen Mangel an Vaterland überhaupt und an Vaterlandsliebe und an Nationen; von den fürchterlichen Unordnungen in der Regierung, oder besser gesagt, von der Abwesenheit von Regierung, Gesetzen und beständigen Formen des Staatswesens und der Verwaltung; von der Unsicherheit der Rechtspflege, der Rechte, der Gesetze, der Einrichtungen und Regeln, die alle der Gewalt, dem Gutdünken und der Willkür der Macht anheimgegeben waren, welche meistens ohne Mut besessen und ausgeübt wurde, so wie der Mut nie für das Vaterland aufgebracht noch den Gefahren je für dieses begegnet wurde, und genausowenig für den Ruhm, sondern für Geld, aus Rache, aus Haß, aus niedrigen Beweggründen und Leidenschaften, oder auf Grund von Aberglauben und Vorurteilen; von den nicht einmal verborgenen Lastern, der um keinerlei Rechtfertigung bemühten Schuld, den unverschämt ruchlosen Sitten auch bei den bedeutendsten Personen und sogar bei denen, die einen heiligeren Lebenswandel und Charakter vorgaben; von Glaubenskriegen, religiöser Unduldsamkeit, Inquisition, Giften, entsetzlichen Martern für echte oder vermeintliche Schuldige oder Feinde; vom Fehlen eines Völkerrechts; von der Folter, Feuerproben und ähnlichen Dingen. Von diesem Zustand, dessen Überbleibsel immer noch beträchtlich sind, hat uns die moderne Zivilisation befreit und befreien uns ihre täglichen Fortschritte stets mehr; von seinen Auswirkungen und Resten und den ihn begünstigenden Meinungen strebt die neue Philosophie uns zu befreien, die, so kann man sagen, vor noch nicht einmal zwei Jahrhunderten geboren wurde und sich eben darum bemüht, unsere Befreiung von den Mißbräuchen, Vorurteilen (die viel schlimmer als die Unwissenheit sind), Verkommenheiten und Barbareien des Mittelalters abzuschließen und zu vervollkommnen; deshalb allein verdient sie Lob, Dankbarkeit, Ruhm, Gunst und Pflege, und nur deshalb, oder wenigstens hauptsächlich deshalb, ist sie von Nutzen. Dieser Zustand, diese Natur der Dinge, ihre Wirkungen und Überreste, die Gebräuche, Meinungen und dazugehörigen oder ihnen entsprechenden Formen sind genau besehen das, was die Feinde der modernen Philosophie lieben, verteidigen und loben und das sie zu erhalten und vor der Zerstörung, der sie geweiht sind, zu retten versuchen; diejenigen, welche die moderne Zivilisation, die Aufklärung dieses Jahrhunderts und ihre Fortschritte beklagen, verurteilen, tadeln, bestreiten und bekämpfen, die ähnliches in den vergangenen Jahrhunderten taten und sich auf die Antike berufen oder beriefen, sich deren Verteidiger und Erhalter nennen, daraus ihre Losung machen und gegen die Neuheit schreien und sich empören, während die echte Antike größtenteils gerade das ist, was sie bekämpfen – es gibt nichts wahrhaft Antikeres als vieles von dem, was sie Neuigkeiten nennen, als solche angreifen und sich mit ernster Miene darüber wundern als über Dinge, die bis jetzt dem menschlichen Geschlecht unbekannt waren und der Erfahrung entgegengesetzt und deshalb äußerst schädlich sind. Siehe meine *Gedanken*, S. 162–163.[14]

[14] In der Kunst und Literatur ist der Geist der Renaissance nicht der gewesen, uns von der Antike zu entfernen, noch der, uns weiterzubringen als die Alten (was vielleicht unmöglich, und vielleicht absolut schlecht und schädlich und ein Verderbnis an sich ist), sondern uns vom Gotischen zu befreien, wie es geschehen ist; und trotzdem sind weder die moderne Kunst noch die moderne Literatur – trotz des

Von dieser Abschweifung kehre ich zu meinem Gegenstand zurück und sage, daß vor allem Spanien, und damit die ihm mehr oder weniger ähnelnden Nationen in Europa oder anderswo, zwar unendlichen Nachteilen und einer in Wahrheit wenig beneidenswerten Lage ausgesetzt sind, aber trotzdem eine gewisse restliche Grundlage der öffentlichen und privaten Moral, außer in der Gewalt, in den Vorurteilen selbst besitzen, in der Unkenntnis so vieler Dinge, welche die moderne Aufklärung enthüllt hat, und den nicht geringen Überbleibseln der mittelalterlichen Barbarei. Diese Grundlage fehlt Italien, ohne daß sie durch das ersetzt wird, was die moderne Zivilisation den Nationen Europas und Amerikas bietet, die gesellschaftlicher und lebhafter als Italien sind.

Die Italiener haben eher Gebräuche und Gewohnheiten als Sitten. Sie haben wenige Gebräuche und Gewohnheiten, die man national nennen kann, aber diese wenigen und die anderen, viel zahlreicheren, die man als provinzielle und städtische bezeichnen kann und muß, werden eher aus Gewöhnung befolgt als infolge irgendeines National- oder Provinzgeistes oder einer Naturmacht, oder weil sie zu verletzen oder zu mißachten große Gefahr von seiten der öffentlichen Meinung einbringen würde, wie bei den anderen Nationen, oder weil, selbst wenn es so wäre, diese Gefahr sehr gefürchtet würde. Aber in Wirklichkeit besteht diese Gefahr nicht, weil der öffentliche Geist in Italien jedem, abgesehen von dem, was die Gesetze und Verfügungen der Fürsten vorschreiben, beinahe vollständige Freiheit läßt, sich in allem übrigen so zu verhalten, wie es ihm gefällt, ohne daß sich das Publikum daran

höchst eindringlichen Studiums der antiken Vorbilder, das die modernen Künstler und Schriftsteller ständig betrieben haben und betreiben – den antiken gleich oder sind es je gewesen, sondern sie sind mehr oder weniger verschieden je nach dem Zeitalter, den Gattungen, den Schriftstellern und den Kunstmitteln, obwohl die Antike in solchen Angelegenheiten als höchster und ganz besonderer Meister anerkannt wird; dasselbe muß man von den Sitten und dem modernen Zustand der Nationen sagen, obwohl diese und die moderne Zivilisation weder den Alten gleich sind noch es je gewesen sind.

stört oder daß man sehr darauf hört, wenn es sich daran stört; noch mischt es sich je derart ein, daß es Händel verursacht und daß sein Vergnügen oder Mißvergnügen, seine Billigung oder Mißbilligung große Beachtung erfordern. Die Gebräuche und Sitten in Italien beschränken sich im allgemeinen darauf, daß jeder seine eigenen Gebräuche und Sitten befolgt, wie auch immer sie seien. Und die allgemeinen und öffentlichen Gebräuche und Sitten sind, wie gesagt, nichts anderes als Gewohnheiten und werden nur aus dem allerfreiesten Willen befolgt, der beinahe ausschließlich durch die materielle Gewöhnung bestimmt wird, also dadurch, etwas immer getan zu haben, auf eine gewisse Weise, zu einem gewissen Zeitpunkt, daß man die Vorfahren so hat handeln sehen, daß immer so gehandelt worden ist, daß man die anderen so handeln sieht, daß man sich nicht darum kümmert oder nicht daran denkt, etwas auf andere Weise oder gar nicht zu machen (wozu der Wille ausreichen würde); und so handelt man mit der vollständigsten Gleichgültigkeit, ohne dem irgendeine Bedeutung beizumessen und ohne daß der nationale oder irgendein anderer Geist damit irgendwie zu tun hat; man erachtet es für gleich, diesen Sitten und Gewohnheiten zu folgen, sie zu mißachten oder ihnen zuwiderzuhandeln; und eben weil sie überhaupt keine Bedeutung haben, unterläßt man sie nicht und handelt ihnen nicht zuwider, und das meistens mit Verachtung und oft, bei Gelegenheit, unter Hohn und Spott auf diese oder jene Sitte.[15]

Alle Dinge, die oben als Gründe des völligen Mangels an guten Sitten in Italien oder ihrer Unsicherheit sowie des Mangels an eigentlich italienischen Sitten (ein Mangel, der immer schlechte Sitten begleitet und verursacht) angesehen wurden, erzeugen eine tatsächliche Wirkung, die paradox erscheinen mag: in den Hauptstädten und den großen Städten Italiens gibt es bessere, oder weniger schlechte Sitten (da es dort wirklichere Sitten gibt) als in der Provinz und in den zweitrangigen und kleinen Städten.

[15] Siehe meine *Gedanken*, S. 3546ff.

Die Ursache ist, daß es in jenen etwas mehr Gesellschaft gibt und deshalb etwas mehr Rücksicht auf die öffentliche Meinung, ja diese Meinung überhaupt ein wenig existiert und deshalb etwas mehr Ehrgefühl und Sorge um den eigenen Ruf, etwas mehr Notwendigkeit, sich den anderen anzupassen, ein bißchen mehr Sitte und deshalb etwas mehr gute oder weniger schlechte Sitte. Im Gegensatz zu dem, was man annehmen sollte, haben die kleinen Städte und die Provinzen Italiens viel schlechtere und zügellosere Sitten und Grundsätze als die Hauptstädte und die Großstädte, welche die verderbtesten sein müßten und immer als solche betrachtet worden sind und es noch heute werden, aber zu Unrecht. Es ist im allgemeinen sicher, daß nach der – durch den Fortschritt und die Verbreitung der Aufklärung hervorgerufenen – Zerstörung oder Abschwächung der auf Überzeugung gegründeten moralischen Grundsätze etwas geschieht, das oft behauptet wurde, aber vielleicht in jeder anderen Zeit zu Unrecht: in der zivilisierten Welt sind die gebildetsten, geschliffensten, geselligsten, welterfahrensten und unterrichtetsten, in einem Wort, die zivilisiertesten Nationen, Provinzen, Städte, Klassen und Individuen auch die am wenigsten unsittlichen und unmoralischen im Verhalten und zum Teil auch in den Grundsätzen, das heißt, in denjenigen Moralgrundsätzen, die auf rein menschlichen Erwägungen und Gründen beruhen. All das ist im allgemeinen in Italien vollkommen wahr, nicht nur, was die Städte und Provinzen, sondern auch, was die Individuen und die Klassen angeht, jedenfalls die nicht arbeitenden Klassen, wenn man sie untereinander vergleicht. Und mancherorts sind die zivilisierten Klassen vielleicht moralischer, zum Beispiel ehrlicher, auch im Vergleich zu den arbeitenden Klassen; so sehr sind, in Italien wie anderswo, die Grundsätze verbreitet, welche die Moral zerstören. In den niederen Ständen werden diese Prinzipien durch nichts anderes ersetzt, abgesehen davon, daß sie dort nicht von den anderen Grundsätzen begleitet werden, welche die Leidenschaften und die Wünsche der Menschen abkühlen, die aufgeklärt und erfahren hinsichtlich der Natur und dem

Wert der menschlichen Güter sind. Deshalb wird die Zerstörung oder Abschwächung der moralischen Grundsätze (welche die schnellste und einfachste Auswirkung der Verbreitung der Aufklärung ist, da sie aufs höchste von den natürlichen Neigungen begünstigt wird und weil sie die Erkenntnis ist, die sich am schnellsten verbreitet und am mühelosesten angenommen wird) in diesen Ständen von derselben inbrünstigen Gier und Leidenschaft begleitet wie vorher, und dieser Zustand ist der allerschädlichste, den es überhaupt geben kann, und der die Unsittlichkeit am meisten fördernde, ja ihr sogar notwendige; dazu kommen die diese Stände auszeichnende Schäbigkeit der Gedanken, Niedrigkeit des Gemüts und geringe Selbstachtung. Dasselbe gilt, in den entsprechenden Verhältnissen, für die anderen Klassen und die miteinander verglichenen Provinzen, Bevölkerungen und Nationen. Die Zivilisation, die in vieler Hinsicht Verderbtheit genannt wird und wirklich ist, obwohl sie das Ehrgefühl verbreitet durch den gesellschaftlichen Brauch und die daraus hervorgehende Wertschätzung der öffentlichen Meinung sowie durch die eifrige Sorge um das, was die anderen von einem denken oder sagen oder denken oder sagen könnten, bewirkt heute, daß – da meistens die anderen moralischen Grundsätze und die anderen Stützen und Bürgen der Moral mehr oder weniger fehlen – die Sitten da, wo es weniger Zivilisation, also Verderbnis gibt, verderbter oder kurz gesagt schlechter sind. Früher konnte dies nicht so sein, weil die übrigen Grundlagen der öffentlichen und privaten Moral nicht zerstört noch vielleicht je so geschwächt waren; und jede beliebige dieser Grundlagen ist viel bedeutender, ansehnlicher und solider als die von der Zivilisation gebotene (eine reichlich oberflächliche Grundlage, die trotzdem sehr hoch zu halten ist, weil sie nunmehr die einzig mögliche darstellt); weshalb da, wo es weniger Zivilisation und deshalb mehr andere Grundlagen gab (welche die Zivilisation immer *sapés* hat), die Moral besser sein mußte als da, wo es mehr Zivilisation gab. Außerdem hilft die Zivilisation, wenn sie einen bestimmten Grad erreicht hat, heute in gewisser Weise den Schäden ab, die sie bei den Sitten verursacht hat; und deswegen kann man nunmehr nichts den Sitten Nützlicheres tun, als die Zivilisation soviel wie möglich zu fördern und zu verbreiten, als Heilmittel einerseits ihrer selbst und andererseits dessen, was von der äußersten Verderbnis und Barbarei des Mittelalters übrigbleibt oder ihr angehört und ihrem Geist und dem Impuls entspricht, den sie den zivilisierten Nationen gegeben, und den Spuren, die sie dort hinterlassen hat. Kurz und gut, die Moral im eigentlichen Sinne ist zerstört, und man kann sich nicht vorstellen, daß sie gegenwärtig wiederauferstehen könnte, noch, wann und wie das je geschehen sollte; die Sitten können sich irgendwie erhalten, und nur die Zivilisation kann das erreichen und Werkzeug zu diesem Zweck sein, vorausgesetzt, daß sie in hohem Grade besteht.

Bis jetzt haben wir bei den Italienern den Mangel an engerer Gesellschaft betrachtet. Dem muß man als weitere Ursache gleicher oder ähnlicher Wirkung auch die Natur des Klimas und des durch es erzeugten Nationalcharakters hinzufügen. Es ist so erstaunlich wie paradox und wahr, daß es keine in so hohem und ständigem Maße kalten, gleichgültigen und gefühllosen Individuen oder Völker gibt wie diejenigen, die von Natur aus am lebhaftesten, sensibelsten und wärmsten sind. Wenn diese Völker oder Individuen in politische oder andere Umstände geraten, in denen nichts der Phantasie und der Illusion Nahrung gibt, sondern im Gegenteil alles zur Ernüchterung beiträgt, ist diese Ernüchterung vollständig, gänzlich, gewaltig und abgrundtief, auf Grund eben der Lebhaftigkeit der Natur besagter Völker oder Individuen und in direktem Verhältnis zu dieser Lebhaftigkeit. Die sich daraus ergebende Gleichgültigkeit ist vollkommen, tief verwurzelt und höchst beständig; die Untätigkeit, wenn man so sagen darf, äußerst wirksam; die Nachlässigkeit sehr wirkungsvoll; die Kälte ist echtes Eis, wie es bei großer Hitze geschieht, wenn die Dämpfe zu solcher Höhe aufsteigen, daß sie sich dort zu dem härtesten Eis vereinigen und in Form von Hagel herunterkommen. Die nördlichen Völker, weniger heiß in den Illusionen, sind auch weniger kalt in der Ernüchterung. Außerdem sind sie weniger leicht ernüchtert. Wenig reicht aus, um ihre Vorstellungskraft zu schüren und ihre Illusionen zu erhalten. Dasselbe behaupte ich von den wenig sensiblen Individuen. Aber wenn das Gefühl und die Vorstellungskraft stark entwickelt sind, brauchen sie viel Nahrung, lebendige Unterstützung und etwas Rückhalt in den wirklichen Dingen. Sonst richten ihre Kraft und Wärme sich gegen sich selbst und verzehren sich um so schneller und vollständiger, je größer und tätiger diese Kraft und diese Wärme sind. Ein zarter Geist, der in Verbindung mit der Härte der wirklichen Dinge gebracht und sozusagen von ihnen gerieben wird, stumpft um so schneller und gründlicher ab, je scharfsinniger und feiner er war, und wird um so leichter und gründlicher gefühllos, je zarter, sanfter und weicher er war. Das gilt für den Körper wie für die Moral. Wenn wir nun einerseits die von den lebhaften und sensiblen Geistern untrennbare Eigenschaft betrachten, besonders leicht und gründlich in die gegenteilige Eigenschaft umzuschlagen (eine Eigenschaft, die allen Exzessen gemeinsam ist, die stets ihren Gegenteilen zuneigen), und zwar auch, bei Gleichheit der anderen Umstände, im Vergleich zu den von Natur aus gelassenen und gemäßigten oder kalten und gefühllosen Geistern; und andererseits die Tatsache betrachten, daß nicht nur diese Gleichheit der Umstände in unserem Fall nicht statthat, sondern daß Italien bezüglich der realen Dinge, welche die Phantasie und die Illusionen fördern, in einem allen anderen zivilisierten Nationen sehr unterlegenen Zustand ist (ich spreche von den Lebensumständen, nicht von den klimatischen und natürlichen, die sogar schaden aus besagten Gründen); dann werden wir uns überhaupt nicht wundern, daß die italienische, die lebhafteste aller gebildeten Nationen und die von Natur aus sensibelste und wärmste, jetzt durch Gewöhnung und erworbenen Charakter die toteste, kälteste, in der Praxis philosophischste, mißtrauischste, gleichgültigste und unempfänglichste Nation ist, die schwerer als alle anderen durch illusorische Dinge zu bewegen und noch weniger durch die Phantasie zu beeinflussen ist, nicht einmal für einen Augenblick, die rechnerischste im Handeln und im Verhalten, die ärmste an Werken der Phantasie (deren sie sogar ganz ledig ist, obwohl sie auf diesem Gebiet einmal, ja zweimal, bei weitem alle Nationen übertraf, die uns jetzt übertreffen), an irgendwelcher Poesie (ich spreche nicht von Verskunst), an sentimentalen Werken und an Romanen[16], und die unempfänglichste für die Wirkung solcher Werke und Gattungen (eigener oder ausländischer). Andererseits, und das ist nicht erstaunlich, sind die nördlichen Völker, und vor allem die nördlichsten, heutzutage die mit dem wärmsten Geist, die in der Praxis phantasiereichsten, die beweglichsten und am meisten durch Illusionen beeinflußbaren, die gefühlsmäßigsten im Charakter, im Geist und in den Sitten und die poetischsten in den Taten und im Leben, in den Schriften und in der Literatur. Das ist eine reine Tatsache, die in die Augen springt, obwohl sie merkwürdig und monströs scheint. Um ein Beispiel anzuführen: wo, wenn nicht in Deutschland und im hohen Norden, könnten in unseren Zeiten, inmitten all der Auflösung der Illusionen, die Gesellschaft der Mährischen Brüder und viele andere ähnliche Einrichtungen und Sitten sich erhalten und bestehenbleiben, die nur auf den Grundsätzen und der alleinigen Kraft der Meinungen beruhen? Und auf Meinungen, die sicher nicht der genauen, trockenen und kalten geometrisch-modernen Philosophie entsprechen. Was soll man von dem weiterhin andauernden Quäkertum und von hundert ähnlichen Dingen Englands, Deutschlands und anderer Völker des Nordens sagen? Und man halte mir nicht ähnliche religiöse (oder andere) Praktiken der Italiener entgegen, da diese in Italien, wie gesagt, Gewohnheiten und Gepflogenheiten sind, nicht Sitten, und alle darüber lachen; man findet in Italien keine echten Fanatiker irgendeiner Gattung mehr, höchstens noch unter denjenigen, die von Standes wegen an der Erhaltung dieser oder jener Art von Fana-

[16] Diese Gattungen und alles, was ihnen entsprechen kann, fehlen unserer Literatur völlig, da sie nach dem Ende unseres wirklichen Nationallebens entstanden sind.

tismus oder Illusionen interessiert sind. Sicher, besagte Bräuche der Nordländer haben etwas Antikes und durchaus nicht Modernes an sich; sie scheinen mit unseren Zeiten unvereinbar und beinahe Aufpfropfungen der Antike auf unsere Zeiten zu sein. Und man beachte, daß diese Praktiken zu einem großen Teil, und vielleicht zum größten, ganz modernen Ursprungs sind, ja aus den modernen Revolutionen in den Meinungen und der Politik hervorgegangen sind, und daß täglich ähnliche daraus hervorgehen.[17]

[17] Oben Erwähntes zeigt sich sogar in der Literatur, und zwar ganz deutlich. Wenn es eine Literatur gibt, in der zu unseren Zeiten (und in der jüngsten Vergangenheit) noch die Systeme und Meinungsromane in Gebrauch sind, ist das die englische und erst recht die deutsche, da man sagen kann, daß es gerade bei den Deutschen keinen Schriftsteller gibt, der nicht entweder ein bestimmtes System entwirft oder es befolgt, und das ist meistens, entsprechend dem üblichen und antiken Gebrauch der Systeme, ein Roman. Die geduldigsten und ausdauerndsten Beobachter, welchen Rang ohne Zweifel die Deutschen als die Gelehrtesten und im Lernen und Sichunterrichten Fleißigsten einnehmen, sind dank eines seltsamen Widerspruchs auch die romanhaftesten. In Deutschland, und zum Teil auch in England, gibt es ständig Systeme und Romane in jedem Literaturzweig, in jeder beliebigen Philosophie, in der Politik, der Geschichte, der Kritik, in jedem Teil der Philologie und sogar in den Grammatiken, vor allem der alten Sprachen. Seit langer Zeit gibt es in Europa keinerlei philosophische Sekte oder besondere Schule, und erst recht keine metaphysische, außer in der allerjüngsten Zeit, und ich glaube auch heute, in Deutschland: die, eben metaphysische, Sekte und Schule Kants, die noch in verschiedene Sekten zerfällt, und vor Kant die von Wolf. Das System der Romantik, das selbst die Poesie systematisiert hat, gehört ausschließlich den Nordländern an, und vor allem den Deutschen. Wenn die Visionen, auch in der Physik, heutzutage irgendeiner Nation angehören, so den Deutschen, wie die Festungen und die schönen Straßen bezeugen, die Professor Gruithuisen aus München auf dem Mond entdeckt hat, und der gleichfalls auf dem Mond von demselben, Schrotes und Herschel entdeckte Landbau. Kurz gesagt, trotz der veränderten Zeiten und der gegenwärtigen entschiedenen Neigung des menschlichen Geistes zur reinen Beobachtung und zur Erfahrung sind die Deutschen in der Literatur, der Philosophie und der Wissenschaft immer noch das, was die Antiken waren, nämlich Systematiker, Romanautoren, Sektierer, Phantasten und Geisterseher. Und sie verbinden diese Eigenschaften mit einem höchsten und unermüdlichen Fleiß und der Neigung zum gewohnheitsmäßigen Beobachten, Erfahren und Lernen. Ich übergehe, daß die selbst bei den am meisten als abergläubisch geltenden

All das, ich wiederhole es, erscheint monströs und widersprüchlich, wenn es nicht durch die oben gemachten Erwägungen erklärt wird. Aber so ist es. Die südlichen Völker übertrafen in der Antike alle anderen an Phantasie und deshalb in allem; und durch dieselbe Phantasie übertreffen die nördlichen bei weitem die südlichen der modernen Zeiten. Der Grund ist, daß in den antiken Zeiten der wirkliche Zustand der Dinge und der begründeten Meinungen die Phantasie so sehr begünstigte, wie er sie in modernen Zeiten beeinträchtigt. Und deshalb war in der Praxis die Phantasie der südlichen Völker um so vieles tätiger als die der nördlichen, wie es sich jetzt umgekehrt verhält, da die Kälte der Wirklichkeit um so viel stärker auf die Phantasie und die Charaktere einwirkt, je lebendiger und wärmer diese sind. Die nördlichen Nationen, und vor allem das Volk, sind sicher heute viel mehr mit den antiken vergleichbar und ihnen ähnlich als die Nationen, und vor allem das Volk des Südens es sind; während es doch genauso sicher ist, daß, wenn unter den Klimata und natürlichen Charakteren der Völker ein Bildnis der Antike ausgewählt werden sollte, niemand zögern würde, dafür die südlichen zu wählen, und umgekehrt die nördlichen als Bildnis der Moderne.

Zu diesen Beobachtungen will ich noch beiläufig hinzufügen, daß ich nicht zögere, die entschiedene und sichtbare gegenwärtige Überlegenheit der nördlichen Nationen über die südlichen, sei es in der Politik, der Literatur oder jeder anderen Sache, zum großen Teil der Überlegenheit ihrer Phantasie zuzuschreiben. Weder diese, noch folglich

Völkern, wie den Italienern und Spaniern, schon seit langem vergessenen Wunder sich in den letzten Jahren in den Zeitungen und Fürstenhöfen feierlich erneuert haben, und zwar wo? – in Deutschland. Ich übergehe, daß man vor wenigen Jahren in den Gazetten von einem zynischen Philosophen sprach: welcher Nation? – deutsch; und von gewissen deutschen Zauberinnen und Wahrsagerinnen und ähnlichen Dingen, die weiterhin von Zeit zu Zeit dort von sich reden machen; und obwohl sie von den deutschen Gelehrten verlacht werden (aber vielleicht nicht von allen), legen sie doch weiterhin den Geist dieser Nation an den Tag, während in den anderen sogar das Volk sie verlacht oder nicht daran denkt und dazu nicht fähig ist.

jene, kann als Zufall angesehen werden. Die Zeit des Nordens scheint gekommen. Bis jetzt hat in der Welt immer der Süden geglänzt und war mächtig. Und er war wirklich dazu geschaffen, in Zeiten wie den antiken zu glänzen und zu herrschen. Und umgekehrt ist der Norden tatsächlich dazu geschaffen, zu überwiegen in Zeiten, die wie die Moderne beschaffen sind. Das sah man teilweise im Mittelalter, als die zivilisierten Völker sich in ähnlichen Umständen befanden. Und so, wie besagte Natur und Verfassung der modernen Zeiten weder zufällig sind noch vorübergehend zu sein scheinen, so ist die Überlegenheit des Nordens nicht für zufällig zu halten, und es steht auch nicht zu erwarten, daß sie vorübergeht, jedenfalls in einer voraussehbaren Zeit nicht. Der Überfluß und der Exzeß des Lebens weichen der Mittelmäßigkeit und auch Kleinheit des Lebens, seit dieses nichts mehr hat, um sich in der Wirklichkeit der Dinge und der gesellschaftlichen Zustände zu nähren, und seit die begründeten Meinungen ihm widersprechen und es unterdrücken.[18]

Da das innere Leben und die Geisteskraft von Natur aus bei den Südländern, den sensiblen Individuen und den feinen Geistern stärker entwickelt sind als bei den anderen, sind sie in ihren Handlungen und ihrem Charakter entschiedener und sozusagen mehr vom Herzen regiert, also weniger mechanisch als die anderen Völker

[18] Übrigens beweist die ganze Geschichte, daß die Völker, die den anderen in den großen Illusionen überlegen sind, es auch stets in der Wirklichkeit der Dinge sind, in der Literatur, dem nationalen Glück, Reichtum und Gewerbefleiß, der direkten oder indirekten Überlegenheit oder Herrschaft über die anderen Völker. Höchst bemerkenswert ist nun die Lage einiger nördlicher Völker, welche inmitten der wachsenden Zivilisation die Phantasie bewahren. Eine perfekte Verbindung, um ein Volk allen anderen überlegen zu machen. Denn im Mittelalter fehlte die Phantasie nicht, sondern war mit der Barbarei vereinigt. In den modernen Zeiten fehlt, vor allem im Süden, nicht die Zivilisation, sondern die ins Werk gesetzte Phantasie. Der eine wie der andere Zustand sind der nationalen Größe und Überlegenheit entgegengesetzt. Die Verbindung der Zivilisation mit der Phantasie ist der Zustand der Antike, entspricht genau dem antiken Zustand, und es ist überflüssig zu sagen, welche Größe er hervorgebracht hat.

und Individuen. Wenn ihre Grundsätze und Überzeugungen den Illusionen entgegengesetzt und kalt sind und zur Gleichgültigkeit, zur Gefühllosigkeit und zum reinen Kalkül führen, sind deshalb auch ihre Charaktere und ihre Handlungen stets vollkommen kalt, kalkuliert, gleichgültig und gefühllos, viel mehr als bei den anderen Völkern und Individuen, auch wenn diese unterrichteter, philosophischer und solider sind und über mehr Grundsätze verfügen, die den Illusionen und der Phantasie entgegengesetzt sind und zur Kälte, Gleichgültigkeit und Gefühllosigkeit führen. Die Übereinstimmung zwischen den Grundsätzen und der Praxis ist viel größer und beständiger bei den Südländern als bei den anderen.

.... **Giacomo Leopardi** wurde 1798 in dem Landstädtchen Recanati in den damals zum Kirchenstaat gehörenden Marken als erster Sohn einer gräflichen Familie geboren. Angesichts kalter und liebloser Eltern wandte er sich früh der reichen väterlichen Bibliothek zu und wurde ein Wunder an frühreifer Intelligenz und Belesenheit, aber gleichzeitig kränklich, einsam und unglücklich. Ab dem achtzehnten Lebensjahr sagte er sich von den bigotten und reaktionären Ideen des Vaters los; sein Pessimismus verfestigte sich und sein Tätigkeitsschwerpunkt verlagerte sich von der Philologie auf die Poesie. Als er 24 war, erlaubte ihm der Vater zum ersten Mal, Recanati zu verlassen und sich einige Monate in Rom aufzuhalten, das ihn jedoch sehr enttäuschte. Ab 1825 gelang es ihm, unter großen Schwierigkeiten, außerhalb Recanatis zu leben (in Bologna, Mailand, Florenz, Pisa) und seine Gedichte sowie die *Operette morali (Dialoge)* zu veröffentlichen. Sein Leben blieb weiterhin von Armut, schlechter Gesundheit und unerfüllter Liebe gekennzeichnet, aber er fand erste Bewunderer, deren einer ihm ab 1833 ein etwas komfortableres Leben in Neapel verschaffte. Dort starb er 1837 während einer Choleraepidemie. Seine formvollendeten *Canti (Gesänge)* machen aus ihm einen von Italiens größten Dichtern und gehören zur Weltliteratur. Auch seine Prosaschriften sind in Italien längst klassisch geworden – nachdem man ihnen im vorigen Jahrhundert oft vorgeworfen hatte, die Jugend zu verderben und zu Verzweiflungstaten anzustiften.

Leopardi hat nicht nur in seinen stets schwermütigen Gedichten, sondern auch in seinen Prosaschriften und seinem großen Gedankentagebuch *Zibaldone* eine radikale Zeitkritik und einen Pessimismus ausgebreitet, der laut eines allgemein gängigen Interpretationsschemas zuerst persönlich war, dann geschichtlich und schließlich kosmisch wurde. Einzige Abhilfe gegen die Sinnlosigkeit und Langeweile des Lebens und die Gleichgültigkeit der Natur gegenüber ihren Geschöpfen sind die schönen Illusionen. Der einzelne hat sie in der Kindheit und die Menschheit hatte sie in der Antike, als sie noch an Tugend und Ruhm glaubte. Der Fortschritt hat diesen schönen Schein zerstört, und deshalb ist das auf die Aufklärung folgende Zeitalter so leer und jeder Größe bar. Allerdings war Leopardi, jedenfalls in der *Abhandlung*, der Meinung, das Mittelalter und der Feudalismus hätten eine noch größere Verderbnis als die Gegenwart dargestellt, schon durch ihren Despotismus, der jedes Streben nach Edelmut und Größe verhindert habe. Deshalb sei die Moderne das kleinere Übel, dem man, vor allem in Italien, zum Durchbruch verhelfen müsse – soviel Kritik Leopardi auch sonst an seinem »toten Jahrhundert« übte. Dieselbe Vernunft, der die »Niedermetzelung der Illusionen« zuzuschreiben ist, zeigt sich, vor allem in Nordeuropa, auch in der Lage, neue positive Illusionen zu schaffen, vor allem die des gesellschaftlichen Ansehens. Eine wirkliche Moderne wäre eine erneuerte Antike. Aber dergleichen geschieht nicht in Italien, wo es an jedem echten gesellschaftlichen Leben fehlt.

Leopardis Pessimismus ist trotz gelegentlicher Verbissenheit nicht der grundsätzliche Schopenhauers, mit dem man ihn oft, allzuoft, verglichen hat – so De Sanctis in einem bekannten Aufsatz –, sondern das Ergebnis unbefriedigten Tatendurstes: ein erfülltes und intensives Leben – darauf kommt Leopardi immer wieder zurück – würde den Schmerz und die Leere des Daseins erträglich machen. Es ist eher Rimbauds »changer la vie«, was hier anklingt, das Verlangen nach einem ganz anderen Leben. Nur bitteren Hohn hatte er hingegen für die liberalen und patriotischen Bewegungen seiner Zeit übrig, von denen er wohl begriff, daß sie bloß zum Triumph dessen führen sollten, was er den »geometrischen Verstand« nannte und andere später die »warenförmige Gesellschaft« oder die »instrumentelle Vernunft«. Leopardis Kritik war weit radikaler und subversiver als die seiner Zeitgenossen, und als Leitbild hatte sie die Antike mit ihrer unmittelbaren Identität des einzelnen und der Polis. Darin ähnelte Leopardi Hölderlin, mit dem man ihn, als Dichter wie als Denker, immer wieder verglichen hat. Mit dem Unterschied – wie Walter Benjamin treffend betont hat –, daß Leopardi sich nicht resigniert aufs Religiöse zurückgezogen hat und sich seine Empörung nicht abkaufen ließ. Er blickte der Welt weiterhin ins Angesicht, frei von allen Ideologien und Denkschablonen. Gerade die Widersprüche und Schwankungen, vor allem im *Zibaldone*, sind Ausdruck dieser Lauterkeit, die die des Kindes vor dem nackten Kaiser ist und im Autobiographischen wurzelt – wie auch vieles in der *Abhandlung*.

Die *Abhandlung* wurde unter Leopardis nachgelassenen Papieren aufgefunden und erst 1906 veröffentlicht. Sie wurde höchstwahrscheinlich 1824 geschrieben und war vermutlich für die in Florenz erschienene liberale Zeitschrift *Nuova Antologia* bestimmt. Weder stilistisch noch inhaltlich ist sie überarbeitet; auch die langen Fußnoten sind wohl eher als Abschweifungen anzusehen, die der Autor möglicherweise später in den Text einzuarbeiten gedachte. Die einzelnen Abschnitte wurden vielleicht zu verschiedenen Zeiten geschrieben, was gewisse Widersprüche innerhalb des Textes erklären könnte. Lange Zeit wenig beachtet, ist die *Abhandlung* seit 1988 in Italien in vier verschiedenen, kommentierten Separatausgaben erschienen.

Den geschichtlichen Hintergrund bildet die Friedhofsruhe, die 1815 in Italien wieder eingekehrt war und alle Hoffnungen zunichte gemacht hatte, welche die französische Revolution und die napoleonischen Invasionen hervorgerufen hatten. Bemerkenswert ist, daß Leopardi, der in seinem Leben Italien nie verlassen hat, zum Zeitpunkt der Abfassung dieser Schrift außer seinem Heimatstädtchen nur Rom kannte. Der viermonatige Aufenthalt dort war eine bittere Enttäuschung für ihn gewesen, welche sehr zum »Weltschmerz« der ein Jahr später, gleichzeitig mit der *Abhandlung* entstandenen *Dialoge* beitrug. Wenn diesem beschränkten Erfahrungshorizont einige Fragwürdigkeiten der *Abhandlung* geschuldet sind, so bleibt es doch viel erstaunlicher, daß Leopardi sich unter solchen Umständen ein insgesamt so scharfsinniges Urteil hatte bilden können.

.... Anmerkungen

Seite 38: *Corinne* – 1807 erschienener Roman von Madame de Staël (1766–1817), mit der Leopardi sich eingehend beschäftigt hat. Der Roman beschreibt die Reise der Autorin nach Italien und löste eine Welle der Italienbegeisterung in Europa aus.

Seite 39: Giuseppe *Baretti* (1719–1789) aus Turin verbrachte viele Jahre in London. Er veröffentlichte unter anderem die satirische Zeitschrift *La frusta letteraria* und ein englisch geschriebenes Werk über den Charakter der Italiener, *An Account of the Manners and Customs of Italy* (1768); Gaspare *Gozzi* (1713–1786), Sittenschilderer und Essayist aus Venedig; Giuseppe *Parini* (1729–1801), Dichter der Mailänder Aufklärung, Satiriker, einer der Erneuerer der italienischen Literatur; Carlo *Goldoni* (1707–1793), Venezianer, einer der bedeutendsten Lustspieldichter seiner Zeit.

Seite 39: *Revolution* – Gemeint ist die französische, von deren positiver Bedeutung Leopardi stets überzeugt war.

Seite 39: *Meinungen* – Dieses häufige Wort bedeutet bei Leopardi in etwa »Bewußtsein«.

Seite 40: *Herrschaft der Ausländer* – Von 1792 an, und in verstärktem Umfang seit 1797, hielten französische Truppen einen Teil Italiens besetzt. Dort wurden neue Staaten eingerichtet, die trotz ihrer Kurzlebigkeit und ihrer Abhängigkeit von Frankreich das Ende des feudalen Dornröschenschlafs bedeuteten und den Wunsch nach sozialen Reformen und nationaler Einigung wachriefen.

Seite 40: *Gesellschaft* – Gesellschaft hat hier stets einerseits den modernen, allgemeinen Sinn, andererseits die Bedeutung »gute Gesellschaft«, Oberschicht.

Seite 47: *Was die Moral anbelangt, so philosophisch* ... – »philosophisch« bedeutet hier: im Sinne der Aufklärungsphilosophie, rationalistisch.

Seite 49: *Der größte Philosoph ... finden kann* – Die Italiener sind also in der Praxis aufgeklärter, skeptischer, mehr aller positiven Illusionen bar als alle anderen Völker.

Seite 53, Fußnote 9: *Autorität* – Gemeint ist die Autorität der Meinungen.

Seite 53, Fußnote 9: *Autognomoni* – Dieses von Leopardi erfundene Wort bedeutet »diejenigen, die ihre eigene Sonnenuhr sind«, aber da es auf das griechische »gnome« (Wissen) zurückgeht, heißt es auch »die, die eine unabhängige Meinung haben«.

Seite 56, Fußnote 10: *Siehe meine Gedanken* – In Leopardis *Zibaldone* heißt es am 20.2.1821 unter anderem: »Die Anwesenheit der Gesellschaft löscht die Illusionen aus, während sie sie in der Antike hervorrief und entzündete, und die Einsamkeit ruft sie hervor oder erweckt sie wieder, während sie sie im antiken – nicht im primitiven – Zustand einschläferte« (Leopardis Seitenangaben beziehen sich auf seine eigenhändige Paginierung). Leopardi behauptet also in dieser Anmerkung das Gegenteil von dem, was er in Fußnote 7 auf Seite 46 über die Einsamkeit sagt.

Seite 59: *Raillerie* – Spott, Persiflage, Verhöhnung; *se pousser à bout* – sich zum Äußersten treiben; *Polissonnerie* – Frechheit.

Seite 64: In *Génie du Christianisme* (1802) beschrieb François-René de *Chateaubriand* (1768–1848) Spaniens Rückständigkeit als moralische Gesundheit, die dem Land in Zukunft noch von Nutzen sein würde. Bis zu Napoleons Invasion 1807 war Spanien das zurückgebliebenste Land Westeuropas, in dem es sogar noch die Inquisition gab; von seiner einstigen politischen, wirtschaftlichen, militärischen und kulturellen Größe war nichts mehr übriggeblieben. 1820 fand eine liberale Revolution statt (zu deren Unterdrückung übrigens Chateaubriand in seiner Eigenschaft als französischer Außenminister kräftig beitrug).

Seite 66: *Beaucoup s'en faut* – Weit davon entfernt.

Seite 66: *Zivilisation ... Erkenntnis* – Also die Renaissance und die Aufklärung.

Seite 67: *Feuerproben und ähnlichen Dingen* – Leopardis höchst negatives Bild der feudalen Gesellschaft unterscheidet ihn sehr von anderen romantischen Autoren, vor allem den deutschen, und zeigt, wie wenig er sich in Idealisierungen flüchtete. Allerdings sollte erwähnt werden, daß viele der von Leopardi aufgezählten Erscheinungen auch über das Mittelalter hinaus fortbestanden oder, wie etwa die Inquisition, sogar erst danach allgemein eingeführt wurden.

Seite 68: *Gedanken* – Eintragung vom 10.7.1820, in der Leopardi, anders als hier, behauptet, die Moderne sei noch weiter von der Antike entfernt, als es das Mittelalter war, und in der man den bemerkenswerten Satz liest: »Die Zivilisierung hat die Tyrannei des Mittelalters gemildert, aber dafür ewig gemacht.« Leopardi äußerte sich meistens weniger günstig über die Moderne, als er es in der *Abhandlung* tut.

Seite 70, Fußnote 15: *Gedanken* – Eintragung vom 28.9.1823 über das Fehlen eines allgemein verbindlichen gesellschaftlichen Tones in Italien.

Seite 72: *Sapés* – unterhöhlt.

Seite 75: *Mährische Brüder* – Diese, auch Böhmische Brüder genannt, sind, wie die Quäker, eine radikale protestantische Sekte.

Seite 76, Fußnote 17: *Roman* – Unter Roman versteht Leopardi hier ein nicht empirisch fundiertes, sondern auf der Phantasie beruhendes metaphysisches System, wie es für ihn die Philosophien Leibniz' und Kants sowie das von ihm abgelehnte »System der Romantik« waren.

Seite 76, Fußnote 17: Christian *Wolf,* deutscher Philosoph (1679–1754), Urheber eines rationalistischen metaphysischen Systems, von dem ursprünglich Kant ausging. Leopardi hatte weder von seiner noch von Kants Philosophie eine direkte Kenntnis, obwohl er sich über letzteren mehrfach abfällig äußert und ihm Descartes, Galilei, Newton und Locke gegenüberstellt.

Francesco De Sanctis
Der Mensch Guicciardinis

Die Herausgabe der *Unveröffentlichten Schriften* Guicciardinis war eines der Ereignisse, die unseren geschichtlichen Studien einen großen Auftrieb hätte geben sollen. Sie gehören zu den Entdeckungen, die allein ausreichen, um einen ganzen Zyklus der Geschichtswissenschaft in Gang zu setzen, so reichliche Nachrichten findet man darin, zusammen mit den Überlegungen und Eindrücken, die sie beleben und die ein neues Licht auf ein ganzes Jahrhundert werfen.

Und es handelt sich um ein Jahrhundert, über das man viel geschrieben und von dem man wenig verstanden hat: ein Jahrhundert, welches das der Wiedergeburt genannt wird und doch das unseres Niederganges war. Das geschichtliche Problem jener Epoche scheint mir noch nicht mit großer Genauigkeit gestellt, diskutiert und vertieft worden zu sein.

Das Problem ist folgendes: Italien hatte in jener Zeit den höchsten Grad an Macht, Reichtum und Ruhm erlangt, und in der Kunst, der Literatur und der Wissenschaft erreichte es bereits jenen Punkt, den wenige und bevorzugte Nationen zu erreichen pflegen und von dem damals die anderen Nationen weit entfernt waren, die Italien mit römischem Hochmut »die Barbaren« nannte. Und doch brach Italien beim ersten Zusammenstoß mit diesen »Barbaren« wie durch einen plötzlichen Einsturz zusammen und wurde aus der Zahl der Nationen ausgelöscht.

Und die Barbaren stießen erneut den wilden Schrei aus: »Wehe den Besiegten!« Und nicht nur traten sie diese mit Füßen, sondern verspotteten sie auch, indem sie, während sie sie behandelten, als ob sie keine Menschen wären, die Welt mit Klagen und Vorwürfen über die italienische Tücke und Feigheit erfüllten.

Und seitdem galt es als ausgemacht, daß wir die Tückischen und Feigen waren, daß das Unrecht ganz auf unserer Seite war, daß man es uns mit unserer Münze heimgezahlt hatte, daß es uns recht geschehen war und daß die Barbaren uns einen ausgesprochenen Gefallen erwiesen hatten, indem sie uns ein wenig neues Blut in die Adern flößten.

Zu diesen Urteilen der Historiker jenseits der Alpen kommen die Klagen der unseren hinzu, welche die unerhörte Katastrophe unseren Zwistigkeiten zuschreiben, die uns jede Kraft zum Widerstand nahmen.

Der gute Sismondi, der mit so viel Wohlwollen von unseren Angelegenheiten spricht, verwandelt den Vorwurf in Lob, indem er versichert, das Nationalgefühl habe den Italienern deshalb gefehlt, weil sie von einem höheren Gefühl bewegt wurden: sie fühlten sich als Weltbürger und waren Wohltäter der Menschheit unter Aufopferung ihrer selbst.

Die Katastrophe kam auch nicht auf einmal, sondern es herrschte eine unruhige Vorahnung und es mangelte nicht an den üblichen Prophezeiungen. Alle erinnern sich daran, mit welcher Beredsamkeit Savonarola von der Kanzel die Ankunft der »Barbaren« verkündigte, und welchen Eindruck damals die Prophezeiung eines Franziskaners hervorrief, der unter anderem den »Sacco di Roma« ankündigte. Finstere Zeichen werden von den Geschichtsschreibern erwähnt. Der Blitz schlägt in Florenz in die Kirche Santa Maria del Fiore ein; in einer dunklen Nacht erleuchten blutige Feuer die Villa Careggi. Die Geister der antiken Könige Aragons verkünden ihrem Nachfolger den Fall des Reichs von Neapel. Die Statuen schwitzen Blut. Die erschreckten Völker glauben, im Himmel kämpfende Heere zu sehen. Eine verborgene Unruhe bemächtigte sich der Bürger zwischen den Freuden und Lüsten eines untätigen Lebens.

Es gab also das dunkle Bewußtsein einer gesellschaftlichen Auflösung und baldigen Katastrophe. Und mehr als die Urteile der Ausländer und der Späteren ist es nützlich, die Eindrücke und Urteile der Zeitgenossen zu untersuchen.

Die Mönche und die Geistlichen, und auch viele Geschichtsschreiber, sehen die Ursache des Übels in der Erschlaffung der religiösen Gefühle und der Sitten.

»Man glaubt nicht mehr an Christus«, sagt Benivieni. »Man glaubt im Gegenteil, daß alles vom Zufall bestimmt werde, vor allem die menschlichen Angelegenheiten. Einige halten dafür, daß sie von himmlischen Einflüssen geregelt werden. Man verneint das zukünftige Leben, man verspottet die Religion. Einige halten sie für eine Erfindung der Menschen. Alle, Männer und Frauen, kehren zu den heidnischen Bräuchen zurück und ergötzen sich am Studium der Dichter, der Astrologen und jedes Aberglaubens.«

In diesen wenigen Zeilen haben wir den ganzen Savonarola.

Andere meinen im Gegenteil, das Übel sei hauptsächlich der römische Hof und die religiösen Gewohnheiten und Bräuche, welche die Gemüter zermürbt und eher dazu bereit gemacht haben, »Beleidigungen zu verzeihen als zu rächen«. Und sie sehen keinen anderen Weg, um die Einrichtungen und die Menschen wieder zu stärken, als den uns von der Antike gegebenen Beispielen zu folgen.

Alle waren davon überzeugt, daß das Land verderbt war; bloß führten einige die Verderbnis auf das abgeschwächte religiöse Gefühl zurück, während die anderen ihren Sitz eben in die Religion verlegten, so wie sie vom römischen Hof verstanden und ausgeübt wurde. Erstere erblickten die Abhilfe darin, »die Gesellschaft zu ihren Ursprüngen zurückzuführen« mittels einer religiösen und moralischen Reform, die den Glauben wiederherstellen und die Sitten verbessern würde: Eine Reform, die der Klerus, bedrängt von Bruder Savonarola und später von Bruder Luther, auf seine Weise im Konzil von Trient durchgeführt hat. Die anderen sahen im Gegenteil die Abhilfe in der Emanzipation des Gewissens von jeder religiösen

Autorität, was die Abschaffung des Papsttums mit sich brächte, welches sie für den Hauptfeind der nationalen Freiheit und Einheit erachteten.

Es handelte sich um zwei Schulen, die unter verschiedenen Namen auch heute fortbestehen und die in ihren Zwecken und ihren Mitteln Italien überschritten und das ganze katholische Europa umfaßten. Man kann sagen, daß ihre Geschichte die ganze moderne Geschichte ausmacht, die noch nicht beendet ist.

Eine Geschichte, in der Italien eine sehr zweitrangige Rolle spielte. Sicher, die ersten Begriffe und die ersten Versuche gingen von hier aus, aber sie blieben vereinzelte Begriffe und Versuche von geringer Wirkung; und als der Brand sich ausbreitete und die gegensätzlichen Meinungen in ganz Europa erbitterte Konflikte, Zwistigkeiten und Völkerkriege entzündeten, fehlte es bei uns nicht an Bürgern voller Tugend, die mit der Feder, großen Werken oder Martyrien ihren Glauben bewahrten; aber es war eine Bewegung weniger und uneiniger Menschen, die nur ein wenig an der Oberfläche wirkte, unter der die Bevölkerung in schläfriger und stumpfsinniger Ruhe verharrte. Auch heute gibt es solche, die den Katholizismus und das Papsttum für die Rettung oder den Untergang Italiens halten: aber es handelt sich um müßige Meinungen, die keine dauerhafte Spur bei den Massen hinterlassen: das ökumenische Konzil, das in anderen Teilen Europas so lebhaften Haß und so viel Hoffnung erregt, ruft bei uns weder energische Opposition noch heftige Zustimmung wach.

Die Sittenverderbnis war das sichtbarste Zeichen des Übels, das Italien peinigte und die Katastrophe unvermeidbar machte. Dieses Zeichen wurde für das Übel selbst gehalten, und die einen gaben die Schuld dem Heidentum und den klassischen Studien, die anderen dem römischen Hofe, dem Stein des Anstoßes, ohne daran zu denken, daß die Verderbnis des Papsttums und die Begeisterung der gebildeten Klassen und sogar der Päpste für das Heidentum auch ein Teil des Problems waren: Anzeichen und Wirkungen, die nichts erklärten, sondern ihrerseits erklärt werden mußten.

Aber die Politiker sahen die Frage von einem bestimmten Gesichtspunkt aus. Sie hatten wenig Vertrauen in die späten Früchte, die aus einer religiösen und moralischen Reform hervorgehen konnten, glaubten weder an den Papst noch an Christus und verhöhnten die »unbewaffneten« Propheten. Ihnen war klar, daß Italien, geteilt und militärisch schwach, den Barbaren schlecht widerstehen konnte: hier war die Gefahr, und hier war Abhilfe nötig. Sorgen bereiteten ihnen vor allem die inneren Zwistigkeiten unter den Bürgern, zwischen den Städten und zwischen den Staaten, und sie suchten ein System des »Gleichgewichts«, das allen Klassen Befriedigung verschaffen und so im Inneren Ordnung und Eintracht aufrechterhalten sollte und die großen italienischen Staaten durch gegenseitige Bürgschaften gegen von außen kommende Angriffe verbinden würde. Es ist erstaunlich, wieviel scharfsinnige Erfindungen diese feinen Gehirne ersannen, um den Staat so zu ordnen, daß man das erwünschte Gleichgewicht erhielte, als der Fremde schon im Haus war und gnädig darüber disputieren ließ, ob man die Entscheidungen durch die Mehrzahl oder durch die Hälfte der Bohnen fällen solle. Nicht weniger hellsichtig waren die Urteile über die Lage und die Kräfte der Staaten, über die Neigungen, Leidenschaften und Interessen der Fürsten und über die verschiedenen Zusammensetzungen der Bündnisse; mit einer Feinheit der Beobachtung und der Analyse, die ich in vielen Dokumenten der modernen Diplomatie vermisse. Es schmerzt, soviel Klugheit bei soviel Ohnmacht zu sehen. Sie sahen, daß die Nachbarnationen zu großen Mächten aufgestiegen waren dank »den guten Gesetzen und dem guten Heer«, und vor allem, weil sie alle Glieder des Staates unter einer einzigen Leitung versammelt hatten. Und sie versuchten etwas Ähnliches in Italien. Daher die »Lega Serenissima« von Lorenzo il Magnifico und die Ligen und Gegenligen von Papst Julius II.; und nach dem Scheitern des Versuchs, alle italienischen Staaten zu einer Kraft zu vereinigen, und mit dem Fremden bereits im Land, rief man deshalb, um diesen zu verjagen, die anderen Fremden herbei. Daher die Vorschläge, nationale

Milizen zu bilden, um sich den Kondottieri zu entziehen, und bestimmte »gemischte Regierungsformen« einzurichten, die ein gewisses Gleichgewicht zwischen Patriziern und Volk bewahren sollten. Was bei den anderen Nationen das natürliche Ergebnis ihrer Geschichte darstellte, war in Italien nichts als künstliche Kombinationen scharfsinniger Geister. Und nichts gelang. Die italienischen Ligen waren unstabil, weil sie Fürstenligen waren, und das auf zwangsläufig schwankender Interessenbasis. Ligen mit Ausländern machten aus Italien den Tummelplatz aller Begierden und aller Unverschämtheiten, und sie nahmen das Ende, von dem Guicciardini spricht, dem es vernünftig scheint, »daß irgendeine große Macht übrigbleibt, die versuchen wird, die kleineren zu schlagen und vielleicht Italien unter eine einzige Krone zu bringen«. An Nationalmilizen dachte man zu spät, als die Kondottieri bereits die Herren waren und das Land voller Schweizer und Spanier, Landsknechte, Stradioten und Kriegsvolk. Genausowenig gelang es den »guten Gesetzen«, soviel Eintracht unter den Bürgern herzustellen, daß die Parteien aufgehört hätten, die Fremden zu rufen; und so – ein erbarmungswürdiges Schauspiel – haßten alle sie und riefen alle sie. Deshalb war kein nationaler Widerstand aus eigenen Kräften möglich, und Italien wurde, wie man sagte, »mit der Kreide erobert«.

Man steht also stets vor demselben Problem. Nie hat man so viel Klugheit und so große Intelligenz gesehen wie bei den großen Männern, die damals die Geschicke des Landes in den Händen hatten, Politiker, Philosophen, Gelehrte, Künstler, deren Werke auch heute noch allgemeine Bewunderung hervorrufen.

»Italien«, schreibt Guicciardini am Anfang seiner *Geschichte Italiens*, »im Genuß des tiefsten Friedens und der größten Ruhe, an den gebirgigsten und unfruchtbarsten Stellen nicht weniger bebaut als in den Ebenen und den fruchtbarsten Gegenden, keiner anderen Herrschaft als der seiner eigenen Einwohner unterworfen, hatte nicht nur Bewohner, Waren und Reichtümer im Übermaß, sondern war aufs höchste geadelt durch die Pracht vieler Fürsten, den Glanz vieler edler und schöner Städte und den Sitz und die Erhabenheit der Religion; Italien war voller Männer, die in der Verwaltung der öffentlichen Angelegenheiten Ausgezeichnetes leisteten, und an Geistern, die auf allen Gebieten hervorragten; in jeder Kunst war es trefflich und rege, darüber hinaus, entsprechend dem Brauch jener Zeit, nicht ohne militärische Glorie; und mit so vielen Gaben geschmückt, besaß es bei allen Nationen verdientermaßen einen hell leuchtenden Namen und Ruhm.«

Diese Worte Guicciardinis beziehen sich genau auf den kritischen Augenblick, als Lorenzo de' Medici, Ferdinand von Aragon und Innozenz VIII. vom Horizont verschwanden und die Borgia, Alfons von Aragon und Ludovico il Moro die Bühne betraten und als Karl VIII. von den Alpen her einfiel und Ereignisse in Gang setzte, die mit der Unterjochung Italiens unter fremde Mächte enden sollten. Und anfangs fehlte es nicht an Illusionen. In Venedig sagte man, Karl käme, um Italien »zu sehen«. Unsere überschlauen Staatsmänner vertrauten darauf, mit Verstand und Schläue diese barbarische Kraft besiegen und schlimmstenfalls Fremde Fremden gegenüberstellen und so die einen durch die anderen bändigen zu können. Alle sahen die Gefahr, alle schlugen Abhilfen vor, und man kam zu keinem Ergebnis. Es fehlte nicht an Ideen, es fehlte am Willen und der Kraft, sie zu verwirklichen. Scharfsinnige Reden, herrliche Schriften, schwache Werke: alles beschränkte sich auf unglückliche und vereinzelte Versuche, ohne Widerhall, ohne weitere Verbreitung. Heroische Akte waren nicht selten, aber sie gehörten einzelnen Individuen und einzelnen Städten an: nichts, was kollektives und nationales Leben bewies. Und so gab es keine Reform, keine italienische Liga, keine Nationalmilizen, keine »guten Ordnungen« und »guten Heere«, und alles beschränkte sich auf Worte und Schriften. Diskutierend und schreibend wurde Italien schließlich eine leichte Beute des Fremden.

Diese einzigartige italienische Ohnmacht inmitten des ganzen Anscheins von Größe und Macht bezeugt ein tieferes Übel, als es den Zeitgenossen schien und als es später erschienen ist. Tadeln wir ruhig den Verrat Ludovicos oder die Tücke der Borgia oder die Leichtfertigkeit Leos X.: der Tadel erklärt nichts; das Übel war so schwerwiegend, daß die Trefflichkeit oder Niedertracht der einzelnen wenig vermochte. Sagen wir ruhig, daß der moralische Sinn verdunkelt war; daß die Sitten, vor allem die des Klerus, völlig verderbt, die Waffen unversöhnlich waren; daß die Fürsten und die Parteien selbst die Fremden riefen. Mit dieser düsteren Beschreibung der Anzeichen einer Krankheit, die Machiavelli »die italienische Verderbnis« nannte, löst sich das Problem nicht, sondern erweitert sich, da immer die Frage offenbleibt, warum sich Italien, hinter dem Anschein blühendster Gesundheit, in einer solchen Auflösung und Verderbnis befand, daß es beim ersten Zusammenstoß mit den Barbaren alles verlor, auch die Ehre, und für mehrere Jahrhunderte aus der Geschichte verschwand in einem so tiefen Fall, daß es auch heute zweifelhaft ist, ob es wirklich wiederauferstanden sei.

Die italienische Verderbnis und ihre Elemente, ihre Allgemeinheit, ihre Intensität, ihre Gründe, ihre Entwicklung und ihre Wirkungen, ihr Charakter und die Züge, die sie der Nation aufprägte, sowie ihre Reste, die noch heute sichtbar sind und uns daran hindern fortzuschreiten, sind ein noch nicht befriedigend untersuchter, aber des Studiums äußerst würdiger Gegenstand. Wir warten auf den Machiavelli oder den Montesquieu, der darüber angemessen schreibt, frei von den zeitgenössischen Leidenschaften. Dazu reicht aber die Klugheit und der Fleiß des Historikers nicht aus; dazu braucht es ein metaphysisches Auge, das inmitten der Vielfalt der Akzidenzien die wesentlichen Züge zu erfassen versteht.

Wer mit einem solchen Auge jene Zeiten betrachtet, erkennt sofort den Hauptunterschied zwischen Italien und den Nationen – Frankreich, Deutschland, Spanien und der Schweiz –, die es sich als Schauplatz ihrer Kämpfe auswählen sollten. Diese gelangten damals, nach einer langen Vorarbeit, zu einer stabilen politischen Ordnung, da sie aus ihren inneren Kämpfen geeint, geordnet und gestärkt hervorgegangen waren, während Italien sich schon mehrere Jahrhunderte vorher gebildet und eine ganze Zivilisation gehabt hatte, die Frucht jener frühreifen Bildung war. Seit die Kommunen ihre Freiheiten erlangt hatten, fand Italien seine Ordnung, die sich, bei aller Verschiedenheit der einzelnen Fälle, in ihren Grundzügen unverändert erhielt und jene Wunder an Wohlergehen, Größe und Kultur erzeugte, die ohne Entsprechung in irgendeinem anderen Teil Europas waren. Im Königreich Neapel, wo die monarchisch-feudale Form überwog, war die Bewegung oberflächlich und auf die höheren Schichten beschränkt, während die niederen Klassen in einer unbeweglichen Unwissenheit und Roheit verblieben: und doch blieb die italienische Kultur nicht ohne Widerhall und Antwort in diesen Gegenden. Aber im Rest Italiens hatte die Freiheit alle Kräfte, alle Interessen und alle Leidenschaften in Gang gesetzt, und in vielen Kommunen hatte sich ihre Wirkung bis in die niedersten Schichten der Gesellschaft bemerkbar gemacht. Diese durch so heftige Antriebe in Gang gesetzte Anhäufung und Konzentration von Kräften beschleunigte und verzehrte gleichzeitig das italienische Leben, während alle Klassen sich darin aufrieben, so daß die Geschichte dieses Lebens sich in einem kurzen Zeitraum vollzog; sie war wunderbar durch die unermüdliche Tätigkeit, die außerordentliche Erregung der politischen Leidenschaften, die Kühnheit und Wildheit der Kämpfe, die breite Beteiligung aller Klassen am öffentlichen Leben, die unermeßlichen Schöpfungen in der Industrie, dem Handel, der Landwirtschaft, den Studien, den Werken der Gelehrsamkeit und des Geistes. Es war das Leben Achills: ruhmreich, aber kurz. Das Mittelalter bedeutete für die anderen Nationen eine lange und mühsame Vorarbeit; für Italien war es Zivilisation, die ganze Zivilisation, die das Mittelalter hervorbringen konnte. In der Zeit, von der Guicciardini spricht, erreichte diese Zivilisation bereits die letzte Vervollkommnung, die sich im Luxus und in der Eleganz äußert, in der Anbetung der schönen Formen, im Sinn und Geschmack für Kunst, in der Großartigkeit und Pracht der Feste, im Genießen der Wonnen, in der Zartheit und Feinheit des Schreibens, in der Unterhaltung, den

Umgangsformen und den Sitten, die unzweifelhafte Anzeichen der Blüte, des Wohlstands und der Kultur sind. Diese reiche, frohgemute und blühende Produktion in einer solchen Formenvielfalt des materiellen, intellektuellen und künstlerischen Lebens war nicht der Beginn, sondern das Ergebnis, der herrliche Abschluß, beinahe die Krönung einer großen Zivilisation, die sich in ihrem schnellen Ablauf schnell selbst aufgezehrt hatte: sie war der Ertrag eines Kapitals, das von einer vorhergegangenen Tätigkeit aufgehäuft worden war, deren Antrieb weggefallen war. Dieses schöne Leben, mit einem so üppigen Anschein von Gesundheit und Kraft, hatte bereits vertrocknete Wurzeln, da aus dem Bewußtsein alle religiösen, moralischen und politischen Ideen verschwunden waren, die es zu einer solchen Blüte geführt hatten: das Kaiserreich, das Papsttum, die städtischen Freiheiten, die feudale Größe; deshalb war die Gesellschaft, während sie einen so lebhaften Glanz ausstrahlte, politisch und moralisch bereits in Auflösung begriffen. So war es zu Perikles' Zeiten, im Jahrhundert von Augustus und in dem Ludwigs XIV. Nachdem in Italien alle geistigen Antriebe geschwunden waren, deren Folge doch die letzte Blüte seiner Zivilisation war, verwelkte auch diese in Kürze, während als einzige Triebkraft der Menschen die materiellen Interessen übrigblieben. Dem Papsttum, der Kommune und dem Fürsten fehlten all die hohen Ziele, für welche die Völker sich begeistern und durch die sie groß werden: die nationale Wesensart verweichlichte und der Charakter verfiel. Und so fehlten all die Tugenden der Kraft, die Initiative, die Großzügigkeit, der Opfersinn, der Patriotismus, die Zähigkeit, die Disziplin; und es kamen die Eigenschaften auf, die der moralischen Verweichlichung eigen sind, begleitet von der größeren Kultur und Aufgewecktheit des Geistes, der Verstellung, der List, der Doppelzüngigkeit, der Kunst, stets zweideutig zu bleiben, sich in der Mitte zu halten und einen Ausweg offenzulassen, der Vorsicht und der Geduld. Die Theorien, die Grundsätze und die Einrichtungen waren noch dieselben, sie wurden in ihrer äußeren, mechanischen und literarischen Seite akzeptiert und in den öffentlichen Reden verherrlicht; sie waren eine konventionelle Sprache zu Hause und auf der Straße geworden und wurden in der Praxis verneint und widerlegt; solche Heuchelei war auch bei denen üblich, die für die Freiheit ihres Denkens bekannt waren. Es fehlte die Kraft, redlich anzuerkennen, ebenso wie die, kühn zu verneinen, da, wie allen bewußt war, das Leben eine gemeine Komödie geworden war. Wie als Gegengewicht oder als Protest einer Gesellschaft, die sich noch nicht dareinfand zu sterben, gab es gerade in diesen Zeiten der Verweichlichung große Individuen im Überfluß, tapfere Patrioten, kühne Denker, bis zum Martyrium standhafte Reformer, heldenhafte Städte: bewunderte und nicht nachgeahmte Taten, die vereinzelt und weitgehend oder ganz wirkungslos auf die Menge blieben. Auch die Anwesenheit der Fremden im Land und die Angriffe auf den Besitz, das Leben und die Ehre, die doch die Feigsten kühn machen, reichten nicht hin, um in jenen Völkern einen Funken des Unwillens und der Scham hervorzurufen; im Gegenteil, jenes ungewohnte Schauspiel wilder Energie raubte ihnen alle Kraft. Wie es bei den großen Übeln und den plötzlichen Katastrophen geschieht, verzagten alle, jedes Band löste sich, jeder sorgte nur für sich selber, ohne an die Nachbarn zu denken, und dachte im Gegenteil daran, aus deren Ruin Gewinn zu ziehen, bis schließlich alle ruiniert waren. Und es fehlte nicht an Klarsicht und nicht an angemessenen Abhilfen, und nie zeigte sich der italienische Geist so fruchtbar in jeder Art von Findigkeiten, geschickten Kunstgriffen, Hilfsmitteln und klugen Projekten: es fehlte nicht der Geist, es fehlte die Wesensart. Italien ähnelte dem Mann, der sich in der Reife des Geistes schon alt fühlt, weil er seine Kräfte mißbraucht hat. Und die Nationen rettet nicht der Geist, sondern der Charakter oder die Wesensart. Und die Wesensart verweichlicht, wenn das Bewußtsein leer ist und den Menschen nichts anderes als sein Eigeninteresse bewegt.

Diese Dinge bedachte und betrachtete ich seit langer Zeit, als mir die unveröffentlichten Werke Guicciardinis in die Hände fielen und ich in der *Geschichte von Florenz*, den

Vorschlägen, dem *Briefwechsel*, den *Reden* und den *Ricordi* einen solchen Schatz an Nachrichten und Beobachtungen fand, daß es mich wundert, die Ausgabe noch nicht vergriffen zu sehen angesichts der großen Zahl unserer Professoren und Geschichtsliebhaber. Und großen Eindruck machten mir vor allem die *Ricordi*, die mit dem besten in dieser Gattung je Geleisteten vergleichbar sind. Was die natürliche Klugheit und die lange Erfahrung in den Dingen der Welt, die Gelehrtheit und die einsame Meditation, die heilsame Besinnung bei den traurigen und bei den angenehmen Ereignissen des Lebens einem höchst scharfsinnigen Beobachter eingeben konnten, findet man hier zusammengefaßt und mit seltener Energie des Denkens und des Wortes gemeißelt. Und ich habe nie so gut verstanden, warum Italien damals so groß und so schwach war, wie bei dieser Lektüre, wo sich der Historiker mit vollkommener Hingabe selbst malt und, in Form von Ratschlägen, seine intimsten Gedanken und Gefühle, oder, um es mit einem modernen Wort zu sagen, sein politisches und ziviles Ideal des Menschen enthüllt.

Der Mensch Guicciardinis – das, was er sich unter dem von ihm so genannten »klugen« Menschen vorstellt – ist ein Typus, der nur in einer sehr fortgeschrittenen Zivilisation möglich ist, und er zeigt den Moment an, in dem der nunmehr erwachsene und fortgeschrittene Geist die Phantasie, das Gefühl und den Glauben verjagt und absolute und leichte Herrschaft über sich selbst erlangt.

In diesem Reich des Geistes entfaltet unser kluger Mann seine ganzen Kräfte. Vieles hat er aus den Büchern gelernt, und er ist ein Wunder an Gelehrsamkeit und Wissen; aber das reicht ihm nicht. Er weiß, »wie verschieden die Praxis von der Theorie ist; wieviele es gibt, welche die Sachen wohl verstehen, aber sich nicht daran erinnern, oder es nicht vermögen, sie in die Tat umzusetzen«, und daß niemand soweit auf die »natürliche Klugheit« vertrauen darf, »diese ohne den Beitrag der Erfahrung für ausreichend zu halten«. Deshalb fügt er zur natürlichen Klugheit und zur Theorie die Erfahrung, anders gesagt, »die Beobachtung der Dinge«. Und das reicht ihm noch nicht. Er weiß auch, daß »die Theorie die schwachen Hirne entweder nicht verbessert oder sie sogar verdirbt«; und deshalb muß auch die Anlage gut sein, nämlich solcherart, daß der Geist nicht vom Schein, den Eindrücken, den leeren Vorstellungen und den Leidenschaften getrübt wird. Und wenn sie diese guten Eigenschaften, die natürliche Klugheit, die Erfahrung, die Theorie und ein nicht schwaches Hirn haben, sind die Menschen »vollkommen und beinahe göttlich«. In unserem klugen und vollkommenen Menschen trifft also »das Erworbene mit der guten Anlage« zusammen, die Theorie und die Erfahrung mit dem »praktischen« und klugen Hirn. Aber er hat eine noch wertvollere Eigenschaft, ohne die alle anderen wenig Gewinn bringen, und das ist das »Unterscheidungsvermögen«. In den Büchern findet er die Regeln, aber »es ist ein großer Irrtum, von den Dingen der Welt unterschiedslos und absolut zu sprechen, sozusagen nach Regeln, weil beinahe alle Unterscheidungen und Ausnahmen aufweisen, und diese Unterscheidungen und Ausnahmen finden sich nicht in den Büchern beschrieben, sondern müssen vom Unterscheidungsvermögen gelehrt werden«. Ohne das Unterscheidungsvermögen nützen also weder die Theorie noch die Erfahrung etwas. Die Theorie gibt einem die Regeln, die Erfahrung die Beispiele; aber »es ist sehr irreführend, nach Beispielen zu urteilen: jeder kleinste Unterschied des Falls kann nämlich ... Ursache einer sehr großen Verschiedenheit in der Wirkung sein; und diese Unterschiede wahrzunehmen, wenn sie klein sind, verlangt ein gutes und scharfes Auge«. Deshalb gilt: »Wie sehr irren diejenigen, die bei jedem Wort die Römer anführen! Man müßte eine Stadt haben, die so beschaffen ist, wie es die ihrige war, und sich dann nach diesem Beispiel verhalten; was für den, dessen Eigenschaften dazu nicht passen, so unpassend ist, wie zu wollen, daß ein Esel wie ein Pferd rennt.« Aber unserem Mann geschieht es nicht, einen Esel für ein Pferd zu halten, da er von Natur aus ein »gutes und scharfes Auge« hat und oft in einem Buch liest, das Guicciardini »das Buch des Unterscheidungsvermögens« nennt.

Das ist der vollkommene Mensch Guicciardinis, ganz Geist und mit starken – natürlichen und erworbenen – Waffen gewappnet. Auch ist es nicht seine Schuld, wenn er sich seiner Überlegenheit bewußt ist und die »Gemeinen« verachtet und wenn er, als Italiener, alle anderen Völker für Barbaren hält und darauf vertraut, daß er sie, so stark und tapfer sie auch sind, mit der Kraft des Verstandes und der Kultur besiegen und zu seinen Werkzeugen machen kann. Wer mit einiger Aufmerksamkeit diesen intellektuellen Typus untersucht, so wie er Guicciardinis Kopf entsprungen ist, und der im allgemeinen dem wirklichen Zustand des italienischen Geistes jener Zeit entspricht, wird sehen, warum unsere Staatsmänner mit den Fremden beinahe spielten, denen sie sich durch Intelligenz und Kultur so sehr überlegen fühlten und vor denen sie nicht nur keine Angst hatten, sondern von denen sie auch sicher waren, sie für ihre besonderen Zwecke und Interessen gebrauchen zu können. »Ihr versteht euch auf Waffen, aber ihr versteht euch nicht auf den Staat«, sagte mit Stolz Niccolò Machiavelli zu einem ausländischen Mächtigen.

Unser Mann, mit vielen und so wohlgeordneten Verstandeskräften begabt, sieht mit seinem guten und scharfen Auge die Welt anders, als die Gemeinen zu tun pflegen. Er glaubt den Astrologen, Theologen, Philosophen und all den anderen nicht, die von übernatürlichen und unsichtbaren Dingen schreiben und »tausend Narrheiten sagen: denn die Menschen sind in der Tat im dunkeln über die Dinge, und diese Untersuchung hat mehr dazu gedient und dient mehr dazu, den Verstand zu schärfen, als die Wahrheit zu finden«. Er spricht mit Ironie von »Santa Maria Impruneta«, die »den Regen und das schöne Wetter macht«, von der Andacht und den Wundern, dem Fasten, den Gebeten und ähnlichen frommen Werken, »von der Kirche befohlen oder den Mönchen empfohlen«, von der Hilfe, die Gott den Guten erweist, und vom Erfolg der »gerechten Sachen«. Er meint, »zuviel Religion verdirbt die Welt, weil sie die Gemüter verweiblicht … die Menschen in tausend Irrtümer verwickelt und sie von vielen edlen und mannhaften Unternehmungen abhält«. Er glaubt, daß »außer den Republiken, und auch die nur in ihrem Vaterland und nicht darüber hinaus, alle Staaten, wenn man ihren Ursprung genau betrachtet, gewalttätig sind«, und es gäbe keine Macht, die legitim wäre, »nicht einmal die des Kaisers, die auf der Autorität der Römer gründet, welche die größte aller Usurpationen war«; und auch nicht die der »Geistlichkeit, deren Gewalttätigkeit doppelt ist, denn um uns unten zu halten, benutzt sie die zeitlichen und die geistlichen Waffen«.

Vor diesem »scharfen« Auge bricht das ganze alte Gebäude zusammen, und vom Mittelalter bleibt nichts. Das Himmelreich geht zuschanden und zieht in seinen Fall Papst und Kaiser mit hinein. Der erwachsene und aus eigener Kraft emanzipierte Geist erhebt sich gegen die Vergangenheit, aus der er hervorgegangen ist und die ihn aufgezogen und erzogen hat, weist alle Überzeugungen und Grundsätze von sich, welche die Zivilisation erschaffen haben, deren Krönung und Stolz er ist, und beschränkt sich auf die Erde oder das wirkliche Leben, auf die natürliche Welt, so wie sie ist, und nicht, wie man sie sich vorstellt; und er setzt seinen Ehrgeiz darin, sie zu deuten, zu verstehen und für seine eigenen Zwecke zu gebrauchen.

Wenn unser Kluger »mit den Gläubigen« zugibt, daß der Glaube zu großen Dingen führt, dann nicht auf Grund irgendeiner übernatürlichen Hilfe oder der Vorsehung, sondern weil »der Glaube hartnäckig macht«, und Geduld zahlt sich aus. Was ihn anbelangt, braucht er keinen Glauben, denn zum Siegen genügen ihm die eigenen Waffen, die natürliche Klugheit, die Theorie, die Erfahrung und sein furchtbares »gutes und scharfes« Auge. Und es gibt keinen Winkel des menschlichen Herzens, das diesem Auge verborgen bliebe, keinen Schein und Nebel, der so dicht wäre, ihm den Weg zu versperren, und keine leeren Vorstellungen oder Ansporne der Leidenschaft. Diejenigen, die sich von leeren Vorstellungen beherrschen lassen, sind »schwache Hirne«. Die sich in Unternehmen stürzen, ohne die Schwierigkeiten zu betrachten, sind »Dummköpfe«. Wer »dem Zufall folgt, ist am Ende dem Zufall preisgegeben«, und »verrückt« sind diejenigen, die der Leidenschaft gemäß handeln, sei sie auch edel und hochherzig. »Töricht« sind die, welche die »gewöhnlichen Ansichten der Menschen« und die »nichtigen Meinungen des Volkes« befolgen. »Wer Volk sagt, sagt wirklich Narr! Denn es ist ein Monstrum voller Verwirrung und Irrtümer; und seine nichtigen Meinungen sind so weit entfernt von der Wirklichkeit wie, Ptolemäus zufolge, Spanien es von Indien ist.« Noch sei es gut, sich nach dem »Urteil« derjenigen »zu richten«, die schreiben, und in jeder Angelegenheit »jeden befragen zu wollen, der schreibt, wodurch man die Zeit, die man zum Nachdenken verwenden sollte, beim Lesen von Büchern verbraucht, mit Ermüdung des Geistes und des Körpers, so daß es beinahe mehr der Mühe von Lastenträgern ähnelt als der von Gelehrten«.

Unser kluger und vollkommener Mann vertraut nur auf sein eigenes Urteil, auf sein »Nachdenken« und auf die Evidenz der Tatsache, die jeden trügerischen Anschein aufdeckt: »Wieviele verstehen zu reden, aber nicht zu handeln; wieviele scheinen auf den Rednerbänken und auf den öffentlichen Plätzen ausgezeichnete Männer, die, ans Werk gesetzt, sich als reine Schatten herausstellen!« Er glaubt, daß die menschlichen Angelegenheiten von den Neigungen, Leidenschaften und Meinungen der Menschen bestimmt werden und es deshalb eine Kunst des öffentlichen und privaten Lebens gibt, die auf dem Studium und der Kenntnis des menschlichen Herzens, einer reinen Erfahrungswissenschaft, beruht. Und was für ein Meister ist er in dieser Kunst! Keiner ist besser mit den verborgensten und am sorgfältigsten verhohlenen Motiven unserer Handlungen vertraut; oder sicherer in der Bestimmung der entferntesten Wirkungen oder der langsamen Abfolge von wenig spürbaren und wenig beobachteten Ursachen, die jene »Bewegungen der Dinge« erklären, die dem gemeinen Volk plötzliche Zusammenbrüche dünken. In all dieser Vielfalt an Begebenheiten, Meinungen und Leidenschaften überrascht, bestürzt oder verwirrt ihn nichts, da er jede Sache, »auch die kleinste«, betrachtet, von allem die Lösung zu finden weiß, und in den verschiedensten

Fällen des Lebens weiß er stets Rat, von den höchsten Staatsgeschäften bis zu den bescheidensten Familienangelegenheiten. Sein Blick, auch in den unvorhergesehensten Fällen kühl und gelassen, ist der eines erhabenen und gelassenen Gottes hoch über den Stürmen, aber eines leicht ironischen Gottes, der dazu neigt, mit den Menschen zu spaßen und sie auf seine Art zu wenden.

Dieser Typus Guicciardinis ist die »Pflanze Mensch«, wie sie sich mehr oder weniger in Italien entwickelt hat; es sind die in die Geschichte eingegangenen und traditionell gewordenen Züge des italienischen Menschen, wie er in jener Zeit war; es ist die Überlegenheit und Vorherrschaft des Geistes, zu der die Völker nur nach vielen Jahrhunderten Vorarbeit und Zivilisation gelangen und zu der Italien mit so geschwindem Lauf gelangte, daß es einen großen Teil seiner Kräfte auf dem Weg zurückließ. Trotz einem so sichtbaren Geistesfortschritt, einer so vielfältigen und reichen Kultur, trotz so vielen Wohlstandes und zwischen so vielen Meisterwerken war Italien deshalb, als es die schönste Blume eines kurzen und rastlosen Lebens pflückte und neue Horizonte vor Augen hatte, erschöpft, und die fröhlichsten und schönsten Tage seines Daseins waren die Tage seines Todes.

Italien war diesem Menschen Guicciardinis sehr ähnlich, der die ganze Vergangenheit eingeebnet hat und sich, nachdem er mit seinem Geist allein geblieben ist, voller Vertrauen auf seinen Verstand, seine Theorie, seine Erfahrung und sein scharfes Auge, ins Leben stürzt und den Menschen und die Natur beinahe wie seinen Knecht und sein Werkzeug behandelt, als seien sie zu seinem Nutzen geboren, und sie mit einem halb ironischen, halb mitleidigen Blick ansieht; und in Wirklichkeit ist er es, der am meisten Mitleid verdient.

Denn was für einen Gebrauch macht am Ende dieser Mensch von so vielen Verstandeskräften? Was ist für ihn das Problem des Lebens? Leben heißt, alle göttlichen und menschlichen, geistlichen und weltlichen, belebten und unbelebten Dinge zum eigenen Vorteil zu wenden: das ist das letzte Wort dieser Wissenschaft und Lebenskunst.

Verfolgen wir die Geschichte dieses Menschen entsprechend dem Typus, den Guicciardini so meisterhaft in diesen unerbittlichen *Ricordi* gezeichnet hat.

Er hat alle Verbindungen mit der Vergangenheit gelöst, die Barbarei des Mittelalters hinter sich gelassen und ist bereits der neue oder moderne Mensch, der sich über das Übernatürliche und alle »Geheimnisse« und »nichtigen Gedanken« der Astrologie und der Magie, der Theologen und der Philosophen lustig macht und nur in die Wissenschaft Vertrauen hat, als deren Grundlage er die Erfahrung und das eigene Urteil, das »Nachdenken«, nimmt: der italienische intellektuelle Typus, der nach harten Kämpfen der Charakter des gesamten zivilisierten Europas geworden ist. Diese intellektuelle Macht und Energie brachte Arbeiten hervor, die in anderen Ländern Früchte trugen, die dem menschlichen Fortschritt halfen und die dort unfruchtbar blieben, wo sie geboren waren. Galilei, Kolumbus, Vico und viele andere mächtige Geister, die einen so großen Anteil an der europäischen Zivilisation hatten, übten kaum Wirkung oder Einfluß auf die Zivilisation ihres Landes aus, wo es keinen zum Empfangen und Erschaffen fähigen Stoff mehr gab. Guicciardini sagt, die Städte seien nicht sterblich wie die Individuen, weil »der Stoff sich erneuert«, und wenn sie umkommen, geschehe es durch die Irrtümer der Regierenden. Hochmut eines Staatsmannes: denn es gibt keine Staatswissenschaft, die es zustande bringen kann, daß eine Stadt lebt, deren geistige Kräfte alle geschwunden sind und in der die sich erneuernde Materie schwach, verdorben und ohne Lebenssaft ist. Genausowenig reichen für das Leben die Verbreitung der Kultur und die Entwicklung der Intelligenz aus, denn »Wissen ist nicht Macht«, wie wir sehen werden, wenn wir die Geschichte unseres Menschen fortführen.

Dieser, so reich an Verstand, Wissen, Erfahrung und Unterscheidungsvermögen, ist außerdem ein Patriot und ein Liberaler und vertritt Meinungen, die ihn als bereits weit entfernt vom Mittelalter und als durchaus moderne Person ausweisen. Kaiser und Papst, Guelfen und Ghibellinen, Feudalrecht und Recht des Eroberers, Kämpfe zwischen Patriziern und Volk: all das ist schon alter Plunder, aus seinem Gedächtnis ausgelöscht. Italiener, Bürger von Florenz und Laie, fassen sich seine Meinungen in diesen denkwürdigen Worten zusammen: »Drei Dinge möchte ich vor meinem Tode erleben, aber ich fürchte, keines davon zu sehen, würde ich auch lange leben: eine wohlgeordnete Republik in unserer Stadt; die Befreiung Italiens von allen Barbaren und die der Welt von der Tyrannei dieser schurkigen Priester.«

Wunderschöne Sätze, die, wie er ahnte, ein Testament waren, das heute das Banner des gesamten liberalen und zivilisierten Teils Europas geworden ist: eine wohlgeordnete Freiheit, die Unabhängigkeit und Selbständigkeit der Nationen und die Befreiung des Laienstandes. Das wünschte damals unser Mann, und mit ihm der ganze gebildete, ihm so ähnliche Teil des italienischen Volkes.

Aber Wünschen und Handeln sind zweierlei. Unser Mann würde handeln, wenn er allein handeln könnte, aber ihn erschrickt »die Gesellschaft der Narren und der Bösen«. Sicher, viele schreien nach Freiheit, aber »in beinahe allen überwiegt die Achtung vor dem Eigeninteresse«. Da die Welt nun einmal so ist, und weil der Weise die Welt nehmen muß, »wie sie ist, und nicht, wie sie sein sollte«, besteht die Wissenschaft und Kunst des Lebens darin, sich so zu verhalten, daß einem daraus kein Schaden erwächst, sondern im Gegenteil der größtmögliche Nutzen. »Kennen bedeutet nicht, in die Tat umsetzen.« Denk, wie du willst, aber handele, wie es dir nützt.

Das Hauptziel unseres Klugen ist es deshalb, sich einen guten Ruf zu verschaffen und ihn zu bewahren, weil dann »alle dir nachlaufen«; und wenn man die Ehre nicht schätzt, wenn dieser »glühende Antrieb« fehlt, »sind die Handlungen der Menschen tot und nichtig«. Und für den, der einen guten Ruf erlangen will, gibt es keine noch so kleine Sache, die er nicht tun müßte. Obwohl »musizieren, tanzen und singen können und ähnliche anmutige Sachen ... gut schreiben und reiten können und es verstehen, sich elegant zu kleiden, den Menschen eher Schmuck als Wesen zu verleihen scheinen«, ist es gut, solche Fähigkeiten zu pflegen, denn »dieser Schmuck verschafft auch den Menschen mit guten Eigenschaften Würde und guten Ruf… öffnet den Weg zur Fürstengunst und ist manchmal Anfang und Grund großen Nutzens und großer Erhöhung«. Unser Weiser ist weder ein Stoiker noch ein Zyniker; eher ein liebenswerter Epikuräer. Er hütet sich, zu beleidigen und zu verletzen, und wenn er dazu gezwungen ist, beschränkt er sich auf das, was die Notwendigkeit oder der Nutzen verlangen. Er tut gern Gutes, nicht weil er dessen Erwiderung erwarten würde, wo doch die Menschen »so leicht die Wohltaten vergessen«, sondern weil es seinen guten Ruf erhöht. Er teilt großzügig »Höflichkeiten«, Lobreden und »allgemeine Vesprechungen« aus, weil er so Gunst bei den Menschen erlangt, auch wenn den guten Worten keine guten Taten folgen. Er bemüht sich darum, mit seinen Brüdern, seinen Verwandten und den Fürsten gut zu stehen, sich Freunde zu verschaffen und keine Feinde zu haben, denn »die Menschen trifft man wieder«, und daraus kann einem Böses erwachsen. Er sorgt dafür, immer auf der Seite der »Sieger« zu stehen, weil ihm so ein Teil des Lobes und des Lohnes zufällt. Er »begehrt Güter«, nicht um sie zu genießen, was niedrig wäre, sondern weil sie ihm guten Ruf einbringen und weil die Armut verachtet wird. Er ist eine »freie, offene und aufrichtige Person«, weil das den Menschen gefällt und weil ihm, wenn es nötig ist zu heucheln, leichter geglaubt wird. Er leugnet kühn, auch wenn »das, was er gemacht oder versucht hat … beinahe entdeckt und öffentlich ist; denn die energische Leugnung, wenn sie auch den nicht überzeugt, der Indizien hat oder das Gegenteil glaubt, ihm doch wenigstens Zweifel ins Gehirn setzt«. Er ist maßvoll im Ausgeben, obwohl die Freigebigkeit gefällt, aber »mehr Ehre macht dir ein Dukaten, den du in der Tasche, als zehn, die du ausgegeben hast«. Er tut alles, um »gut zu scheinen«, denn der »gute Name ist mehr als viele Reichtümer wert«. Er versucht, »sich nicht den Ruf eines Mißtrauischen zuzuziehen«, aber da es mehr schlechte als gute Menschen gibt, »vor allem, wo es um Güter oder um den Staat geht«, und »der Mensch so begierig auf sein eigenes Wohl achtet und so wenig das der anderen ... glaubt er wenig und hat wenig Vertrauen«.

Ich würde nicht aufhören, wenn ich mit diesen Zitaten fortfahren wollte. Und vielleicht bin ich schon zu ausführlich gewesen. Aber Guicciardini spricht so gut, so genau, in einer Sprache und mit einem Stil, die heute so vergessen sind, daß es mir niemand übelnehmen wird. Und ich freue mich, wenn ich viele dazu habe anregen können, diese in lapidarem und monumentalem Stil geschriebenen Lebensregeln zu lesen, die voll tiefer Lehren für die Freunde der Geisteswissenschaften sind.

Dieser kluge Mann, so wie ihn Guicciardini geschildert hat, ist das, was man heute einen Gentleman nennen würde, einen in Kleidung, Umgangsformen und Aussehen liebenswürdigen Gentleman. Das Porträt ist so frisch und lebendig und paßt so gut zu den modernen Angewohnheiten, daß man in jedem Augenblick meint, ihn auf der Straße zu treffen, mit seinem zweideutig wohlwollenden Lächeln, seinen genau abgewogenen Manieren und Worten, seiner Selbstbeherrschung und seiner Gewißheit, daß er zu handeln und zu leben versteht. Alle machen ihm Platz; viele umringen ihn; und man spricht stets gut von ihm. Die über ihm stehen, nehmen es ihm nicht übel, denn er hütet sich, mit den Mächtigen in Wettbewerb zu treten oder mit ihnen Bündnisse zu schließen, eingedenk des kastilischen Sprichworts: »Der Faden reißt immer am schwächeren Ende«. Die Fürsten erweisen ihm Gunst und überhäufen ihn mit Ehren und Reichtümern, denn »er bezeugt ihnen Achtung und Ehrerbietung, und darin ist er eher ausgiebig als geizig«. Er besitzt die Gunst des Volkes, denn »er vermeidet den Ruf des Ehrgeizigen und alle Anzeichen, die ihn bedeutender, prunkvoller oder empfindlicher als die anderen erscheinen lassen würden, selbst in den kleinsten Dingen und im Alltagsleben«. Niemand ist eifersüchtig auf ihn oder mißtrauisch, denn er vermeidet die »übermäßige Gier«, durch die der Mensch »der schlimmste Feind seiner selbst« ist. Was ist die beste Sache auf der Welt? Unser Weiser erwidert: Es ist das Maß. Er verabscheut das Übermaß und das Nichtige;

er zwingt die Natur nicht und fügt sich dem Schicksal, dem, was sein muß, wobei er die goldene Maxime zitiert: »Ducunt volentes fata, nolentes trahunt.« Wenn er »nicht all seine Zeichnungen ausmalen« kann, empört ihn das nicht, und er kann warten, denn »die Klugen sind geduldig«. Er ist ein guter Bürger, denn er zeigt sich »um das Wohl des Vaterlandes bemüht und den Sachen fremd, die einem Dritten Abbruch tun«, aber die Verächter der Religion und der guten Sitten zu tadeln, sei »überflüssige Güte der Mönche von San Marco, die oft Heuchelei ist oder, wenn sie nicht vorgetäuscht wird, einem Christen zwar gut ansteht, aber nichts zum Wohlergehen der Stadt beiträgt«. Er will für seine Größe sorgen, aber ohne einen Götzen daraus zu machen, wie es gewöhnlicherweise die Fürsten tun, die, »um das zu erlangen, was zur Größe führt, das Gewissen, die Ehre, die Menschlichkeit und alles andere mit Füßen treten«. Alles ist vorhergesehen und maßvoll, für alles gibt es ein »aber«, das jede Übertreibung vermeidet und unseren Klugen »auf dem Mittelweg festhält«. *Aurea mediocritas:* allzuviel ist ungesund, und das Beste auf der Welt ist das Maß. »Die erhabenen Geister überschreiten den menschlichen Grad und nähern sich den himmlischen Wesen«, aber »wer von praktischerem Verstand ist, dem geht es zweifellos besser auf der Welt, er genießt ein längeres Leben und ist in gewisser Weise glücklicher.« Und das heißt klug sein und zu leben verstehen.

Unser Kluger liebt zweifelsohne den Ruhm und wünscht es, »große und herrliche Dinge« zu tun, aber als praktischer Verstand verlangt er, daß ihm das nicht zum Schaden oder Nachteil gereicht. Goldene Worte fallen aus seinem Mund. Er spricht gerne von Vaterland, Freiheit, Ehre, Ruhm und Menschlichkeit; aber sehen wir ihn in der Wirklichkeit an. Er liebt das Vaterland, und wenn es untergeht, schmerzt ihn das, aber nicht für dieses, denn der Untergang war unvermeidlich, sondern für sich selbst, der »in Zeiten solchen Unglücks geboren ist«. Er ist um das öffentliche Wohl bemüht, aber er »verschreibt sich dem Staat nicht so sehr«, daß er mit ihm sein ganzes Schicksal verbindet. Er will die Freiheit, aber wenn sie verloren ist,

ist es besser, keine Veränderungen durchzuführen, denn oft »ändern sich die Gesichter der Personen, nicht die Dinge«, und da du nichts allein verändern kannst, »kommt etwas anderes heraus als das, was du im Sinn hattest, und auf das Volk kannst du nicht bauen«, wankelmütig, wie es ist; und wenn der Versuch böse ausgeht, ist das verachtete Leben des Verbannten dein Los. Hättest du die Eignung, »Leiter des Staates zu sein«, mag das angehen; aber da dies nicht so ist, ist es ratsam, sich so zu verhalten, daß die Regierenden dich nicht verdächtigen und dich auch nicht unter die Unzufriedenen zählen. Die anders handeln, sind »leichtsinnige Menschen«. Auf der Welt gibt es die Narren und die Weisen. Und Narren nennt er diejenigen Florentiner, die »gegen jede Vernunft Widerstand leisten wollten«, als die »Weisen von Florenz sich dem Sturm gebeugt hätten«. Niemandem mißfallen mehr als ihm »die Machtgier, die Habsucht und das Luxusleben der Geistlichkeit« und die weltliche Herrschaft der Kirche; er liebt Martin Luther, »um diesen Haufen Schurken vor die Wahl gestellt zu sehen, entweder ohne Laster oder ohne Autorität zu verbleiben«; aber »auf Grund seiner Privatinteressen« ist er gezwungen, die päpstliche Macht zu lieben und für die Geistlichkeit und ihre weltliche Herrschaft zu wirken. Er will die Religion in vielen Punkten verbessert sehen; aber was ihn anbelangt, »kämpft er nicht mit der Religion, noch mit den Sachen, die von Gott abzuhängen scheinen; denn dieser Gegenstand hat zuviel Macht im Geist der Dummen«. So nährt sich unser kluger Mann von platonischer Liebe und ohnmächtigen Wünschen. Und seine Ohnmacht besteht darin, daß ihm die Kraft abgeht, »sein Privatinteresse« dem zu opfern, was er liebt und wünscht: denn die Dinge, die zu lieben und zu wünschen er behauptet – die Wahrheit, die Gerechtigkeit, die Tugend, die Freiheit, das Vaterland, das von den Barbaren befreite Italien und die von den Priestern befreite Welt –, sind in ihm keine lebendigen und regen Gefühle, sondern abstrakte Meinungen und Ideen, und das einzige, was er verspürt, das einzige, was ihn bewegt, ist »sein Privatinteresse«. Der Kampf für die religiöse Reform war in Deutschland entbrannt und breitete sich in den Nachbarnationen aus, und es fehlte nicht an »Narren« bei uns, die für diese fochten und starben; in Italien wurden die letzten Schlachten für die Freiheit und die nationale Unabhängigkeit ausgetragen; das Land wand sich zwischen Schweizern, Spaniern, Deutschen und Franzosen; und unser Kluger macht den Eindruck, keine Mannesseele in sich zu tragen, ja er scheint überhaupt nichts zu bemerken, und keine Erschütterung ergreift ihn, sondern er beurteilt, mißt und wägt ab, was ihm schadet und was ihm nutzt. Das Leben ist für ihn eine Berechnung.

Italien ging unter, weil es sehr wenige Narren gab und die Klugen in der Überzahl waren. Städte, Fürsten, Volk entsprachen dem in diesen *Ricordi* wunderbar beschriebenen Beispiel. Das Ideal war nicht mehr Farinata, sondern die Medici; und der Schriftsteller jener Zeiten war nicht Dante, sondern Francesco Guicciardini. Die Gesellschaft hatte sich nach und nach gewandelt: höflich, elegant, gebildet, gelehrt, unbeschwert, dem ruhigen Leben zugetan, in die Genüsse des Geistes und der Phantasie verliebt, wie man sie in den Versen von Angelo Poliziano spürt. Jedes ernste und würdige Ziel war dieser faden Wirklichkeit abhanden gekommen. Vaterland, Religion, Freiheit, Ehre und Ruhm, alles, was die Menschen zu großherzigen Handlungen treibt und die Nationen groß macht, wurde in der Theorie bejaht, aber hatte keinen Sinn mehr im praktischen Leben und war nicht mehr der Beweggrund des gesellschaftlichen Lebens. Und weil diese Antriebe fehlten, die allein die Fähigkeit haben, den Charakter und die Wesensart der Nationen lebendig zu erhalten, fehlten später auch jede intellektuelle Energie und alle Rührigkeit bei den Aufgaben und Erfordernissen des Lebens; und das Land endete in jener Schläfrigkeit, die unsere Nachbarn mit unsterblichem Hohn in ihren Wortschatz übertrugen und das *dolce far niente* nannten.

Ein unserem klugen Mann ähnliches Individuum kann vielleicht leben; eine Gesellschaft nach diesem Muster kann es nicht. Denn um die Menschen vereint zu halten, ist es nötig, daß sie die Kraft haben, wenn es sein muß, auch Hab und Gut zu opfern und sogar das Leben; und wo diese Kraft fehlt oder auf Wenige beschränkt ist, ist die Gesellschaft zerrüttet, auch wenn sie lebendig scheint. Diese Kraft fehlte den Italienern, die weitgehend dem reichen Bewohner Roms ähnelten, der für die gemeinsame Verteidigung keine hundert Dukaten ausgeben wollte und dann im Sacco di Roma die Ehre der Töchter und einen Großteil seines Vermögens verlor. Diese Kraft fehlte, weil die Ideen, die ihre Ahnen bewegten, sich erschöpft hatten und Müdigkeit und Gleichgültigkeit eingetreten waren; und weil bei so viel Kultur und Wohlstand die Wesensart, der »Stoff des Menschen«, abgenutzt war. Es fehlten der Glaube und die Wärme des Herzens, welche »die großen Dinge vollbringen« und den Bergen befehlen können, wie das Evangelium sagt, oder die, wenn man das vorzieht, die härtesten Opfer leicht und süß machen können. Was blieb? Die Klugheit Guicciardinis. Die Kraft fehlte nunmehr; die Intrige, die List, die Verstellung und die Doppelzüngigkeit traten an ihre Stelle. Und während jeder »an sein Privatinteresse« dachte, erlitten alle Schiffbruch im gemeinsamen Sturm.

Wie klein die Italiener geworden und zu welcher Schwäche sie heruntergekommen waren, was ihre Pläne und Wünsche inmitten eines so großen Sturmes betraf, kann die Beschreibung getreu bezeugen, die Guicciardini vom Gemüt seiner Mitbürger gibt, in denen doch genug Tugend verblieben war, um sie mit Lob stürzen zu lassen.

»Es war nicht unsere Angewohnheit«, läßt Guicciardini die Bürger sagen, »uns in den Krieg zwischen diesen großen Fürsten verwickeln zu lassen, sondern … dafür zu sorgen, uns vor den Siegern zu schützen und uns von ihnen loszukaufen, entsprechend den Gelegenheiten und den Notwendigkeiten. Es war nicht unser Amt, Italien Gesetze geben oder uns zu Meistern und Zensoren der Sieger machen zu wollen. Wir mischen uns nicht in die Streitigkeiten der größten Könige der Christenheit: wir haben es nötig, uns mit allen zu verstehen und müssen dafür sorgen, daß unsere Händler, die unser Leben sind, überall sicher reisen können. Niemals beleidigen wir irgendeinen großen Fürsten, wenn wir nicht dazu gezwungen sind, und selbst dann so, daß die Entschuldigung die Beleidigung begleitet und man die Beleidigung nicht vor deren Notwendigkeit sieht. Uns tut es nicht not, unsere Gelder auszugeben, um die Kriege anderer zu bezahlen, sondern sie aufzubewahren, um uns vor deren Siegen zu schützen; nicht, um das Leben und die Stadt in Schwierigkeiten und in Gefahr zu bringen, sondern um uns zu sichern und zu retten.«

Diese Sprache von Knechten und Händlern zeigt, welche damals die Klugheit des italienischen Volkes war und was der kluge Mann Guicciardinis ist. Es gibt kein traurigeres Schauspiel als soviel Ohnmacht und Schwäche bei soviel Klugheit.

Die italienische Rasse ist noch nicht von dieser moralischen Schwäche genesen, und von ihrer Stirn ist noch nicht das Mal geschwunden, das uns die langwährende Doppelzüngigkeit und Verstellung aufgeprägt haben. Der Mensch Guicciardinis *vivit, imo in Senatum venit*, und man trifft auf ihn bei jedem Schritt. Und dieser fatale Mensch versperrt uns den Weg, wenn wir nicht die Kraft haben, ihn in unserem Bewußtsein zu töten.

.... **Francesco De Sanctis** wurde 1817 in Morra Irpinia (Kampanien) geboren. Als junger Mann lernte er Leopardi kennen. Wegen seiner Beteiligung an der 1848er Revolution in Neapel, wo er Literaturgeschichte lehrte, kam er ins Gefängnis und mußte erst nach Turin, dann in die Schweiz emigrieren. Nach der Einigung Italiens wurde er 1861 Unterrichtsminister und war Abgeordneter, Journalist und Professor in Neapel bis zu seinem Tode 1883. Seine von fortschrittlichen Idealen und Hegelschem Idealismus geprägten Arbeiten zur Geschichte der italienischen Literatur beeinflußten eine ganze Epoche und sind bis heute Standardwerke; zu den großen Historikern des 19. Jahrhunderts gehört De Sanctis auch durch seinen brillanten Stil und sein Einfühlungsvermögen in die Vergangenheit.

Dieser 1869 veröffentlichte Aufsatz zeigt, wie die damals gerade entdeckte Maximensammlung des Geschichtsschreibers Francesco Guicciardini (1483 bis 1540), die *Ricordi*, eine Beschreibung jenes italienischen »Typus« darstellt, der mit seinem Mangel an »Bürgersinn« den Untergang Italiens am Ende der Renaissance mitverursacht hat und seitdem jedem Versuch einer Reform des Landes im Wege steht. Den Hintergrund bildet der rapide politische Niedergang Italiens – im Augenblick seiner höchsten wirtschaftlichen und kulturellen Blüte – seit 1494, als der französische König Karl VIII. ins Land einfiel; ihm folgten bald, begünstigt durch die Uneinigkeit der Italiener, die Habsburger und noch andere. Kaum dreißig Jahre später war es mit der Unabhängigkeit der italienischen Staaten vorbei, und es begann eine Jahrhunderte währende Zeit des Niedergangs auf allen Ebenen.

.... Anmerkungen

Seite 87: *Wehe den Besiegten!* – Ausspruch, den Brennus, Häuptling der Gallier, tat, als diese 386 v. Chr. Rom eroberten und den Römern die Zahlung einer großen Summe auferlegten.

Seite 88: Jean-Charles-Léonard Simonde de *Sismondi* (1773–1842), Genfer Historiker und Ökonom, Autor der monumentalen *Geschichte der mittelalterlichen Stadtrepubliken* (1807–1818).

Seite 88: Girolamo *Savonarola* – Mönch, der gegen die Sittenverderbnis predigte und von 1494 bis zu seiner Hinrichtung 1498 einer Art demokratischer Theokratie in Florenz vorstand.

Seite 88: *Sacco di Roma* – 1527 eroberten die Truppen Kaiser Karls V. Rom, plünderten es und setzten den Papst gefangen. Das Ereignis machte gewaltigen Eindruck, wurde als Strafgericht über das Papsttum empfunden und besiegelte das Ende der italienischen politischen Freiheit.

Seite 88: *Aragon* – Eines der Reiche, aus deren Vereinigung 1479 Spanien hervorging und dessen Könige auch Süditalien beherrschten.

Seite 88: *Im Himmel kämpfende Heere* – Erwähnt in Niccolò Machiavelli, *Discorsi sopra la prima deca di Tito Livio,* I, 56 (dt. Ü.: *Discorsi. Gedanken über Politik und Staatsführung,* Stuttgart 1977, S. 145–146).

Seite 89: Girolamo *Benivieni* (1453–1542) – Dichter und Humanist, Anhänger Savonarolas.

Seite 89: *Beleidigungen zu verzeihen*... – Frei zitiert nach Machiavelli, *Discorsi,* II, 2 (dt. Ü., S. 172).

Seite 89: *Gesellschaft zu ihren Ursprüngen*... – Frei zitiert nach Machiavelli, *Discorsi,* III, 1 (dt. Ü., S. 274).

Seite 89: Das *Konzil von Trient* (1545–1563) führte eine grundlegende Reorganisation der katholischen Kirche durch.

Seite 90: *Ökumenisches Konzil* – Das erste Vatikanische Konzil wurde im Juli 1869 eröffnet, also wenige Monate vor der Veröffentlichung dieses Aufsatzes. Es endete im Jahr darauf mit der Verkündigung des Dogmas der päpstlichen Unfehlbarkeit.

Seite 91: *Unbewaffnete Propheten* – Das Wort stammt von Machiavelli, *Il Principe,* VI (dt. Ü.: *Der Fürst,* Stuttgart 1986, S. 45).

Seite 91: *Mehrzahl*... *der Bohnen* – Die Bohnen dienten zur Feststellung der Stimmenmehrheit, und Guicciardini hat darüber eine Schrift verfaßt.

Seite 91: *Gute Gesetze*... – Frei zitiert nach Machiavelli, *Il Principe,* XII (dt. Ü., S. 95) und *Discorsi,* I, 11 (dt. Ü., S. 45).

Seite 91: *Lega Serenissima* – Das von dem Florentiner Staatslenker Lorenzo il Magnifico 1482 zuwege gebrachte Bündnis zwischen Florenz, Mailand und Neapel.

Seite 91: *Ligen und Gegenligen* – Papst Julius II. organisierte 1508 die gegen Venedig gerichtete Liga von Cambrai und 1511 die gegen Frankreich gerichtete Heilige Liga zur Befreiung Italiens.

Seite 92: *Schweizer* – Die Schweizer waren damals als Söldner sehr gefragt. Stradioten waren griechische Söldner.

Seite 92: *Mit der Kreide erobert* – Das Bild stammt von Machiavelli (*Il Principe*, XII, [dt. Ü., S. 95]), der damit sagen will, daß die Truppen Karls VIII. so leicht vordrangen, daß sie nur mit der Kreide ihre Quartiere zu bezeichnen brauchten.

Seite 92: *Geschichte Italiens* – In ihr, seinem Hauptwerk, beschrieb Guicciardini die Ereignisse in Italien seit 1494; das Werk stellte eines der ersten Beispiele moderner, rationaler Geschichtsanalyse dar.

Seite 94: *Verderbnis* – Machiavelli, *Discorsi*, I, 55 (d. Ü., S. 142).

Seite 94: *Wiederauferstanden sei* – Wie die offizielle Ideologie nach der Einigung Italiens behauptete.

Seite 98: *Die Praxis von der Theorie* – Alle folgenden Zitate sind den *Ricordi* entnommen. Da es keine verfügbare deutsche Ausgabe gibt, ist auf Zitatnachweise verzichtet worden.

Seite 104: Giambattista *Vico* (1668–1744) – Neapolitaner, einer der Begründer der modernen Geschichtsphilosophie.

Seite 105: *Drei Dinge* – Es sollte nicht unerwähnt bleiben, daß Guicciardini, während er diese Zeilen schrieb, im Auftrag des Papstes, dessen Würdenträger er war, und des Habsburgerkaisers sich an der Niederwerfung der Republik in Florenz beteiligte.

Seite 108: *Ducunt volentes...* – »Das Schicksal führt die Willigen und schleift die Unwilligen mit sich« (Seneca, *Briefe an Lucilius*).

Seite 108: *Mönche von San Marco* – Diese Mönche eines Klosters bei Florenz hielten noch die Ideale Savonarolas hoch.

Seite 108: *Aurea mediocritas* – »Goldenes Mittelmaß« (Horaz, *Oden*).

Seite 109: *Sich dem Sturm gebeugt hätten* – Nämlich 1529, als die »weisen« Patrizier sich mit dem Kaiser und dem Papst verständigen wollten, die Truppen zur Rückführung der aus Florenz verjagten Medici ausgesandt hatten, während das »närrische« Volk eine Politik des Widerstands durchsetzte, die anfänglich durchaus Erfolg hatte.

Seite 110: *Farinata* degli Uberti – Anführer der Florentiner Ghibellinenpartei, der 1260, nachdem seine Partei die Stadt wiedererobert hatte, deren Zerstörung verhinderte und deshalb von Dante im zehnten Gesang der Hölle als Patriot gelobt wurde.

Seite 110: *Angelo Poliziano* (1454–1494) – Poet am Hofe von Lorenzo il Magnifico, Verfasser anmutiger Verswerke.

Seite 111: *Es war nicht unsere Angewohnheit*... – Aus der *Oratio accusatoria* Guicciardinis, einer 1527 als rhetorische Übung verfaßten Anklagerede gegen sich selbst.

Seite 112: *Vivit*... – »Lebt und kommt sogar in den Senat« (Cicero, *Erste Catilinarische Rede*).

▸Giuseppe Prezzolini
Die Regeln des italienischen Lebens

Wer würde behaupten wollen, daß Dante Italien nicht liebte? Auch er, wie jeder andere, der es je wirklich geliebt hat oder lieben wird, war gezwungen, es blutig zu geißeln und ihm seine ganze Nacktheit zu zeigen, so daß es sich ihrer schämt.

Carlo Cattaneo

Vorwort

Wir alle wissen, wie groß der Unterschied zwischen dem geschriebenen Gesetz und dem gelebten Leben ist. Was sagen uns die Verfassung und die Gesetzbücher über die Realität unseres Landes? Wir haben sie auf eigene Kosten erlernt; unser Kopf weiß das gut, der wiederholt gegen das ihm Unbekannte gestoßen ist; unsere Schultern, welche die Last dieser Unkenntnis getragen haben, wissen es!

Und warum versuchen wir nicht, den jungen Menschen den beschwerlichsten Teil dieser Lehrzeit zu ersparen? Warum versuchen wir nicht, ihnen zu zeigen, in was für einem Land sie wirklich geboren wurden, welche Hindernisse sie finden werden, wieviele Straßen ihnen offenstehen?

Ich habe versucht, in wenigen Formeln einige der wirklichen Aspekte unseres Lebens und der Angewohnheiten der großen Mehrzahl der Italiener darzulegen. Ich weiß sehr wohl, daß man mich öffentlich als Verleumder beschimpfen und gleichzeitig privat die Richtigkeit meiner Beobachtungen anerkennen wird. Aber eben weil ich all das weiß, kümmert es mich nicht sehr. Und was die Ausnahmen angeht, gebe ich gerne zu, daß es sie gibt. Ist nicht vielleicht schon dieses Werk selbst eine Ausnahme von der Regel – die man sehr gut den bereits angeführten hinzufügen könnte –, daß man »gewisse Dinge tut, aber nicht sagt«?

Es liegt viel Bitterkeit in Ausdrücken, die den Anschein (leider nur den Anschein) von Paradoxen haben. Bitterkeit und, manchmal, Verzweiflung. Wenn man in Italien lebt, kommt es mehr als einmal vor, daß man sich fragt, warum man nicht das erstbeste Schiff nimmt, das in die Neue Welt fährt, wo, aus großer Entfernung, durch den Schleier der Poesie und ohne jeden Kontakt mit den schlechten Beispielen des Mutterlandes, alles dortige Schöne und Heile einem wieder in den Sinn kommen und sogar Heimweh erwecken kann.

Ja, soweit kommt es mit uns, manchmal: in Gedanken ein Schiff zu nehmen und unser Italien aus großer Entfernung zu betrachten, um es wirklich lieben zu können... Es wie die Nachwelt zu betrachten, schlimmer noch: wie Ausländer.

Übrigens haben die besten Italiener, von Dante bis Mazzini, ihre Landsleute oft heftig getadelt; und das kann man verstehen. Wer eine Idealvorstellung vom Vaterland hat, vergleicht die Wirklichkeit damit und kommt nicht umhin, diese ungenügend zu finden; daher seine Anstrengung, damit das Licht dieses Ideals, das Schmerz und Verbesserung bedeutet, auf die anderen übergeht. Aber nur durch Kämpfe geht es auf sie über. Wer sich mit den Dingen begnügt, so wie sie sind, braucht niemanden vor den Kopf zu stoßen und kann sich in Lobreden verbreiten. Die sanften Erzieher sind, wie man weiß, nicht die besten.

Das hier ist die Zusammenfassung meiner Ideen über mein Land: ich bin dort geboren; ich spüre, daß ich dort arbeiten muß. Aber mein Land ist nicht losgelöst von einer umfassenderen Idee. Vor allem fühle ich mich als

Mensch. Und dem ist, für mich, mein Begriff des Italieners untergeordnet.

Ich habe Vertrauen zu Italien eher durch eine erzieherische als durch eine politische Erneuerung; ich ziehe eine Verbesserung des Charakters einer Veränderung der Institutionen vor. Ich habe mehr Vertrauen in die Kleinen als in die Großen, mehr in diejenigen, die zweitrangige Stellen einnehmen, als in die, die es bis nach oben geschafft haben. Ich glaube, daß die Werte unserer Tradition radikale Umwandlungen nötig haben: wir halten zuviel auf die Renaissance und auf den ganzen darin wurzelnden literarischen, emphatischen und rhetorischen Tonfall. Mein Ideal der Italiener ist das von praktischeren, strengeren, gebildeteren Menschen, die offener für die große moderne Welt sind. Ich spüre, daß man in kurzer Zeit zu einer tiefgreifenden geistigen Umwälzung gelangen könnte: in etwa zwei Generationen; unter der Bedingung, unsere gegenwärtige allgemeine Unterlegenheit gegenüber anderen Völkern wahrzunehmen; unter der Bedingung eines strikten Verzichts auf Angewohnheiten, die vor allem unseren moralischen Wert und unsere Würde herabsetzen; unter der Bedingung einer läuternden Gewissensprüfung.

Sicherlich ist es nicht leicht, uns selbst und der Öffentlichkeit zu sagen: ich habe gesündigt; aber keine Besserung ist möglich außer durch diese Beichte.

Es kann sein, daß ich bei der mir selbst gestellten Aufgabe übertreibe. Aber ich habe mir nie Zügel angelegt, da man im allgemeinen so weit gegangen ist mit dem übertriebenen Lob und der leichtfertigen Zufriedenheit, daß jede gegenteilige Handlung wünschenswert ist.

Wenn ein Schlitten in voller Fahrt in den Kurven auf eine Seite zu stürzen droht, ist jemand nötig, der sich opfert und sich weit nach der anderen Seite herauslehnt.

Erstes Kapitel
Von den Schlauen und den Deppen

1

Die italienischen Bürger unterteilen sich in zwei Kategorien: die Schlauen und die Deppen.

2

Es gibt keine Definition des Deppen. Aber: wer den vollen Preis des Eisenbahnfahrscheins zahlt; nicht gratis ins Theater kommt; keinen Onkel mit Verdienstkreuz hat, der Freund der Gattin ist und Einfluß auf die Justiz, das Unterrichtswesen usw. hat; weder Freimaurer noch Jesuit ist; dem Finanzamt sein wahres Einkommen erklärt; seine Versprechen hält, auch wenn er dabei draufzahlt usw., der ist ein Depp.

3

Die Schlauen drücken sich nie klar aus. Die Deppen manchmal.

4

Man darf den Schlauen nicht mit dem Intelligenten verwechseln. Der Intelligente ist oft selbst ein Depp.

5

Der Schlaue nimmt immer eine Stelle ein, die er sich nicht durch seine Fähigkeiten verdient hat, sondern durch seine Geschicklichkeit darin, deren Besitz vorzutäuschen.

6

Wer etwas weiß, ist ein Depp. Wer es weit bringt, ohne zu wissen, ist schlau.

7

Erkennungsmerkmale des Schlauen: Pelzmantel, Auto, Theater, Restaurant, Frauen.

8

Die Deppen haben Grundsätze. Die Schlauen haben nur Ziele.

9
Pflicht ist jenes Wort, das in den feierlichen Reden der Schlauen vorkommt, wenn sie wollen, daß die Deppen für sie marschieren.

10
In Italien geht es weiter, weil es die Deppen gibt. Die Deppen arbeiten, zahlen, krepieren. Die so tun, als ob sie das Land voranbringen, sind die Schlauen, die nichts tun, die ausgeben und das Leben genießen.

11
Im allgemeinen ist der Depp dumm. Wenn er nicht dumm wäre, hätte er seit geraumer Zeit die Schlauen verjagt.

12
Im allgemeinen ist der Depp ungebildet aus Dummheit. Wenn er nicht dumm wäre, begriffe er den Wert der Bildung, um die Schlauen zu verjagen.

13
Es gibt intelligente und gebildete Deppen, welche die Schlauen vertreiben möchten. Aber es gelingt ihnen nicht: 1) weil sie Deppen sind; 2) weil die anderen Deppen dumm und ungebildet sind und sie nicht verstehen.

14
Um vorwärtszukommen, gibt es zwei Systeme. Das eine ist gut, aber das andere ist besser. Das erste besteht darin, vor den Schlauen zu kriechen. Aber mehr Erfolg hat das zweite, das darin besteht, ihnen Angst einzuflößen: 1) weil es keinen Schlauen gibt, der nicht irgendeinen dunklen Fleck zu verbergen hätte; 2) weil es keinen Schlauen gibt, der nicht das ruhige Leben dem Kampf vorzöge und das Bündnis mit anderen Räubern dem Krieg gegen sie.

15
Der Depp interessiert sich für das Problem der Produktion von Reichtum. Der Schlaue vor allem für das der Verteilung.

16

Der Italiener hegt einen solchen Kult für die Schlauheit, daß er sogar den bewundert, der sich ihrer zu seinem Schaden bedient. Der Schlaue steht in Italien ganz oben, nicht nur dank seiner eigenen Schlauheit, sondern auch dank der Verehrung, die der Italiener im allgemeinen der Schlauheit als solcher entgegenbringt und an die vor allem er sich wendet, wenn er Genugtuung und Rache will. In der Familie, der Schule und der Berufslaufbahn lehren das Beispiel und die geläufige Doktrin, die sich nicht in den Büchern findet, die Systeme der Schlauheit. Das Opfer beklagt sich über die Schlauheit, die ihm übel mitgespielt hat, aber in seinem Herzen verspricht er sich, daraus für die nächste Gelegenheit zu lernen. Das Mißtrauen der Kleinen, dem man in beinahe ganz Italien begegnet, ist das Ergebnis einer jahrhundertelangen Herrschaft der Schlauen, gegen welche die Tölpelei der Mehrheit sich mit einem Panzer aus Schweigen und dumpfem Verdacht gewappnet hat, der jedoch nicht ausreicht, um sie vor den immer neuen Listen der Schlauen zu schützen.

Zweites Kapitel
Von der Gerechtigkeit

17

In Italien gibt es keine ausgleichende Gerechtigkeit. An ihrer Stelle gibt es die ausgleichende Ungerechtigkeit. Fünf Jahre lang verfolgt der Bürgermeister (oder der Abgeordnete, der Präfekt, der Minister) der roten Partei die Männer der schwarzen Partei und verteilt Ämter und Gehälter an die Männer der roten Partei. Die Lage wäre unerträglich, wenn der nach fünf Jahren an die Macht gelangte Bürgermeister (s. o.) der schwarzen Partei sich gerecht verhielte. Es ist klar, daß er so wenigstens die Hälfte der vorhergehenden Ungerechtigkeit bestehen lassen würde.

Deshalb macht der Bürgermeister (s. o.) der schwarzen Partei alles umgekehrt wie der andere; er verteilt Ämter und Gehälter an die Männer der schwarzen Partei und verfolgt die Männer der roten Partei. So nimmt die wechselnde Ungerechtigkeit die Stelle der ständigen Gerechtigkeit ein.

18

Es ist nicht im absoluten Sinne wahr, daß es in Italien keine Gerechtigkeit gibt. Es ist hingegen wahr, daß man sie nie vom Richter verlangen soll, sondern vom Abgeordneten, vom Minister, vom Journalisten, vom einflußreichen Anwalt usw. Die Sache kann man finden: die Adresse ist falsch.

19

In Italien kann man nichts auf legalem Wege erlangen, nicht einmal die legalen Dinge. Auch diese erhält man auf unerlaubte Weise: durch Gefälligkeiten, Empfehlung, Druck, Erpressung und so weiter.

Drittes Kapitel
Von der Regierung und der Monarchie

20

Italien ist weder demokratisch noch aristokratisch. Es ist anarchisch.

21

Alles Schlechte in Italien kommt von der Anarchie. Aber auch alles Gute.

22

In Italien hat man gegen die von oben kommende Willkür keine andere Abhilfe gefunden als den von unten kommenden Ungehorsam.

23
In Italien herrscht die Regierung nicht. Im allgemeinen herrscht in Italien niemand, sondern alle setzen sich durch.

24
Wegen den großen Dingen stürzt man nie, wegen den kleinen oft. Das entspricht dem italienischen Charakter, der die großen Ungerechtigkeiten hinnimmt, aber höchst empfindlich für die kleinen ist.

25
Der Italiener lobt nie das, was die Regierung macht, auch wenn es gut gemacht ist; aber es gibt keinen Italiener, der nicht jedwede Angelegenheit der Regierung überlassen würde und der sich nicht beschwert, daß die Regierung nicht an alles denkt.

26
Die Minister werden nicht ausgewählt, weil sie etwas von der Landwirtschaft, den öffentlichen Arbeiten, den Finanzen oder dem Post- und Telegraphenwesen verstehen, sondern weil sie Piemontesen, Ligurier, Lombarden, Toskaner, Sizilianer, Abruzzesen sind; oder weil sie der Gruppe a, b oder c angehören. Minister ist man nicht wegen dem, was man getan hat, sondern wegen dem Dialekt, den man versteht, oder dem Parlamentsjargon, den man spricht. Das geht zum Großteil auf den Begriff der ausgleichenden Ungerechtigkeit zurück (zweites Kapitel).

27
Der Wert der Ämter entspricht nicht immer der Wirklichkeit. Sehr oft zählt der Wachposten mehr als der Oberst, der Amtsdiener weiß mehr als der Minister, der Sekretär kann das, was der Kardinal nicht wagt, usw. Auf der Straße und in den Salons bildet die Kenntnis dieses »geheimen Jahrbuchs« der Mächte einen der unerläßlichen Punkte, um Karriere machen zu können. Sich an den Chef zu wenden ohne den Umweg über die Zweigstelle, ist einer der gewöhnlichsten Irrtümer aller Neulinge des italienischen Lebens.

28

Die Autorität des Ranges zählt nicht. Der Italiener verneigt sich nicht vor der Amtsmütze. Nichts verstimmt ihn mehr als die Uniform. Aber er gehorcht dem persönlichen Prestige und der Fähigkeit, materiell oder gefühlsmäßig die Masse zu interessieren.

29

Der Politiker ist in Italien Rechtsanwalt. Mit vielen Worten nichts zu sagen, ist immer die wichtigste Eigenschaft der Politiker gewesen, und wenn sie zum Nichtssagen die blumige Sprache hinzufügen, haben sie die Vollkommenheit erreicht.

30

Die Monarchie hält stand, da sie nicht existiert. Die Republikaner existieren nicht, da der Gegenstand, den sie bekämpfen, nicht existiert. Es ist unmöglich, einen König zu bekämpfen, der weniger lästig ist als ein Präsident der Republik, da er nicht einmal die Schwierigkeit bereitet, sich wählen zu lassen.

31

Der König hat auf die Rechte verzichtet, die er ausübte, und übt die ihm verbliebenen nicht mehr aus.

32

Die Straße ist die wirkliche Regierung Italiens, die über den Krieg entscheidet oder den Straßenbahnstreik beendet. Seit vielen Jahren wissen Angestellte, Handwerker, Arbeiter und nunmehr auch die Militärs, daß man nichts von der Regierung erreicht, »wenn man nicht auf die Straße geht«. Vielleicht sind wir deshalb die Nachkommen der Römer, die ihre politischen Fragen auf dem Forum entschieden.

Viertes Kapitel
Von der politischen Geographie

33
Italien besteht aus zwei Teilen: einem europäischen, der ungefähr bis Rom reicht, und einem afrikanischen oder balkanischen unterhalb von Rom. Das afrikanische oder balkanische Italien ist die Kolonie des europäischen Italien.

Fünftes Kapitel
Von der Familie

34
In Italien ist der Mann immer polygam. Die Frau ist polyander (wenn sie kann).

35
Die Familie ist Eigentum des Familienoberhauptes. Die Ehefrau ist ein Besitzgegenstand. Wenn sie einen verläßt, darf man sie töten. Umgekehrt ist es ihr nicht erlaubt zu töten, wenn man sie verläßt.

36
Die gesellschaftliche Stellung der Ehefrau ist zwischen dem Dienstmädchen und der Geliebten angesiedelt. Ein bißchen höher als das Dienstmädchen und ein bißchen tiefer als die Geliebte. Sie verbringt den Tag als Dienstmädchen und die Nacht als Geliebte.

37
Die Kinder sind Eigentum des Vaters. Nicht sich selbst, sondern dem Vater müssen sie Ehre machen.

Sechstes Kapitel
Von den Gesetzen

38

In Italien werden neun Zehntel der sozialen und politischen Verhältnisse nicht durch Gesetze, Verträge und Versprechen geregelt. Sie beruhen hingegen auf praktischen Abmachungen, die man durch ein paar vage Worte, ein Augenzwinkern und das stillschweigende Gewährenlassen bis zu einem gewissen Punkt schließt. Diese Art von Beziehungen heißt Kompromiß. Es gibt nie klare Verhältnisse zwischen Gatte und Gattin, Käufer und Verkäufer, Regierung und Opposition, Dieben und Polizei, Quirinal und Vatikan.

39

Alles, was aus öffentlichen Gründen verboten ist, kann man tun, solange es nicht ein privates Interesse stört. In den Abteilen, in denen Rauchen verboten ist, rauchen alle, solange niemand protestiert.

40

In Italien ist nichts beständig, außer dem Vorläufigen.

41

Das Trinkgeld ist die wichtigste stillschweigende Einrichtung Italiens, wo die Bräuche mehr als die Gesetze zählen und die Angewohnheiten mehr als die Vorschriften. Um eine bürokratische Angelegenheit zu beschleunigen oder um ein Abteil zu bekommen, um Auskunft über ein Gerichtsurteil zu erhalten oder um ein Frachtschiff entladen zu lassen, ist immer ein Trinkgeld nötig. Die Weise, es zu geben, ist verschieden und verlangt eine nicht geringe Lehrzeit und eine Kenntnis der gesellschaftlichen Rangliste und der gebräuchlichen Systeme. Sie reicht vom ordinären Sümmchen, das man in die Hände des zu bewegenden Beamten legt, und der Flasche, die man zu Ehren des abgeschlossenen Geschäftes öffnen läßt, bis zum »kleinen

Umschlag«, der in den römischen Büros üblich ist, und zu den Tarifverträgen der Eisenbahnbeamten in Norditalien oder der Perlenkette für die Gattin und der Beteiligung an einer Aktienausgabe für den großen Geschäftsmann oder Journalisten.

42

Die Todesstrafe ist in Italien nicht abgeschafft. Sie trifft im allgemeinen die Unschuldigen, die zufällig in die Geschoßbahn der Gewehre der Königlichen Wache oder der Königlichen Karabinieri oder in den Radius der von Sozialisten oder Faschisten geworfenen Handgranaten geraten.

Siebtes Kapitel
Von der Eisenbahn

43

In Italien reist man gratis in der ersten Klasse, mit Ermäßigung in der zweiten. In der dritten bezahlt man den vollen Fahrpreis, der proportional höher ist als der, den die anderen Klassen zahlen, wenn sie ihn je voll zahlen würden.

Achtes Kapitel
Vom Ideal

44

Ein Ideal ist in Italien sehr verbreitet: viel verdienen mit wenig Arbeit. Wenn es nicht zu verwirklichen ist, tritt ein Unterideal an seine Stelle: wenig verdienen mit noch weniger Arbeit.

45
Die Schule ist dazu da, um das Abschlußzeugnis zu bekommen. Und das Abschlußzeugnis? Das Abschlußzeugnis ist dazu da, um die Stelle zu bekommen. Und die Stelle? Die Stelle ist dazu da, um zu verdienen. Und verdienen? Der Verdienst ist dazu da, um zu essen. Nur das Essen ist Selbstzweck, ist also ein Ideal. Außer bei denjenigen, bei denen der Zweck das Trinken ist.

Neuntes Kapitel
Vom Verdienst

46
Im allgemeinen reicht in Italien kein Beruf alleine aus, um davon leben zu können. Deswegen sieht man den Lehrer, der auch Journalist ist; den Angestellten, der Vertreter von Handelshäusern ist; den staatlichen Buchhalter, der abends für Privatbetriebe arbeitet; den Journalisten, der Komödien schreibt. Eine einzige Beschäftigung reicht nicht aus, um sich durchzuschlagen. Mit zweien kommt man über die Runden. Mit dreien lebt man gut. Man muß schlau sein, um vier zu haben. Wenn man wenigstens eine davon vernachlässigen muß, gibt man der staatlichen Stelle den Vorzug, gemäß dem folgenden Grundsatz.

Zehntes Kapitel
Vom Kollektiveigentum

47
Was allen gehört (Büros, die Möbel darin, Eisenbahnwagen, Bibliotheken, Parks, Museen, bezahlte Arbeitszeit usw.), gehört niemandem.

Elftes Kapitel
Von Italien und den Italienern

48

Italien ist nicht der Garten der Welt. Italien ist ein von Natur aus armes Land, ohne Kohle, mit wenig Eisen, viel Felsen, zu drei Vierteln malariaverseucht und übervölkert. Es hängt wirtschaftlich vom Ausland ab und wird immer von ihm abhängen. Die Unabhängigkeit Italiens ist der unbegründetste und schädlichste Mythos, den ein Italiener hegen kann. Es gibt nur einen Trost: daß kein Land wirtschaftlich unabhängig ist.

49

Das italienische ist ein Volk, das sich von Schwachköpfen leiten läßt, die in dem Ruf von Machiavellisten stehen und denen es so gelingt, zum Schaden noch den Spott zu fügen, also zum Mißerfolg noch die Verachtung für ihr Land. Seit vielen Jahren läßt sich das Programm der Männer, welche die Außenpolitik betreiben, so zusammenfassen: leere, aber schmutzige Hände.

50

Es gibt sehr wenige echte Italiener. Die Mehrzahl derer, die unter diesem Namen laufen, sind in Wirklichkeit Piemontesen, Toskaner, Veneter, Sizilianer, Abruzzesen, Kalabresen, Apulier und so fort. Sobald er außerhalb Italiens ist, wird der Italiener wieder das, was er ist: Piemontese, Toskaner, Veneter usw. Der Italiener wird ein Produkt Italiens sein, während doch Italien ein Produkt der Italiener sein sollte.

51

Die Bewunderung der Ausländer für all das, was uns im italienischen Leben stört (der Lazzaronismus, die Undisziplinierheit, die Gefühlsseligkeit, die Serenadenmusik, das Statuenunwesen usw.), zeigt, daß all diese Mängel etwas Angenehmes und Sympathisches an sich haben. Aber wer den Sachen auf den Grund geht, erkennt, daß es sich um eine ständige Falle für den italienischen Charakter handelt, der sowieso schon zu dem neigt, was am angenehmsten, aber für die Ausländer das Ungefährlichste ist. Sie sehen es gerne, wenn die Italiener die Mandoline in die Hand nehmen und dem Mond Serenaden darbringen, und sie werfen ihnen freundlich eine Münze zu, mit der Sympathie und der Verachtung, die man für eine Kurtisane hat, oder der unausgesprochenen Überlegenheit, die man einem Hündchen gegenüber an den Tag legt.

52

Wenn man unter Verstand die Leichtigkeit in den leichten Dingen versteht, die Kunst, sich üppig auszudrücken, die Fähigkeit, sich ohne allzu genaue Angaben verständlich zu machen, den Anstrich aller äußeren Talente, den angenehmen Gesang, die klangvolle Poesie, das schlagartige Verständnis der Dinge, ohne sich dann darum zu bemühen, einen Schritt weiterzugehen, um das Gelernte zu vertiefen, dann ist das italienische ein intelligentes Volk. Wenn man unter Verstand hingegen versteht, daß...

53

Der perfekte Italiener beurteilt das Wachstum Italiens nach der Zunahme seiner Kilometer, die Wichtigkeit der Bilder nach der Oberfläche der Leinwand, die Schönheit der Poesie nach dem Wohlklang ihrer Reime und die der Frauen nach ihrer Fleischmenge. Das Komische ist, daß viele dieser plastischen Werte auch in den Kopf der Ausländer eingegangen sind, die unser klangvolles Sprechen, unsere fleischigen Frauen, die Riesenbilder seit der Renaissance und manchmal auch die Zunahme der Quadratkilometer bewundern.

54

Die Geschichte Italiens ist die Geschichte von Spanien und Frankreich, von Deutschland und Österreich, und im Grunde die Geschichte Europas. Die Bemühungen der Historiker, eine Geschichte Italiens zu schaffen, beweisen, wie man viel Verstand auf eine wenig sinnvolle Sache verwenden kann, so wie es den Offizieren geschieht, die sich tapfer für eine schändliche Sache töten lassen.

55

Der Italiener ist um so vieles schlechter als das Bild, das er von sich selbst hat, wie er besser ist als das, welches die Ausländer von ihm haben. Seine besten Eigenschaften sind die ignorierten und seine schlimmsten Mängel sind die, deren Ruhm sich überall verbreitet.

56

Die Familie ist der einzige feste gesellschaftliche Zusammenhalt in Italien. Die Stadt ist der einzige in Italien wahrhaft empfundene politische Organismus. Alles übrige ist unbestimmtes Gefühl intellektueller Klassen, wie das Vaterland; oder bürokratische Abstraktion, wie die Provinz; oder vager Mythos, der sehr enge und egoistische wirtschaftliche Antriebe verbirgt, wie die Internationale.

57

Einige italienische Maximen und Ausdrücke sind mundartlichen oder regionalen Ursprungs, was bedeutet, daß eine besondere Eigenschaft eines bestimmten Menschenschlags sich nunmehr über ganz Italien ausgedehnt hat. Zum Beispiel: *tira a campà* (schlag dich durch) ist eine ausgesprochen römische Maxime; *non ti compromettere* (stell dich nicht bloß) ist eine typisch toskanische Regel; *fare fesso* (hereinlegen) ist ein vor allem süditalienischer Brauch; aber nunmehr verstehen alle Italiener sie, und die Schlauen haben sie als gesellschaftliche Lebensregeln angenommen.

58

Die Zeit ist das, was in Italien am reichlichsten vorhanden ist, angesichts der damit betriebenen Verschwendung.

59

Alles hat in Italien Verspätung, wenn es darum geht, eine Arbeit zu beginnen. Alles ist zu früh dran, wenn es ums Aufhören geht.

60
Es ist nicht wahr, daß Italien ein desorganisiertes Land ist. Es kommt auf das rechte Verständnis an: die Organisationsweise ist hier die Camorra. Die Partei wie die Religion, das städtische Leben wie die Wirtschaft nehmen unweigerlich diesen Zug an. Die Disziplin fehlt nicht: aber es ist die Disziplin der Camorra, die Ultradisziplin, die vom *fas* zum *nefas* übergeht.

61
Alle Hauptfehler der Italiener, und vor allem die schandbarsten: die Treulosigkeit, die Unterwürfigkeit, der übertriebene Individualismus, die Angewohnheit des kleinen Betruges und der Korruption rühren von der italienischen Armut her, so wie die Schmutzigkeit vieler Dörfer vom Wassermangel herrührt. Wenn in Italien mehr echtes Geld und mehr sauberes Wasser fließen werden, wird die Erlösung Italiens zum Großteil vollbracht sein.

Zwölftes Kapitel
Ohne Titel
Notwendige Zusammenfassung

62
Italien ist eine geschichtliche Hoffnung, die dabei ist, Wirklichkeit zu werden.

.... **Giuseppe Prezzolini** wurde 1882 in Perugia geboren. Zusammen mit Giovanni Papini gab der Autodidakt von 1903 an die in Florenz erscheinenden politischen und kulturellen Zeitschriften *Il Leonardo* und, seit 1908, *La Voce* heraus. Diese nehmen einen wichtigen, wenngleich zweideutigen Platz in der italienischen Kultur dieses Jahrhunderts ein, dank ihres vor allem von Nietzsche und der Kulturkritik beeinflußten Inhalts, ihrer rebellischen Haltung, ihrer oft extrem polemischen Töne und aufgrund der Mitarbeit vieler der besten, untereinander höchst verschiedenen Geister des damaligen Italien. Man hat *La Voce* die »Wiege des Faschismus wie des Antifaschismus« genannt. Sie wies Berührungspunkte mit dem gleichzeitigen Futurismus auf, mit dem zusammen sie eine Art »rechten Flügel« der antibürgerlichen und ikonoklastischen Bewegungen der Zeit vor dem Ersten Weltkrieg bildete. Beeinflußt von der idealistischen Philosophie Benedetto Croces und vom Katholizismus, nahm Prezzolini innerhalb der *Voce* eine eher gemäßigte Haltung ein. Er teilte ihren zunehmend nationalistischen Kurs; aber der Krieg ernüchterte ihn in dieser Hinsicht, wie die hier vorgestellte und andere Schriften deutlich zeigen. Unentschieden gegenüber dem Faschismus, ging er 1929 in die Vereinigten Staaten, wo er viele Jahre lang italienische Literatur lehrte und zahlreiche Werke über die italienische Kultur veröffentlichte. Später ließ er sich in Lugano nieder, wo er 1982 hundertjährig gestorben ist.

Die Regeln des italienischen Lebens (Codice della vita italiana) wurden 1917 in einer Zeitschrift veröffentlicht und erschienen 1921 in erweiterter Form als Broschüre. In ihrer epigrammatischen Kürze sind sie unübertroffen und haben nichts von ihrer Aktualität verloren.

.... Anmerkungen

Seite 117: Carlo *Cattaneo* (1801 bis 1869) – Philosoph, Historiker und Protagonist der italienischen nationalen Einigungsbewegung *(Risorgimento)*.

Seite 118: *Das erstbeste Schiff nimmt* – Das tat Prezzolini wenige Jahre nach Erscheinen dieser Schrift dann auch.

Seite 118: Giuseppe *Mazzini* (1805–1872) – Schriftsteller und Anführer des republikanischen Flügels des *Risorgimento.*

Seite 123: *Monarchie* – Italien war bis 1946 eine Monarchie, deren Könige jedoch faktisch wenig Macht innehatten.

Seite 127: *Quirinal* – Sitz des Königs (heute des Staatspräsidenten).

Seite 127: *Kleiner Umschlag* – Das ursprünglich neapolitanische Wort »bustarella« ist heute zur allgemein üblichen Umschreibung für »Bestechungsgeld« geworden.

Seite 128: *Todesstrafe* – Von 1889 bis 1926 war Italien das einzige große Land Europas, in dem es keine Todesstrafe gab (1948 erneut abgeschafft). In der Toskana war sie bereits 1786 abgeschafft worden. – 1921, als diese Bemerkung geschrieben wurde, herrschte in Italien ein bürgerkriegsähnlicher Zustand, der der faschistischen Machtergreifung vorausging.

Seite 130: *Lazzaronismus* – »Lazzaroni« wurden die ärmsten Einwohner Neapels genannt, deren angeblich pittoreskes und faules Leben vor allem aus dem *Dolcefarniente* und der ständigen Jagd nach Gelegenheiten zu kleinen Gaunereien zu bestehen schien.

Seite 133: *Camorra* – Die neapolitanische Mafia, auch im verallgemeinerten Sinn von »Clique mit unsauberen Zwecken«.

Seite 133: *Fas . . . nefas* – »Vom Recht zum Unrecht«.

▸Giovanni Ansaldo
Die Mittelschichten und die Arbeiter

Er verdient mehr als ich!

Soviel wir auch diejenigen analysieren – Beamte, Privatangestellte, Freiberufler, kleine Rentiers –, die den Großteil der städtischen Mittelschichten ausmachen, kommt am Ende doch folgendes heraus: der Haß auf den Arbeiter, auf den Menschen im blauen Kittel, auf den Menschen, der in den Industrieanlagen oder den Werkstätten arbeitet. Dieser Haß ist die wahre Ursache der Sympathie, die auch in den städtischen Mittelschichten weiterhin dem Faschismus entgegengebracht wird. Man hat gesagt, daß der Richterstand – eine Kategorie, welche die italienischen Mittelschichten getreu verkörpert – unbeugsam faschistenfreundlich ist; dieser Ausdruck ist nicht exakt gewesen. Der Richterstand ist unbeugsam arbeiterfeindlich. Fragt die Rechtsanwälte, wie es nun den Eisenbahnern ergeht, die wegen Gemeinvergehen vor Gericht stehen.

Vor einigen Tagen habe ich zufälligerweise einem erschreckenden Justizvorfall beigewohnt; »erschreckend«, anders kann man es nicht sagen. Es war ein kleiner Prozeß wegen Diebstahls, angeklagt war ein Mechaniker. Nach den Aussagen und dem Plädoyer fragt der Vorsitzende den Angeklagten: »Kurz und gut, wieviel verdienten Sie zur Zeit des Diebstahls?« »Vierzig Lire.« »*Vierzig* Lire«, erwidert der Richter säuerlich. »Vierzig Lire... Mehr als ich!« Und zum Staatsanwalt gewandt, bitter: »Mehr als Sie.« Und zum Strafverteidiger: »Ich bitte Sie, Herr Anwalt, fassen Sie sich kurz.« Der Anwalt war zu erfahren, um sich nicht kurz zu fassen, wo der Prozeß schon verloren war.

Der Angeklagte bekam natürlich die Höchststrafe. »Er verdiente vierzig Lire am Tag!...« »Also dann trug die da Seidenstrümpfe!« »Ich habe sie beim Blumenhändler gesehen, am Obststand: ein Arbeiter kaufte eines Tages Rosen zu vier Lire pro Stück.« Die Liste der gegen die Arbeiterklasse erhobenen Anklagen erschöpft sich in diesen Formeln. »Er verdiente mehr als ich«, ist das endgültige Siegel eines Urteils, das der Rechtsanwalt, der Professor oder der Angestellte über den Arbeiter sprechen. Italien, das in der Entwicklungsgeschichte des modernen Kapitalismus – welche die Geschichte der modernen Zivilisation ist – bis jetzt keinen interessanten und eigenen Zug aufwies, betritt nun die Bühne mit diesem leidenschaftlichen und stürmischen Aufstand, der gerade die Schichten erfaßt, aus denen die technischen Fähigkeiten und die unternehmerischen Initiativen hervorgegangen sind, also die Schichten, die als Träger des kapitalistischen Geistes galten; ein Aufstand, der sich rasend schnell mit hysterischen Legenden (»die hundert Lire am Tag der Hafenarbeiter«: Schauder und Abscheu!!!) verbreitet und die Jugend (Studenten) sowie die Frauen (Angestellte, Hausfrauen, große Damen) ansteckt. Der Faschismus ist die tätige Bewegung dieses Hasses: seine ganze Vitalität, an die so viele nicht glauben wollten, sein ganzer guter Glaube, den der Mehrheit seiner Kämpfer abzustreiten töricht wäre, finden in diesem Haß ihre Nahrung. Die Definition dieses Hasses ist nicht leicht. Die Professoren des marxistischen Einmaleins behelfen sich mit dem Klischee vom »Klassenhaß«; man erlaube mir, es nicht zu benutzen. Das Phänomen ist zwar ein Widerschein der kapitalistischen Entwicklung, die – am Rande – auch unser Land verspürt, aber es scheint mir unangebracht, den italienischen Mittelschichten den Titel der »Bürgerklasse« zu verleihen, und vor allem glaube ich nicht, daß eine »bürgerliche Klasse«, wie sie wirklich in England oder Deutschland existiert, den Arbeiter »hassen« kann.

Übrigens überzeugt uns eine etwas genauere Untersuchung dieses Hasses der Mittelschichten davon, daß er sogar archaische Züge trägt. Um damit vergleichbare

Kollektiverscheinungen zu finden, muß man in der Geschichte bis zur Erfindung des ersten Webstuhls zurückgehen; oder weit in die Welt hinaus bis zu den Ländern, in denen man das Korn zwischen zwei aneinanderreibenden Steinen mahlt.

Die Wurzel dieses Hasses ist der Groll gegen die vom Arbeiter genossenen, oder angeblich genossenen, hohen Löhne. Also: Gewinngier, *auri sacra fames.* In seinen Beobachtungen über den Beginn der kapitalistischen Entwicklung in Italien bemerkte Werner Sombart, daß die geringe Gewissenhaftigkeit der Arbeiter und die ungeordnete Gier der Unternehmer Zwillingsgebrechen darstellten und ein großes Hindernis; sie seien zwei vom rationalen kapitalistischen Profitbetrieb grundsätzlich verschiedene Formen der Gewinngier.

Die Gewinngier eines neapolitanischen Kutschers oder Bootsführers oder eines beliebigen asiatischen Kulis, der ein ähnliches Handwerk ausübt, ist unvergleichlich scharfsinniger und vor allem bedenkenloser als die eines englischen Kutschers, was keineswegs bedeutet, daß der neapolitanische Kutscher oder Bootsführer eine größere Veranlagung dazu hat, ein guter Unternehmer oder ein sehr erfolgreicher Kapitalist zu werden. Unsere Segelschiffreeder von Camogli oder von Sorrento waren sehr kühne Leute, die das Motto jenes antiken holländischen Kapitäns hätten wiederholen können: »Wenn es etwas zu verdienen gibt, würde ich die Hölle durchqueren, wenn nur Belzebub mir nicht die Segel verbrennt«; aber niemand, der eine Vorstellung von der heutigen Schiffahrtsindustrie hat, würde die Reeder von Camogli mutige »Abenteuer-Kapitalisten«, als Beispiel eines rationellen Seefahrtsunternehmens, anführen. Die obligaten Worte, mit denen der Kapitän den üblichen Bericht an den Reeder begann: »Sparsamkeit und Sorgfalt sind die beiden Grundsätze gewesen, welche die gegenwärtige Reise zu einem guten Ergebnis geführt haben«, würden heute eher Lächeln hervorrufen: Sparsamkeit und Sorgfalt bleiben stets ausgezeichnete Eigenschaften für die Geschäfte, aber der moderne Reeder weiß, daß die Gewinnausschüttung der Aktiengesellschaft viel mehr zum Beispiel vom Frachtmarkt als von den Tonnen Kohle abhängt, die der Kapitän eingespart hat; und wenn er wirklich ein moderner Reeder ist, konzentriert er methodisch und rationell seine ganze Aufmerksamkeit auf den Frachtmarkt und verzichtet darauf, die Mannschaft kleinlich auszubeuten.

Nun haben die italienischen Mittelschichten, verglichen mit den bürgerlichen Klassen des Auslands, die Mentalität des neapolitanischen Bootsführers oder des Reeders von Camogli. Dieselbe ungeordnete Gewinngier, derselbe Mangel an kapitalistischem Geist, im Sinne eines rationalen Profittriebs. Daher der Groll und der Neid auf die hohen Löhne der Arbeiter: wer weniger verdient, ist unfähig, den ganzen kapitalistischen Mechanismus zu begreifen, ist unfähig, sich vorzustellen, daß es Unternehmer geben kann, denen es gar nichts ausmacht, die Arbeiter reichlich zu bezahlen, da sie selbst allerreichlichsten und rationalen Profit machen. Der Lohn des Arbeiters wird von dem kapitalistischen Gesamtphänomen losgelöst, das die Mittelschichten nicht verstehen und das dann natürlich ungeheuerlich scheint.

… Und ich habe doch studiert!

Aber die hohen Löhne riefen nicht nur Neid hervor, sie riefen eine regelrechte moralische Empörung hervor, als ob die Ordnung der menschlichen oder göttlichen Dinge erschüttert wäre.

Diese Empörung ist der zweite Aspekt des Hasses der Mittelschichten. Er besitzt seine rituelle Formel in der Klage, die in der Nachkriegszeit als Ergänzung der anderen ertönte: »Er verdient mehr als ich, und ich habe doch studiert!!!« In diesem so oft gehörten Ausruf sind zwei traditionelle Vorstellungen einbegriffen:

1. Das »Studium« verschafft eine Art von »gerechtfertigtem Anspruch« auf standesgemäße Gewinne.

2. Die Würde der Schichten, die studiert haben, wird durch eine Lohnerhöhung für diejenigen, die nicht »studiert« haben, beleidigt.

Der »gerechtfertigte Anspruch«, der daraus erwächst, »studiert« zu haben, ist völlig vergleichbar mit dem Anspruch auf eine Pfründe, die der indische Brahmane erhebt, der das heilige Buch der Veda gelesen hat und damit materiell versorgt ist. Es gilt, ein Ritual zu befolgen, um in den Genuß der Pfründe zu gelangen; und die Ausführung des Rituals stellt die Pfründe sicher.

In keinem Volke Westeuropas gibt es, letzten Endes, eine so einzigartige Abneigung dagegen, die Beschäftigung oder den Beruf zu wechseln, wie im italienischen. Die Berufsmoral besteht in erster Linie darin, bei dem Beruf zu bleiben, für den man »studiert« hat; zweitens darin, die eigenen Fähigkeiten von der politischen Autorität mittels Auszeichnungen oder Pfründen anerkannt zu sehen (die *Noblesse de robe* im Frankreich des 18. Jahrhunderts und die Notabeln im Königreich Neapel sind die direkten Vorfahren).

Wenn man diese Berufsmoral bis zum äußersten treibt, gelangt man zum Zustand Indiens, wo die kapitalistische Entwicklung nicht durch die Kasten-Verachtung behindert wird, sondern durch die Geringschätzung, die jede Verletzung des Rituals hervorruft, also durch die Empörung, die von jeder technischen oder wirtschaftlichen Neuerung ausgelöst wird, die demjenigen einen schnellen materiellen Erfolg ermöglicht, der hingegen auf den traditionellen Wegen sein Glück machen soll.

Bei eingehender Betrachtung sehen wir, daß der ideale Arbeiter, so wie ihn sich die italienischen Mittelschichten vorstellen, genau dem indischen Arbeiter entspricht, wie ihn die englischen Industriellen in Indien verwenden: ein Gelegenheitsarbeiter, ein ewiger Hilfsarbeiter. Wenig Lohn und geringe Leistung. Sobald er genug in der Tasche hat, um ein weniger elendes Leben im Dorf zu führen, kehrt er dorthin zurück; der Industrielle wird ihn durch jemand anderen ersetzen. (In der offiziösen Sprache derer, die Lobreden auf die Tugenden der Rasse halten, wird das auch die Anhänglichkeit der italienischen Arbeiter an ihre ferne Heimat genannt.) Das ist der Arbeiter, von dem man sicher ist, daß er nie die Würde der Schichten verletzen wird, die »studiert« haben, um zu verdienen, der also die besondere Form sozialer Disziplin besitzt, die den Freiberuflern, den Angestellten und den Richtern am Herzen liegt und all denen, die das heilige Buch der Veda auf der Universität, dem Gymnasium oder der Fachschule gelesen haben.

Dieser Vergleich der italienischen Mittelschichten mit den von Pfründen lebenden Schichten Indiens erschöpft natürlich die Beschaffenheit der italienischen Mittelschichten nicht. Aber Indien, dieses extreme Gegenteil der kapitalistischen Zivilisation, muß hier erwähnt werden; nicht, um eine inexistente Verwandtschaft zweier gesellschaftlicher Gruppen (italienische Mittelschichten und gebildete Regierungsklassen Indiens) hervorzuheben, sondern um aufzuzeigen, wie weit die uns hier interessierende Gruppe (italienische Mittelschichten) von einer europäischen »bürgerlichen« Klasse entfernt ist.

Der Haß auf den Arbeiter hat also einen vorkapitalistischen Charakter mit Händler- oder Notabelntonfall.

Die faschistische Bewegung, die dort ihren Ursprung hat, bleibt daher mit einem enormen Widerspruch hinsichtlich der kapitalistischen Zivilisation belastet.

(...)

Italienische Reaktion

Der Groll gegen die Arbeiterklasse bringt eine kleinliche, ärgerliche, hysterische Reaktion hervor, die zum Staatsstreich führen kann – aber der Staatsstreich besagt nichts und löst nichts. Der Haß auf die Arbeiterklasse ist in Wirklichkeit eine Rebellion gegen die seit dreißig Jahren in Italien von außen eingeführte industrielle Entwicklung, für die sich das italienische Bürgertum unvorbereitet und unreif erwiesen hat – aber gegen die wirklichen Opfer der Großproduktion, die Lohnempfänger, zu rebellieren, ist töricht und feige.

Wenn die italienischen Mittelschichten aus traditionellen Gründen, wegen ihrer vorkapitalistischen, krämerhaften und pfründegierigen Mentalität, die Anwesenheit und die Entwicklung einer Arbeiterklasse nicht ertragen können, dann gibt es nur eine logische und wirklich mutige und mannhaft reaktionäre Konsequenz: *tabula rasa* machen mit der italienischen Großindustrie, Italien dahin zurücktreiben, wo es vor dem Jahrzehnt zwischen 1890 und 1900 war, und auf eine Industrieproduktion für den großen internationalen sowie den Binnenmarkt verzichten.

Wenn die italienischen Mittelschichten sich in der Maschinenwelt der Fabrikproduktion unwohl fühlen und sogar die bloße Anwesenheit eines Arbeiters »provozierend« und »ärgerlich« finden, sollten sie sich nicht bei der Arbeiterklasse beschweren, sondern bei denen, die sie auf die Bühne gerufen haben und sie als Werkzeug benutzen. Man muß auf den verborgenen Erreger des Übels abzielen, jene winzige Kategorie echter – zutiefst antifaschistischer – Kapitalisten, die, vom Fieber des kapitalistischen Profits getrieben, sich darauf vorbereiten, heute abend, morgen, übermorgen, immer die Arbeiterorganisationen neu zu beleben, welche die Faschisten heute morgen »erobert« und aufgelöst haben.

Die Rebellion und der Staatsstreich müssen sich in etwas Größeres einfügen, in ein Programm antiindustrieller Politik, dessen Minimalprogramm die wenigen und einsamen unnachgiebigen italienischen Liberisten bereits seit längerer Zeit vorbereitet haben.

Das wäre eine »Reaktion« in dem Sinne, in dem man sie in England und anderen Ländern mit einer autonomen und lebendigen, nicht von außen eingeführten kapitalistischen Entwicklung gesehen hat, mit einer fähigen Bourgeoisie und deshalb mit weitblickenden und selbstsicheren Reaktionären, wie es sich für die starken und ernsten Länder geziemt.

Aber unsere Mittelschichten, die sich im »Haß« auf den Lohnempfänger erschöpfen, beweisen gerade dadurch, daß sie keine eindeutig und ernsthaft reaktionäre Bourgeoisie bilden. Indem sie sich mit den Arbeitern anlegen und sonst nichts tun, beweisen sie einfach ihre Unreife dafür, in einem Land zu leben, das sich notwendigerweise zur industriellen Großproduktion hinbewegt, und ihre Ohnmacht, es zu verändern; sie beweisen also ihr tiefes Unglück. Der Faschismus als politischer Ausdruck dieser Mittelschichten spiegelt deren ganze Krise wider: er verprügelt die Arbeiter, und er bricht in Jubel aus bei den großen Reden über die industrielle Expansion des »Dritten Italien« und ähnliche rhetorische Themen. Seine Reaktion ist oberflächlich, trüb, hysterisch; sie schöpft nicht aus den Tiefen der Tradition, sie versteht es nicht, sich all das Unglück zunutze zu machen, das eine übereilte und aufgezwungene industrielle Entwicklung in Italien aufgehäuft hat und das eine wirksame Waffe für die wahren Reaktionäre wäre, die nicht gekommen sind. Der Faschismus hält Militäraufmärsche in den Industriestädten ab und achtet ehrerbietig die Großindustrie. So ist die Reaktion gelähmt und zeigt sich in ihrer ganzen Armut und Sterilität.

Die italienischen Mittelschichten halten sich gegenüber der Großindustrie noch an das Ideal des »maßvollen Lebens« und des »friedlichen Staates« von vor zweihundert Jahren. Aber diese tiefsitzende antiindustrielle Tendenz kann nicht ans Licht kommen, denn sie ist unter einer dicken Doppelschicht begraben.

Diese besteht aus:

1. einer literarischen und akademischen Modebewegung für die »industrielle Expansion«, die »Aufwertung der italienischen Arbeit«, die »Entwicklung unserer latenten Energien« und andere Sachen dieser Art;

2. der (unbestreitbaren) Tatsache, daß die Großindustrie, so wie sie in Italien eingeführt worden ist, Züge des »Abenteuer-Kapitalismus« und der Piraterie aufweist, die sehr gefallen, und die gerade deshalb gefallen und sich durchsetzen, weil die italienischen Mittelschichten keine

»Bourgeoisie« sind, die daran gewöhnt ist, mit echten Unternehmern zu tun zu haben und den Abenteurern, den Angebern und den »projectistes« zu mißtrauen.

Giovanni Ansaldo, »Ceti medi e operai –
Guadagna più di me.« Aus: *Le reviste di Piero Gobetti*

.... **Giovanni Ansaldo** wurde 1895 in Genua geboren und gehörte dem klassischen Großbürgertum an. Obwohl konservativ, arbeitete er an der antifaschistischen und radikal-reformistischen Zeitschrift *La Rivoluzione liberale* mit, die 1922–25 von dem Wunderkind Piero Gobetti (1901 bis 1926) herausgegeben wurde und das seltene Beispiel eines ernsten und unrhetorischen Strebens nach einer radikalen Modernisierung der italienischen Kultur und Gesellschaft darstellte. Ansaldo stellte sich nach einigen Jahren in den Dienst des Faschismus und setzte seine journalistische Karriere fort, auch nach dem Krieg. Er starb 1969.

Dieser Artikel (der hier gekürzt wiedergegeben wird) erschien 1922 in der ersten Nummer von *La Rivoluzione liberale*, als die Machtergreifung des Faschismus unmittelbar bevorstand. Ansaldo stellt eine These auf, die noch oft wiederholt werden sollte, aber meistens von »links«: das Fehlen einer modernen, aufgeschlossenen Bourgeoisie in Italien. Sein Vertrauen in die »fortschrittliche« Großindustrie und in ihr Bündnis mit den Gewerkschaften auf Kosten der reaktionären Kleinindustrie, von dem schon Engels gesprochen hatte, sollte durch den vom Großkapital gewollten Faschismus eindeutig widerlegt werden.

.... Anmerkungen

Seite 139: *Auri sacra fames* – »Der fluchwürdige Hunger nach Gold« (Vergil, *Äneis*).

Seite 139: *Werner Sombart* – Deutscher Soziologe und Historiker (1863–1941), Autor von *Der moderne Kapitalismus* (1902).

Seite 139: *Von Camogli oder von Sorrento* – Kleine Häfen in Ligurien bzw. Kampanien, die im Mittelalter sehr rege waren.

Seite 139: *Abenteuer-Kapitalisten* – Im Original deutsch; der Ausdruck findet sich sinngemäß bei Sombart.

Seite 144: *Das Dritte Italien* – Propagandistischer Begriff für das 1861 geeinte Italien.

Fabio Cusin
Der Italiener

Ein Volk von Individuen

Wirklich präpotent, die italienische Individualität! Dieser der Gesellschaftsordnung so ergebene Italiener, der nicht an die Flucht in das Reich der Phantasie und der Kunst gewöhnt ist und deshalb selten in Berührung mit einer echten individuellen Äußerung kommt, ist stark an die eigene Persönlichkeit gebunden. Wenn er auch nur ein wenig oberhalb derer steht, die durch eine eiserne Notwendigkeit an die Handarbeit gefesselt sind, wenn er in sich auch nur ein wenig Begabung dazu entdeckt, irgend etwas Besonderes zu machen – vom Singen eines Liedchens bis zur Abhaltung einer kleinen Ansprache –, fühlt sich der Italiener unabhängig und dem gemeinen Haufen überlegen.

Ein bekannter politischer Witz, der die Eigenschaften und Begabungen der einzelnen Völker Europas aufzählt und vergleicht, sagt: »Ein Italiener, ein Genie«; die Definition bezieht sich ebensosehr auf die beachtliche Fähigkeit, die Dinge intuitiv zu erfassen und ihnen eine, oft willkürliche, Bedeutung zu verleihen, wie auf die angeborene Sucht, sich bemerkbar zu machen, weshalb der Italiener sich darin gefällt, den banalsten Begriff mit einem von schönen Worten überquellenden Redefluß zu wiederholen. Wenn es der Italiener liebt, bedeutungsvoll zu sprechen, wird er ein bißchen durch den Brauch gerechtfertigt, der »die schöne Rede«, die Gelegenheitspredigt und die Arie mit dem hohen Finale ohne Zwischentöne bewundert. Der Italiener liebt die pompöse und blumige Rede, ohne sich darum zu kümmern, in ihr eine Bedeutung zu suchen. Die Angewohnheit, der bloßen äußeren Form (oder bestenfalls dem literarischen Aspekt als solchem) Wert beizumessen, wobei die aufgeputzteste und prunkvollste Form bevorzugt wird, rät ihm, auch in der gewöhnlichsten und beklatschtesten Äußerung den persönlichen Erfolg zu suchen.

In wenigen Ländern rief der Übergang vom intellektuellen und wissenschaftlichen Dogmatismus des Mittelalters zum modernen Individualismus eine solche Reaktion mächtiger Kräfte hervor, und Italien nahm seit seiner Geburt eine wichtige Stellung in der westlichen Kultur ein. Die italienische Kunst wies seit dem 14. Jahrhundert hochoriginelle Momente auf, und ihr Aufschwung eröffnete bis dahin unbekannte Wege. Aber die Reste des alten Dogmatismus legten, zusammen mit einer Reihe psychosozialer Phänomene, seit damals diesem bewundernswerten Aufschwung einen Zügel an, einen vielleicht nützlichen Zügel, der aber später dem akademischen Konformismus und den geschwätzigen und eitlen Äußerungen den Weg bahnte. Im Humanismus schien die Bestrebung, eine geistig und manchmal auch gesellschaftlich höherstehende Welt zu verwirklichen, die beiden Elemente zu vereinigen: absolute Individualität und vorsichtiger Bezug auf eine solide und konkrete Form, welche die geistigen Fluchtbewegungen auf ein genau umrissenes Gebiet beschränkt. So wurde Italien Mutter und Meisterin des Humanismus, der gleichzeitig geistiger Aufschwung und konformistische Reaktion ist; Streben nach einer höheren Welt und Anpassung an eine gegebene Lebensweise. Italien bewahrte eifrig die neue Formel, die klassisch genannt wurde, weil sie dem Sinn für das Gleichgewicht und der Tugend der Anpassung nahe ist, die den letzten Jahrhunderten der antiken Welt eigen waren und die den Trost der Zivilisationen im Niedergang darstellen; aber dieser Klassizismus wurde im Lauf der Zeit zu einer Regel der Schulbildung und zum müden Ausdruck einer Gesellschaft, die die eifrige Hüterin eines konformistischen Wortes war.

Diese Entwicklung dauerte drei Jahrhunderte und endete damit, daß die italienische individualistische Genialität, nachdem sie nicht zu verwirklichende Kühnheiten geträumt und in der Welt schöpferische Keime ausgestreut hatte, die woanders einen geeigneten Boden zum Gedeihen fanden, sich auf eine Formel beschränkte, in der die geistige Freiheit zu einer reinen Fiktion wurde und das Individuum sich für einen Schöpfer hielt, wenn es auf eine Form- oder Literaturfrage brillant das anwendete, was nunmehr eine scholastische Regel war. Der Italiener, unfähig, sich selbst zu finden, verwandelte sich in einen seiltänzerischen Begriffsjongleur, der nach zur Schau gestellten Abenteuern im geistigen Bereich wie in dem der praktischen Wirklichkeit gierte.

Also eine Reihe von Äußerungen scheinbarer Individualität, unzureichender Ausdruck einer Sucht danach, sich zu unterscheiden. Der Italiener, unaufrichtig sich selbst gegenüber, kennt die Verbindlichkeit derjenigen sozialen Beziehungen nicht, die von einem Gesetz des menschlichen Wohlwollens und nicht vom Brauch vorgeschrieben sind (seine Hemmungen sind beinahe alle vorbewußt, da strikt gesellschaftlicher Natur), und er glaubt, seine Schlacht schon gewonnen und seine Persönlichkeit durchgesetzt zu haben, wenn er gesprochen hat, um zu sprechen, eine Rolle gespielt oder ein martialisches Gehabe zur Schau gestellt hat.

Der Italiener ist der »Er« par excellence: der federgeschmückte Bandenführer, der Parteileiter mit breiten Schultern und römischem Schritt, der feurige Redner, der Tenor mit mächtigem hohen Ton und rundem Bäuchlein, der Herr mit unsicherem Schritt, schwankendem Körper und einem runden Kopf, dessen Volumen ihn spüren läßt, daß er wirklich einen Teil des Raumes »einnimmt« wie die Gestalten von Piero della Francesca. Es genügt, an den griechisch-mediterranen Typus zu erinnern, der heute so lebendig wie vor neunzehn Jahrhunderten ist, als der unbekannte römisch-hellenistische Porträtmaler für die Nachwelt die Züge des »arrivierten« Pompeianer Bankiers Lucius Giocondus verewigt hat. Es ist ein etwas konventionelles Bild, aber die Fremden, die leider Gelegenheit haben, unter den Italienern die aufdringlichsten und nichtsnutzigsten kennenzulernen, haben oft recht, sie so zu definieren. Je beschränkter der Italiener ist, je mehr seine Rede von Gemeinplätzen durchsetzt, seine Witze banal, seine Welterfahrung gering sind, desto sicherer, absolut sicherer ist er, daß er, nur er, der Herr Soundso ist, der seinesgleichen nicht hat in der Stadt, im Dorf oder auch nur im Familienkreis oder in einer Gruppe von Freunden, die bereit sind, ihm Gehör zu schenken: er hat eine Umgebung nötig – und wäre es das Schattenreich –, wo er der erste sein kann.

Der Italiener redet und hört nicht zu. Des Humors ledig, der bei vielen, auch ungebildeten Individuen die Stelle des kritischen Sinnes vertritt, hat er keine Angst vor den eigenen Worten. Überdies bestraft ihn die Gesellschaft meistens nicht dafür, zuviel gesagt zu haben, solange sie den ihr wohlbekannten Gemeinplatz wiedererkennt. Wer hingegen etwas Neues sagt, wird vor allem nicht angehört und deshalb nicht verstanden, dann mißverstanden und zu Recht verdächtigt, da er die Spielregeln verletzt hat. In einer Gesellschaft spricht der Überheblichste oder der Langweiligste, da er den geringsten kritischen Sinn hat; die anderen – wenn sie bescheidener oder, was häufiger vorkommt, von ihm abhängig sind – hören ihm geduldig zu oder, wenn sie Gleichgestellte sind, unterbrechen sie ihn, alle schreien, und niemand hört zu!

Wer ernsthaft von Lebenserfahrung, Kunst oder Ereignissen der Vergangenheit spricht, sieht sich von dem unterbrochen, der nur von sich zu sprechen trachtet. Die typische italienische Unterhaltung besteht aus plötzlichen Ausbrüchen von Stimmen, die sich zu übertönen versuchen und mit Augenblicken der Stille abwechseln. Auf die Spitze getrieben, nimmt diese Art von Unterhaltung die Züge eines Rituals an, bei dem die Geräusche und nicht die Begriffe zählen. Nur einige Intellektuelle mit einem Minimum an Erziehung vermögen es, ein Gespräch zu führen; nicht, weil sie weitere Interessen als die des eigenen Ichs kennen würden, sondern weil sie, insofern sie ihre Berufswerkzeuge beherrschen, das Gespräch »kennen« und es auf den Weg der bekanntesten und leichtesten doktrinären Schemata bringen, die bei den akademischen Autoritäten des Moments wohlgelitten sind, was auch ihre Gesellschaft wenig unterhaltsam macht.

Auch die Frau von Initiative ahmt oft den dünkelhaften Individualismus des Mannes nach: sie spricht, diskutiert, urteilt feierlich und sagt die offensichtlichsten Dinge mit großer Bedeutsamkeit; es ist das italienische Laster der Großtuerei, das der Frau das Gleichgewicht nimmt, indem sich ihre Anmut zeigt. Beim Manne, für den von Geschäften oder Politik zu reden bedeutet, sich hochtrabend zu produzieren, rechtfertigt das den Brauch, die Frau von solchen Gesprächen ausschließen zu wollen. Die Möglichkeit eines Austauschs, der die Unterhaltung nicht nur angenehm macht, sondern auch gegenseitig bildend, in der jeder den Ideen des anderen breiten Raum einräumt, sie sogar anregt und sich darin gefällt, sie durch die Diskussion hervorzurufen, ist dem aufgeblasenen und langweiligen Italiener unbekannt, und noch mehr der Frau, die hingegen, wenn sie zu einer liberaleren Ausdrucksweise erzogen wird, anderen den Weg zum intelligenten Verständnis und zur lebhaftesten Äußerung öffnen kann.

Der Italiener respektiert nur den, dessen Individualität ihm so sicher wie die eigene scheint: wer etwas gilt, muß es zur Schau stellen; die anderen haben kein Recht, respektiert zu werden. Der verkleidete Minister oder die Würdenträger der aufklärerischen Fabel würden Unrecht haben, die Bescheidenheit in der Form ist nicht zugelassen: man hält sie für Armut, materielle Schwäche und Dummheit. Das schüchterne Individuum, das instinktiv seinen Wert verbirgt, wird immer ungern gesehen auf Grund der unangenehmen Überraschungen, die es hervorrufen könnte; aber meistens wird es rechtzeitig niedergedrückt. In Italien »liegt das Sein im Haben«, sagte Giusti; vor allem, ergänzen wir, im »Scheinen«.

Daher die notwendige Hochmütigkeit bei jedem, der eine gewisse Autorität innehat, vom Amtsdiener bis zum Minister; ein Amt freundlich auszuüben wird als Zeichen von Unbedeutendheit angesehen, weshalb der eingebildete und dünkelhafte Freiberufler seine geringe geistige Überlegenheit bekennt, indem er im Vorzimmer warten läßt und eine steife Atmosphäre schafft.

Angesichts der Neigung, vor allem dem Schein Bedeutung zu verleihen, sollte es nicht verwundern, daß die italienische Kultur oft von einer prahlerischen Aufdringlichkeit belastet worden ist, die von tausend Individuen aufgenommen und zurückgestrahlt wird, von denen jedes einen leuchtenden Funken widerspiegelt, der aus der Ferne ein mächtiges Licht eigener und schöpferischer Originalität zu sein scheint. An solchen Lichtern fehlte es in Wirklichkeit nicht, aber sie wurden oft mit den fabelhaften Zauberspiegeln verwechselt; und die übermächtige Individualität des schöpferischen Elements vermischte sich mit der des gescheiterten Künstlers, der Gemeinplätze der Kunst und des Denkens mechanisch wiederholt. Der großtuerische Individualismus überwältigt oft die anderen Äußerungen, die, schüchtern und oft menschlicher, uns von einer leidenden Zivilisation erzählen. Weit weg vom Rampenlicht gibt es nämlich, seit jeher, ein tieferes und ehrlicheres Italien, von dem nur selten einige unterirdische Adern ans Tageslicht kommen. Nur sehr wenige Fremde und wenige Italiener kennen sie, außer wenn sie von berufsmäßigen Kommentatoren und Jubelrednern – die natürlich deren Geist entstellen – in den Himmel gelobt werden.

Der präpotente Individualismus beeinflußt alle Gebiete des gesellschaftlichen Lebens. In dem kecken Gesicht des italienischen Jungen, dunkel, sympathisch, aufdringlich, bereit, soviel zu verstehen oder mißzuverstehen, wie er Lust hat, wobei er auf seine Intuition und seine Dreistigkeit vertraut, erkennt man schon den zukünftigen mißtrauischen oder forschenden Ausdruck des vorsichtigen und reservierten, zum Nachgeben bereiten Mannes oder die Herausforderung des Präpotenten, der sich mit den Ellenbogen Platz macht und keine Angst hat, seine Stimme ertönen zu lassen, der es liebt, sich wichtig zu machen, auf niemanden Rücksicht nimmt und nicht im geringsten daran denkt, daß die anderen dieselben Rechte haben wie er oder daß er dieselben Pflichten wie die anderen hat, und der in dieser Haltung unermüdlich fortfährt, ohne den geringsten Zweifel über den tatsächlichen Wert des eigenen Ich und vor allem ohne den geringsten Sinn für das Lächerliche. Beide Typen sind im Grunde gleich feige; beide lieben die großen Gesten und alles, was pompös, auffällig und leuchtend ist; sie verachten den bescheidenen Anzug und die reservierte Geste; der Resignierte ist nur dem sich zu beugen bereit, der den Anschein der Macht hat; der eine ist schwach, der andere dreist in den gewöhnlichen Erfahrungen des Daseins, aber beide sind äußerst feige, wenn es darum geht, die eigene Seele zu suchen. Denn jeder verteidigt erbittert seinen äußeren Schein, und der Mächtige wie der Schwache fürchten, daß jemand respektlos gegen sie sein könnte; der Humor, genau wie jedes Gespräch, das dem eigenen persönlichen Wesen zu nahe kommt, bedroht die Integrität und weckt die Angst, in der Achtung der Leute zu sinken. Sie begreifen den nicht, der anders spricht als sie, aber der Verdacht macht sie zu seinen Feinden.

Der Präpotente schikaniert, um sich zur Schau zu stellen, seine Untergebenen oder Unterstellten, während der Furchtsame die ungerechte oder brutale Handlung mit dem feigen Grinsen des Sklaven gegenüber seinen Leidensgenossen begleitet. Daher die Leichtigkeit für den, der Macht besitzt, diese willkürlich auszuüben, und die Neigung der Personen mit etwas lebhaftem Geist, ihre Umgebung zu dominieren; geringe Bildung und das Bewußtsein von Werten, die dem eigenen überlegen sind, reichen nicht aus, um diese Neigung zu bremsen. In Italien entstehen die intellektuellen Diktaturen ebenso leicht wie die politischen und sind genausowenig zu rechtfertigen, da sie gleichfalls eine Erniedrigung des moralischen Sinnes und einen Mangel an wissenschaftlicher Erfahrung mit sich bringen. Drei Jahrhunderte nach Galilei ist Italien immer noch das Land des *ipse dixit*, auch wenn der *ipse* sich Benedetto Croce nennt; aber manchmal trägt er einen weniger ehrbaren Namen.

Um die Vorliebe des Mächtigen für den körperlichen und geistigen, gerechten oder ungerechten (wir werden sehen, warum der Italiener dieser offensichtlichen Unterscheidung unfähig ist) Zwang auszudrücken, ist das Wort »fregare« erfunden worden, was soviel bedeutet wie den Nächsten in seinen Interessen, seiner Tätigkeit oder seiner Person zu schädigen, ihn »reinzulegen«; die übertragene Bedeutung scheint auf den Ersten Weltkrieg zurückzugehen oder hat sich in jener Zeit verbreitet. Damals konnte der Soldat von seinen Vorgesetzten »reingelegt« werden. Um den Nächsten »reinlegen« zu können, strebt der italienische Individualist danach, einen, sei es noch so kleinen Teil, einer willkürlichen Autorität und Macht einzunehmen, die traditionellerweise immer von einigen Cliquen eifrig gehütet und willkürlich ausgeübt worden ist, die entschieden sind, die Pfründe unter den eigenen Mitgliedern zu verteilen. Deshalb ist es nicht erstaunlich, wenn auch die jüngsten Ereignisse bewiesen haben, daß zivile und militärische Chefs, von einem eisernen Individualismus besessen, die Politik einzig und allein als eine persönliche Frage auffaßten und nicht einmal durch die schlimmsten Tragödien – die bombardierten Städte, das besetzte und geplünderte Land – von dieser Überzeugung abzubringen waren; die Ohren weigerten sich, Männer anzuhören, die ohne den Schimmer eines Gewissens in Radioreden den unterdrückten und gequälten Bevölkerungen die Geschichte ihrer persönlichen Streitigkeiten auftischten...

Es ist in der Tat eine übliche Erscheinung in allen Ländern fortgeschrittener Zivilisation, daß sich innerhalb der herrschenden Klassen aufgeblasene, eingebildete und hohle Individuen hervortun. Dieses Phänomen ist also nicht nur in Italien heimisch, aber hier erlangen solche Individuen systematisch die Ehre, im Rampenlicht zu stehen, und schaffen so gewissermaßen eine Nachahmerschule; die jungen Leute streben danach, groß, gefürchtet und mächtig zu werden, um sich überall aufs hohe Roß setzen zu können. Auf diese Weise erklärt sich die sogenannte italienische Leichtfertigkeit, welche die Ausländer so sehr bei den höheren Rängen der herrschenden Klassen bemerken: bei Militärs, Beamten, Politikern (dort ist das Phänomen in den verschiedenen Ländern ziemlich allgemein verbreitet), aber leider auch bei Journalisten, Schriftstellern, Pseudo-Intellektuellen sowie bei vielen – zu vielen – höchst offiziellen Universitätsprofessoren, um nicht von den Mitgliedern der berüchtigten Italienischen Akademie zu sprechen.

Vom Individualismus gehen die heftigen Parteileidenschaften aus, die Leidenschaften beleidigter Persönlichkeiten sind und die in der Beteiligung der Massen am politischen Leben jede Sammlung, jede Bewußtheit, jede Verantwortlichkeit ersetzen. Deswegen siegt leicht derjenige, der diese Geister zu erregen weiß, die für methodisches Handeln unempfänglich, aber leicht zu bewegen sind, wenn man sie an ihrem schwachen Punkt packt; daher rührt die Unmöglichkeit eines politischen Bewußtseins, das geeignet wäre, sich in ein verbindendes Prinzip und ein tiefes nationales Selbstbewußtsein zu verwandeln.

Der Individualismus des Italieners ist eine der Ursachen seiner Disziplinlosigkeit, die nicht dem mangelnden Willen geschuldet ist, sich den üblichen Sitten anzupassen oder der Autorität zu gehorchen – denn die Neigung zum Konformismus und zum Gehorsam, ja zur Unterwürfigkeit gegenüber dem Mächtigen ist stark ausgeprägt; aber daran gewöhnt, zu sprechen ohne zuzuhören, führt er nicht den genauen Befehl aus und ist deshalb unfähig, selbst eine kleine Gruppe von Personen zu einem noch so bescheidenen Zweck zu organisieren. Er ist unfähig, ein wirklich zum Krieg geeignetes Heer oder eine auf diesen Zweck ausgerichtete Nation zu organisieren; genau betrachtet sieht man, daß er auch unfähig ist, einen Ausflug aufs Land zu organisieren. Jeder denkt auf seine Art, tut und tut nicht, schlägt vor und rät und schenkt den anderen kein Gehör. Wer gesprochen oder seine Idee dargelegt hat, ist überzeugt, daß die anderen sie gebilligt haben und sie nur noch in die Tat umgesetzt werden muß; in Wirklichkeit hat keiner darauf geachtet, viele haben sich nicht ernsthaft für die Sache interessiert, andere belästigen alle, um ihnen zu erklären, daß sie nicht können oder im Zweifel sind, und mit der größten Dreistigkeit erklären sie, darüber später nachdenken zu wollen, und machen das Schicksal aller von ihrer eigenen Zustimmung abhängig; andere wiederum, von einer Laune ergriffen – denn Emotivität und Beeindruckbarkeit sind andere Faktoren der italienischen Disziplinlosigkeit –, haben andere Pläne. Letztlich denken die meisten nicht ernsthaft an das Unternehmen, denn im Inneren ihres Herzens – welches das von Leuten ist, die mit dem eigenen ruhigen Leben zufrieden sind und jedenfalls damit, die eigene Stimme zwischen so vielem Geschwätz vernehmen zu lassen oder eine Rede auf dem Platz zu halten – sind sie uneingestandenermaßen überzeugt, daß es sich nicht lohne, eine körperliche Anstrengung zu unternehmen, um ein bißchen Landschaft zu sehen, und erst recht nicht, einen Krieg ernsthaft zu führen.

Die Anwesenheit oder der Druck eines starren Kommandosystems verbessert die Dinge nicht. Der Italiener, so sehr er auch an eine Verwaltung, ein Heer, eine streng disziplinierte Partei gebunden ist, fühlt sich nie diesem Wesen mit Leib und Seele zugehörig. Es treibt ihn nicht dazu, alle seine Kräfte zu opfern, um die Körperschaft, der er angehört, perfekt funktionieren zu lassen. Er kennt den »Beruf« nicht, die disziplinierte Tätigkeit, in der jeder in den Dienst der Gesellschaft mittels einer politischen oder moralischen Körperschaft tritt, die zum Dasein jener beiträgt. Allein er bleibt übrig: ein kleines, verlorenes Individuum, das an sich und seine Familie denkt. Die Befehle führt er aus, da ihm sonst schwere Strafen drohen, die seine Person, sein Wohlergehen und das seiner Familie schädigen; er führt also aus, was ihm befohlen wird, aber ohne jedes Bewußtsein, daß diese Ausübung einen bestimmten Zweck hat, der seine individuelle Handlung übersteigt. Er führt wörtlich aus, ja so wörtlich wie möglich, wenn er weiß, daß er gehorchen *muß*. Dieser Gehorsam schützt ihn vor der gefürchteten Verantwortlichkeit sowie vor den Ränken eventueller persönlicher Feinde und derer, die ihm die Stelle wegnehmen wollen. Oft jedoch führt er das ihm Auferlegte mit nicht allzuviel Sorgfalt aus, und, wenn der Schein einmal gewahrt ist, neigt er unbewußt dazu abzuschweifen, nur teilweise auszuführen und über den Geist und die Natur dessen, was er ausführen und ausführen lassen soll, zu vernünfteln, und meistens nicht uneigennütizigerweise. Also ist die Ausführung verzögert, verspätet, zusammenhangslos und entspricht nicht den angestrebten Zielen. Und manchmal führt das Individuum, das sich gut abgesichert und mächtig fühlt, das ihm Auferlegte überhaupt nicht aus: es ist überzeugt, daß seine camorristische Individualität stärker ist als jeder kollektive Wille.

Das geringe Verantwortungsbewußtsein ruft die technische Unzulänglichkeit in den Berufszweigen hervor, wo es beinahe unmöglich ist, eine echte Kontrolle auszuüben, etwa im Gesundheits- oder Unterrichtswesen. Die Trägheit, das Gefühl, daß es vergeblich sei, mit einer Gewissenhaftigkeit zu arbeiten, die von niemandem anerkannt wird im Gegensatz zu den Ehren und Reichtümern, die dem Scharlatan zufallen, bringen die Lustlosigkeit und Nachlässigkeit hervor, die ganze Sektoren negativ auszeichnen[1].

Dieses stets fortgesetzte und traditionell gewordene System ruft eine gewohnheitsmäßige Skepsis unter allen Mitarbeitern hervor: man argwöhnt die Nutzlosigkeit vieler Befehle, man verdächtigt die Vorgesetzten der Beschränktheit, die ihrerseits, in den seltenen Fällen, in denen sie intelligent und tüchtig sind – denn wir werden sehen, nach welchen Maßstäben die leitenden Klassen in Italien rekrutiert werden –, gleichfalls Opfer derselben Skepsis sind und denen es klar ist, daß sie nicht in der Lage sind, die Verwaltungs- und Bürokratiemaschinerie tatsächlich funktionieren zu lassen.

Der Italiener bleibt also vereinzelt und spürt die Unmöglichkeit, etwas kollektiv aufzubauen; er tröstet sich, indem er nur an sich selbst denkt: diese schwerfällige Maschinerie, dieses System, unfähig dazu, irgend etwas

[1] So ist die Medizin – obwohl es nicht an tüchtigen Männern fehlt – in Italien eine öffentliche Gefahr für den, der gezwungen ist, sich dem unkontrollierten Wirken der Ärzte und Krankenhäuser zu überlassen.

zu fruchten, sollen wenigstens den Nutzen haben, seiner Familie das Brot zu verschaffen und ihm manchmal auch Ehren und Reichtümer. Warum also sich sorgen? Die Ehre, also das einzelne Individuum, ist gerettet!

Die italienische Familie

In Italien ist die Familie die Grundlage aller gesellschaftlichen Beziehungen: ihr positiver und negativer Einfluß ist enorm, sowohl auf die tiefsten Gemütszustände als auch auf alle Verhaltensweisen, die eine innere Stellungnahme und eine Entscheidung hinsichtlich der eigenen Gefühle und Vorlieben verlangen. Nicht nur der Geist des gesellschaftlichen Lebens, sondern auch die Sitten und die politischen Neigungen bilden sich in der familiären Keimzelle.

Das Regime ist streng patriarchalisch in der Form: der Italiener ist allzusehr von der eigenen Individualität eingenommen und allzu begierig, sie da hervorzukehren, wo er es ohne Gefahr tun kann, um seine Persönlichkeit nicht Frau und Kindern aufzuzwingen. In der Praxis ist diese Autorität nicht sehr spürbar; genausowenig ist sie dazu geeignet, in der seelischen Entwicklung die Idee der Achtung vor der Autorität zu fördern. Dank dem wenig strengen Familienleben und den eher sanften Sitten ist der Sinn für Auflehnung nicht sehr stark und fehlt der sehnliche Wunsch nach Freiheit sowie ein starker psychischer Antrieb gegen den Vaterkomplex und die Autorität. Vielleicht ist es die strenger kontrollierte Frau, die sich manchmal rebellischer zeigt; aber in der italienischen Familie herrscht im allgemeinen eine süßliche, allzu warme, ja tierische Liebe, weshalb der Italiener, sei er Mann oder Frau, in der Regel das Nest liebt, in dem er geboren ist oder in dem er mit anderen zusammenlebt.

Zu dieser Süße, die vielleicht viel gefährlicher für die Charakterbildung ist als die väterliche Strenge, trägt die Frau entscheidend bei, die sich in diesem Familienleben wohl fühlt und die in dem Haus, in das sie als Braut eintritt, die von der Mutter ererbte traditionelle Form fortführt. In einem sanft gewordenen und zur Trägheit neigenden Volk wird die patriarchalische Familie am Ende das Reich der Frau, ein Reich, in dem der Mann keine Gelegenheit hat, seine Autorität geltend zu machen, und wo die Schöntuerei, und das heißt oft der weibliche Groll, die Überhand gewinnt.

Die Frau, Arbeits- und Fortpflanzungstier, aber Lenkerin der Familiengeschicke, wird normalerweise aus den Reihen der klugen Jungfrauen ausgewählt. In der väterlichen Familie hat die Frau gelernt, die Eltern und die Autorität überhaupt zu achten, und je mehr sie körperlich und geistig ausgeglichen ist, desto eher wird sie sich also der eheherrlichen Gewalt zu beugen wissen. Die typische italienische Frau erkennt dem Mann das Recht zu, ihr zu befehlen und sie sogar zu schlagen, was in der Wirklichkeit selten vorkommt dank der Sanftheit der vorherrschenden Charaktere. Die patriarchalische Sitte gebietet die Achtung für die dem Familiengesetz treu gebliebene Frau, deren Funktion hauptsächlich mütterlich ist; ihre Erziehung, wenn man das so nennen kann, wird zum Teil von der Mutter erteilt, unterstützt von den Lehren der Gespielinnen, den Schwätzchen sowie den frommen Ermahnungen der Nonnen, den Predigten und den Beichtstuhlgesprächen. Es ist offensichtlich, daß das alles, während es auf die Sitten einwirkt, ihren Charakter nicht bildet. Auch der Mann, der die Abwesenheit jeder Form geistigen Lebens für typisch weiblich hält, fürchtet im Grunde die besser erzogene Frau und wünscht nicht, daß die von ihm erwählte es ist – sie bleibt deshalb vorrangig emotional und undiszipliniert, obwohl geduldig in ihrer Tätigkeit und Arbeit, und hat wenig Zügel für ihr Nervensystem. Den Regeln der Kirche hörig und den Riten treu, schon um auf irgendeine Weise ihr vages, unruhiges Gemüt zufriedenzustellen, versucht auch sie, ihre Persönlichkeit darzustellen und strebt nach dem Erfolg mit Hilfe ihres natürlichen Liebreizes, aber auch des Schmucks, der günstigen Ehe oder irgend etwas anderem, das ihr Glanz und Ansehen verleiht.

Die ländliche und patriarchalische Tradition weist ihr in der Familie einen zweitrangigen Platz gegenüber den Männern an. Vor der daraus folgenden Gefahr, zur Sklavin und zum Arbeitstier herunterzukommen, versucht sie, sich mit der primitiven Waffe der Koketterie und der Sexualität zu schützen; eine Waffe, die es in der menschlichen Gesellschaft der Frau ermöglicht hat, im sozialen Körper etwas zu zählen und dahin zu gelangen, die Favoritin und die Schutzbefohlene eines möglichst starken und mächtigen Mannes zu werden. Sie lernt ziemlich leicht, ihre Instinkte zu unterdrücken, dank der Neigung zur Nachahmung des mütterlichen Beispiels (das unschuldige Mädchen glaubt in gutem Gewissen, deren Instinkte seien immer unterdrückt gewesen), zu dem die Ermahnungen und die Drohungen des Klerus hinzukommen; aber deswegen befreit sie sich nicht vom Geschlechtsleben, sondern wird im Gegenteil doppelt dessen Sklavin. Ihre Gespielinnen und ihre Umgebung lehren sie, sich gegen den Mann zu verteidigen, aber dabei auf dessen Instinkte und vor allem auf seine Eitelkeit zu spekulieren. Daher die, oft naive und primitive, Anstrengung, sich schön zu machen und – in einer wirtschaftlich rückständigen und oft armen Umgebung – Moden und Verhaltensweisen nachzuahmen, deren Echo Theater und Kino ihr von ferne bringen, weswegen sie versucht, so up to date wie möglich zu sein.

Sie hat es nicht so sehr auf die Eleganz abgesehen, sondern verfolgt das klare Ziel, mit ihren Freundinnen zu wetteifern oder dem Mann zu gefallen, den sie sich ausgesucht hat oder von dem sie ausgesucht werden möchte. Außerdem wird sie, nachdem sie durch den familiären und religiösen Ritus der Ehe gebunden ist, von denselben kirchlichen Vorschriften verpflichtet, den Mann in seinen Instinkten und seinem Wunsch nach Vaterschaft zu befriedigen. Für das Familienwohl meint man, daß die Frau keinerlei Rechte in dieser Angelegenheit hat: dem Mann das Vergnügen, der Frau die Kinder. Das ist die Regel der italienisch-katholischen Familie, eine Regel, die glücklicherweise viele Ausnahmen ermöglicht.

In der Familie gibt es zwischen den Eheleuten keine starken Gefühlsbeziehungen, noch Verständnis, noch Suche nach Verständnis. Im allgemeinen kümmert sich der Ehemann nicht um die Persönlichkeit der Frau und behandelt sie wie ein geistloses Wesen, dem er nur auf Grund der familiären und rituellen Bräuche Achtung schuldet und nicht auf Grund der menschlichen Beziehungen zwischen den Eheleuten. Deswegen sieht man oft Männer mit starker Persönlichkeit und lebhafter Intelligenz von nicht einmal mittelmäßigen Frauen begleitet, ohne daß der Mann sehr auf die Dummheitsbezeigungen seiner Gattin zu achten scheint. Die Frau ist daran gewöhnt, den Mann als überlegen zu respektieren, und ist deshalb im allgemeinen gefügig und gehorsam; aber nur selten ist sie eine wirksame Hilfe im Existenzkampf, da sie durch den Mangel an Erziehung nur das zu verstehen in der Lage ist, was eng das Familienleben berührt. Der Mann zieht daraus einen Ansporn für seinen Egozentrismus und gefällt sich darin, sich bewundern zu lassen und sich als Herr betrachtet zu fühlen, aber er treibt damit keinen Mißbrauch und begeht selten einen autoritären Akt. Dazu trägt sicherlich die Trägheit bei, die außerdem die Sitte der bürgerlichen Familie begünstigt, sich, wenn die Arbeitsstunden verstrichen sind, im Haus mit einem Gefühl der beschäftigungslosen Passivität einzuschließen, das dem Außenstehenden sofort zu verstehen gibt, daß er kein Recht hat, am familiären Mikrokosmos teilzunehmen, welcher seine Existenzberechtigung einer rein tierischen Wärme verdankt, die den nicht erwärmen kann, der nicht zum Schlupfwinkel gehört.

Der Vater liebt die Kinder, vor allem auf Grund eines Gefühls befriedigter Männlichkeit. Der Egozentrismus will es, daß sich die Männlichkeit nicht im Akt befriedigt, sondern im fortgesetzten und ausschließlichen Besitz der Frau (das ist der schwache Punkt, den die Geistlichkeit benutzt, um die Mäßigung und die Treue zu einer einzigen Frau durchzusetzen). Es ist eine alte Sitte des Italieners, der sich diesen Luxus leisten kann, viele eheliche und uneheliche Kinder zu haben. Das veranlaßt ihn manchmal dazu, außerhalb der Ehe geborene Kinder als die seinigen anzuerkennen; früher war es eine Rechtfertigung für das verführte Mädchen, ihrem Herren oder dem Mächtigen die Frucht ihrer Liebschaften zu bringen.

Die Mutter hingegen teilt zwar die väterliche Befriedigung oder tut so, als ob sie sie teile, liebt aber die Kinder mit einer rein animalischen Intensität, die es ihr bestenfalls erlaubt, die eigene Existenz mit dem Rhythmus der Bedürfnisse ihrer Kinder in Einklang zu bringen, so daß ihre Mutterrolle mehr ein ewiges kindliches Spiel als ein Opfer wird, gestützt von einem innigen Vergnügen, neben ihnen zu leben, ja beinahe noch – wie vor ihrer Geburt – als Teil ihrer Animalität. Damit verzichtet die Frau natürlich auf jede mögliche Menschlichkeit, und weit entfernt davon, ihr Geschlecht zu sublimieren, vervollkommnet sie es, indem sie, ähnlich wie die Arbeitsbiene, die Funktion der Notwendigkeit anpaßt. Da die Liebe zwischen Mutter und Kind die Grundlage des gesellschaftlichen Lebens bildet, kann diese ständige körperliche Anwesenheit der mütterlichen Liebe zum Kind, die mehr vom animalischen Instinkt als vom menschlichen Sinn an sich hat, schwerlich die kindliche Psyche und den zukünftigen Erwachsenen zur Sublimation der eigenen Animalität bewegen, trägt aber vielleicht dazu bei, die Eigenschaften der körperlichen Sanftheit, weitgehenden Toleranz und Ergebung zu formen, welche aus dem italienischen Volk, wo es nicht vollkommen Sklave des Vorurteils und des Herkommens ist, eines der sympathischsten der zivilisierten Welt machen. Es handelt sich um im Grunde weibliche Charakterzüge, die viele Italiener zusammen mit der Emotivität und der Sentimentalität von der Mutter als Erbteil empfangen.

Die ihre Kinder animalesk bewundernde Mutter und der Vater, der sich ihrer rühmt, um seinen Stolz zu befriedigen, befestigen ihre elterliche Einheit durch gegenseitige Bewunderung und den Hang zur Prahlerei. Die Schamlosigkeit, mit der die italienischen Eltern ihre Kinder und beinahe die Sexualität, die sie zur Welt gebracht hat, zur Schau stellen, ist beeindruckend: die sogenannte kindliche Unschuld wird für eine ausreichende Deckung ihrer Prahlerei gehalten. Der Faschismus, der auf diese Großtuerei sowie auf viele andere eitle Gefühle spekulierte, sprach von der »Heiligkeit« der Familie in der Kinderfreude, wobei er vergaß, daß sie nur dann heilig ist, wenn sie besteht, ohne die übrige Gesellschaft zu belasten und ohne zur hohlen Selbstverherrlichung zu führen. Auf schlauere Weise versucht der Klerus, das Bild dieser Familienherrlichkeit nur deshalb zu bieten, um die Gläubigen zu den Familienfreuden zu bekehren. Auch in der kirchlichen Propaganda überwiegt also der körperliche Aspekt der Familie, welcher der Psychologie eines ländlichen Volkes entgegenkommt, das immer noch für die heidnischen Anklänge empfänglich ist: die Familie wird als ein animalisches Band verstanden, in der die Sinnlichkeit klar umrissene Züge annimmt. Auch die Liebe zu den Kindern geht von einer rein körperlichen und materiellen Sensibilität aus: es genügt zu sehen, wie eine Mutter mit ihrem Kind spielt. Die Bestätigung durch die Sitte verändert den Charakter dieser Beziehung nicht.

Diese mit Sinnlichkeit geladene Atmosphäre erstreckt sich auch auf die Beziehungen zwischen Eltern und Kindern, denen gegenüber vor allem die Frauen eine Art von körperlicher Liebe mit zügellosen Ausbrüchen frei an den Tag legen, was dazu beiträgt, die unbestimmte und infantile Atmosphäre zu schaffen, welche die italienische Frau und das Familienleben umgibt. Ein mit ihr sympathisierender Künstler könnte sie in ein Lied umsetzen, das aus einer Reihe von Ausrufen, Gejammer, häßlich klingenden Ausbrüchen, Heulereien und unangenehmen Schreien der Frau besteht, die (im Moment, in dem sie die früheren Waffen niedergelegt hat und zu einer Bestie weiblichen Geschlechts heruntergekommen ist) die kleine Welt sinnlich macht, zu deren despotischer Herrin sie der Brauch gemacht hat.

So durchtränkt die heidnische Sinnlichkeit weiterhin, wie einst, das Familienleben durch die weibliche körperliche Sensibilität. Die Sitte und der Klerus – der sich zu deren Gendarm gemacht hat – bekämpfen sie nicht, sondern halten sie eingesperrt unter dem Vorwand, dieses sinnliche Durcheinander von Eltern und Kindern bedeute Einhaltung der ethischen Normen.

Die Invasion des Kindes in das gesellschaftliche Alltagsleben wird als eine unbestreitbare Regel akzeptiert. Man ist nicht der Meinung, Männer und Frauen könnten ein eigenes Leben zu führen haben, demgegenüber das Kind, obzwar geliebt und geschützt, als eine primitive Ausdrucksform der menschlichen Seele angesehen und deshalb auf gewisse Weise von den üblichen Lebensweisen des Erwachsenen ferngehalten werden muß.

Der Italiener spricht oft von der Kindererziehung: in einer Umgebung, die fürchtet, nicht angepaßt genug zu sein, handelt es sich natürlich um Erziehung zu einer bestimmten Sitte. Daran arbeitet also die ganze Umwelt ausgiebig mit; und die familiäre Umgebung, in welcher die völlige Abwesenheit von tiefen und verwurzelten Überzeugungen wahrhaft moralischen Charakters deutlich bemerkbar ist, ist meistens unfähig, einer konstanten Linie zu folgen. Die Sentimentalität der Eltern gibt im allgemeinen der Schöntuerei der Kinder nach, die von den allerersten Jahren an stets bereit sind, die Situationen zu erfassen und es nie müde werden, darauf zu bestehen, das zu bekommen, was sie wollen; eine Beharrlichkeit, die der Italiener – ohne Hemmungen und ohne Scham – während seines ganzen Lebens beibehält im Fordern von Dingen, die zu erhalten er kein Recht hat. Und dieser Art von seelischem Infantilismus fehlt der Erfolg nicht!

Die Sitte hält diejenigen für keine guten Eltern, die sich etwas hart gegenüber den kindlichen Ansprüchen zeigen, denn der Italiener glaubt mehr an die Barmherzigkeit als an die Gerechtigkeit. Auch hier, ja vor allem hier, verhindert der Charaktermangel der Eltern die Charakterbildung der Kinder. Die elterlichen Gebote haben einzig den Zweck, die Kinder zu zwingen, bestimmte Formen einzuhalten, die in den Augen der Eltern Achtbarkeit verschaffen; so sichern diese sich gegenüber der Gesellschaft ab. Es fehlt völlig die Idee der Strafe als Zügel, welche die Außenwelt unseren Leidenschaften und kindlichen

Forderungen anlegt. Ein Ausländer, scharfer Beobachter der intimsten Dinge, bemerkte, daß man in Italien nie auf den Gedanken komme, dem einzelnen, der innerhalb einer Gruppe seine Ansprüche durchsetzen will, ein paar Fausthiebe zu verabreichen; der Italiener erduldet das gefährlich präpotente Individuum, das oft dem Typus des großen Bruders entspricht oder allgemein demjenigen, der in der Kindheit nicht den Druck erlitt, den in der kinderreichen italienischen Familie die zuletzt Gekommenen erdulden müssen. So öffnet sich automatisch der Weg zu den asozialen Äußerungen des präpotenten Kindes, das dann zum Parteimenschen oder zum Banditen der Vergangenheit, zum Anarchisten oder Demagogen unserer Zeiten wird.

Innerhalb der Familie hört man die Eltern ständig Drohungen aussprechen, die aber nicht verwirklicht werden, außer in einer Anwandlung jener Impulsivität, die besonders die Mutter dann dem Kind auf tausend Weisen übermittelt. Das Kind spielt mit der Mutter, die es nicht fürchtet, und ahnt, daß die väterliche Autorität mehr den Anschein als die Wirklichkeit einer überlegenen Macht hat; es wächst in seelischer Anarchie heran, und niemand lehrt es, die Faulheit und Trägheit zu besiegen: man findet das in der italienischen Schulsitte wieder, derzufolge der Schüler nicht dazu verpflichtet ist zu lernen, denn für das praktische Ziel der Versetzung sorgen sowieso die Schlauheit und der Schwindel oder schlimmstenfalls die Eltern und die verschiedenen Schutzheiligen. Das ihm zuerkannte volle Recht darauf, frei zu sein, verwandelt sich für das natürlicherweise stets egozentrische und aufdringliche Kind in Anarchie. Wer irgendwelche Einwände wagt, wird von Eltern und Verwandten schief angesehen: das Kind lernt es, niemanden zu respektieren; als junger Mann wird es frech, geschwätzig und aufdringlich, und die aggressivsten und mutigsten Charaktere gelangen leicht dazu, präpotente, asoziale oder gesellschaftlich unmoralische und demagogische Haltungen anzunehmen.

Das Mädchen wird daran gewöhnt, der Mutter im Haus zu helfen, während der Junge bald lernt, mit dreistem Gesicht und den Händen in den Taschen umherzustreifen. Es fehlt die Schule des Opfers, der Tätigkeit und des Ernstes, die aus der Angewohnheit entsteht, den Sohn mit kleinen Besorgungen zu beauftragen, damit er die Mühen der Hausfrau erleichtert und dazu beiträgt, die Wohnung bequem, sauber und gemütlich zu halten. Im allgemeinen ist man nicht der Auffassung, der Junge könne bei den Hausarbeiten behilflich sein, und es fehlt die Erziehung zur Aktivität, Zeitersparnis und häuslichen Sauberkeit, die dann dem vom Italiener meist wenig verspürten Sinn für die intime Sauberkeit des eigenen Körpers entspricht.

Die familiäre Einheit bedeutet nicht Eintracht. Im Lauf der Jahre interessiert sich der Vater immer weniger für die Kinder, die, wie die Familie überhaupt, das Erbteil und das Kreuz der Mutter bleiben: »Es sind ihre Kinder« ist ein Satz, den man oft aus männlichen Mündern hört, um die Rechte der Frau anzuerkennen; ein Satz, der wohlwollend scheint, aber in Wirklichkeit einen egoistischen Klang hat, denn er bedeutet, daß die Ängste, Schmerzen und Qualen um der Kinder willen die Angelegenheit der Frau sind. Der Vater sucht andere männliche Vergnügungen und Befriedigungen außer Haus: eine Situation, der sich die Frau anpaßt. Manchmal kümmert er sich ein wenig um die Karriere der Söhne sowie um das Verhalten der Töchter, und das selbstverständlich zur Verteidigung der Ehre und des Ansehens, das er bei den Leuten genießen will.

Die im Familienleben beobachteten Regeln hängen größtenteils von den ungeschliffenen und rohen Umgangsformen der Eltern ab. Entsprechend ihren unbewußt verstandenen inneren Erfahrungen gestalten sie die Familiendisziplin: es herrschen also die Launenhaftigkeit, die Verwirrung und die Unordnung vor. Die Mutter schreit die Kinder von morgens bis abends an, wird böse, umarmt sie, tröstet sie, ruft Gott an. Dieses ständige Gejammer müßte den Geist vieler Kinder beeindrucken; aber offenbar wird in den meisten Fällen ihr Nervensystem nicht erschüttert: von klein auf lernt der Italiener, weder den gesprochenen noch den gehörten Worten Bedeutung beizumessen. Die Familiendisziplin wird nur dann strenger, wenn alte seelische Konflikte der Eltern wieder aufbrechen, die sich in wahrhaft tyrannischem moralischen Druck auf die Kinder, vor allem auf die Mädchen, entladen; aber im allgemeinen überwiegt die Tendenz – in der beide Eltern einig sind –, die Formen zu wahren oder wenigstens die zu ihrer Wahrung nötigen Riten auszuüben. So groß ist die Angst vor den Bosheiten und dem Gerede, daß die Sensibelsten, überzeugt davon, die Ehrbarkeit der Familieneinrichtung gegenüber der Welt schützen zu müssen, völlig zu deren Sklaven werden. Gewöhnlicherweise neigen die Eltern dazu, die Kinder zu Hause zu halten: man versucht, die Neigung zum »Herumbummeln« zu bremsen, die im Grunde als ein Verrat an der Familie betrachtet wird. Mit vorwurfsvollem Ton sagt die Mutter zur Tochter, die noch ein Kind ist: »Du willst doch nur herumbummeln«; außer Haus wohnt das Böse, und ein häusliches Mädchen, »das nicht herumbummelt«, ist ein tugendhaftes Mädchen. Aber in Wirklichkeit fürchten die Eltern das Auge der Welt, legen der Familie jedes Opfer auf, um keinen Anlaß zu Gemurmel zu geben, und es liegt ihnen sehr am Herzen, daß die Kinder nichts tun, was der Brauch »unschön« findet. Normalerweise nutzen das die oberflächlichsten Geister aus, die über alle tratschen und allen Übles nachreden und die, auch wenn man es ihnen mit gleicher Münze heimzahlt, nicht darunter leiden. Strikt an die herrschende Sitte gebunden (die wahrhaft Stammessitte genannt werden darf) sowie unerbittliche Vollstrecker ihrer grausamen Gesetze bleiben gerade diejenigen, die ansonsten in der Lage wären – größerer Sensibilität wegen –, die Grundlagen einer moralischen Elite zu schaffen, aber die der Gewalt der Sitte unterliegen, die durch das Bündnis zwischen Priester und Klatschbase gestützt wird. Das Großstadtleben hat in den letzten Jahrzehnten eine gewisse Flucht aus diesen Zuständen erlaubt, aber ohne die tiefsitzende Mentalität zu ändern, die in einer Nation aus Landbewohnern oder erst jüngst Verstädterten überwiegt.

Auch die vielgepriesene religiöse Erziehung ist nichts als ein Spiegelbild der Gemütszustände der Eltern. Von Kindesbeinen an lernt der Italiener, die Vorstellung Gottes mit einem Ritual zu verbinden, nicht mit einem absoluten Wert. Es ist in der Tat meistens die Mutter, die dem Kind die religiösen Riten und die ersten Glaubenssätze beibringt, die allerdings durch die Emotivität und den Aberglauben der Mutter gefiltert sind. Der gegenreformistische Klerus ergänzt diese vagen Prinzipien von der dogmatischen und absolutistischen Seite aus, kümmert sich aber nicht darum, die evangelischen Prinzipien zu lehren – und im Grunde hat er, von seinem Standpunkt aus, recht. Es klingt unglaublich, aber nur ganz wenige Italiener haben wenigstens einige Seiten der Evangelien gelesen, und das in einem Land, wo der Klerus den Faschismus gewollt hat, bloß um den Pflichtreligionsunterricht zu erhalten. Man kann gut verstehen, daß nur ein gewisser Personenkreis vom Dogma überzeugt wird und die weitaus meisten den Motiven eines verborgenen Heidentums treu bleiben.

Die Erziehung, die von der Heiligkeit der Kirchenfetische zu überzeugen versucht, richtet sich hauptsächlich an die Frauen, um ihnen beizubringen, ihre sexuellen Instinkte zu zügeln. Es ist eine andere, auf das Geschlechtsleben gerichtete Art des Fetischismus, welche die Erziehung des Charakters und die zur Prinzipienstrenge ersetzt. Es ist lächerlich, aber auch empörend zu hören, wie die abgeschmackten und jeder Lebenserfahrung ledigen Nönnchen – denen so viele Mütter ihre Töchterlein anvertrauen – kleinen Mädchen beibringen, das Böse, die unmoralischen Bücher usw. zu fliehen, die das Gewissen und ... die Mama verbieten. Und dann bedenke man, was sie unter unmoralischen Büchern verstehen! Aber die Italiener nennen das: Erziehung.

Das Mutterbild flößt natürlicherweise dem Sohn Respekt vor der Frau ein, gemischt mit ein wenig Ehrfurcht, was ihn bei den ersten Versuchen schüchtern macht, sofern er nicht von der prahlerischen Unverschämtheit seiner Freunde unterstützt wird, und was später die Voraussetzung für seine Rolle als Gatte und Familienoberhaupt schafft, das den traditionellen Sitten und der überlieferten Moral verbunden ist. Im allgemeinen verspürt er wenig den Druck des Vaters, der ihn nur selten bestraft;

daher der geringe Trieb zur Auflehnung und der nicht übermäßige Freiheitsdrang.

Später, außer Haus, stellen die Schule, die Freunde und der Militärdienst ihm größere Hindernisse entgegen, die er aber normalerweise durch Anpassung und Findigkeit überwindet. Für den Italiener – obwohl meistens arm – ist das Leben nicht hart, erst recht nicht für den Angehörigen der Mittelschichten, sei es, weil er sich durchzuschlagen versteht, sei es, weil er sich mit wenig begnügt, aber vor allem, weil er der Elemente des Konfliktes zwischen Bestrebungen und Möglichkeiten ermangelt oder sich mit der Form begnügt, ohne auf das Wesen der Dinge zu achten.

Die Töchter sind im Vaterhaus einer Art Kontrolle unterworfen; ein Ergebnis der Eifersucht und der Angst, die Familienehre (das heißt die der herrschenden Männer) befleckt zu sehen: bis vor wenigen Jahren galt das Prinzip, sie nicht alleine ausgehen zu lassen. Auf diesem Gebiet haben die letzten dreißig Jahre eine wahre Umwälzung hervorgebracht, mit einer von Norden nach Süden fortschreitenden ständigen Entwicklung. Die unverheiratete Frau hat so eine gewisse Bewegungsfreiheit erlangt, während der Mann gelernt hat, etwas wohlerzogener und reservierter zu sein. Das Vorurteil, eine Frau allein sei ein Beutegegenstand, ist zwar nicht völlig verschwunden, aber auf jeden Fall versteht es die Frau jetzt besser als früher, den Mann »zurechtzuweisen« und Zurückhaltung und Schüchternheit zu überwinden, vorausgesetzt natürlich, daß das ihre Wünsche befriedigt oder die Regeln, nach denen sie sich richten will. In den armen Klassen und da, wo die patriarchalischen Sitten den Mädchen die Hausarbeiten auferlegen, lernt die Frau von Kind auf, sich der Mühe und Selbstaufopferung zu fügen; die Härte des Lebens zeigt sich ihr schon früh. Die Sitte erzieht sie zu einem strengen Leben, anders als in den wohlhabenden und vermögenden Familien, vor allem den städtischen. Das wenig strenge Familienleben sowie der Wohlstand und die Abwesenheit gewisser Schwierigkeiten in der Außenwelt, welche die Männer hingegen aufgefordert sind zu überwinden, läßt sie dort anspruchsvoll und launisch, eingebildet und faul werden, und nur ein falsch aufgefaßter Ehrgeiz bringt sie manchmal dazu, das zu bekämpfen, was sie für kleine Mängel hält. Diese Frau, der das Leben nie einen Peitschenhieb versetzt hat, wird normalerweise die Gattin des reichen Kaufmanns oder des erfolgreichen und oft skrupellosen Freiberuflers, dem Vertreter der besitzenden Klassen und nationalen Führungskräfte von heute. Es ist ein unheilbarer Wurm, der an diesen Klassen nagt und unter den Reichen Generationen von unfähigen, abgeschmackten, schlecht erzogenen, prinzipienlosen und skeptischen Kindern hervorbringt, die ohne Kampf, ohne Probleme und ohne Ziel sind.

Im allgemeinen haben die von der modernen Welt geschaffenen Lebensbedingungen in Italien mehr den weiblichen als den männlichen Sektor durcheinandergebracht. Man sieht das an dem Verhalten der jungen Leute beiderlei Geschlechts. Die Männer sind mit ihrer Rolle zufrieden: sie freuen sich ihrer Jugend, wenn sie sich ein Einkommen verschafft haben, das zum Leben reicht sowie für die Zigaretten, die Getränke, das Kino und die Mädchen. Ihnen ist ein Feld eröffnet, um ihre Macht zur Schau zu stellen!

Die Frau hingegen, die ihre jahrhundertewährende Knechtschaft hinter sich gelassen hat, befindet sich in der Lage dessen, der sich wundert, keine Kette mehr zu haben: sie weiß nicht, was sie mit ihrer relativen Freiheit anfangen soll (»Freiheit unter Aufsicht« wäre die angemessene Bezeichnung). Relativ ist sie nicht nur deshalb, weil sie noch einer Anzahl von Beschränkungen unterworfen ist, sondern vor allem, weil zu der Freiheit nicht auch eine umfassendere und solidere Erziehung gekommen ist. Wer darauf am schnellsten reagiert hat, ist der Klerus, der in den letzten Jahren Erfolge erzielt hat, indem er unter den jungen Frauen, die sich anschicken, mutig ihr eigenes Leben zu leben und sich auf ihre individuellen moralischen Kräfte zu stützen, eine dogmatische Moral predigt, die radikaler als die in den Familien übliche ist; und schon dieses Phänomen ist bezeichnend für die schwierige Lage, da die Angleichung des modernen Lebens an die kirchlichen Formen immer eine recht plumpe Parodie moralischer Interpretation der zur Diskussion stehenden Werte sein wird.

Die traditionellen Sitten und die Moral lehrten, mit sexueller Zurückhaltung, den Ehemann animalisch zu befriedigen und die Kinder ebenso animalisch zu erziehen. Jetzt, wo das Mädchen die Schule besucht, Bücher gelesen hat und die Welt kennen sollte, weiß es nicht, warum und wozu es diese Dinge gebrauchen soll. Das Problem der Beziehung zum Mann hat sich nicht verändert, und bestenfalls erhebt es die Hochzeit in den Rang der Favoritin. Die Frau ist immer noch Sklavin ihres Geschlechts, nicht auf Grund ihrer Instinkte (die sie jetzt befriedigen kann, wenn sie das für angebracht hält), sondern weil die von den Männern auferlegte Sitte sie weiterhin als ein niedrigeres Wesen ansieht, und zum Teil zu Recht, denn niemand hat sich darum gekümmert, sie zu ihren neuen Pflichten zu erziehen. Ihr Eindringen in die Schulen und Büros hat noch nicht ausgereicht, damit sie einen Charakter erwirbt. Überall wird sie für dem Mann unterlegen gehalten: oft wird ihre Arbeit ausgebeutet und schlechter bezahlt, und nicht immer zu Recht. Deshalb ist das Mißverhältnis zwischen den Erfordernissen des modernen Lebens und den patriarchalischen und wenig dynamischen italienischen Sitten vielleicht am spürbarsten im weiblichen Sektor. Dieses Mädchen, das die Schule genau wie die Jungen besucht und dabei manchmal besser abschneidet, zumindest was Fleiß und Eifer angeht, aber das zu keinem geistigen Interesse und keiner Idee erzogen wird, fragt sich am Ende, wozu die Schule und die Kenntnisse dienen, die ihm oft nur vermittelt werden, damit es seinerseits ohne das geringste Verständnis unterrichtet. In anderen Fällen nimmt die halb unabhängige Frau mit größerer Wollust und Überzeugung als der Mann die Regeln des schnellen Erfolgs und Theorien von großer Wirkung und geringem moralischen Gehalt auf. So haben wir in den letzten Jahren »katholische Frauen« und »faschistische Frauen« gesehen, von denen die einen auf die Dogmen der Kirche schwören, nachdem sie das gesamte Handbuch der

Philosophiegeschichte durchstudiert und brillant summa cum laude bei einem schwarzen oder neu-schwarzen Professor (heute sehr in Mode!) promoviert haben; die anderen glauben, mit dem italienischen individualistischen Dünkel alle politischen Probleme des Universums gelöst zu haben, weil sie das Handbuch der faschistischen Kultur gelesen haben. Man könnte sich fragen, was es nützt, neue Sitten und Bedürfnisse mittels einer künstlichen Schule einzuführen, wenn man nicht gleichzeitig die Mentalität des Volkes ändert, das sie gebrauchen soll. Aber auf diese Fragen gibt die idealistische Pädagogik keinerlei Antwort!

Trotz der geringen geistigen Beziehungen und dem Formalismus gewisser Sitten stellt die italienische Familie eine Einrichtung dar, die das Individuum und seine Psychologie, und deshalb den Charakter der Nation, stark beeinflußt. Obwohl sie nicht erzieht und nur scheinbare Beschränkungen auferlegt, ohne bewußt verstandene Konflikte zu erzeugen, stellt ihr Wesen ein entscheidendes Element bei der Bildung des italienischen Charakters dar. Die Familie ist religiöser Ritus, Keimzelle des Autoritätsprinzips und Kern von Tatsachen und Grundsätzen, die das Individuum stark von den Mitmenschen und dem gewöhnlichen sozialen Band trennen.

Die Familie erzieht dazu, ein gewisses Ritual zu befolgen: sie verlangt Respekt für einige Regeln wie die pünktlichen Zusammenkünfte zur Essenszeit oder das Ritual der gemeinsamen Mahlzeiten wenigstens bei festlichen Gelegenheiten, bei denen auch die entfernt lebenden Kinder versuchen müssen, ins Elternhaus zurückzukehren. Die rituelle Einheit wirkt sehr stark auf das Unbewußte der Eltern und der Kinder und ersetzt beinahe die intimeren Beziehungen. Oft beweist sich das Prestige der Eltern und der älteren Kinder ausschließlich darin, die Einhaltung dieser Riten zu erzwingen, die auch dem rebellischsten Kind heilig erscheinen. Alle Werte des Lebens werden mit dem Maßstab und an der Psychologie der Familie gemessen, die mit ihrem allumfassenden Egozentrismus versucht, jene Werte zum eigenen Vorteil zu annullieren. Vom Ritual oder Kult der Familie geht die Idee oder die sentimentale Begründung des ethischen Wertes der Familie aus, und überdies die patriotische Argumentation. Die nationalistischen Kannegießer nennen das Vaterland eine »große Familie« und die ausländischen Invasoren Fremde, die sich des mütterlichen Heimes bemächtigt haben.

In der familiären Umgebung hat das Kind Zärtlichkeiten und Schöntuereien gelernt, aber auch, seinen Egozentrismus zu befriedigen, der, wenn er nicht vom Gegendruck der Geschwister gebremst wird, in Launen und Übergriffe ausartet; aber sowohl, wenn es gezwungen wird, sich zu beugen, als auch, wenn es sich selbst das Recht anmaßt zu zwingen, gewöhnt es sich jedenfalls an den Gedanken der Autorität. Deren Bild steht ihm immer vor Augen: entweder erleidet es die väterliche Autorität, oder es wird seinerseits der Tyrann der jüngeren Geschwister, die bereit sind, die Überlegenheit der Älteren anzuerkennen. Es gibt viele Seelen, die sich leicht vor dem Mächtigen beugen oder sogar fanatische Enthusiasten für alles sind, was an das Autoritätsprinzip erinnert. Dieses Prinzip ist tatsächlich im Herzen vieler Leute verwurzelt; in diesem Sinn war der Faschismus eng mit der intimen Psychologie zahlloser Italiener verbunden.

Dieser Vorgang findet seinen Ursprung sicher in der italienischen Familie, die bis heute vergöttert, aber in ihren intimen Charakterzügen kaum untersucht worden ist. In ihrer »Heiligkeit« verbirgt sie wahrscheinlich tiefe Konflikte. Der Geschwisterzwist auf Grund unbewußter infantiler Eifersucht ist wohl versteckt gewalttätig. Den aufdringlichsten Geschwistern gelingt es zuweilen, einige Kinder psychologisch aus dem Herzen der Eltern zu vertreiben; auch die Verstoßung der »gefallenen« Tochter wird oft von den Brüdern – besonders den älteren – durchgesetzt, die ihre Persönlichkeit behaupten, indem sie die Eltern ersetzen bei der Aufrechterhaltung der Disziplin, das heißt des Familienritus. Die offenen Auflehnungen sind selten, man will um jeden Preis den Schein wahren, aber die Konflikte nehmen andere Formen an: sie arten in

Streitigkeiten, manchmal aufgrund von Interessen, und in wilden Haß zwischen zwei Zweigen derselben Familie aus; einige Kinder bleiben an der Seite der Eltern und stellen öffentlich ihren Einsatz für die Familieneinheit zur Schau, andere gehen ohne Reue auf und davon. Wenn sie weit weg sind, vergessen sie leicht, außer angesichts der Schwierigkeiten des Lebens und der äußeren Gefahren; dann wird der »arrivierte« Bruder zur Schau gestellt und auf Händen getragen. Aber da die Konfliktgründe unbewußt bleiben und weder das Opfer noch der Tyrann sich über sie im klaren sind, lebt die familiäre Hülle weiterhin im Herzen derer, die sich entfernt haben, und nur selten haßt man den präpotenten und despotischen älteren Bruder, der einen ins Exil gezwungen hat.

Diese scheinbar einträchtigen Beziehungen und die Unmöglichkeit, vor sich selbst und anderen die Ursachen der Uneinigkeit zuzugeben, sind hingegen wahrscheinlich der Ursprung des widersprüchlichen Gemütszustandes des Italieners gegenüber der Natur der öffentlichen Gewalten, wodurch er gleichzeitig Staatsanbeter und Anarchist zu sein scheint. Er achtet die Autorität nicht, aber er fürchtet die Macht; in der an Kindern überreichen Familie hat er gelernt, daß der Vater eine potentielle, aber nicht tatsächliche Macht ist, die zu achten man vortäuscht, aber die man im Grunde nicht fürchtet. Viel härter und gefährlicher ist der zwischen Geschwistern ausgetragene Kampf um die Vorherrschaft. Und hier gibt es Sieger und Besiegte: die Besiegten erblicken in den stärkeren Geschwistern die Macht, der sie sich beugen müssen, während die Sieger, voll heiligen Eifers für die moralische Wahrung ihrer Macht, die Pflicht zum Gehorsam gegenüber dem Vater und das Prinzip der Heiligkeit der Familie verkünden; auf diese Weise, indem sie sich mit dem Vater identifizieren, schwören sie auf das Autoritätsprinzip. Sie – eine Minderheit, nämlich einzig die älteren Brüder – sind die wahren Staatsanbeter, übereifrige Diener jedes beliebigen politischen Despotismus und selber brutal despotisch, die, auch wenn sie sich für liberal und fortschrittlich erklären, der absoluten Macht geneigte Theorien vertreten und ein geheimes Mißtrauen gegen jedwede andere geistige Haltung hegen.

Die Überzeugung des älteren Bruders, daß er völlig dazu berechtigt sei, die Macht auf willkürliche Weise auszuüben, bildet ein grundlegendes Element der Mentalität von Beamten, Polizisten oder Angestellten des Innenministeriums. Diese Amtlichkeit enthält einen verhüllten Paternalismus, der überzeugt ist, eine Kontrolle über das gesamte Leben des Individuums ausüben zu dürfen mit den alleinigen Bewertungskriterien der kleinbürgerlichen Moral und der im Heimatdorf kennengelernten Sitten. Die Existenz dieses Polizeipaternalismus ist vielleicht nicht sehr bemerkt worden, auch weil er nur als Rechtfertigung a posteriori eines Willküraktes erscheint. Die familiäre Erziehung erzeugt beinahe nie ein Pflichtbewußtsein, sondern eher die Annahme einer Sitte, deren Befolgung als ausreichende Rechtfertigung der eigenen Handlungsweise gegenüber dem Nächsten angesehen wird.

Die anderen, die ängstliche Mehrheit, gehorcht, aber wenn sie sich durch Schläue ihrer Pflicht entziehen kann, tut sie es doppelt gern. Das sind die Tausenden und Abertausenden, die scheinbar der Macht ergeben und der Autorität treu sind, die sie nicht in Frage zu stellen wagen und gegen die sie nie Stellung beziehen würden. Aber in der Tiefe ihres Herzens akzeptieren sie diese Autorität nur als Gewalt; deshalb ist es ihnen, mit einem stillen Vorbehalt, erlaubt zu versuchen, sich ihrer Pflicht zu entziehen und mit List den öffentlichen Auflagen zu entgehen, das heißt die ihnen von der Autorität anvertrauten Aufgaben nicht mit Gewissenhaftigkeit und Ehrlichkeit durchzuführen. Der Italiener hat in der Familie gelernt, Feind der Freiheit zu sein und systematisch den tiefen Sinn der Pflicht zu mißachten.

Aber die der Familientradition geschuldete politische Unzulänglichkeit hat noch weitreichendere Folgen: der Italiener ist daran gewöhnt, die Welt klar in zwei Teile zu scheiden, den der Familie und den außerhalb der Familie. Die Familie ist ein Mikrokosmos, in dem man die Anpassung an deren Notwendigkeiten und das friedliche und ruhige Leben lernt, aber nicht das Wohlwollen gegenüber dem Nächsten. Die anderen familiären Mikrokosmen bleiben feindselig oder bestenfalls fremd. Alle möglichen Vorschriften lehren, die Barmherzigkeit entsprechend den Personen abzustufen: Kinder, Eltern, Verwandte, Eheleute und Freunde; die Gerechtigkeit gegen den Nächsten, wer es auch sei, gehört nicht zu den zehn Geboten der familiären Erziehung. Daraus ergibt sich ein soziales Gewebe aus zahlreichen Mikrokosmen, von denen jeder seine eigenen zu schützenden Interessen hat. Der Italiener gibt, in perfektem guten Glauben, zu, daß es »menschlich« sei, die eigenen Verwandten oder Freunde oder diejenigen, die einem ihrerseits einen Dienst erwiesen haben, bei den öffentlichen Stellenwettbewerben zu begünstigen, ihnen eine Erleichterung zu gewähren oder ihnen zu ermöglichen, die tausend Komplikationen der staatlichen Verwaltung zu umgehen (die in ihrem Labyrinth so viele Machenschaften und Begünstigungen ermöglicht, und deren schwerfälliger bürokratischer Apparat und furchtbarer Druck eben ein Ergebnis dieser Cliquenwirtschaft ist, die an der Stelle eines gesellschaftlichen Systems steht). Und auch wenn er es nicht zugibt, tut er es doch und rühmt sich überdies seines Gerechtigkeitssinnes. Was noch schlimmer ist!

Die zahlreiche und wachsende Nachkommenschaft des ländlichen Kleinbürgertums – die außer dem natürlichen Anreiz auch den nicht uneigennützigen Ratschlägen des Klerus geschuldet ist, wozu sich jüngst eine politische Propaganda gesellt hat, die wie der Klerus daran interessiert ist, die Ehrlichkeit und Freiheit des Individuums unter das Joch unabwendbarer familiärer Notwendigkeiten zu zwingen – bildet auf mancherlei Weise einen gesellschaftlichen Verlustposten und eine ständige Gefahr für ein gesundes politisches Leben des Landes. Das antike System der kirchlichen Pfründe und der pro forma abgelegten Gelübde, das jahrhundertelang dazu diente, einen Teil der Einkünfte aus dem Boden und einen Teil der Früchte des Schweißes der ihn Bearbeitenden unter den zahlreichen Abkömmlingen der privilegierten Familien zu verteilen, ist in den letzten fünfzig Jahren durch das System der Pfründe ersetzt worden, welche die Verwaltungsstellen bieten, die nach dem System der familiären Begünstigungen besetzt werden; und das zugunsten des Kleinbürgertums, das bereit ist, den Nacken vor den Lenkern des Staates zu beugen und sich an die ethischen Grundsätze und die Karriere des Taugenichts zu halten. Mit der Erweiterung der dem Kleinbürgertum zuerteilten Macht, wie es in der faschistischen Zeit geschah, neigt dieses dazu, die wirkliche politische und leitende Klasse des Landes zu werden, mit Zügen der Halb-Erblichkeit: Man kann sich den Gewinn für das politische Leben und die moralischen Auffassungen eines Landes vorstellen, dessen politische Klasse ausschließlich nach diesem System gebildet würde. Die vom Faschismus vergötterte unehrliche und unwissende Beamtenschaft resultiert aus der falsch aufgefaßten familiären Barmherzigkeit; der Familienkern wirkt also als ein asozialer oder, besser gesagt, apolitischer Faktor.

Die aus Liebe und Barmherzigkeit bestehende italienische Familie erkennt die Gerechtigkeit nicht an und gestattet keine Freiheit. Zur Freiheit kann die Seele nur streben, indem sie sich von den Instinkten, Trieben und Gefühlen löst, die das verbindende Gewebe der Familie darstellen. Indem diese die Freiheit verneint, schafft sie die tiefe ethisch-politische Unzulänglichkeit des Italieners. Einerseits ruft das patriarchalische Regime tiefe und unbewußte Konflikte hervor, deren in der Kindheit wurzelnde Beweggründe nie ans Tageslicht kommen dürfen, sondern noch mehr in den Tiefen der Seele versenkt werden müssen (diese Konflikte übertragen sich später auf das System von Gewalt und Übergriffen hier, Feigheit und Unehrlichkeit da), andererseits verwandelt das Gefühl der Isolierung die geheiligte italienische Familie in einen Mikrokosmos der Anarchie, der den Gerechtigkeitssinn und damit den Existenzgrund jeder politischen Form der italienischen Gesellschaft immer bedroht hat und weiter bedroht.

.... **Fabio Cusin** wurde 1904 im damals noch österreichischen Triest geboren, wo er 1955 starb. Seit 1937 lehrte er Geschichte an der Universität Urbino. Er beschäftigte sich, auch journalistisch, viel mit der Geschichte und Gegenwart Triests, für dessen Status als Freistaat er eintrat. Sein anthropologischer Pessimismus isolierte ihn in der Nachkriegszeit, obwohl seiner *Gegengeschichte Italiens* (1948) ein gewisser Erfolg beschieden war. Im heutigen Italien ist er kaum bekannt.

Das 1945 erschienene und nie wiederaufgelegte Buch *Der Italiener. Wirklichkeit und Illusionen*, von dem hier das dritte und das achte Kapitel vollständig wiedergegeben werden, ist eine zweihundertdreißig Seiten lange Anklageschrift gegen fast alle Aspekte des italienischen Lebens, einschließlich heiliger Kühe wie das Familienleben. In dieser Hinsicht ist das Werk beinahe einzigartig, was über einige Schwächen hinwegsehen läßt: Cusin ist kein Meister des Stils und neigt zu Wiederholungen, übertriebenen Verallgemeinerungen und abstrakten Betrachtungen. Nicht immer ist er in der Lage, typisch italienische Übel von solchen allgemeinerer Verbreitung zu unterscheiden. Interessant ist seine Benutzung psychoanalytischer Kriterien, die nicht zufällig ist: Triest war die einzige Stadt, in der sich während des Faschismus eine psychoanalytische Tradition aufrechterhalten konnte.

Cusin zielt besonders auf die *prepotenti* ab. Dieses Wort wird hier mit dem heute nur im Österreichischen vorkommenden »präpotent« übersetzt, da es sonst im Deutschen keine genaue Bezeichnung für den gibt, der arrogant und egoistisch, rücksichtslos gegen andere und auf ihre Kosten ostentativ das tut, was er will. »Präpotent« ist Don Rodrigo aus Manzonis *Die Verlobten*, der zwei Liebende gewaltsam am Heiraten hindern will, genau wie der Autofahrer, der erst quer über den Bürgersteig parkt und dann, sollte er einen Strafzettel bekommen, dem Polizisten droht, er würde ihn dank seiner Beziehungen nach Sardinien versetzen lassen.

Seite 149: *Woanders einen geeigneten Boden... fanden* – Derselbe Gedanke findet sich bei De Sanctis.

Seite 149: *Piero della Francesca* (um 1420–1492) – Italienischer Renaissancemaler.

Seite 151: Giuseppe *Giusti* (1809–1850), Dichter, vor allem von Satiren.

Seite 153: *Ipse dixit* – »Er selbst hat es gesagt«, ursprünglich letztes Argument der Jünger des Pythagoras bei ihren internen Diskussionen; dann zur Bezeichnung des blinden Glaubens an eine Autorität gebraucht. Der Philosoph Benedetto *Croce* (1866–1952) genoß jahrzehntelang eine gewaltige Autorität in der italienischen Kultur.

Seite 154: *Fregare* – Wörtlich »scheuern«, »reiben«.

Seite 155: *Italienische Akademie* – Es gibt in Italien verschiedene traditionsreiche Akademien. Eine streng faschistisch ausgerichtete *Accademia d'Italia* wurde 1926 gegründet und 1944 endgültig aufgelöst.

Seite 156: *Beruf* – Im Original auf deutsch; der emphatische Sinn des Wortes wurde in Italien vor allem durch den früh übersetzten Max Weber verbreitet.

Seite 165: *Bandit* – Es ist etwas seltsam, daß Cusin als Beispiel für antisoziales und anmaßendes Verhalten ausgerechnet das Banditenwesen und den Anarchismus erwähnt, die doch zu den wenigen Widerstandsmöglichkeiten für die Opfer der Übergriffe zählten.

Seite 168: *Verborgenes Heidentum* – In seinem Aufsatz *Ist Italien ein katholisches Land?* zeigte der bedeutende Historiker Gaetano *Salvemini* (1873–1957), daß die Mehrheit der Italiener eher Heiden als wirkliche Katholiken sind.

Seite 172: *Idealistische Pädagogik* – In den zwanziger Jahren führte der idealistische Philosoph Giovanni *Gentile* (1875–1944), der Minister des faschistischen Regimes geworden war, eine Schulreform durch.

Vitaliano Brancati
Rückkehr zur Zensur

Wir sind nicht mit den reichen und besitzenden Italienern einverstanden, die bereit sind, die Freiheit des Gedankens und des Ausdrucks zu verlieren, nur um reich zu bleiben. Wir sind der gegenteiligen Meinung: die Grundstücke, die Villen und die Autos können zum Teufel gehen, wenn nur die Freiheit des Gedankens und des Ausdrucks bleibt. Diese grundsätzliche Uneinigkeit über eine so wichtige Frage hat einen Graben zwischen dem besitzenden Italien und seinen Schriftstellern geschaffen, die es mit Verachtung »Intellektuelle« nennt, das heißt Personen, die keine Ahnung davon haben, was Liebe zu den privat besessenen materiellen Gütern bedeutet.

Der letzte Schriftsteller, der diese Liebe verstand und teilte, war Gabriele d'Annunzio, und deswegen verehrte Italien ihn. In seinen Versen, die so melodiös sind, wenn sie die einfache Sinnlichkeit ausdrücken, werden oft seltene Möbel, Parfüms, Fortbewegungsmittel, Bilder, Kleider, Handschuhe oder Krawatten besungen. Vor allem wird natürlich der Raubkrieg verherrlicht, der den Besitz der Reichen vergrößert und den Armen das Recht gibt, die Armen anderer Rassen etwas zu drangsalieren.

Das besitzende Italien liebt die Kultur nicht, da die Kultur, in ihrem wahren Wesen, zuallererst Ausdrucksfreiheit bedeutet. Die Vertreter dieser wahren Kultur werden beargwöhnt und oft in den Zeitungen beleidigt. Ihre Bücher werden nicht gelesen. Man weiß, daß diese unverschämten Personen in einer stürmischen Welt wie der von heute, wo man sich oft darein ergeben muß, ein einziges Gut zu retten, die Frechheit haben, im Moment des Sturmes zu behaupten, daß das einzige nicht über Bord zu werfende Gut die Freiheit sei und nicht der Reichtum.

Andererseits sind wir auch nicht mit denjenigen Armen einverstanden, die zwischen der Gedankenfreiheit und dem Ende ihres Elends das Ende ihres Elends wählen.

Der Fall des italienischen Schriftstellers ist also hoffnungslos. Er ist nicht für die Wahl des besitzenden Italiens: zwischen Freiheit und Reichtum: der Reichtum. Noch für die des verzweifelten Italiens: zwischen Freiheit und Ende des Elends: das Ende des Elends. Er ist nicht für diese zwei Lösungen, denn an dem Tag, an dem er eine davon wählen würde, wäre er kein Schriftsteller mehr in dem Sinne, den wir diesem Wort geben: ein Mensch, der mit seinem Wirken der Kultur Kraft zuführt. (...)

1943 wurde das faschistische Regime gestürzt. Da es frech die Freiheit der Welt provoziert hatte, zog es auf sein Haupt Feuer und Schwert der ganzen Welt. Es fielen Tausende von Bomben, aber nicht so sehr auf die Diktatur, ein abstraktes Wort oder die geheime Neigung einiger Personen, als auf das lebendige Fleisch des Volkes, das die Knechtschaft verkörperte. Viele Tausende von unschuldigen Personen sind verschwunden, große Stadtviertel, Frachtschiffe, Kolonien sind verschwunden. Aber die alten Angestellten (und man könnte an eine optische Halluzination glauben) sind noch da, in dem Gebäude an der Via Veneto, das nun »Staatssekretariat für die kulturellen Veranstaltungen und die Informationen« heißt. Die Bomben haben für sie eine Druckwelle hervorgerufen, die sie für ein oder zwei Jahre von ihren Stühlen entfernt hat (die Zeit der Befreiungskomitees, an die sie sich mit Schrecken erinnern); sie sind sofort zurückgekehrt und sitzen jetzt alle hinter ihren Tischen.

Warum ist das geschehen? Weil das besitzende Italien die Kultur nicht liebt, die bedeutet: Freiheit um jeden Preis, auch wenn man Gefahr läuft, den Reichtum zu verlieren.

In den Wohnungen der reichen Italiener (wir sprechen vom Durchschnitt) gibt es einen Raum, der seit vierzig Jahren verfällt oder der nie gebaut worden ist: die Bibliothek. Ein Arzt, der in diese Häuser gerufen wird, um Kopfschmerzen zu behandeln, wird sich davor hüten, diese allzu unmäßigem Lesen zuzuschreiben. Es ist nicht nötig, die Buchhändlerbilanzen zu kennen, um zu merken, daß die herrschende Klasse unseres Landes alles durch das Leben selbst gelernt hat (im Leben auch die Zeitungen, die Zeitschriften, das Radio und das Kino inbegriffen), und nicht aus den Büchern. Sie mißtraut auch dem Theater, da hinter der Theateraufführung immer ein Buch steckt. (Der größte Vorwurf, den man in Italien einer Idee machen kann, ist der, sie buchmäßig zu nennen. »Or«, schreibt Benda, »nous formons la plupart de nos idées, et souvent les plus justes, dans les livres.«)[1] Das ist der Grund, warum die Erfahrung dieser Klasse ein Stoff ist, der sich jeder kritischen Behandlung widersetzt. Die Gründe, aus denen sie ihre Interessen verteidigt, bleiben unangreifbar, weil sie keine Gründe sind, sondern Gefühle. Da das italienische ein intuitives und in vielen Fällen mit Genie begabtes Volk ist, fürchtet seine herrschende Klasse, daß die Kultur es in die Lage versetzen könnte, einige ihrem Egoismus abträgliche Wahrheiten zu erkennen. (...)

Eine alptraumhafte Buchseite – die auch ungelesen von unseren Besitzenden erspürt werden kann, nämlich durch geheimnisvollere Antennen, als es die der Lektüre sind, so daß nicht die Kultur und die Zivilisation verstärkt werden, sondern die dunklen Motive gewisser Abneigungen und Widerwillen – ist die, in der Fichte sich an den Fürsten wendet: »... Du hast kein Recht, unsere Denkfreiheit zu unterdrücken: und wozu Du kein Recht hast, das mußt Du nie tun, und wenn um Dich herum die Welten untergehn, und Du mit Deinem Volke unter ihren Trümmern begraben werden solltest. Für die Trümmer der Welten, für Dich, und für uns unter den Trümmern wird der sorgen, der uns die Rechte gab, die Du respektiertest.«[2]

Das sind unerbittliche Worte, denen man nur entfliehen kann, indem man vermeidet, sie zu lesen. Die Weigerung,

[1] J. Benda, *Mémoires d'infra-tombe* (Juilliard, 1952).

[2] Johann Gottlieb Fichte, *Zurückforderung der Denkfreiheit von den Fürsten Europas, die sie bisher unterdrückten: Eine Rede.*

sie zu lesen, erstreckt sich bei unserem Bürgertum nicht nur direkt auf diese Worte, sondern auch auf die Bücher, welche diese Worte als Hintergrund haben, und das heißt auf alle Bücher.

Soll man die Freiheit auf jeden Fall bewahren, »und wenn um uns herum die Welt untergeht, und wir unter ihren Trümmern begraben werden sollten«? Auch wenn die Villen unserer Geliebten verkauft werden müssen und die Juwelen aus unseren Häusern verschwinden? Das wäre also die Kultur? Die Kraft, die uns zwingt, nie die Hand zu erheben, nicht einmal, wenn unsere Mitmenschen, die in Höhlen leben und sich von Gras ernähren, verlangen, daß wir und sie ähnliche Nahrung und ähnliche Kleider, Schulen und Krankenhäuser haben?

Die Kultur wird sofort gehaßt. In Italien wurde sie zwischen 1945 und 1946 ertragen, der einzigen Zeit, in der vernünftig argumentiert wurde. Unsere Gesellschaft unterzog sich einer strengen Prüfung und war lebendig, neugierig, dramatisch, modern. Der schlechteste Teil Italiens, verantwortlich für das Schlechteste, was in Italien geschehen war, kauerte im Hintergrund und schwieg. Zwei Jahre lang wurde das Wort dem Besten gegeben, was unser Land aufweist. Wenn man die Bücher, Zeitungen und Zeitschriften von damals liest, wenn man sich der Freiheit der Theateraufführungen und der politischen Reden entsinnt, bewundert man, daß ein aus der Niederlage hervorgegangenes Land soviel Vitalität und Zivilisation aufwies.

Aber unserem Gefühl der Bewunderung entspricht in der herrschenden Klasse ein Gefühl des Abscheus. Sie fragt sich mit Grausen, wie sie eine so offene Vorherrschaft der Kritik und der Moralität hat ertragen können. Zwischen 1945 und 1946 hat sie ein Martyrium erlitten, das dem der Gefangenen glich, die man zwingt, Tag und Nacht mit einem blendenden Scheinwerfer vor den Augen zu verbringen. Auf seiten der gesamten Presse schrieben gebildete und intelligente Leute. Die Zeitungsbesitzer waren gezwungen, ihre Lieblingsignoranten, ihre Voltaires, die nur die letzten beißen, ihre Humoristen für alte Erbjungfern und ihre Spieler königlicher Märsche und patriotischer Hymnen im Keller zu halten. Wenn sie morgens auf dem Schreibtisch das erste Exemplar der Zeitung sahen, deren Herausgeber sie waren, wurden sie grün. Mit ihrem Geld wurde der Kultur und der Kritik Platz eingeräumt! Das Ding, das sie am meisten haßten, hatte sich von ihrem Blut ernährt.

Aber bald gingen sie zum Gegenangriff über. Mit zuerst verdecktem und geschicktem, dann offenem und brutalem Druck wurde die Kultur langsam aus dem öffentlichen Leben verdrängt. Unter Possen, Witzen, Spott, Sprüngen und nationalistischen Brusttönen kamen aus den Kellern die Truppen der willkommenen Schriftsteller hervor, diejenigen, die angenehm zu lesen sind, weil sie, da sie beinahe nichts gelesen haben, dem Leser ihrer Sachen den erfrischenden Eindruck vermitteln, nichts zu lesen. Es verbreitete sich der Frohsinn des Reiterzirkus in den Pausen zwischen zwei schwierigen Nummern.

Und alle griffen wieder mit ganzer Kraft die Kultur und die Freiheit an, in allen Zeitungsspalten, in allen Ministerien. Das Wort wurde wieder dem Schlechtesten gegeben, was Italien aufzuweisen hatte.

Der Ton des italienischen Lebens sank schnell. In großer Eile schuf man die unerläßlichen Bedingungen, um nicht nachzudenken, um das Offensichtliche nicht anzuerkennen, um zu den mystischen Entzückungen und der Finsternis, die jeden Mystizismus begleitet, zurückzukehren. Im Vergleich dazu war die Epoche der Gewissensprüfung heiter gewesen. Wir müssen anerkennen, daß die Vernunft, wenn sie energisch und sogar streng ausgeübt wird, eine Verbündete des Glücks ist, da sie verhindert, daß die Nostalgie, der Groll und die Angst in jener entwürdigenden Weise wirken, die Fanatismus heißt. Die ersten Neofaschisten traten unter Grabeszeichen auf, mit Gesichtern, die ausgezehrt waren von einem Nervenzusammenbruch ohne Adel, wie alle nicht von einer Gehirnanstrengung verursachten psychischen Störungen. Sie kleideten sich, aßen und sprachen nach den Regeln einer untadeligen Traurigkeit, so daß man sie nie auf frischer Tat ertappte, in dem Sinne, daß sie mitten in der Demokratie den Irrtum begingen, glücklich zu sein oder sich der Hoffnung zu öffnen. Wenn sie von Politik sprachen, waren sie sogar unverständlich, da sie in keinster Weise die Grundregeln der Logik beachteten (das waren ihre Argumentationsmuster: Mussolini war ein Genie, das alles mit der Klarheit der Genies sah und vorhersah, aber um ihn herum waren Verräter, die ihm alles verbargen... Den Krieg hat der Faschismus geführt, aber verantwortlich für die Niederlage des Juli 1943 ist die Demokratie des Juni 1945... Die Antifaschisten waren schwache Menschen ohne Rückgrat, aber sie haben die Kraft gehabt, Italien und Deutschland den Krieg verlieren zu lassen, usw.); aber wenn sie von ihrer Vergangenheit sprachen und mit der gewohnheitsmäßigen, den Adlern abgeschauten Kopfbewegung die eingefallene Wangenhaut schüttelten, schnürte sich einem das Herz zusammen. Ich erinnere mich noch an die Ausführungen eines Ex-Konsuls der Miliz: »Ich bin ganz erschöpft von der Sehnsucht nach jenen Zeiten; bei jedem Tag von damals, der mir ins Gedächtnis zurückkehrt, verliere ich eine Unze Blut. Sie haben gut reden: die Knechtschaft, die Katastrophe, auf die wir uns zubewegten... Ich war glücklich. Ich verdiente zwölftausend Lire im Monat; ich hatte ein Auto, eine Loge im Theater; der Konditor X ließ mich für den englischen Gin ein Fünftel des auf der Flasche angezeigten Preises zahlen; wenn ich als Parteivertreter zur Universität ging, waren die Professoren, die mich schlecht behandelt hatten, als ich Student war, sehr zuvorkommend und fanden in dem, was ich sagte, viel Wahrheit... Die Gesellschaft, in der ich und meine Frau verkehrten, war sorglos und körperlich sehr schön; die Luftwaffenoffiziere waren schöne Jungen, und auch wenn sie es nicht waren, schienen sie es damals; ihre Frauen oder Freundinnen hatten Quecksilber im Leibe, und die Leute in den Cafés drehten sich bei ihrem Gelächter um. Jetzt sagen Sie mir, daß viele Menschen im Gefängnis schmachteten!... Aber ich sah sie nicht. Die Personen, die ich sah, waren zufrieden. Ich wußte, daß einige Minister Millionen verdienten und daß mein Gehalt vielleicht zu hoch war, aber mir schien, daß die Nation uns angemessen bezahlte für die Sicherheit, die guten Straßen und die Befriedigungen im Ausland, die wir ihr verschafften. Im Grunde waren die Arbeiter zufrieden, als Chefs uns zu haben statt der Sozialisten, die sie ständig dazu trieben, zu streiken und sich verhaften oder von den königlichen Gendarmen totschießen zu lassen... Und wie oft haben wir den Arbeitern zu Gefallen einem dicken Bürger Fußtritte ins Gesicht verpaßt! Das hinderte uns nicht daran, hin und wieder einige überspannte Arbeiter zu verhaften, um einem Industriellen einen Gefallen zu tun. Es waren glückliche Jahre, glauben Sie mir. Es ging uns allen gut, und mir mehr als den anderen oder so gut wie vielen anderen. Die letzten schönen Abende habe ich 1942 verbracht, während des Krieges. Ich hatte ein Gehalt von zwanzigtausend Lire im Monat, eine Villa am Meer und zwei Autos zur Verfügung. Die mit uns befreundeten Luftwaffenoffiziere hatten alle gelernt, Ziehharmonika zu spielen, und am Abend, wenn sie keinen Dienst hatten, erfüllten sie den Garten am Meer mit so schönen Liedern, daß die von der Musik angezogenen Fischerboote dauernd an unseren Kai stießen. Es gab keine Prozesse, keine Streitereien, kein Elend. Den Krieg selbst, wer spürte ihn? Die Niederlage bereitete sich vor, sagen Sie. Aber abgesehen davon, daß es die Antifaschisten und die Verräter waren, die die Niederlage vorbereitet haben, interessiert mich nicht, was sich vorbereitete, mich interessiert, was es gab. Und was es gab, machte mich glücklich, ließ mich zehn Kilo mehr als heute wiegen, besorgte mir das Nötige, um mich zu kleiden, mich zu vergnügen und um in der Gesellschaft zu glänzen. Ich könnte jetzt mit Ihnen über die Irrtümer des Faschismus oder die Schuld des Antifaschismus diskutieren. Aber das tut man, wenn man die Dinge nicht bei ihrem Namen nennen will: denn wenn man sie bei ihrem Namen nennt, kann ich nur sagen, daß jenes für mich das Glück war und dieses das Unglück.«

Ich machte ihn darauf aufmerksam, daß es Prozesse gab, und nicht gegen Diebe und Mörder, sondern gegen Menschen, die anders als die Regierung dachten.

Er erwiderte: »Wenn es sie gab, war man verständig genug, sie hinter verschlossenen Türen abzuhalten! Und andererseits, warum mußten diese Herren anders als die Mehrheit denken? Und wenn sie schon so dachten, warum mußten sie es sagen? Es genügte, es nicht zu sagen.«

Das ist ein typisches Gespräch von 1947. Die Reaktion war noch nicht arrogant, sondern bemitleidete sich selbst: der erste notwendige Akt, um das Recht auf der eigenen Seite zu wissen. Viele Brutalitäten werden nach süßen Tränen über sich selbst verübt. Im Namen der Person, die uns so leicht gerührt hat, erlangen wir das Recht wieder, die anderen Personen schlecht zu behandeln. Dieses Weinen, in dem der eigene Name in Bruchstücken ertönt, von den zärtlichsten Adjektiven begleitet, zeigt die Befreiung von allen Gewissensbissen an. Die herrschende Klasse Italiens überzeugte sich, daß letzten Endes der Faschismus nicht die große Verfehlung gewesen war, von der die Intellektuellen sprachen, und daß die Schuldigen eher auf der anderen Seite zu finden waren, unter denen, die ins Exil geschickt oder vom Sondertribunal verurteilt oder sogar erschossen worden waren. Es begann der Prozeß gegen den Antifaschismus: grau, roh und barbarisch, wie es ein Prozeß sein konnte, der von Männern geführt wurde, welche die Kritik und die Vernunft verachteten und mit den Werkzeugen der einen genausowenig vertraut waren wie mit denen der anderen.

Die herrschende Klasse ließ ihrem Haß gegen die Kultur freien Lauf.

Vitaliano Brancati, *Ritorno alla censura* (Auszüge)

.... **Vitaliano Brancati** wurde 1907 in Pachino (Sizilien) geboren, wuchs in Catania auf und lebte später vor allem in Rom. Nach einer anfänglichen Zustimmung zum Faschismus wandte er sich, vor allem mit den erfolgreichen Romanen *Don Giovanni in Sizilien* (1942) und *Der* *schöne Antonio* (1949), einer satirischen Beschreibung der sizilianischen Gesellschaft und hauptsächlich ihres Männlichkeitskultes zu, die auch allgemein auf die provinzielle Aufschneiderei und Oberflächlichkeit der faschistischen Zeit (und nicht nur dieser) zielte. Er starb 1954 in Turin.

Nach dem Krieg nahm Brancati eine in jenen Jahren besonders undankbare liberale Haltung ein, die sowohl im Gegensatz zur klerikal-reaktionären Restauration als auch zum Stalinismus stand. In dem 1952 veröffentlichten und nie wiederaufgelegten Pamphlet *Rückkehr zur Zensur*, von dem hier nur einige Seiten wiedergegeben werden, zeigt Brancati die Kontinuität zwischen der faschistischen und der christdemokratischen Zensurbehörde auf, erwähnt groteske Fälle wie das Verbot einer Aufführung von Machiavellis *Mandragola* sowie die Zensur, die ihn selbst betroffen hat, und unterstreicht das Risiko für Italien, den Anschluß an die moderne Kultur zu verlieren. Das Pamphlet zeugt von der Wut und Enttäuschung derer, die nach der kurzen Euphorie, die auf das Ende von Krieg, Faschismus und deutscher Besatzung gefolgt war, zusehen mußten, wie Stück für Stück viele faschistische Strukturen unter demokratischer Fassade restauriert wurden.

.... Anmerkungen

Seite 181: Der »Dichterfürst« *Gabriele d'Annunzio* (1863 bis 1938) übte einen großen Einfluß auf das öffentliche Leben seiner Zeit aus durch seine Verherrlichung der Sinnlichkeit und seinen Übermenschenkultus, den er auch praktisch vorzuleben versuchte bis hin zur Leitung militärischer Expeditionen. Nicht zufälligerweise ist er mehreren Autoren dieser Anthologie ein Sinnbild des Italien, das sie ablehnen.

Seite 182: *Staatssekretariat* – Wie Brancati auf den vorhergehenden, hier ausgelassenen Seiten erläutert hat, ist dieses die direkte Fortsetzung des faschistischen »Kulturministeriums«, das die Zensur besorgte.

Seite 182: *Befreiungskomitees* – Zwischen 1944 und 1945 wurden in vielen Orten Italiens nach der Niederlage der Faschisten und der deutschen Truppen Befreiungskomitees gebildet, die vorübergehend die Verwaltung übernahmen und die Behörden säubern wollten, was den erbitterten und am Ende siegreichen Widerstand der Beamtenschaft hervorrief.

Seite 183: *Or... dans les livres* – »Wir bilden aber den größten und oft den richtigsten Teil unserer Ideen in den Büchern.«

Seite 183, Fußnote 1: Julien *Benda* (1867–1955) – Französischer Essayist und Kulturkritiker.

Seite 183, Fußnote 2: Johann Gottlieb *Fichte* (1762 bis 1814) – Brancati zitiert aus einer 1945 erschienenen italienischen Übersetzung.

Seite 186: *Miliz* – »Freiwillige Miliz für die nationale Sicherheit«, 1923 bis 1943 bestehender Teil der Armee mit Aufgaben einer politischen Polizei.

Giovanni Papini
Die »armen« Italiener

Die »armen« Italiener geben, im Lauf eines Jahres, viele Milliarden dafür aus, um einige Berge von trockenen Blättern einer Tabak genannten exotischen Pflanze in schmutzige Asche und leeren Rauch zu verwandeln.

Die »armen« Italiener geben, im Lauf eines Jahres, viele Milliarden dafür aus, um eine gewisse übelriechende Flüssigkeit zu kaufen, die es ihnen erlaubt, auf allen National-, Provinz- und Kommunalstraßen herumzufahren, mit dem Hintern auf einem Sitz, und dabei überallhin Lärm, Gestank und eine tägliche Ration Tote und Verletzte zu bringen.

Die »armen« Italiener geben, im Lauf eines Jahres, viele Milliarden dafür aus, um der Abspulung von flüchtigen Bildern beizuwohnen, die absonderliche oder dumme Geschichten erzählen, die beinahe immer auf Unzucht und Grausamkeit beruhen und geschickt mit Unwahrscheinlichkeit und Schwachsinn gewürzt sind.

Die »armen« Italiener geben, im Lauf eines Jahres, viele Milliarden dafür aus, um unter bestialischen Schreien und epileptischen Zuckungen die Heldentaten einiger junger Männer zu verfolgen, die Millionen damit verdienen, einem Lederball Tritte zu verpassen.

Die »armen« Italiener geben, im Lauf eines Jahres, viele Milliarden dafür aus, um in den unzähligen erlaubten und geheimen Spielhöllen zu spielen, die einen Schmuck unserer christlichen Gegenden darstellen.

Die »armen« Italiener geben, im Lauf eines Jahres, viele Milliarden dafür aus, um auf die Fußballspiele und die Pferderennen zu wetten sowie für Nationallotterien und andere Lottospiele, in der Hoffnung, ein Tütchen Papiergeld zu ergattern ohne die Mühe, es sich mit eigener Arbeit verdienen zu müssen.

Man könnte andere Milliarden für andere Ausgaben derselben Art aufzählen, aber die bereits erwähnten werden ausreichen, um zu erklären, wieso die »armen« Italiener aus vollem Halse die antike und unabänderliche Armut unseres Landes verkünden, wenn es sich darum handelt, Häuser für die Wohnungslosen oder neue Schulen zu bauen, eine alte Brücke instand zu setzen, den Universitätslaboratorien und Staatsbibliotheken ausreichende Mittel bereitzustellen, Ausgrabungen fortzuführen, Denkmäler zu restaurieren, Kunstwerke zu erwerben und im allgemeinen jedesmal, wenn es darum geht, etwas für das Aussehen der Städte und den kulturellen Fortschritt oder zu Ehren der Schönheit auszugeben.

Die Mißgeschicke des Buchs in Italien

1

Wenn ein Italiener, von einer ungewöhnlichen und unbezähmbaren Lust getrieben, ein Buch zu lesen wünscht, bedient er sich einer der folgenden Methoden:

1. Er erbittet es, unter irgendeinem Vorwand, vom Verleger als Freiexemplar.
2. Er erbittet es vom Autor als freundliches Geschenk.
3. Er versucht, es sich von jemandem schenken zu lassen, der es gratis vom Verleger oder Autor erhalten hat.
4. Er erbittet es von einem Freund zur Leihe, mit dem geheimen Vorsatz, es nie mehr zurückzugeben.
5. Er leiht es in einer öffentlichen Bibliothek aus.
6. Er sucht es in einer Volksbücherei.
7. Er stiehlt es, wenn ihm das gelingt, im Haus eines Bekannten oder im Laden eines Buchhändlers.

Nur wenn diese sieben Methoden alle scheitern oder sich als unanwendbar oder undurchführbar erweisen, nur wenn jeder Versuch, das Buch zu bekommen, ohne einen Centesimo auszugeben, fehlgeschlagen ist, nur dann trifft unser Italiener, wenn der Wunsch oder die Notwendigkeit ihn peinigen, eine heldenhafte Entscheidung und greift zum letzten, verzweifelten Mittel: er kauft das Buch mit seinem Geld.

2

Viele Leute in Italien stellen sich vor – oder tun so, als ob sie sich vorstellen –, daß ein Buch keine wirklichen Kosten habe und man es deshalb ohne Scham oder rot zu werden als Geschenk erbitten könne.

Diese Schmarotzer glauben, daß die Papierfabriken großzügigerweise das Papier liefern, ohne Rechnungen auszustellen oder Wechsel zu ziehen; daß die Druckfarbenfabriken begeistert dieser bewundernswerten Mäzenatensitte folgen; daß die Satz- und Druckmaschinen den Druckern zu Weihnachten geschenkt werden; daß die Gas- und Stromgesellschaften sich nie darum kümmern, ihre Rechnungen denen zu schicken, die Bücher herstellen; daß die Druckereiarbeiter mitsamt ihren ganzen Familien auf Kosten unbekannter Wohltäter unterhalten werden, ohne je Gehälter oder Löhne von den Druckereibesitzern zu verlangen; daß die Verleger, die Autoren und die Buchhändler sich von verdünnter Luft, Regenwasser und Morgentau ernähren. Sie glauben also, oder sie tun, als ob sie glauben, daß die Bücher diejenigen, die sie herstellen, absolut nichts kosten und daß sie diese deshalb ungestraft und seelenruhig als Geschenk erbitten können, wie eine Feldblume oder einen Kieselstein.

Ernsthafte und vermögende Personen, die sich schämen würden, einen Weinhändler um eine Gratisflasche Marsala oder einen Krawattenhändler um eine Gratiskrawatte zu bitten, haben keinerlei Hemmung, bei den Verlegern und den Autoren Gratisbücher zu erbetteln.

»In Italien«, so denken sie in ihrem Herzen, »verkaufen sich Bücher sowieso nicht, und der Verleger wird froh sein, seine Lager zu leeren, und der Autor glücklich, jemanden zu finden, der sein Werk liest.«

Dieser Gedankengang hat einen einzigen Fehler: besagte wohlhabende Bettler erwägen nicht, daß gerade durch die Schuld ihres krummen und dummen Bettlertums sich die Bücher in Italien so schlecht verkaufen, zum großen Schaden der Kultur, der nationalen Würde und einer Industrie, die zu den verdienstvollsten und unrentabelsten gehört.

Wir reden gar nicht von den Schriftstellern, da, einem alten bürgerlichen Aberglauben gemäß, das Elend und der Hunger die besten Anreger des Geistes sind.

3

Das unermeßliche Heer derer, die in Italien keine Bücher kaufen, besteht aus:

1. Den Analphabeten.
2. Den Schwachsinnigen, Verrückten und Geistesgestörten.
3. Dem Schwarm der neureichen Emporkömmlinge, »dem niedren Lohn ergeben«.
4. Den stumpfsinnigen Lebemännern, die sich mit den Cocktails, dem Canasta, den Kinos, den Rennplätzen und ähnlichem zufriedengeben, um die Zeit totzuschlagen, die sie totschlagen wird.
5. Den Kannegießern, die sich ausschließlich von Parteizeitungen und Kongreßberichten nähren.
6. Den Schmarotzern aus Beruf oder Berufung, die beanspruchen, die Bücher gratis et *Amor Dei* zu erhalten.
7. Den Kleinbürgern und Proletariern, denen es immer gelingt, Hunderte und Tausende von Lire auszugeben, um einen Film zu sehen oder einem Fußballspiel beizuwohnen, aber die – so sagen sie – keine Lira in der Tasche haben, wenn es darum geht, ein schönes Buch zu kaufen, das ihren armen Seelen ein wenig Licht und Erholung gäbe.

Zu welcher dieser nicht beneidenswerten Kategorien gehörst du, geneigter Leser?

4

Ich habe absichtlich die zahlreichste und entschuldbarste Klasse mit Stillschweigen übergangen: die der echten Armen, die mit großer Mühe schlecht und recht ihr Leben fristen und die sich tatsächlich nicht den Luxus leisten können, Bücher zu kaufen, nicht einmal, wenn es sie sehr danach gelüstet.

Die Tragödie des Buchs in Italien kann in dieser melancholischen Antithese zusammengefaßt werden:

Diejenigen, die viel Geld haben, kaufen wenig Bücher.

Diejenigen, die gerne sehr viele Bücher kaufen würden, haben kein Geld, um sie zu kaufen.

Diese Tragödie ist eine der vielen Formen der immanenten Ungerechtigkeit der Welt, und nicht nur der modernen. Wer Durst nach Weisheit und Schönheit hat, dem fehlen die Mittel, um zu den Brunnen und Quellen zu gelangen. Wer Zisternen und Brunnen besitzt, wer volle Fässer und wohlversehene Keller hat, verspürt beinahe nie diesen göttlichen Durst.

Ist es möglich, eine glückliche Lösung für diese Tragödie zu finden?

5

Die einfachste und natürlichste Schlußfolgerung wäre es, denen, die nie ein Buch kaufen, ein bißchen Geld wegzunehmen und denen einige gute Bücher zu schenken, die sie anerkannter Armut wegen nicht kaufen können. Aber diese Methode ist dermaßen einfach, daß sie nicht durchführbar ist.

Ich glaube jedoch, daß es ein Mittel gibt, um zu diesem Ziel zu gelangen. Der Staat behält einen Teil der Einnahmen aus Kinoaufführungen und Sportveranstaltungen ein, um sie – so sagt man mir – dem Tourismus und dem Theater zuzuleiten. Es würde reichen, wenn ein selbst bescheidener Teil dieser segensreichen Abzüge dem Erwerb von Büchern denjenigen zugedacht würde, die sie nicht zu kaufen vermögen, aber sie aus guten Gründen begehren.

Ich meine jedoch, daß diese mit öffentlichen Geldern von einem intelligenten und ehrlichen Ausschuß gekauften Bücher nicht in den lokalen Kleinbibliotheken enden sollten. Ein Buch wird nicht wirklich genossen und benutzt, wenn es nicht persönlicher Besitz ist, wenn es nicht im Haus bleibt, um erneut gelesen und nachgeschlagen zu werden, wenn es nicht eine individuelle oder familiäre kleine Büchersammlung anreichert.

Man sollte den Mut haben, diese Bücher zum ewigen Gebrauch, auf Verlustkonto, denjenigen Armen zu überlassen, die sie wirklich brauchen. Es kann vorkommen, daß der eine oder der andere von ihnen eines Tages in die Versuchung oder die Notwendigkeit gerät, sie zu verkaufen; aber wenn einige hundert Bücher dieses Schicksal erleiden, ist das im Grunde kein großes Übel. Die Armen ziehen daraus einen kleinen Gewinn, und die Bücher treten, zu herabgesetzten Preisen, wieder in den großen Kulturkreislauf ein. Die Angst vor einem kleinen Betrug sollte nicht ein großes Werk der Gerechtigkeit und der Großzügigkeit verhindern.

6

Es gibt in Italien wunderschöne Privatbibliotheken, reich an kostbaren und seltenen Büchern. Aber angesichts der Traditionen unserer Zivilisation sind es eher wenige. Sehr oft sind die, welche sie zusammenstellen und besitzen, nicht von der Kulturleidenschaft geleitet, sondern von der Eitelkeit des Prunkens und des Dünkels; einige, und das ist beinahe noch schlimmer, von der Hoffnung auf sichere »Geldanlagen«.

Sie erwerben gewöhnlicherweise nur antike Bücher von großem Kaufwert und hüten sich, sie zu lesen. Es sind Luxusschüsseln, aus denen niemand ißt. Sie betrachten die berühmten Titelseiten und die bebilderten Schutzblätter und lassen sie von anderen bewundern; sie liebkosen die schön verzierten alten Einbände, aber für sie ist das Buch ein Gegenstand, eine Nippsache, ein kostbarer Juwel, und nicht etwa Geistesnahrung.

Der größte Teil der italienischen Wohnungen enthält, was Bücher angeht, nur:

1. Ein Meßbuch.
2. Ein Kochbuch *(Die Kunst des guten Essens* oder *Der Talisman des Glücks)*.
3. Einen Almanach oder ein Jahrbuch.
4. Einige zerknitterte oder bekritzelte Schulbücher.
5. Die Lotto-Kabbala, das Handbuch der Kartenspiele und eine Abhandlung über Bridge oder Canasta.
6. Ein Wörterbuch der italienischen Sprache und manchmal ein kleines französisch-italienisches oder englisch-italienisches Lexikon.

7. Einige Romane – beinahe immer Übersetzungen ausländischer Werke – und ein paar gratis zugeschickte Poesiebüchlein.

8. Einige Opernlibretti.

9. Einige klassische Werke (*Die Göttliche Komödie, Die Verlobten* usw.) – aber nicht immer.

10. Und schließlich das Telefonbuch und den Fahrplan.

Mir scheint das in Wirklichkeit ein reichlich ödes Inventar, um nichts Böseres zu sagen. Man bemerke nämlich, daß ich die Mittelschichtwohnungen vor Augen hatte, die nicht eines gewissen Wohlstandes ermangeln. Und überdies bin ich sehr großzügig und übertrieben optimistisch gewesen. In vielen, zu vielen italienischen Häusern gibt es kein anderes bedrucktes Papier als das der Zeitungen, die in der Latrine an einem Haken hängen.

7

Den Italienern ist nicht genügend klar, daß ein Buch nicht nur ein Packen gedruckter, numerierter und zusammengenähter Blätter ist, sondern hauptsächlich eine Verkörperung des menschlichen Geistes. Denn ein gutes Buch ist ein Vorrat an natürlichen Werkzeugen zur Erkenntnis und Eroberung der Welt oder eine stets griffbereite Quelle geistiger Erleuchtungen und Tröstungen.

Wer ein Buch berührt, berührt eine Seele. Wer ein Buch liebt, besitzt einen zuverlässigen Freund, schweigsam und höchst bescheiden, den man nach Belieben rufen oder verabschieden kann. Die Bücher enthüllen uns das, was wir nicht zu entdecken vermochten, erinnern uns an das, was wir vergessen haben, heitern uns in den traurigen Stunden auf, vergnügen uns in den langweiligen und erheben uns in den freudigen. Es gibt für jeden Menschen ein geeignetes Buch; es gibt ein Buch für jede Neugier, für jede Jahreszeit, für jeden Tag. Wer es zu befragen versteht, dem antwortet es immer; wenn ihr es beiseite legt, wartet es jahrelang, mit seinem verschwiegenen Schatz zwischen seinen Seiten verschlossen, auf eure Rückkehr. Nichts in der Welt ist großzügiger und beständiger als ein echtes Buch.

Alle anderen Formen menschlicher Vergnügungen – Theater, Konzert, Kino, Athletikveranstaltungen – sind kollektiv, und wir nehmen daran als Atom einer Menge teil. Das Buch hingegen ist ein lebendiger Dialog zwischen nur zwei Menschen: dem Autor und dem Leser. Es ist ein individuelles Vergnügen, das nicht die manchmal unerwünschte Anwesenheit Fremder verlangt. In Zeiten wie den unseren, in denen man soviel von der Autonomie des Geistes und der Würde der menschlichen Person spricht, müßte die Lektüre als die höchste und perfekte Freude angesehen werden.

8

Wenn ihr aus einem Kino kommt – wo ihr mehrere hundert Lire ausgegeben habt, um zwei Stunden lang schlechte Luft zu atmen –, was bleibt euch? Die Erinnerung an den Film, den ihr ertragen oder genossen habt, eine Erinnerung, die sich nach und nach abschwächt und verblaßt, überlagert von neuen Erinnerungen und Empfindungen.

Wollt ihr erwidern, daß man dasselbe von der Lektüre eines Buchs sagen kann? Die Antwort wäre falsch. Nach der Lektüre verbleibt euch, außer der Erinnerung, das Buch selbst, der greifbare und sichtbare Gegenstand, auf den ihr immer zurückgreifen könnt, wenn in euch der Wunsch entsteht, diese Reminiszenzen aufzufrischen, diese Gemütsbewegungen zu erneuern.

Und wie alle Geistesgüter nutzt das Buch sich nicht ab und vergeht nicht, wenn es anderen mitgeteilt wird. Ihr könnt eure Frau, eure Kinder oder eure Freunde es lesen und genießen lassen, und es bleibt euch immer dasselbe Buch – wenn auch ein bißchen zerdrückt –, das ihr wieder lesen und genießen könnt, wann es euch gefällt.

Und schließlich hat dieser Gegenstand, der so vielen mitgeteilt wurde, ohne etwas von seinem kostbaren Inhalt zu verlieren, immer noch einen gewissen Kaufwert für den, der ihn verkaufen wollte: manchmal unter dem früheren Preis, aber andere Male, mit der Zeit, sehr darüber.

9

Nach allem bis jetzt Gesagten ist es wirklich nicht nötig, Foscolo nachzuplappern, welcher ausrief: »Italiener, ich fordere euch auf, Bücher zu kaufen!«

Das wäre eine naive Plumpheit, eines wandernden Marktschreiers würdig.

Die auf diesen Seiten zusammengestellten Beobachtungen und Überlegungen sind keine Propagandaspitzfindigkeiten, sondern die Frucht der langen Erfahrung unseres intellektuellen Lebens, eine bittere Frucht, eine oft schmerzhafte Erfahrung.

Die Schriftsteller und die Verleger haben natürlich ihre persönlichen Gründe, und es ist nicht einzusehen, warum diese weniger rechtmäßig und legitim sein sollen als die, welche jeden Tag von zahlreicheren, aber nicht immer ärmeren und verdienstvolleren Klassen an die große Glocke gehängt werden.

Das Problem des Buchs betrifft jedoch weniger sie als die Gesamtheit des italienischen Volkes.

Es wird seit einiger Zeit behauptet – auch von nicht wenigen Ausländern –, daß die Italiener zu den intelligentesten Bewohnern der Erde gehören. Über dieses Primat unserer Intelligenz beginne ich, ehrlich gesagt, einige Zweifel zu hegen – und ich gebrauche das Wort »Zweifel« als einen freundlichen Euphemismus. Aber die Italiener hätten ein sicheres Mittel in der Hand, um ihren antiken Ruf zu bestätigen: mehr Bücher zu kaufen und zu lesen, als sie es jetzt tun. Ein Volk ist um so intelligenter, je mehr es die Träger und Bewahrer der Intelligenz liebt und besitzt, also in erster Linie die Bücher. Wenn sie nicht von Attika nach Böotien absteigen wollen, wissen sie, was sie zu tun haben. Die Italiener sind außerdem die Hüter und Vertreter einer literarischen Zivilisation, die eine der ältesten und reichsten der Welt ist. Es ist ihre Pflicht, und außer ihrer Pflicht auch ihr höchstes Interesse, sie zu bewahren und fortzusetzen.

Diejenigen Italiener, welche gute italienische Bücher besitzen, lesen und studieren, sind die Retter und Bürgen dieser großen Tradition, dieser ruhmreichen und notwendigen Zivilisation. Alle anderen sind ehrlose Erben und abtrünnige Bastarde.

Giovanni Papini, »I poveri Italiani« und
»Le disgrazie del libro in Italia«, aus: *Prose morali*

.... **Giovanni Papini** wurde 1881 in Florenz geboren. Zusammen mit Prezzolini leitete er die Zeitschriften *Il Leonardo* und *La Voce* sowie von 1913–1915 *Lacerba*, wobei Papini die schrillsten Töne anschlug. Autodidakt und von enormem Wissensdurst, schuf er sich, vor allem in dem autobiographischen Roman *Ein erledigter Mensch* (1913), die Rolle eines titanischen Rebellen, eines Faust und Prometheus, in der einige Kritiker einen gelungenen Ausdruck der existentiellen Unruhe der Vorkriegsjugend sehen, andere hingegen Schaumschlägerei und Pose. Begeisterter Befürworter des Eintritts Italiens in den Ersten Weltkrieg, unterstützte er nach dessen Ende den Faschismus, bekehrte sich zum Katholizismus und nahm akademische Ehrungen entgegen. Von seiner ausgedehnten Produktion rief *Der Teufel* (1953) internationales Aufsehen hervor. Er starb 1956 in Florenz. Wenige italienische Schriftsteller dieses Jahrhunderts sind so unterschiedlich beurteilt worden wie Papini.

Die »armen« Italiener entstammt dem 1956 veröffentlichten Band *Das Glück des Unglücklichen*, der die Zeitungsglossen aus Papinis letzten Lebensjahren enthält. *Die Mißgeschicke des Buchs in Italien* wurde 1952 als anonyme Broschüre veröffentlicht und 1954 mit dem Namen des Autors.

Papini fiel das Absurde an den von ihm erwähnten »Vergnügungen« wohl deshalb auf, weil es, als er jung war, weder Fußball noch Kino noch viele Autos gab. Aber ist das nicht die Definition eines Zustandes, der dem modernen Lebensgefühl unerträglich erscheinen muß? Vor allem gegen das Kino haben nur wenige den Mut gehabt zu polemisieren. Man höre immerhin den von Walter Benjamin zitierten Georges Duhamel: der Film sei »ein Zeitvertreib für Heloten, eine Zerstreuung für ungebildete, elende, abgearbeitete Kreaturen, die von ihren Sorgen verzehrt werden... ein Schauspiel, daß keinerlei Konzentration verlangt, kein Denkvermögen voraussetzt... kein Licht in den Herzen entzündet und keinerlei andere Hoffnung erweckt als die lächerliche, eines Tages in Los Angeles ›Star‹ zu werden«.

.... Anmerkungen

Seite 195: *Dem niedren Lohn ergeben* – Zitat aus dem siebten Sonett von Petrarcas *Canzoniere.*

Seite 197: *Die Kunst... Der Talisman...* – Klassische italienische Kochbücher von Arturo Pellegrini und Ada Boni.

Seite 198: *Die Verlobten* – 1827 erschienener Roman von Alessandro Manzoni (1785–1873), Pflichtlektüre an den italienischen Schulen.

Seite 200: Ugo *Foscolo* (1778–1827) – Bedeutender Schriftsteller zwischen Klassizismus und Romantik.

Seite 200: *Böotien* – In der Antike standen die Bewohner des mittelgriechischen Böotien im Ruf, besonders dumm zu sein.

Ennio Flaiano
In Italien gibt es zuviele Italiener

Aber es gibt zuviele Italiener

Wenn mir die schöne Gelegenheit geboten würde, nachts über einer der Städte zu schweben, die ich liebe, würde ich sie nicht wahrnehmen. Es ist recht schwierig anzunehmen, daß außer Venedig noch eine Stadt übriggeblieben ist (und auch deswegen bedeutet Venedig mir so viel), wo die Nacht nicht Gelegenheit für die Treffen der örtlichen Motorradfahrer in jeder Jahreszeit ist und die Stille nicht von dem Lärm der zehn Millionen Autos zerrissen wird, welche die Italiener besitzen und unter denen Italien mit all seinen Plätzen, Kathedralen und Denkmälern im Sterben liegt. Das überall ein bißchen versuchte verdienstvolle Unternehmen, einige herrliche Plätze für den Verkehr zu schließen, hat mit dem Mißerfolg geendet, sie den Amateurmalern geöffnet zu haben, die gleichfalls zehn Millionen sind und unglaublich schlecht malen. Die Piazza Navona ist nunmehr ein Schinkenmarkt.

Letzten Sommer versuchte ich einen Wochenendausflug mit Freunden in eine schöne Stadt Mittelitaliens (unnötig, Namen zu nennen, unnötig, Berge von Briefen beleidigter Leser hervorzurufen). In unserer Unschuld malten wir uns die Freuden eines Abends in der Provinz aus: Spaziergang auf dem Corso, ein Blick in die Schaufenster, Kauf von Ortserzeugnissen, Abendessen in der berühmten Trattoria, vielleicht ein Film, und auf jeden Fall die Gastlichkeit des großen Hotels, der nächtliche Frieden. Leider war das große Hotel wegen Renovierung geschlossen und die beiden anderen Hotels minderer Kategorie von einer Fußballmannschaft der Kreisliga besetzt, die dort für ein Trainingsspiel mit der Ortsmannschaft war. Wir kehrten mit einem gewissen Widerwillen in eine bescheidene Herberge ein, zwei pro Zimmer; ich bekam ein Durchgangszimmer im Erdgeschoß, wie in den Schwänken. Der Spaziergang auf dem Corso verdarb uns die Laune noch mehr. Er war voll langhaariger Jugendlicher, die ununterbrochen auf und ab gingen, sich Schläge auf den Kopf und sogar Fußtritte verpaßten und Dialekt sprachen. Nun stimmt mich nichts trauriger, als Hippies Dialekt sprechen zu hören. Dazu kam, daß viele in Mailand hergestelltes sogenanntes Eis am Stiel leckten. Die Schaufenster waren von einer unbeschreiblichen Öde und enthielten alle Einbauküchen Italiens, alle Konfektionskleider, alles denkbare Plastik in seinen unendlichen Formen. Und natürlich alle Popgegenstände der Boutiquen, wohlverstanden des Typus Carnaby Street, mit denen sich übrigens die örtliche Jugend schon ausgiebig schmückte. In der berühmten Trattoria war es unmöglich, einen Tisch zu bekommen, stets wegen der Fußballspieler und ihrer Fans. Wir landeten in einer Pseudo-Osteria mit Grill, wo sie uns wie in einem Flughafen ernährten. In den beiden Kinos liefen ein italienischer Western und ein niemandem anzuratender komischer Film. Um zehn war unsere Neugier besiegt, wir bezahlten das Hotel und kehrten rechtzeitig nach Rom zurück, um dem Treffen der Motorradfahrer auf der Piazza del Popolo beizuwohnen.

Man wird einwenden, es handele sich um einen durch unglückliche Umstände begünstigten Grenzfall. Ich streite das nicht ab. Aber man muß sich fragen, ob Italien nicht schon zu voll von Italienern ist, um diese magischen Ausflüge noch zu versuchen. Ich meine, daß jeder zu Hause bleiben sollte. Eine gewisse Hoffnung hatte in mir der hartnäckige Streik der Hotelangestellten, der Eisenbahner und der Gepäckträger hervorgerufen; aber ich sehe, daß man sich dann einigt und die Leute weiter durch die Gegend fahren, nur um des Vergnügens willen, sich fortzubewegen und Lärm zu machen; was, wie mir scheint, das Wesen des Tourismus geworden ist. Also: zu Hause bleiben, sich den Wundern der *voyages autour de notre chambre* hingeben, die Entdeckung des Badezimmers machen, sich in die Abstellkammer einschließen, sieben Tage in der Küche, alles inbegriffen. Und die Fenster gut abdichten, wenn man nicht, wie es mir jede zweite Nacht geschieht, vom Lärm der Zusammenstöße hier unten geweckt werden will. Ich muß zugeben, daß ich nie der Versuchung widerstehe, herauszuschauen und dem unweigerlich folgenden Dialog zuzuhören: »Haben Sie das Stoppschild vielleicht nicht gesehen? – Doch, ich habe das Stoppschild gesehen, Sie waren es, der halten mußte, ich war schon weitergefahren, usw.«. Vor einigen Tagen sagte ein großer Schriftsteller: »Verzeiht mir, aber ich habe lange genug gelebt, um mit vollem Bewußtsein behaupten zu können, daß sich hinter jedem Italiener, mich und euch eingeschlossen, ein Idiot verbirgt.«

Aus dem Wörterbuch des Autos

Ein gewöhnlicher und freundlicher Mensch, der eine gute Arbeit hat und seine Familie liebt, geht aus dem Haus und steigt in seinen Wagen. Er hat seine Frau geküßt, seine Kinder, sogar den Hund. Zwei Minuten später tötet derselbe Mann, da seine Stoßstange von der Stoßstange eines anderen Autos berührt worden ist, in einem sinnlosen Wutanfall den gegnerischen Fahrer. Das ist die Gefahr, die wir jeden Tag laufen. Wir, der Doktor Jekyll, reisen ständig mit Mr. Hyde an unserer Seite. Wenn uns ein Auto überholt, hoffen wir, es gegen einen Lastwagen prallen zu sehen. Wir hassen die Emporkömmlinge, die uns von der Höhe eines größeren Autos als des unseren beleidigen; und wir verachten die anderen, die es wagen, mit kleineren Autos herumzufahren. Wenn wir in der Zeitung lesen, aus dem Zusammenstoß zweier Kleinwagen seien fünf Tote und acht Verletzte geborgen worden, halten wir das Lachen nicht zurück. Wir halten den Fußgänger für einen elenden und oft frechen Wicht, den nur unsere Großmut am Leben erhält. Wir überfahren ihn, wenn er die Straße auf ihren schrecklichen Zebrastreifen überquert, wir respektieren ihn hingegen, wenn er sie weit entfernt von besagtem Zebrastreifen überquert; denn wenn er beweist, die Straßenverkehrsordnung zu mißachten, wird er uns sympathisch. Wir wollen es nie zugeben, aber unsere fixe Idee ist es, an Hubraum zu gewinnen, an Prestige. Das Auto hat uns der Realität entfremdet. Wir halten uns für mutige Ritter und Paladine und enden im Stau, um all diese Idioten in ihren kleinen Autos zu hassen und uns zu fragen: »Aber warum bleiben die nicht zu Hause?« Um besser in die Welt der Automobilneurose einzudringen, geben wir einige Artikel aus dem Wörterbuch des Autos wieder.

Automobil – Häufiger Wagen oder Auto genannt. Zwei oder mehr Sessel (oder Sofas), auf ein Stahlgerüst montiert und von einem Explosionsmotor bewegt. Vom Fortbewegungsmittel zum Prestigesymbol: eine ganze Karriere, welche die Spar- und Schatzscheingesellschaft in die Konsumgesellschaft verwandelt hat. Wie neuer Wein in alten Schläuchen hat es unsere Städte ins Chaos gestürzt; mit seinen Abgasen trägt es dazu bei, die Luft zu verpesten, und mit seinem Lärm dazu, uns zum Schwachsinn zu bringen. Es verschafft seinem Benutzer die höchste Befriedigung; wenn es lange in den von Verkehr überlasteten Städten gebraucht wird, arbeitet es dem Herzinfarkt vor, wenn es sonntags außerhalb der Stadt gebraucht wird, begünstigt es den gewaltsamen Tod des Fahrers oder bestenfalls des Beifahrers.

Familienausflug – Sie haben gerade ein Auto gekauft, mit etwa tausend ccm Hubraum, das völlig ausreicht für die Eltern, die drei großen Kinder, die Großmutter und die beiden kleinen Kinder; acht insgesamt, wenn wir die kleinen Kinder mitzählen wollen. Sie beschließen einen ersten Ausflug und fahren zu dem leeren Gelände hinter der Via Nomentana, ohne sich allzuweit zu entfernen. In zehn Meter Entfernung sausen andere Autos in beiden Richtungen auf dem Autobahnring vorbei. Aber sie sind glücklich und verzehren die Vorräte: kalte Nudeln mit Sauce, Huhn, Artischocken, hartgekochte Eier, Obst und Süßes. Und dann beginnen sie die Arbeit, die der eigentliche Zweck des Ausflugs ist. Die Mutter und die beiden Töchter öffnen die Autotüren, entfernen den Rücksitz und die Teppiche und fangen an, Staub zu wischen. Der Vater säubert den Motor mit einem Lappen, die Großmutter sammelt Zichorien, die zwei Kinder machen sich daran, große Blumenzweige von der Gartenmauer einer Villa zu schneiden, der Junge holt ein Nest vom Baum. Die Mädchen und die Mutter haben Bürsten und Teppichklopfer mitgebracht, die Großmutter eine Plastiktasche; der Vater sieht befriedigt dieser ganzen Aktivität zu und widmet sich dann wieder völlig der Betrachtung des Motors, der Kontrolle und Säuberung von Schraubenmuttern, Drähten und Schläuchen. Später halten sie bei einem Brunnen an und waschen alle zusammen das Auto, ihre sichtbarste technologische Beförderung.

Ferrari – Um sein Abitur zu feiern, will der Junge einen Ferrari. Er wird doch nicht verrückt sein, sagt der Vater, ich kaufe ihm höchstens einen Alfa Junior. Der Junge: Ich pfeife auf den Alfa Junior, entweder der Ferrari oder nichts. Der Vater: Wenn du arbeiten wirst, kannst du dir alle Autos der Welt kaufen, jetzt bin ich es, der entscheidet. Der Junge ißt nicht mehr; der endet bei Drogen oder den Maoisten, sagt die Mutter. Der Vater überlegt es sich anders. Am Geburtstag seines Sohnes kommt er nach Hause und sagt ihm: Öffne das Fenster, Rindvieh, und schau in den Hof runter. Im Hof, in Zellophan eingepackt und von einem Band mit Schleife umgeben, steht der Ferrari.

Landschaft – Sprichwort: »Wer allzusehr die Landschaft betrachtet, wird oft ein Teil von ihr.« Verteidigung der Landschaft: in der Verfassung vorgesehen und mit großen Schildern durchgeführt, die sie dem Blick verbergen. Diese Schilder raten im allgemeinen zum Kauf von Traktoren, Wasserhähnen und Pralinen, aber auch von Tierfutter und Phosphaten, oder geben die Adressen von Hotels an, auf die wir nie stoßen werden, weil sie auf der anderen Seite liegen, weit weg, in der Gegenrichtung.

Motorradfahrer – Die Identifikation des Motorrads mit dem männlichen Geschlechtsorgan und des Motorradsports mit der sexuellen Aktivität hat das Glück dieses Transportmittels ausgemacht. Heute ist es das Auto der Unsicheren sowie der völlig Selbstsicheren. Die Zuhälter benutzen die allerschwersten Modelle: sie erlauben es, rasch die Polizei abzuhängen, und erzwingen Respekt durch ihren Lärm. Die Jugendlichen, die sich keine schweren Motorräder erlauben können, »frisieren« das Auspuffrohr ihrer Motorroller, und das ist einer der Gründe, warum ich Italien verlassen werde. Der Motorradfahrer, von den Reportern Zentaur genannt, bildet eine Unterart des Autofahrers, ist jedoch beweglicher und weniger aggressiv, außer wenn er brünstig wird und sich zu Herden versammelt.

Platter Reifen – Unangenehme Überraschung, die der Autofahrer erlebt, wenn er aus dem Restaurant kommt, vor allem auf dem Land, oder aus einem anderen Vergnügungslokal. Der Trick der platten Reifen wird von jungen Dieben angewandt, um, während sie Hilfe anbieten, Koffer und Taschen aus dem Auto zu entfernen, dem sie vorher einen Reifen durchstochen haben.

Römische Nächte – Wenn ihr ein Grüppchen Jugendlicher seht, die wie Gangster um ein Auto herumstehen, und ihr für das Leben der Insassen fürchtet, könnt ihr euch beruhigen; diese Jugendlichen diskutieren über Geschwindigkeit, Beschleunigungsvermögen und die Vorteile des neuen Modells gegenüber dem vorhergehenden. Wenn ein anderer junger Mann vor der Bar an der Ecke mit einem gewöhnlichen neuen Kleinwagen ankommt und sagt, er habe ihn gerade gekauft, kommen all seine Freunde gern aus der Bar, um diesen Kleinwagen zu sehen, obwohl sie ihn auswendig kennen, und um den Freund mit ihrer Zustimmung zu unterstützen. Und ihr könnt junge Leute, die sich um nichts in der Welt einer Anstrengung unterziehen würden, sich abmühen sehen, während sie die Federung ausprobieren, die Türen schließen, um das Einschnappen zu hören, die Haube öffnen, um den Motor zu sehen, und sich ans Steuer setzen, um zu prüfen, ob der Sitz bequem ist. Im allgemeinen wird die Farbe des Autos gebilligt.

Sekundentausendstel – Zeitbruchteil, der nur mit elektronischen Rechnern kontrollierbar und meßbar ist. Für den Autofahrer ist es der Augenblick, der zwischen dem Grünwerden der Ampel und dem Hupsignal des hinter ihm stehenden Idioten verstreicht.

Stop – Schild, das für sehr viele bedeutet: weiterfahren, ohne anzuhalten und ohne auf die ankommenden Autos zu achten. Vom Verstorbenen sagt man oft: »Er hat das Stoppschild nicht beachtet.«

Vorfahrt – Sich daran erinnern, daß die größte Tragödie aller Zeiten, die beispielhafte Tragödie, die uns Freud zufolge persönlich angeht, mit einem Stau an einer Kreuzung begann; an der Kreuzung, an der Ödipus wegen einer ungeklärten Vorfahrtsfrage seinen Vater erschlug, den König Laios.

Das Manifest des Fußgängers

Eine geheime Sitzung der im Aufbau begriffenen Gesellschaft zur Verteidigung des Fußgängers (GVF), auch kurz Fußgängerverein genannt, ist kürzlich abgehalten worden. Dank unserem Mitarbeiter Ennio Flaiano sind wir in den Besitz einiger Abschnitte des Zentralteils des Programmberichts gelangt, die wir hier veröffentlichen. Leider ist der Text unvollständig.

»... Aber es ist klar, daß mit der Zeit die Autofahrer beseitigt werden müssen. Diese Beseitigung wird stufenweise und entsprechend den in Vorbereitung befindlichen Methoden und Techniken vorgenommen werden. Zur Zeit führt die Gesellschaft zur Verteidigung des Fußgängers zwei Aufgaben durch; die sichtbare und harmlose besteht darin, die öffentliche Meinung auf dieses Problem aufmerksam zu machen, indem sie sentimentale und letztlich lächerliche Lösungen vorschlägt: Aufrufe an das gute Herz und den Bürgersinn der Autofahrer, ungehörte Appelle an die Zentral- und Außenbehörden, Verbreitung von Heftchen, Lotterien, Picknicks und Lobreden auf die gute alte Zeit, als die Autobusse mit Pferden funktionierten und das

Fahrrad den Verkehr beherrschte. Die zweite, geheime Aufgabe ist es, die zukünftigen Kommandokader vorzubereiten, um die Phase der Zerstörung des Autos einzuleiten. Unsere ersten Helden des Apparats, die individuell und in kleinen Einheiten operieren werden, bis es möglich sein wird, sie in Abteilungen und Kompanien in den Kampf zu werfen, erhalten nützliche und praktische Belehrungen über die Mittel, ein Auto zu zerstören oder unbrauchbar zu machen. Man beginnt damit, den ersten Kühnen Ringe mit einziehbaren Spitzen zu liefern, mit denen sie anfangs nur die Karosserien der auf den Bürgersteigen geparkten Autos ritzen sollen. Den einfachen Linien werden die ionischen oder korinthischen folgen. (In dieser ersten Phase ist das Bündnis mit den Karosseriemechanikern vorgesehen.) Unsichtbare und magnetische Plastikbömbchen werden von anderen Kühnen neben die Räder der in der zweiten oder dritten Reihe geparkten Autos fallengelassen. Die Explosion erfolgt beim Start des Autos, ohne große Personenschäden. (Hier werden die Reifenhersteller auf unserer Seite sein.) In einer zweiten Phase werden junge Helden nachts schnell mit ihren (vorher gestohlenen) Wagen in verschiedenen Vierteln handeln, mit anderen Bombenarten von größerer Sprengkraft. Man schätzt, daß ein Kommando von zehn Leuten in einer Nacht etwa tausend Autos außer Betrieb setzen kann. (Hier werden wir sogar die Sympathie und vielleicht die Hilfe der Hersteller haben.)

Gleichfalls nachts werden Malertrupps, die zur Kunstsektion des Fußgängervereins gehören, auf den Hauptverkehrsadern in Aktion treten, wo sie in den Kurven den weißen Mittelstreifen übermalen und an seiner Stelle einen geraden Streifen ziehen werden, der den Autofahrer direkt zum Abgrund oder in Ermangelung eines Abgrunds von der Fahrbahn führt.

Mit weittragenden Blasrohren ausgestattete Scharfschützen werden auf den Häuserdächern lauern und während des Tages auf die Fahrer zielen, die sich der folgenden Übertretungen schuldig machen: hohe Geschwindigkeit, übertriebener Lärm, Mißachtung der Verkehrsschilder.

Mit diesen ersten Aktionen gedenkt die GVF (Apparat), unter den Autofahrern einen gewissen psychologischen Terror zu verbreiten. Die Diebe werden ermuntert, die neuen Wagen zu stehlen und belohnt, wenn sie deren völlige Zerlegung nachweisen können. Der Apparat rechnet auch damit, sich mit den Regierungen unterentwickelter Länder in Kontakt zu setzen, denen gratis halbneue Autos geliefert werden. Man kann einen Tauschhandel mit Pferden, Erdnüssen und Rollschuhen vereinbaren.

Spezialfußgänger des Apparats werden mit noch zu perfektionierenden Taschenapparaten ausgestattet, die den völligen Stillstand der gewöhnlichen Motoren für etwa eine Stunde mittels... (Lücke) hervorrufen. Diese Stillstände werden entsetzliche Verkehrsstauungen verursachen, auf die dann Brandbomben humanitärer Art geworfen werden. Ein besonderer Kampf wird gegen die Stoßstangen der Autos aufgenommen. Indem er den Autofahrern an die Stoßstangen greift, rechnet der Fußgängerverein (Apparat) damit, den Kampf direkt ins Herz des Problems zu tragen, da er gut weiß, wie sehr die Autofahrer gefühlsmäßig an ihren Stoßstangen hängen.

Die Frage der Entfernung und Lagerung der unbrauchbar gemachten Autos muß gelöst werden. Die Regierung wird dazu aufgefordert werden, Zerstörungswerkstätten zu finanzieren unter Benutzung der heute bestehenden Herstellungswerkstätten, Gesenkhämmer und Riesenpressen. Die so gewonnenen Eisenblöcke werden dazu dienen, Dämme und Kais in den Vergnügungshäfen der anmutigsten Seeorte oder für die öffentlichen Parks bestimmte Skulpturen im Stil Césars zu errichten.

Es ist anzunehmen, daß der völlige Sieg nicht früher als zehn Jahre nach dem Beginn unserer trügerischen Offensive erreicht werden kann. Unterdessen wird der Fußgängerverein in seinem Lob der Zugtiere, Fahrräder und Tandems fortfahren. Eine mit den Modehäusern und der Textilindustrie verbundene Aktion wird durchgeführt werden, um den Gebrauch des Autos unelegant zu machen.

Die gefährlichsten Bahnübergänge werden wieder unbeschrankt sein. Den Lastwagen werden die Strohtransporte von einem Ende Italiens zum anderen verboten, so daß die Behörden und die Privatkonsumenten gezwungen sind, lokales Stroh zu gebrauchen. Die Autobahnen werden automatisch unbrauchbar durch wiederholte Überschwemmungen und Erdrutsche sowie durch mangelnde Instandhaltung.

Der strahlende Morgen des Fußgängers wird an dem Tag anbrechen, an dem die zuständigen Behörden endlich die Autos nicht nach ihrer Größe besteuern werden, sondern nach dem von ihnen verursachten Lärm. Nur wenige Auserwählte (beinah alles Sänger) werden den teuren, aber leisen Rolls Royce benutzen können, der jetzt von Steuern erdrückt wird; die anderen Autofahrer werden die ihren Kleinwagen auferlegten Steuerlasten nicht tragen können. Schließlich wird eine neue Welt aufgehen, wenn das Wort »Kleinwagen« für unanständig und anstößig erklärt werden wird. Einstweilen...

»Welcome in Rome«

Montag. Heute nacht sind ich, meine Frau Gail und meine Tochter Susan mit vielen Stunden Verspätung aus Paris (France) in Feeumeesheeno angekommen, das sich auf italienisch Fiumicino schreibt. Feeumeesheeno ist ein häßlicher kleiner Flughafen, der durch vieles überrascht, aber vor allem durch seine Verwahrlosung und seinen Schmutz. Ich verstehe nicht, wieso die Italiener, die so stolz auf ihre Denkmäler sind, es nicht für nötig halten, ein bißchen Geld für einen Interkontinentalflughafen auszugeben.

Bei der Ankunft hatten wir den Eindruck, unbemerkt nach Syrien entführt worden zu sein oder so etwas. Viele unrasierte Syrer standen um unser Flugzeug herum und lachten. Es gab einen Streik des Bodenpersonals, weshalb wir den Rumpf durch die Notausgänge verlassen mußten, indem wir uns sehr sportlich über ein Tuch gleiten ließen; das Gepäck mußten wir selbst bis zum eine Meile entfernten Flughafengebäude tragen. Unser Kapitän bat einen Fahrer der Flughafenbusse, wenigstens die alten Damen einsteigen zu lassen, aber der erwiderte: »Ich gebe einen Schaisdreck darauf«, das heißt, daß ihn dieser Transport nicht interessierte. »Schaisdreck« ist ein von den Italienern vielgebrauchter Ausdruck und bedeutet »wenig« oder »nichts«, je nachdem. Ich fragte den Kapitän, ob es nicht besser wäre, wieder an Bord zu steigen, abzufliegen und das Flugzeug in ein Land hinter dem Eisernen Vorhang zu lenken, wo die Amerikaner willkommen sind. Das wäre schön, erwiderte er, aber es ist unmöglich, man gibt uns kein Kerosin. Wir mußten dort bleiben.

An der Zollstelle waren die Beamten sehr verständnisvoll: sie ließen uns nicht einmal die Koffer öffnen, sondern beschmutzten sie nur mit ein bißchen Kreide und das war's. Es gab allerdings nur einen einzigen Zöllner dort. Mich wunderte die Dunkelheit der Flughafenräume. Es scheint, daß nach zehn Uhr nur ganz wenige Lichter angelassen werden, weil nur Flugzeuge aus dem Nahen Osten und aus Afrika ankommen und es überflüssig ist, elektrische Energie für unterentwickelte Touristen zu verschwenden. Zum Glück endete der Streik um Mitternacht, und so konnten wir unsere sechs Koffer und die Taschen einem Gepäckträger geben, da in Feeumeesheeno den Reisenden keine Gepäckkarren zur Verfügung stehen, im Gegensatz zu allen anderen Flughäfen der Welt. Es scheint, daß die Gepäckträgergenossenschaft die Einführung dieser Wägelchen in Italien als eine Beleidigung ihrer Würde betrachtet. Der Transport unserer Koffer kostete 2000 Liras, also etwa 100 Liras für jeden Meter Weg, da der Ausgang zwanzig Meter entfernt war.

Ich konnte meine Dollars nicht wechseln, weil die Flughafenbank schon geschlossen war. Auch die Toiletten waren geschlossen, ich mußte draußen im Dunkeln urinieren. Nachdem ich einen Blick auf den Autobus, der uns nach Rom hätte bringen sollen, geworfen und bemerkt hatte, daß seine sehr charakteristische Konstruktion auf die ersten Nachkriegsjahre zurückging, nahmen wir ein kleines Taxi (in Italien gibt es die kleinsten Taxis der Welt) und gaben dem Fahrer die Adresse unseres Hotels. Dieser sagte kein Wort außer »Amerikaner?«, und wir fuhren in die Nacht hinein. Wir durchquerten verschiedene Orte, die Badeorte schienen; die Straßen waren noch belebt, hauptsächlich von fetten Männern im T-Shirt, die eisleckend spazierengingen, und von Motorradfahrern, die einen Lärm von wenigstens 130 Dezibel machten.

Schuhcreme? Nein, es ist Marmelade!

Wir sahen Osteea und Castil Fuseno (der Fahrer sagte uns die Namen der Orte) und gelangten schließlich, nach etwa einer Stunde, nach Albano. Der Fahrer erklärte uns, daß die Straßen nach Rom alle unterbrochen seien und er einen Umweg habe machen müssen. Hinter Frascati schlugen wir endlich The Appian Way ein, die Straße in die Stadt, wo wir um zwei Uhr nachts ankamen. Der Taxameter zeigte 30600 Liras an.

Unser Hotel lag in einer nach Hongkong aussehenden Straße, wo man »La dolce vita« führt. Dieser Sprung ins römische Leben freute uns und versetzte meine Frau Gail etwas in Aufregung, die Fellinis oder Mastroiannis sehen wollte. Aber wir waren müde und gingen ins Hotel. Unsere Zimmer waren im Halbgeschoß und gingen auf eine Seitenstraße, wo sich ein Motorradfahrertreffen abspielte, wohlwollend überwacht von Policemen, die sich für die Motoren interessierten.

Eine unangenehme Überraschung bereitete uns das schlechte Funktionieren der Klimaanlage, die nur Wärme produzierte. Der Hotelportier, den wir anriefen, sagte uns, der Klimaanlagenmann käme nicht vor acht Uhr. So mußten wir mit offenen Fenstern schlafen, um nicht zu ersticken. Im Morgengrauen zogen die Motorradfahrer ab.

Eine andere Überraschung stellte das im Zimmer servierte Continental breakfast dar: es bestand aus zehn Gramm Butter, trockenen Keksen, weichen Brötchen und einem Kaffee »Espresso«, der nach Kupfer schmeckte. Der

Kellner erklärte uns, daß die ersten Kaffees am Morgen immer ein wenig nach Leitung schmecken. Man muß ihn gegen zehn Uhr bestellen. Ich sagte ihm, er solle die Dose Schuhcreme wegbringen, die auf dem Tablett stand, aber er erwiderte, es handele sich um Marmelade, die in sparsamen Portionen serviert werde, weil sie dick mache. Dieses Frühstück kostete drei Dollar pro Kopf. »Man muß berücksichtigen«, sagte Gail, »daß die Italiener unter dem Faschismus viel gelitten haben.«

Dienstag. Es ist offensichtlich, daß die Nordamerikaner in Italien für ein dummes Volk gehalten werden. Diesen Eindruck erhielt ich durch meine wenigen Kontakte mit Italienern, und er kann auch ein statistischer Fehler von mir sein. Aber die wenigen Italiener, die uns ansprachen, schlugen uns stets vor, Farbdiapositive zu kaufen, obwohl sie uns mit unseren Fotoapparaten sahen, oder völlig wertlose Anhängsel, die, wie man mir sagt, nunmehr auch von den Stämmen Zentralaustraliens abgelehnt werden. Andere boten uns »a nice tour in the town« in einem Cadillac alten Modells an. Der Preis der Rundfahrt war etwas niedriger als der eines gebrauchten Cadillacs bei uns. Auf der Peeazza dee Spagna, wohin wir gingen, um unsere Travellerschecks einzulösen, fragte uns ein vornehmer Herr, ob wir an dem Erwerb der Säule interessiert seien, die genau vor dem American Express steht. Die Säule gehörte zu seinem Familienbesitz und er hätte sie gern für zweitausend Dollar abgetreten, was nicht viel war angesichts des Wertes der Säule; aber ich hatte den Zweifel, daß dieser Herr mir etwas nicht ihm, sondern der Gemeinschaft Gehörendes verkaufen wollte. Ich antwortete ihm freundlich, daß mich die Sache einen Schaisdreck interessiere, und er war sehr erstaunt, vielleicht über meine Gleichgültigkeit gegen die Kunst. Als ich dem Kassierer des American Express davon erzählte, sagte der mir, daß die Säule letztes Jahr bereits zweimal verkauft worden sei, aber der Mann nicht verhaftet worden sei, da man ihn nie in flagranti ertappt habe.

Wir besichtigten den Mosés von Maichelangelo. Der Führer sagte uns, was er kostet, aber er stand nicht zum

Verkauf. Und Gail fragte, ob Mosés wirklich für die Statue Modell gestanden habe, und der Führer sagte ja. Ich fragte den Führer aus persönlicher Neugier, was die Amerikaner am meisten in Rom interessiere. Er erwiderte: »Das Eis.« Das römische Eis wird in Mailand hergestellt, und man kann es beim Spazierengehen lecken. Alle tun es.

Arrivederci ist die Nationalhymne

Nach dem Mosés besichtigten wir The Roman Forum, wo Julius Caesar ermordet worden ist. Das Gras zwischen den Ruinen war sehr hoch und ich stieß auf eine kleine Schlange, die mich anstarrte. Ich fragte einen Wärter, warum sie nicht das Gras mähen und die Schlangen fangen, die giftig sein können, aber der gab mir zur Antwort, die »Sovrintendenza« (?) kümmere sich einen Schaisdreck um das Gras und die Schlangen, und außerdem sei »die Altertümerverwaltung im Bummelstreik« (?).

Das Kolosseum bewundert, das allerdings nicht vollständig ist. Der Führer flüsterte mir zu, ich solle, wenn ich Freundschaft mit jungen Männern schließen wolle, nachts wiederkommen: das Kolosseum scheint nachts voll von jungen Leuten zu sein, die der Mond auf den Ruinen anzieht, genau wie Edgar Allan Poe, wenn ich nicht irre, und Hawthorne, die über das Kolosseum unsterbliche Seiten geschrieben haben. Das kann vielleicht Susan interessieren, die gerne poetische junge Italiener kennenlernen würde.

Nachts stehen auf dem Bürgersteig der Straße, in der unser Hotel liegt, very nice girls, die, vielleicht von einem falsch verstandenen Nationalismus getrieben, unterschiedliche Preise machen. Aus Neugier fragte ich eine nach ihrem Honorar, und sie sagte mir: »One hundred dollars«, während ich dann sah, daß sie einem Landsmann ihre Dienste für weniger als die Hälfte anbot. Diese Mädchen werden nicht von der Polizei überwacht, sondern von jungen Männern, die einzeln oder in Banden mit japanischen Motorrädern und sogar mit mächtigen Ferraris ankommen. Ihre Überwachung ist sehr hart, aber ich glaube, daß diese jungen Freiwilligen etwas Gutes für ihr Land tun durch diese strenge Kontrolle der öffentlichen Prostitution. Wahrscheinlich ziehen sie keinen anderen Gewinn daraus als den, sich in der Gemeinschaft nützlich zu fühlen, indem sie die Moral verteidigen. Ich sah in der Tat einen jungen Mann ein Mädchen ohrfeigen. Und es freute mich zu hören, daß in Rom diese jungen Männer Tausende sind und in verschiedenen Zonen Tag und Nacht wirken.

Mittwoch. Gestern abend besichtigten wir Rome by night. Man fuhr uns in einem Bus umher, um die Monumente zu sehen, die alle mit gelbem Licht angestrahlt wurden und deshalb Waren schienen, die im Schaufenster der Sonne ausgesetzt sind und vor dem starken Licht durch farbiges Cellophan geschützt werden. Auf der Appian Way betraten wir eine sehr alte und verlassene Farm, die ein Restaurant sein mußte: der Vorplatz war mit Tischen und Lampions geschmückt. Man ließ uns an den Tischen niedersetzen und gab uns pro Kopf einen Becher Weißwein, während drei Musikanten für uns die italienischen Nationalhymnen sangen, Santa Lucia und Arreevedershi Roma. Sie waren fett, verschwitzt und müde. Als ein anderer Bus kam, ließ man uns in Eile in unseren steigen. Ich hatte keine Zeit, den Wein zu trinken, aber Gail, die ihn getrunken hatte, brachte dann eine Stunde im Bad mit Bauchschmerzen zu. Wir Amerikaner scheinen Schwierigkeiten zu haben, uns an die charakteristischen italienischen Weine zu gewöhnen.

Am Morgen danach, als ich in Susans Zimmer trat, sah ich, daß ein junger Hoteldiener ihr beibrachte, wie man das beeday (the continental bidet) benutzt, indem er sie darauf setzte. Dieses unanständige Ding findet man in allen europäischen Hotels. Susan schien sehr an dem Vorgang interessiert zu sein, und ich wollte ihr Erlebnis mit dem jungen Hoteldiener nicht stören, der ihr gerade sagte: »You discover a new dimension in complete vaginal cleanliness and perineal therapy.«

Donnerstag. Als meine Frau von ihrem Shopping ins Hotel zurückkam, sagte sie, die Straßen Roms seien voller Textilexperten und -techniker, die oft ihr Kleid vorne und hinten berührt hätten, um den Stoff zu untersuchen, wobei sie ihr jedesmal sagten: »Geil!« Und dabei handelte es sich um einen gewöhnlichen Dralonstoff! Die Italiener müssen in puncto Textilien sehr zurückgeblieben sein.

Ein Wort, das die Italiener oft gebrauchen, wenn sie Enttäuschung ausdrücken wollen, ist: Leckmeechamaarsch, und es wurde mir mehrmals gesagt, wenn eine kleine Diskussion über den Preis einer Dienstleistung oder eines Gegenstandes entstand. Auch meine Frau bestätigt es mir: wenn sie ihre Ungehaltenheit gegenüber den Textilexperten zeigt, die ihr Kleid berühren wollen, sagen diese ihr sichtlich empört eben Leckmeechamaarsch. Ich denke, es entspricht unserem »I beg you pardon«.

Der Stoßstangenkult

Wir aßen in Trastevere zu Abend, im Freien, wie es bei den Römern üblich ist, die nicht nur auf den Bürgersteigen, sondern sogar auf den Straßen Tische aufstellen. Wenn man davon absieht, daß wir wegen des Lärms der uns streifenden Motorräder kein Wort wechseln konnten, verschiedene Blumen kaufen mußten und sieben verschiedenen Musikanten, die sich an unserem Tisch abwechselten, Trinkgeld geben mußten, ist der Abend gut verlaufen. Das Essen war nicht gut, aber charakteristisch. Ich habe »Spaghetti auf Mörderart« und »Gefangenen-Huhn« gegessen. Die Stimmung war sehr fröhlich, aber wir sind weggegangen wegen dem Kohlenmonoxyd, das uns zu töten drohte. Eine kleine Diskussion entstand bei der Rechnung. Auf den ersten Blick schien sie mir sehr übertrieben, aber dann sah ich, daß drei »coperte« einbegriffen waren. Dem Taschenlexikon entnahm ich, daß »coperta« Decke bedeutet. Ich dachte, daß die Leitung des Restaurants uns als Souvenir drei, vielleicht geschickten italienischen Webern geschuldete »coperte« geben würde, aber der Kellner ernüchterte uns schnell. Die »coperte« waren einfach die Teller und das Besteck, die wir gebraucht hatten und zurückgeben mußten. Als ich ihm sagte, was ich davon hielt, erwiderte er mir mit einem Achselzucken: Leckmeechamaarsch, das heißt, er bitte mich um Entschuldigung. Ich rief dann einen Policemen, aber der sagte mir, er sei nicht im Dienst. Ich mußte bezahlen, aber werde mich beim Nationalen Fremdenverkehrsamt beschweren, das, wie man mir sagt, sehr effizient ist, weil es Tausende von Angestellten beschäftigt. Der Hotelportier riet mir davon ab: »Das Amt«, so sagte er mir, »macht einen Schaisdreck und kümmert sich wenig um die Fremden, da es so sehr damit beschäftigt ist, ständig an den Fremdenverkehr zu denken.« Ich fragte ihn, was der Unterschied sei. Er sagte: »Das wäre, als ob man einen großen Mathematiker störte, um sich die Einkaufsrechnung machen zu lassen.« Der Fremdenverkehr wird in Italien als eine Philosophie betrachtet, und die verschiedenen Experten diskutieren pausenlos darüber.

Freitag. Man gewöhnt sich nicht leicht an die kleinen Dimensionen der italienischen Autos. Ich habe bemerkt, daß die Autos, je kleiner, ja winziger sie sind, desto mehr Passagiere enthalten. Sie werden immer auf hohe Geschwindigkeiten gejagt. Eine Straße zu überqueren ist gefährlich, weil die Fahrer, die es alle ungeheuer eilig haben, nicht auf die Fußgänger achten und sie gerne überfahren, um sich dann allerdings zu beschweren, wenn der Wagen beim Zusammenstoß Schaden an der Stoßstange erlitten hat. Ein amerikanischer Psychologe, den wir im Restaurant trafen, sagte mir, daß die Italiener einen besonderen Stoßstangenkult haben, vielleicht ein Überrest der antiken Priap-Kulte. Die Stoßstangen zeigen also die Grenzen des Autos an und werden als solche für heilig angesehen.

In Rom ist dieser Kult äußerst lebendig: auf den Straßen finden ständig Diskussionen über die Stoßstangen statt. Im Fall eines Zusammenstoßes kontrollieren die Fahrer als erstes den Zustand der Stoßstangen. Und sie sagen: »Hier, hier, dieser Kratzer war nicht da.« Der andere erwidert freundlich: »Leckmeechamaarsch«, und fügt hinzu, daß dieser Kratzer sehr wohl da war, weil man mit bloßem Auge sieht, daß er nicht neu ist. Um eine dieser charakteristischen römischen Diskussionen zu verfolgen, trat ich in einen Kreis Neugieriger ein, den ich nach zwei Minuten wieder verließ, ohne meine Brieftasche, in der ich zum Glück keine Dokumente oder Travellerschecks trug.

Wegen der großen Hitze waren wir am Strand von Rom (Osteea), um zu baden. Das Meer sah nicht sauber aus. Auf dem Wasser trieben Zeitungsblätter (einige jüngsten Datums, mit Nachrichten über die neue Regierung), Plastikflaschen, Kondome, Exkremente und viele Algen. Es gab auch Erdölrückstände. Wir duschten uns schnell und kehrten nach Rom zurück. Da wir die (übrigens ziemlich häßliche) Landschaft bewundern wollten und langsam fuhren, überholten uns alle Autos, und die Insassen grüßten uns mit freundlichen Gesten, sei es, daß sie den rechten Arm mit der linken Hand in der Höhe des Ellenbogens anfaßten und ihn schüttelten, sei es, daß sie uns den Zeigefinger und den kleinen Finger in Form eines veränderten churchillschen »V« zeigten. Diese natürliche Freundlichkeit der Italiener läßt viele ihrer Mängel vergessen und flößt Sympathie für dieses Volk ein.

Sonntag. Gestern habe ich kein Tagebuch geschrieben, da wir Susan suchen mußten, die wegen besagter poetischer Freundschaften mit einem jungen Mann, den sie im Hotel kennengelernt hatte, zum Kolosseum gegangen war. Um zwei Uhr nachts war sie noch nicht wieder da. Um vier Uhr rief die Police an und sagte uns, daß man sie auf einer Wiese bei Osteea gefunden habe, etwas deprimiert und müde, aber lebend. Als sie ins Hotel zurückkehrte, stellten wir ihr keine Fragen. Es scheint, daß sich ihrem jungen

Freund weitere fünf zugesellt haben und sie einen Nachtausflug unternommen haben, um den Mond zu betrachten. In der Verwirrung hat sie ihre Handtasche verloren. Ich hörte, daß sie das continental beeday heftig benutzte und weinte, vielleicht wegen dem künstlerischen Erlebnis. Die Italiener sind alle Poeten.

Wir besichtigten Saint Peter und kauften eine Briefmarkenserie des Pope, aber den Pope haben wir nicht gesehen, er wollte uns nicht empfangen. Wir hätten ihn heute morgen sehen können, während er sich an einem Fenster seiner Wohnung zeigt, um uns den Segen zu erteilen, aber leider entschieden wir, nach New York zurückzufliegen. Am Kennedy Airport sagte man uns, daß unser Gepäck irrtümlicherweise von Rom nach Ankara geschickt worden wäre. Vielleicht haben wir es in einer Woche wieder. Alles in allem bringen wir eine angenehme Erinnerung an Italien mit nach Hause. Für die Ferien des nächsten Jahres haben wir entschieden, nach Scotland oder Norway zu fahren. Rom gefällt mir, aber da ich es nun gesehen habe, liegt mir »poco« oder »nulla« daran, wie die Italiener sagen.

.... **Ennio Flaiano** wurde 1910 in Pescara (Abruzzen) geboren und lebte seit seiner Jugend in Rom, wo er 1972 starb. Er schrieb Drehbücher für Fellini und andere Regisseure sowie Romane, Erzählungen, Aphorismen, Theaterstücke und Kritiken. Flaiano war sowohl Protagonist der »Dolce vita« im Rom der sechziger Jahre als auch ein satirischer Beschreiber des Lebens jener Zeit und vor allem seines rapiden Verfalls durch das Eindringen der Konsumgesellschaft. Die hier übersetzten Schriften, die am 18.10.1970, 25.7.1971, 8.8.1971 und 30.7.1972 in der Wochenzeitschrift *L'Espresso* erschienen sind, drücken diese enttäuschte Liebe aus, seine Bestürzung darüber, daß Italien, wie er anderswo sagt, »von den Italienern erobert worden ist«. Von besonderer Hellsicht erscheint sein leidenschaftlicher Protest gegen die Tyrannei des Autos, der bis heute wenige Nachahmer gefunden hat, obwohl sich die Zahl der Autos seitdem beinahe verdreifacht hat.

Einige Wortspiele können in der Übersetzung nicht wiedergegeben werden, wie das, »macchina« (Auto) als »makina« zu schreiben – das im Italienischen nicht vorkommende »k« vermittelt den Eindruck besonderer, »teutonischer« Härte –, oder die dem amerikanischen Touristen in den Mund gelegten Verdrehungen des Italienischen. Von den 32 Artikeln des »Autolexikons« werden hier nur zehn übersetzt.

.... Anmerkungen

Seite 203: *Zehn Millionen Autos* – 1992 waren es bereits mehr als 28 Millionen.

Seite 205: *Voyages autour de notre chambre – Reise um mein Zimmer* war der Titel von 1795 erschienenen Betrachtungen des Xavier de Maistre (1763–1852).

Seite 207: *Verteidigung der Landschaft* – Paragraph 9 der italienischen Verfassung: »Die Republik... schützt die Landschaft«.

Seite 211: *César* – Künstlername von César Baldaccini, 1921 geborener französischer Bildhauer, dessen bekannteste Werke mit Metallpressen zusammengedrückte Autokarosserien sind.

Seite 219: *Priap* – Antiker Gott, dessen phallische Statuen gleichzeitig als Markierungen der Besitztumsgrenzen dienten.

▸ Pier Paolo Pasolini
Freibeuterschriften

Verschiedene Kulturmodelle

Heute, wo die »Austerity« auf dem Programm steht, gibt es viele Klagen über die Probleme, die das Fehlen eines organisierten sozialen und kulturellen Lebens außerhalb des »bösen« Stadtzentrums in der »guten« Peripherie hervorrufe (die als Schlafstädte ohne Grün, ohne Infrastrukturen, ohne Selbständigkeit und nunmehr ohne wirkliche menschliche Beziehungen angesehen werden). Rhetorische Klagen. Denn wenn es das gäbe, dessen Fehlen in den Peripherien beklagt wird, wäre es jedenfalls vom Zentrum aus organisiert, von eben dem Zentrum, das im Lauf weniger Jahre alle peripherischen Kulturen zerstört hat, die – bis vor ein paar Jahren – auch den ärmsten und sogar elenden Vorstädten ein eigenständiges und im wesentlichen freies Leben garantiert hatten.

Keinem faschistischen Zentralismus ist das gelungen, was der Zentralismus der Konsumgesellschaft angerichtet hat. Der Faschismus propagierte ein reaktionäres und monumentales Modell, das jedoch auf dem Papier blieb. Die verschiedenen Sonderkulturen (der Bauern, des Subproletariats, der Arbeiter) hielten sich weiterhin unbeirrbar an ihre alten Modelle; die Repression beschränkte sich darauf, ihre rein verbale Zustimmung zu erzwingen. Heute hingegen ist die Zustimmung zu den vom Zentrum auferlegten Modellen total und bedingungslos. Die wirklichen kulturellen Modelle werden verleugnet, ihnen wird restlos abgeschworen. Man kann also behaupten, daß die »Toleranz« der von der neuen Macht gewollten hedonistischen Ideologie die schlimmste Repression in der Menschheitsgeschichte ist. Wie hat man eine solche Repression einführen können? Durch zwei Revolutionen innerhalb der bürgerlichen Ordnung: die in den Infrastrukturen und die im Informationssystem. Die Straßen, die Motorisierung usw. haben nunmehr die Peripherie eng ans Zentrum gebunden und jede materielle Distanz abgeschafft. Aber die Umwälzung des Informationswesens ist noch radikaler und einschneidender gewesen. Durch das Fernsehen hat das Zentrum das ganze Land, das historisch so vielfältig und so reich an eigenständigen Kulturen war, seinem eigenen Bilde angeglichen. Eine zerstörerische Gleichschaltung jeder Echtheit und Konkretheit hat begonnen. Das Zentrum hat also, wie gesagt, seine Modelle durchgesetzt, und zwar die Modelle, welche die neue Industrialisierung braucht, die sich nicht mehr mit dem »Konsummenschen« zufriedengibt, sondern verlangt, daß andere Ideologien als die des Konsums nicht einmal mehr vorstellbar seien. Ein neo-säkulärer Hedonismus, der blind jeden humanistischen Wert vergessen hat und den Geisteswissenschaften blind und fremd gegenübersteht.

Die vorhergehende, von der Macht gewollte und durchgesetzte Ideologie war bekanntlich die Religion; und der Katholizismus war in der Tat formell das einzige kulturelle Phänomen, das die Italiener »gleichmachte«. Nun ist der Katholizismus ein Konkurrent jenes neuen »gleichmachenden« Kulturphänomens – des Massenhedonismus – geworden; und die neue Macht hat seit einigen Jahren bereits damit begonnen, diesen Konkurrenten zu beseitigen.

Es gibt tatsächlich nichts Religiöses im Modell des jungen Mannes und der jungen Frau, wie es vom Fernsehen propagiert und durchgesetzt wird. Es handelt sich um zwei Personen, die das Leben nur durch seine Konsumgüter genießen (und die, natürlich, sonntags noch zur Messe gehen: im Auto). Die Italiener haben dieses neue Modell begeistert angenommen, das ihnen das Fernsehen entsprechend den Anweisungen der Produktion aufzwingt, die für den Wohlstand (oder besser gesagt, für die Rettung vom Elend) verantwortlich ist. Sie haben dieses Modell angenommen: aber sind sie tatsächlich in der Lage, es zu verwirklichen?

Nein. Entweder verwirklichen sie es materiell nur zum Teil und werden dessen Karikatur, oder es gelingt ihnen praktisch überhaupt nicht, so daß sie dessen Opfer werden. Frustration oder sogar neurotische Gier sind nunmehr kollektive Gemütszustände. Die Subproletarier zum Beispiel respektierten bis vor wenigen Jahren die Kultur und schämten sich nicht der eigenen Unwissenheit. Sie waren sogar stolz auf ihr volkstümliches Analphabetentum, kannten sie doch trotzdem das Geheimnis der Wirklichkeit. Sie blickten mit einer gewissen kecken Verachtung auf die »Muttersöhnchen«, die Kleinbürger, von denen sie sich absonderten, auch wenn sie gezwungen waren, ihnen zu dienen. Jetzt beginnen sie im Gegenteil, sich ihrer Unwissenheit zu schämen: sie haben dem eigenen Kulturmodell abgeschworen (die Allerjüngsten erinnern sich nicht einmal mehr daran, sie haben es völlig verloren), und das neue Modell, das sie nachzuahmen versuchen, sieht Analphabetismus und Ungeschliffenheit nicht vor. Die gedemütigten subproletarischen Jugendlichen streichen in ihren Personalausweisen ihre Berufsbezeichnung aus, um sie durch »Student« zu ersetzen. Seit sie begonnen haben, sich ihrer Unwissenheit zu schämen, haben sie natürlich auch angefangen, die Kultur zu verachten (kleinbürgerliche Charakteristik, die sie sofort durch Mimesis erworben haben). Gleichzeitig wird der kleinbürgerliche Jugendliche merkwürdig roh und unglücklich, während er sich an das »Fernsehmodell« anpaßt, das für ihn im wesentlichen natürlich ist, da es von seiner eigenen Klasse geschaffen und gewollt wird. Wenn sich die Subproletarier verbürgerlicht haben, so haben sich die Bürger versubproletarisiert. Die von ihnen erzeugte Kultur verhindert mit ihrem technologischen und strikt pragmatischen Wesen, daß der alte »Mensch«, der noch in ihnen steckt, sich entwickelt. Das verursacht in ihnen eine Art von Verkümmerung der intellektuellen und moralischen Fähigkeiten.

Die Verantwortlichkeit des Fernsehens für all das ist enorm. Natürlich nicht in seiner Eigenschaft als »technisches Mittel«, sondern als Instrument der Macht und als Macht selber. Es ist nicht nur ein Ort, der Botschaften vermittelt, sondern auch ein Zentrum, wo sie erarbeitet werden. Es ist der Ort, wo eine Mentalität konkret wird, die man ansonsten nicht unterzubringen wüßte. Durch den Geist des Fernsehens zeigt sich der Geist der neuen Macht in konkreter Gestalt.

Es unterliegt keinem Zweifel (die Ergebnisse beweisen es), daß das Fernsehen autoritär und repressiv ist wie kein anderes Informationsmittel je zuvor. Die faschistische Zeitung und die auf Bauernhäuser geschriebenen Mussolini-Slogans sind zum Lachen; so wie (schmerzlich) der Pflug gegenüber dem Traktor. Dem Faschismus, ich sage es noch einmal, ist es im wesentlichen nicht gelungen, die Seele des italienischen Volkes auch nur anzuritzen; mit den neuen Kommunikations- und Informationsmitteln (vor allem eben dem Fernsehen) hat der neue Faschismus sie nicht nur angeritzt, sondern zerrissen, vergewaltigt, für immer beschmutzt...

Die anthropologische Revolution in Italien

(...) Meiner Meinung nach sind die 59 Prozent Neinstimmen nicht der Beweis eines durch ein Wunder bewirkten Sieges des Laizismus, des Fortschritts und der Demokratie. Ganz und gar nicht; sie beweisen vielmehr zwei Dinge:

1. Die »Mittelschichten« haben sich radikal, ich würde sagen anthropologisch, geändert: ihre positiven Werte sind nicht mehr die reaktionären und klerikalen, sondern die der hedonistischen Konsumideologie (die bis jetzt nur im Alltag gelebt und noch nicht bewußt ausgedrückt werden) und der damit zusammenhängenden modernisti-

schen Toleranz amerikanischer Art. Und es ist die Macht selbst gewesen, die – durch die Entwicklung der Produktion überflüssiger Güter, die Verbreitung der Konsumwut, die Mode und das Informationswesen (vor allem, in beeindruckender Weise, das Fernsehen) – solche Werte geschaffen hat, wobei sie die traditionellen Werte und selbst die Kirche, die deren Symbol war, zynisch über Bord geworfen hat.

2. Das bäuerliche und frühindustrielle Italien ist zusammengebrochen, hat sich aufgelöst, existiert nicht mehr, und an seiner Stelle gibt es eine Leere, die wahrscheinlich darauf wartet, von einer völligen Verbürgerlichung der oben erwähnten Art ausgefüllt zu werden (modernisierend, scheintolerant, amerikanisierend usw.).

Das »Nein« war ein Sieg, zweifellos. Aber was es wirklich anzeigt, ist die »Mutation« der italienischen Kultur, die sich ebensoweit vom traditionellen Faschismus wie vom sozialistischen Fortschrittsglauben entfernt hat.

Wenn die Dinge so liegen, was für einen Sinn hat dann das »Blutbad von Brescia« (wie bereits das von Mailand)? Handelt es sich um ein faschistisches Blutbad, das also eine antifaschistische Empörung hervorruft? Wenn es die Worte sind, die zählen, dann muß man ja sagen. Wenn es die Tatsachen sind, muß man es verneinen; oder zumindest eine Antwort geben, die das Problem ganz neu aufrollt.

Italien ist nie in der Lage gewesen, eine große Rechte hervorzubringen. Das ist wahrscheinlich der entscheidende Umstand seiner ganzen jüngeren Geschichte. Aber es handelt sich dabei nicht um eine Ursache, sondern um eine Wirkung. In Italien hat es nie eine große Rechte gegeben, weil es keine Kultur gab, die fähig gewesen wäre, sie hervorzubringen. Sie hat nur jene grobe, lächerliche und brutale Rechte, die der Faschismus ist, produziert. In diesem Sinne ist der parlamentarische Neofaschismus die getreue Fortsetzung des traditionellen Faschismus. Allerdings hat sich in der Zwischenzeit jede Form geschichtlicher Kontinuität aufgelöst. Der von der Macht pragmatisch gewollte »Fortschritt« führte zu einer Art geschichtlicher Wende, die innerhalb weniger Jahre die italienische Welt radikal verändert hat.

Dieser »qualitative Sprung« betrifft also sowohl die Faschisten wie die Antifaschisten, denn es handelt sich um den Übergang von einer aus Analphabetentum (des Volks) und Lumpenhumanismus (der Mittelschichten) bestehenden archaischen Kultur zur modernen »Massenkultur«. In Wirklichkeit eine ungeheure Angelegenheit: es handelt sich, ich bestehe darauf, um eine anthropologische »Mutation«. Vielleicht vor allem deshalb, weil sich dabei die grundlegenden Züge der Macht verändert haben. Die »Massenkultur« kann zum Beispiel keine kirchliche, moralistische oder patriotische Kultur sein, denn sie ist direkt an den Konsum gebunden, der seine eigenen Gesetze hat und ideologisch autonom ist. So kommt automatisch eine Macht heraus, die nichts mehr mit der Kirche, dem Vaterland, der Familie und ähnlichen Hirngespinsten anzufangen weiß.

Die so erzeugte »kulturelle« Gleichschaltung betrifft alle: das Volk und die Bourgeoisie, die Arbeiter und das Subproletariat. Das gesellschaftliche Umfeld hat sich im Sinne einer extremen Vereinheitlichung gewandelt. Heute gehen alle Italiener aus einem einzigen Nährboden hervor. Es gibt deswegen – außerhalb eines politischen Standpunkts als totes Schema, das durch leeres Gestikulieren ausgefüllt wird – keinen merklichen Unterschied mehr zwischen einem beliebigen italienischen Bürger, der Faschist, und einem beliebigen italienischen Bürger, der Antifaschist ist. Kulturell, psychologisch und, was am beeindruckendsten ist, vom Aussehen her sind sie austauschbar. In ihrem mimischen und somatischen Alltagsverhalten gibt es nichts, wodurch sich – wie gesagt, außerhalb einer Kundgebung oder einer politischen Handlung – ein Faschist von einem Antifaschisten unterscheidet (bei denen mittleren Alters oder den Jungen; die Älteren kann man in diesem Sinne noch unterscheiden). Das gilt für die durchschnittlichen Faschisten und Antifaschisten; was die

Extremisten betrifft, ist die Gleichschaltung sogar noch gründlicher.

Faschisten sind es gewesen, die den entsetzlichen Anschlag von Brescia verübt haben. Aber prüfen wir ihren Faschismus etwas eingehender. Ist es ein Faschismus, der auf Gott beruht? Auf dem Vaterland? Auf der Familie? Auf der traditionellen Spießertugend, der unduldsamen Moral, der auf das Zivilleben übertragenen Militärordnung? Oder, wenn dieser Faschismus sich immer noch hartnäckig selber so definiert, als beruhe er auf all diesen Dingen, handelt es sich dabei um eine ehrliche Selbstdarstellung? Wenn man in Italien mittels Bomben den Faschismus wiederhergestellt hätte, wäre der Verbrecher Esposti, als Beispiel genommen, dann bereit gewesen, das Italien seiner falschen und rhetorischen Nostalgie zu akzeptieren? Ein nicht konsumistisches, frugales und (wie er glaubt) heroisches Italien? Ein unbequemes und bäuerliches Italien? Ein Italien ohne Fernsehen und ohne Wohlstand? Ein Italien ohne Motorräder und ohne Lederjacken? Ein Italien mit im Haus eingesperrten und halbverschleierten Frauen? Nein: es ist offensichtlich, daß auch der fanatischste Faschist es für überholt hielte, auf all diese Errungenschaften des »Fortschritts« zu verzichten. Errungenschaften, die durch nichts anderes als ihre bloße Anwesenheit – die total und allumfassend geworden ist – allen Mystizismus und allen Moralismus des traditionellen Faschismus zunichte machen.

Der Faschismus ist also nicht mehr der traditionelle Faschismus. Was ist er dann?

Die jungen Leute der faschistischen Zeltlager, die jungen Leute der SAM, die jungen Leute, die Personen entführen und Bomben in die Züge legen, nennen sich selber »Faschisten« und werden so genannt; aber es handelt sich dabei um eine rein nominalistische Definition. Tatsächlich sind sie in jeder Hinsicht *identisch* mit der überwältigenden Mehrheit ihrer Altersgenossen. Kulturell, psychologisch, somatisch gibt es, wie gesagt, nichts, das sie unterscheidet. Sie unterscheiden sich nur durch eine abstrakte und aprioristische »Entscheidung«, die man nur erkennt, wenn sie ausgesprochen wird. Man kann zufälligerweise stundenlang mit einem jungen faschistischen Bombenleger sprechen, ohne zu merken, daß er Faschist ist, während bis vor zehn Jahren nicht nur ein Wort, sondern ein bloßer Blick genügte, um ihn zu unterscheiden und zu erkennen. Das kulturelle Umfeld, aus dem diese Faschisten kommen, ist höchst verschieden von dem traditionellen. Die letzten zehn Jahre italienischer Geschichte haben die Italiener dazu gebracht, mit »Nein« beim Referendum zu stimmen, aber sie haben – durch denselben tiefsitzenden Mechanismus – auch die neuen Faschisten hervorgebracht, deren Kultur identisch mit der Kultur derjenigen ist, die mit »Nein« gestimmt haben.

Bei diesen Faschisten handelt es sich übrigens um wenige Hunderte oder Tausende; und wenn die Regierung und die Polizei gewollt hätten, wären sie schon seit 1969 völlig von der Bühne verschwunden.

Der Faschismus der Anschläge ist also ein nomineller Faschismus ohne eigene Ideologie (denn diese wird zunichte gemacht durch die tatsächliche Lebensführung dieser Faschisten) und ist überdies künstlich: er wird nämlich von eben der Macht gewollt, die, nachdem sie pragmatisch den traditionellen Faschismus und die Kirche beseitigt hatte (den Klerikal-Faschismus, der in Italien tatsächlich eine kulturelle Realität war), entschied, Kräfte am Leben zu erhalten, die man der kommunistischen Subversion entgegenstellen konnte: eine regelrechte Mafia- oder Polizeistaatsstrategie. Die wahren Verantwortlichen der Anschläge von Mailand und Brescia sind nicht die jungen Ungeheuer, die die Bomben gelegt haben, noch deren finstere Hintermänner und Geldgeber. Deshalb ist es unnütz und rhetorisch, so zu tun, als schriebe man diesen Jugendlichen und ihrem nominellen und künstlichen Faschismus irgendeine wirkliche Verantwortung zu. Die Kultur, der sie angehören und die alle Elemente für ihren pragmatischen Wahnsinn enthält, ist, ich wiederhole es noch einmal, die der großen Mehrheit ihrer Altersgenossen. Nicht nur für sie ruft diese Kultur einen unerträglichen Zustand des Konformismus und der Neurose, und damit des Extremismus, hervor (eben jener Brand, den die Mischung aus Konformismus und Neurose erzeugt).

Wenn ihr Faschismus die Oberhand gewinnen sollte, wäre es der Faschismus eines Spinola, nicht der eines Caetano; es wäre also ein noch schlimmerer Faschismus als der traditionelle, aber doch kein Faschismus mehr im engeren Sinne des Wortes. Es wäre etwas, das wir in Wirklichkeit bereits erleben, und die Faschisten auf eine übersteigerte und monströse Weise; aber nicht ohne Grund.

Die anthropologische Revolution in Italien
Nachtrag

(...) Auch in den Städten des Westens – aber ich will vor allem von Italien sprechen – fällt einem auf der Straße die Gleichförmigkeit der Menge auf: auch hier bemerkt man keinen wesentlichen Unterschied mehr zwischen den Passanten (vor allem den jungen) in der Art, sich zu kleiden, zu gehen, ernst zu sein, zu lächeln, zu gestikulieren, kurz gesagt, in ihren Verhaltensweisen. Man kann also sagen, daß das Zeichensystem ihrer Körpersprache und Mimik keine Varianten mehr kennt und bei allen völlig gleich ist, wie bei der russischen Menge. Aber während das in Rußland ein so positives Phänomen ist, daß es begeisternd wirken kann, ist es im Westen ein negatives Phänomen, das einen in eine Stimmung versetzt, die an den endgültigen Abscheu und die Verzweiflung grenzt.

Die erste Aussage dieser körperlich-mimischen Sprache ist in der Tat diese: »Die Macht hat entschieden, daß wir alle gleich sind.«

Der Konsumterror ist der Terror, einem unausgesprochenen Befehl zu gehorchen. Jeder in Italien spürt den entwürdigenden Zwang, so zu sein wie die anderen, im Konsumieren, im Glücklichsein, im Freisein; denn das ist der Befehl, den er unbewußt empfangen hat und dem er gehorchen »muß«, wenn er sich nicht als Außenseiter fühlen will. Nie ist das Anderssein eine so schreckliche

Schuld gewesen wie in dieser Epoche der Toleranz. Diese Gleichheit ist nämlich nicht erobert worden, sondern ist eine als Geschenk erhaltene »falsche« Gleichheit.

Eines der Hauptmerkmale dieser Gleichförmigkeit in den Lebensäußerungen ist, neben der Versteinerung der verbalen Sprache (die Studenten sprechen wie Bücher; die Jugendlichen aus dem Volk haben die Gabe, Jargonausdrücke zu erfinden, völlig verloren), die Traurigkeit: die Fröhlichkeit ist stets übertrieben, zur Schau gestellt, aggressiv, verletzend. Die physische Traurigkeit, von der ich spreche, ist tief neurotisch. Sie geht auf eine soziale Frustration zurück. Heute, wo das zu verwirklichende gesellschaftliche Modell nicht mehr das der eigenen Klasse ist, sondern von der Macht aufgezwungen wird, sind viele eben nicht in der Lage, es zu verwirklichen. Und das erniedrigt sie schrecklich. Ich gebe ein kleines Beispiel. Früher war der Bäckerjunge immer und ewig fröhlich: eine echte Fröhlichkeit, die ihm aus den Augen sprühte. Pfeifend und mit Spottworten um sich werfend lief er durch die Straßen. Seine Vitalität war unwiderstehlich. Er war viel ärmlicher gekleidet als heute: die Hose war geflickt und oft sogar das Hemd ein Lumpen. Aber all das war Teil eines Modells, das in seiner Vorstadt einen Wert, einen Sinn hatte. Und er war stolz darauf. Der Welt des Reichtums hatte er eine eigene, genauso gültige Welt entgegenzusetzen. Er kam in die Häuser der Reichen mit einem naturaliter anarchischen Lachen, das alles verspottete, obwohl er vielleicht trotzdem respektvoll war. Aber es war eben der Respekt einer ganz und gar außenstehenden Person. Und was letzten Endes zählt: diese Person, dieser Junge war fröhlich.

Ist nicht das Glück das, was zählt? Ist es nicht um des Glücks willen, das man die Revolution macht? Das Leben der Bauern oder der Subproletarier enthielt ein gewisses »wirkliches« Glück. Heute ist dieses Glück mit dem Fortschritt verlorengegangen. Das bedeutet, daß der Fortschritt keineswegs revolutionär ist, nicht einmal, wenn er reformistisch ist. Er erzeugt nur Beklemmung. Nun gibt es Erwachsene meines Alters, die absurd genug sind zu meinen, daß der (beinahe tragische) Ernst, mit dem heute der langhaarige und schnurrbärtige Bäckerjunge sein in Plastik gewickeltes Paket trägt, besser sei als die frühere »alberne« Fröhlichkeit. Sie glauben, die Ernsthaftigkeit dem Lachen vorzuziehen, sei eine männliche Art, das Leben anzugehen. In Wirklichkeit sind es Vampire, die zufrieden sind, auch ihre unschuldigen Opfer in Vampire verwandelt zu sehen. Der Ernst und die Würde sind abscheuliche Pflichten, die sich das Kleinbürgertum auferlegt, das deshalb glücklich ist, wenn auch die Jungen aus dem Volk »ernst und würdig« sind. Ihnen kommt nicht einmal der Gedanke, daß das der wahre Abstieg ist: die Jungen des Volkes sind traurig, weil sie sich, angesichts ihrer nunmehr zerstörten Werte und kulturellen Modelle, ihrer sozialen Unterlegenheit bewußt geworden sind.

Die Kommunisten, die sich einbilden, daß sie (zum Beispiel mit dem Referendum) anfingen zu ernten, was sie gesät haben, merken nicht, daß die »Beteiligung« der Massen an den »formellen« großen geschichtlichen Entscheidungen in Wirklichkeit von der Macht gewollt ist, die eben einen Massenkonsum und eine Massenkultur braucht. Die »teilnehmende« Masse, auch wenn sie formell kommunistisch oder fortschrittlich ist, wird außerdem von der Macht manipuliert durch die Auferlegung »anderer« Werte und »anderer« Ideologien: ein Zwang, der im Alltag geschieht, in dem deshalb auch deren Annahme sich abspielt. Die Massen leben also neue Werte und neue Ideologien (den Klerikalismus einerseits, die Fortschrittlichkeit andererseits).

Die Glühwürmchen

»Die Unterscheidung zwischen Faschismus als Adjektiv und Faschismus als Substantiv geht sogar auf die Zeitschrift *Il Politecnico* zurück, also auf die unmittelbare

Nachkriegszeit...« So beginnt ein Aufsatz von Franco Fortini über den Faschismus (*L'Europeo*, 26.12.1974), ein Aufsatz, den ich, wie man das so sagt, voll und ganz unterschreibe. Seinen tendenziösen Beginn kann ich allerdings nicht unterschreiben. Die vom *Politecnico* getroffene Unterscheidung zwischen verschiedenen »Faschismen« ist nämlich weder angebracht noch aktuell. Sie konnte bis vor ungefähr zehn Jahren gelten, als das christdemokratische Regime noch die bloße Fortsetzung des faschistischen Regimes war.

Aber vor ungefähr zehn Jahren ist »etwas« geschehen. »Etwas«, was es nicht gab und was nicht vorhersehbar war, nicht nur zur Zeit des *Politecnico*, sondern nicht einmal ein Jahr, bevor es geschah (oder sogar während es geschah, wie wir sehen werden).

Der wirkliche Vergleich zwischen verschiedenen »Faschismen« kann also kein »chronologischer« sein, zwischen dem faschistischen Faschismus und dem christdemokratischen Faschismus, sondern ein Vergleich zwischen dem faschistischen Faschismus und dem radikal, total, unvorhersehbar neuen Faschismus, der aus dem »Etwas« hervorgegangen ist, was sich vor ungefähr zehn Jahren zugetragen hat.

Da ich ein Schriftsteller bin und mit anderen Schriftstellern polemisiere oder zumindest diskutiere, gestatte man mir eine poetisch-literarische Definition des Phänomens, das sich vor etwa zehn Jahren in Italien ereignet hat. Das wird unser Thema vereinfachen und abkürzen (und wahrscheinlich auch zu seinem Verständnis beitragen).

Am Anfang der sechziger Jahre begannen auf Grund der Luftverschmutzung und, vor allem auf dem Land, der Wasserverschmutzung (der blauen Flüsse und der durchsichtigen Bäche) die Glühwürmchen zu verschwinden. Das Phänomen ist blitzschnell vor sich gegangen. Nach wenigen Jahren gab es keine Glühwürmchen mehr. (Sie stellen jetzt eine recht schmerzliche Erinnerung an die Vergangenheit dar, und ein alter Mensch, der solch eine Erinnerung hat, vermag in der neuen Jugend nicht mehr seine eigene Jugend wiederzuerkennen und kann deswegen nicht mehr die schönen Nostalgien von einst haben.)

Dieses vor ungefähr zehn Jahren geschehene »Etwas« werde ich also »das Verschwinden der Glühwürmchen« nennen.

Das christdemokratische Regime weist zwei absolut unterschiedliche Phasen auf, die nicht nur untereinander nicht zu vergleichen sind, wozu ja eine gewisse Kontinuität nötig wäre, sondern sogar geschichtlich inkommensurabel geworden sind.

Die erste Phase dieses »Regimes« (wie die Radikalen es zu Recht immer genannt haben) umfaßt die Zeit vom Kriegsende bis zum Verschwinden der Glühwürmchen, die zweite Phase reicht vom Verschwinden der Glühwürmchen bis heute. Untersuchen wir sie getrennt.

Vor dem Verschwinden der Glühwürmchen. Die Kontinuität von faschistischem Faschismus und christdemokratischem Faschismus ist vollständig und absolut. Ich übergehe hier das, was man hierzu auch damals gesagt hat, vielleicht gerade im *Politecnico:* die ausgebliebene Säuberung, die Kontinuität der Gesetzbücher, den Polizeiterror, die Verachtung für die Verfassung. Ich beschränke mich statt dessen auf das, was für ein Geschichtsbewußtsein im Rückblick zählt. Die Demokratie, die von den christdemokratischen Antifaschisten der faschistischen Diktatur entgegengestellt wurde, war schamlos formell.

Sie beruhte auf einer absoluten Mehrheit, die durch die Stimmen vom Vatikan gelenkter enormer Mittelschichten und Bauernmassen zustande kam. Dieser Einfluß des Vatikans war nur möglich auf der Grundlage eines vollkommen repressiven Regimes. In diesem Universum waren die entscheidenden »Werte« dieselben wie im Faschismus: Kirche, Vaterland, Familie, Gehorsam, Disziplin, Ordnung, Sparsamkeit, Moral. Wie übrigens im Faschismus besaßen diese Werte durchaus einen gewissen Grad an Realität, da sie Bestandteil der besonderen und konkreten Kulturen waren, die das archaisch bäuerliche und frühindustrielle Italien bildeten. Aber in dem Augenblick, in dem sie zu nationalen »Werten« erhoben wurden, verloren sie zwangsläufig jede Realität und verwandelten sich in einen gräßlichen, dummen und repressiven Staatskonformismus, den Konformismus der faschistischen und christdemokratischen Macht. Die Provinzlermentalität, Roheit und Unwissenheit sowohl der Eliten als auch, auf einer anderen Ebene, der Massen blieben die gleichen während des Faschismus und in der ersten Phase des christdemokratischen Regimes. Musterbeispiele dieser Unwissenheit waren der Pragmatismus und Formalismus des Vatikans.

All das wirkt heute klar und unbestreitbar, während damals die Intellektuellen und die Oppositionellen unvernünftige Hoffnungen hegten. Man hoffte, das alles sei doch nicht ganz wahr und die formelle Demokratie zähle am Ende doch etwas.

Bevor ich von der zweiten Phase spreche, muß ich dem Übergangsmoment einige Zeilen widmen.

Während des Verschwindens der Glühwürmchen. In dieser Epoche konnte die vom *Politecnico* behauptete Unterscheidung zwischen Faschismus und Faschismus notfalls funktionieren. Weder das große Land, das sich innerhalb des Landes bildete – nämlich die von der KPI organisierte Masse der Arbeiter und Bauern –, noch die Intellektuellen, nicht einmal die schärfsten und kritischsten, hatten gemerkt, daß »die Glühwürmchen dabei waren zu verschwinden«. Sie waren recht gut durch die Soziologie informiert (die in jenen Jahren die marxistischen Analysemethoden in Schwierigkeiten gebracht hatte); aber diese Informationen waren noch keine »erlebten«, sondern größtenteils formelle. Niemand konnte sich vorstellen, wie die unmittelbare Zukunft aussehen würde, und genauso vermochte niemand das, was damals »Wohlstand« hieß, mit dem »Fortschritt« zu identifizieren, der zum ersten Mal in Italien zur Gänze den »Völkermord« verwirklichen sollte, von dem Marx im *Manifest* spricht.

Nach dem Verschwinden der Glühwürmchen. Die nationalisierten und deshalb verfälschten »Werte« des alten agrarischen und frühkapitalistischen Universums zählen auf einmal nicht mehr. Kirche, Vaterland, Familie, Gehorsam, Ordnung, Sparsamkeit und Moral zählen nicht mehr. Und selbst als falsche Werte haben sie keine Funktion mehr. Sie überleben im ausgegrenzten Klerikalfaschismus (auch die MSI lehnt sie im wesentlichen ab). Sie werden durch die »Werte« einer neuartigen Zivilisation ersetzt, die von der bäuerlichen und frühindustriellen Zivilisation vollkommen verschieden ist. Diese Erfahrung ist schon in anderen Staaten gemacht worden. Aber in Italien hat es mit ihr eine ganz besondere Bewandtnis, denn es handelt sich um die erste wirkliche »Einigung«, die unser Land durchgemacht hat, während sie in den anderen Ländern mit einer gewissen Logik auf die von der Monarchie und später von der bürgerlichen und industriellen Revolution durchgeführte Einigung folgte. Das italienische Trauma der Berührung zwischen einer vielfältigen »archaischen« Welt und der industriellen Nivellierung kennt vielleicht nur einen einzigen Präzedenzfall: Deutschland vor Hitler. Auch hier hat die brutale Gleichschaltung durch die Industrialisierung die Werte der verschiedenen Sonderkulturen zerstört; mit der daraus folgenden Entstehung enormer Massen, die nicht mehr traditionell (Bauern, Handwerker) und noch nicht modern (Bürger) waren, und die das entfesselte, wahnwitzige und unberechenbare Menschenmaterial der Nazitruppen gebildet haben.

In Italien geschieht zur Zeit etwas Ähnliches, aber auf noch heftigere Weise, denn die Industrialisierung der siebziger Jahre stellt eine entscheidende »Mutation« dar, auch verglichen mit der deutschen der zwanziger Jahre. Alle wissen nunmehr, daß wir nicht einfach »neuen Zeiten« gegenüberstehen, sondern einem neuen Abschnitt der menschlichen Geschichte, jener menschlichen Geschichte, die sich in Jahrtausenden mißt. Die Italiener hätten unmöglich schlechter auf dieses Trauma reagieren können, als sie es getan haben. Innerhalb weniger Jahre sind sie, vor allem in Mittel- und Süditalien, ein degeneriertes, lächerliches, monströses, kriminelles Volk geworden. Um sich davon zu überzeugen, genügt es, auf die

Straße zu gehen. Aber natürlich muß man, um die Veränderungen bei den Leuten zu bemerken, diese Leute lieben. Die Italiener habe ich leider geliebt; sowohl außerhalb der Schablonen der Macht (und sogar in verzweifelter Opposition dagegen) als auch außerhalb der volkstümelnden und humanitären Schablonen. Es handelte sich um eine wirkliche, in meiner Existenzweise wurzelnde Liebe. Ich habe also »mit all meinen Sinnen« verspürt, wie das von der Herrschaft des Konsums erzwungene Verhalten das Bewußtsein des italienischen Volkes umgemodelt, verformt und unrettbar erniedrigt hat. Während des faschistischen Faschismus hingegen war das nicht passiert, weil damals das Verhalten völlig vom Bewußtsein losgelöst war. Die »totalitäre« Macht erlegte vergeblich immer wieder ihre Verhaltensweisen auf; das Bewußtsein blieb davon unberührt. Die faschistischen »Modelle« waren bloße Masken, die man aufsetzte und wieder ablegte. Nach dem Ende des faschistischen Faschismus wurde dann alles wieder wie vorher. Das hat man auch in Portugal gesehen: nach vierzig Jahren Faschismus hat das portugiesische Volk den Ersten Mai so gefeiert, als ob es ihn zum letzten Mal im Jahr vorher begangen hätte.

Es ist deshalb lächerlich, wenn Fortini die Unterscheidung zwischen Faschismus und Faschismus auf die Zeit sofort nach dem Zweiten Weltkrieg zurückdatiert: Für die Unterscheidung zwischen faschistischem Faschismus und dem Faschismus dieser zweiten Phase der christdemokratischen Herrschaft gibt es nicht nur in unserer, sondern wahrscheinlich in der ganzen Geschichte keinen Vergleich.

Aber ich schreibe diesen Artikel nicht nur, um über diesen Punkt zu polemisieren, obwohl er mir sehr am Herzen liegt. In Wirklichkeit schreibe ich ihn aus einem ganz anderen Grund, der jetzt folgt.

Alle meine Leser werden sicher die Verwandlung der christdemokratischen Machthaber bemerkt haben: innerhalb weniger Monate sind sie zu Totenmasken erstarrt. Zwar stellen sie weiterhin ein strahlendes, unglaublich aufrichtiges Lächeln zur Schau. In ihren Pupillen leuchtet das wahre, selige Licht der guten Laune. Oder aber es handelt sich um das blinzelnde Licht der List und der Schläue. Was den Wählern offenbar genausogut gefällt wie die volle Glückseligkeit. Außerdem setzen unsere Herrschenden ihren unverständlichen Wortschwall unbeirrt weiter fort, in dem die leeren Worte der üblichen stereotypen Versprechungen treiben.

In Wirklichkeit sind sie eben Masken. Wenn man diese Masken abnehmen würde, bin ich sicher, daß man hinter ihnen nicht einmal ein Häufchen Knochen oder Asche fände: das Nichts wäre dort, die Leere.

Die Erklärung ist einfach: in Wirklichkeit gibt es heute in Italien ein dramatisches Machtvakuum. Aber, und das ist der Punkt, nicht ein Vakuum gesetzgebender oder ausführender Macht, kein Vakuum der Führungsmacht und schließlich genausowenig ein Vakuum politischer Macht in irgendeinem traditionellen Sinne. Sondern ein Machtvakuum an sich.

Wie sind wir zu diesem Vakuum gelangt? Oder, besser gesagt, »wie sind die Herrschenden dahin gelangt?«

Auch dafür ist die Erklärung einfach: die christdemokratischen Machthaber sind von der »Glühwürmchenphase« zur »Phase des Verschwindens der Glühwürmchen« übergegangen, ohne es zu merken. Sie waren sich dessen in keinster Weise bewußt, so sehr das auch an Kriminalität grenzen mag: es war ihnen nie in den Sinn gekommen, daß die Macht, die sie besaßen und ausübten, nicht einfach eine »normale« Entwicklung durchmachte, sondern dabei war, ihre Natur radikal zu verändern.

Sie gaben sich der Täuschung hin, daß in ihrem Regime alles im wesentlichen immer gleich bleiben würde und daß sie, zum Beispiel, in alle Ewigkeit auf den Vatikan zählen könnten; und sie merkten nicht, daß die Macht, die sie selbst weiterhin besaßen und ausübten, nichts mehr mit dem Vatikan als Mittelpunkt einer bäuerlichen, rückständigen und armen Ordnung anzufangen wußte. Sie glaubten, in alle Ewigkeit auf eine nationalistische Armee zählen zu können (wie eben ihre faschistischen Vorgänger); und sie sahen nicht, daß die Macht, die sie selbst weiterhin besaßen und ausübten, bereits manövrierte, um die Grundlagen neuer, weil transnationaler Armeen, beinahe technokratischer Polizeien zu schaffen. Und dasselbe gilt für die Familie, die seit den faschistischen Zeiten ununterbrochen zur Sparsamkeit und Moral angehalten wurde und der die Herrschaft des Konsums jetzt radikale Veränderungen auferlegt, bis dahin, die Einführung der Ehescheidung hinzunehmen; Veränderungen, denen potentiell keine Schranken mehr gesetzt sind (oder jedenfalls nur die Schranken, die von der Toleranz der neuen Herrschaft gesetzt werden, die noch schlimmer als totalitär ist, nämlich gewaltsam totalisierend).

Das alles hat sich über die Köpfe der christdemokratischen Machthaber hinweg abgespielt, während sie glaubten, es zu verwalten. Sie merkten nicht, daß es sich um etwas »anderes« handelte, das unvereinbar nicht nur mit ihnen war, sondern mit einer ganzen Form der Zivilisation. Wie immer (vgl. Gramsci) zeigten sich die Symptome nur in der Sprache. Während der Übergangszeit – also »während des Verschwindens der Glühwürmchen« – haben die christdemokratischen Machthaber beinahe schlagartig ihre Ausdrucksweise geändert und eine völlig neue Sprache angenommen (die übrigens unverständlich wie Latein ist); vor allem Aldo Moro, also (infolge einer rätselhaften Korrelation) gerade derjenige, der am wenigsten in all die schrecklichen Dinge verwickelt scheint, die seit 1969 im bis jetzt formell erfolgreichen Versuch, die Macht irgendwie zu bewahren, organisiert worden sind.

Ich sage »formell«, weil, wie bereits erwähnt, die christdemokratischen Potentaten mit ihren automatenhaften Manövern und ihrem Lächeln das Vakuum verbergen. Die wirkliche Macht geht ohne sie weiter, und in den Händen bleiben ihnen bloß noch die nutzlosen Apparate; das einzig Wirkliche an ihnen sind nunmehr die traurigen Zweireiher.

Aber in der Geschichte kann kein »Vakuum« existieren; es kann nur als abstraktes Prädikat »ad absurdum« vorkommen. Wahrscheinlich ist das »Vakuum«, von dem ich spreche, bereits dabei, sich durch eine Krise und eine

Neuordnung zu füllen, die zwangsläufig die ganze Nation erschüttern wird. Ein Anzeichen dafür ist zum Beispiel die »krankhafte« Erwartung eines Staatsstreiches. Beinahe so, als ob es sich nur darum handele, die Gruppe der Männer zu »ersetzen«, die uns dreißig Jahre lang auf so abscheuliche Weise regiert und Italien zur wirtschaftlichen, ökologischen, urbanistischen und anthropologischen Katastrophe geführt hat. Die falsche Ersetzung dieser »Marionetten« durch andere »Marionetten« (die auf noch finsterere Weise grotesk sind), durchgeführt mittels der künstlichen Verstärkung der alten faschistischen Machtapparate, würde in Wirklichkeit nichts nutzen (und es muß klar sein, daß in diesem Fall die »Truppe«, schon durch ihre Zusammensetzung, nazistisch wäre). Die wirkliche Macht, welcher diese »Marionetten« seit etwa zehn Jahren dienen, ohne deren Wirklichkeit zu bemerken, ist vielleicht das, was bereits das »Vakuum« ausgefüllt haben könnte (was auch eine mögliche Regierungsbeteiligung der großen kommunistischen Nation, die aus Italiens Ruin entstanden ist, zunichte machen würde; denn es handelt sich nicht ums »Regieren«). Von dieser »wirklichen Macht« haben wir abstrakte und im Grunde apokalyptische Bilder: wir können uns nicht vorstellen, welche »Formen« sie annähme, wenn sie sich direkt an die Stelle ihrer Diener setzen würde, welche sie für eine bloße »Modernisierung« der Techniken gehalten haben. Für mich (wenn das für den Leser irgendein Interesse haben sollte) ist jedenfalls eins klar: selbst wenn ich eine Multinationale wäre, gäbe ich den ganzen Montedison-Konzern für ein Glühwürmchen her.

Plädoyer für die Abschaffung des Fernsehens und der Pflichtschule

Die verschiedenen Fälle von Kriminalität, die mit apokalyptischen Tönen die Zeitungen erfüllen und unser reichlich erschüttertes Gewissen beschäftigen, sind keine

Zufälle, sondern offensichtlich Extremfälle einer tiefsitzenden und weitverbreiteten, ja massenhaften kriminellen Seinsweise.

Denn die Verbrecher sind nicht die Neofaschisten. Kürzlich hat ein Ereignis (die Ermordung eines Mädchens am Circeo) auf einmal alle Gewissen beruhigt und zu erleichtertem Aufatmen geführt, weil die Schuldigen des Mordes eben Faschisten aus Parioli waren. Es gab also zwei Gründe zur Freude: 1. wegen der Bestätigung, daß stets und nur die Faschisten die Schuld an allem tragen; 2. wegen der Bestätigung, daß die Schuld stets und nur die der privilegierten und moralisch verkommenen Bürger ist. Die Befriedigung, sich in diesem hergebrachten volkstümelnden Gefühl – und in der Richtigkeit der dazugehörigen moralischen Vorstellungswelt – bestätigt zu sehen, ist nicht nur in den kommunistischen Zeitungen explodiert, sondern in der ganzen Presse (die seit dem 15. Juni große Angst hat, hinter den Kommunisten zurückzubleiben). In Wirklichkeit ist die bürgerliche Presse buchstäblich glücklich gewesen, die Verbrecher aus Parioli beschuldigen zu können, weil sie diese durch die dramatische Beschuldigung *privilegierte* (nur die bürgerlichen Dramen sind wirklich wichtig und interessant) und sich gleichzeitig der alten Idee hingeben konnte, daß es überflüssig sei, sich mit proletarischen und subproletarischen Verbrechen allzusehr zu beschäftigen, da es a priori feststeht, daß Proletarier und Subproletarier Verbrecher sind.

Ich bin also der Meinung, daß auch der Mord am Circeo die übliche aggressive Welle journalistischer Idiotie in Italien hervorgerufen hat.

Denn, wie gesagt, die Kriminellen sind keineswegs nur die Neofaschisten, sondern auch, auf die gleiche Weise und mit dem gleichen Bewußtsein, die Proletarier oder Subproletarier, die vielleicht am 15. Juni kommunistisch gewählt haben.

Man denke an das Delikt der Brüder Carlino aus Torpignattara oder an das Verbrechen im Stadtviertel Cinecittà (ein Junge brutal zusammengeschlagen und in den Kofferraum des Autos gesperrt und das Mädchen von sieben

Jugendlichen aus der römischen Peripherie vergewaltigt und mißhandelt). Diese Verbrecher aus dem »Volk« – und im Augenblick beziehe ich mich, mit dokumentierter Genauigkeit, nur auf die Brüder Carlino – waren, ganz genau wie die Verbrecher aus Parioli, in bedingter Freiheit; sie genossen also dieselbe Straflosigkeit. Es ist deshalb absurd, die Richter zu beschuldigen, welche die Neo-Faschisten »auf freiem Fuß« herumlaufen ließen, wenn man nicht gleichzeitig und genauso energisch die Richter anklagt, welche die Brüder Carlino »auf freiem Fuß« herumlaufen ließen (und andere Tausende von jugendlichen Verbrechern der römischen Vorstädte).

Die Wirklichkeit ist diese: die extremen Verbrechen sind die Folge einer massenhaften tendenziell verbrecherischen Umgebung. Tausende von Fällen wie der des sadistischen »Festes« am Circeo oder brutaler Aggressivität aus Verkehrsgründen sind nötig, damit Dinge geschehen wie die von den sadistischen Pariolinern oder den Sadisten aus Torpignattara verursachten.

Was mich betrifft, so sage ich nun schon seit einigen Jahren, daß die römische Volkswelt eine »hassenswerte« Welt ist. Ich sage das zur Empörung der Spießbürger, vor allem derjenigen, die nicht glauben, welche zu sein. Und ich habe auch die Gründe dafür angegeben (die Jugendlichen aus dem Volk haben ihre eigenen moralischen Werte verloren, also ihre Sonderkultur mit ihren eigenen Verhaltensmustern usw.). Und hinsichtlich einer tendenziell kriminellen Welt wie der des römischen Volkes muß gesagt werden, daß die üblichen volkstümelnden Milderungsumstände nicht gelten: man muß sich mit derselben puritanischen und strafenden Härte wappnen, die wir gewohnheitsmäßig gegenüber den halbkriminellen Äußerungen des neofaschistischen Winzigkleinbürgertums zur Schau stellen. Denn die jungen römischen Proletarier und Subproletarier *gehören nunmehr völlig dem kleinbürgerlichen Universum an:* das kleinbürgerliche Modell ist ihnen endgültig aufgezwungen worden, für immer. Und ihre konkreten Vorbilder sind eben die idiotischen und brutalen Kleinbürger, die sie, in der guten alten Zeit, so sehr und so geistreich als lächerliche und widerwärtige Nichtigkeiten verachtet hatten. Die subproletarischen Peiniger des Mädchens aus Cinecittà sagten ihr nicht zufälligerweise, während sie sie wie ein »Ding« benutzten: »Wie du siehst, machen wir mit dir dasselbe, was sie mit Rosaria Lopez gemacht haben.« Meine private, alltägliche, existentielle Erfahrung – die ich noch einmal der beleidigenden Abstraktheit und Vagheit der Zeitungen und der Politiker gegenüberstelle, die diese Dinge nicht erleben – beweist mir, daß es zwischen den Bürgern Pariolis und den Subproletariern der Vorstädte keinerlei echten Unterschied in der Einstellung zur Wirklichkeit und im entsprechenden Verhalten mehr gibt. Dasselbe geheimnisvolle Gesicht, lächelnd und fahl, zeigt ihre moralische Unwägbarkeit an (ihr Schweben zwischen dem Verlust alter Werte und dem fehlenden Erwerb neuer; die völlige Abwesenheit jeder Meinung über die eigene »Rolle«).

Die direkte Erfahrung zeigt mir überdies, daß es sich hier um ein rein italienisches Phänomen handelt. Es gehört zum, übrigens veralteten, Konformismus der italienischen Medien, sich damit zu trösten, daß auch in anderen Ländern das Problem der Kriminalität existiert. Es existiert, soviel ist wahr; aber es spielt sich in einer Welt ab, in der die bürgerlichen Einrichtungen stabil und wirksam bleiben und also weiterhin ein Gegengewicht bilden. Was hat die italienischen Proletarier und Subproletarier größtenteils in Kleinbürger verwandelt, die obendrein ständig darum bangen, ob sie es auf der wirtschaftlichen Ebene auch wirklich sind? Was hat die jugendlichen »Massen« in tendenziell kriminelle »Massen« verwandelt? Ich habe es nunmehr Dutzende von Malen gesagt und wiederholt: eine »zweite« industrielle Revolution, die in Wirklichkeit in Italien die »erste« gewesen ist; der Konsumismus, der zynisch eine »reale« Welt zerstört und sie in eine vollkommen irreale verwandelt hat, wo keine Wahl zwischen Gut und Böse mehr möglich ist. Daher die Zweideutigkeit, welche die Verbrecher auszeichnet, und ihre Brutalität, ein Ergebnis der völligen Abwesenheit jedes herkömmlichen inneren Konflikts. In ihnen hat keine Entscheidung zwischen Gut und Böse stattgefunden. Eine Entscheidung hat es allerdings doch gegeben: die für die Versteinerung, für den Mangel an Mitleid.

Man beklagt in Italien das Fehlen einer modernen Polizei, die erfolgreich gegen das Verbrechen vorgeht. Was ich vor allem beklagenswert finde, ist das Fehlen eines klaren Bewußtseins über all das und das Überleben einer Fortschrittsrhetorik, die nichts mehr mit der Wirklichkeit zu tun hat. Heute muß man auf eine andere Art fortschrittlich sein und eine neue Weise erfinden, frei zu sein, vor allem im Urteil über diejenigen, die sich für das Ende des Mitleids entschieden haben. Man muß ein für allemal das Scheitern der Toleranz zugeben, die, wohlverstanden, eine falsche Toleranz und eine der wichtigsten Ursachen der Degeneration der jugendlichen Massen gewesen ist. Man muß also nachträglich urteilen und nicht a priori (das fortschrittlerische »a priori«, das bis vor etwa zehn Jahren galt).

Was sind meine beiden bescheidenen Vorschläge, um die Kriminalität zu beseitigen? Es sind zwei swiftische Vorschläge, wie ihre humoristische Definition auch ganz klar zeigt:

1. Sofortige Abschaffung der Pflicht-Mittelschule.
2. Sofortige Abschaffung des Fernsehens.

Was die Lehrer und die beim Fernsehen Beschäftigten angeht, so kann auch darauf verzichtet werden, sie aufzuessen, wie hingegen Swift vorschlagen würde, sondern sie können einfach Arbeitslosengeld beziehen.

Die Pflichtschule ist eine Schule der Einweihung in die kleinbürgerliche Lebensweise: dort werden unnütze, dumme, falsche und moralistische Dinge gelehrt, auch in den besten Fällen (also wenn heuchlerisch dazu aufgefordert wird, die falsche Demokratie der Selbstverwaltung, der Dezentralisation usw. anzuwenden: alles Schwindel). Außerdem ist eine Kenntnis nur dann dynamisch, wenn sie ihre Ausweitung und Vertiefung beinhaltet: ein bißchen Geschichte lernen hat nur dann Sinn, wenn man die Möglichkeit einer wirklichen geschichtlichen Kultur in die Zukunft projiziert. Ansonsten verfaulen die Kenntnisse: sie werden tot geboren, da sie keine Zukunft haben, und ihre Funktion ist also nur die, einen sklavischen Kleinbürger anstelle eines freien Proletariers oder Subproletariers zu erzeugen (also eines Angehörigen einer anderen Kultur, die ihn jungfräulich läßt, um eventuell neue wirkliche Dinge zu verstehen, während eines ganz klar ist: wer die Pflichtschule besucht hat, ist Gefangener seines winzigen Wissensradius und empört sich über jede Neuigkeit). Ein gutes fünftes Grundschuljahr genügt heute in Italien für einen Arbeiter und sein Kind. Es ist verbrecherisch, ihm einen Aufstieg vorzutäuschen, der eine Degradierung ist, denn dadurch wird er erstens eingebildet (wegen den paar kläglichen Sachen, die er gelernt hat) und zweitens (und oft gleichzeitig) quälend frustriert, weil die paar Sachen, die er gelernt hat, ihm nichts anderes verschaffen als das Bewußtsein seiner Unwissenheit.

Sicher, es bis zur achten statt bis zur fünften Klasse zu bringen, oder besser noch, bis zur fünfzehnten, wäre für mich, wie für alle, wohl das Beste. Aber da heutzutage die Pflichtschule in Italien genauso ist, wie ich sie beschrieben habe (und mich bedrückt wirklich die Idee, daß ihr noch eine »Sexualaufklärung« beigefügt werden könnte, etwa so, wie sie sich die *Paese Sera* vorstellt), ist es vorzuziehen, sie abzuschaffen in Erwartung besserer Zeiten, also eines *anderen* Fortschritts. (Das ist der Kern der Frage.)

Was das Fernsehen angeht, will ich keine weiteren Worte verlieren: was ich über die Pflichtschule gesagt habe, gilt hier noch unendlich viel mehr, da es sich nicht um einen Unterricht, sondern um ein »Beispiel« handelt; durch das Fernsehen werden die »Modelle« nicht ausgesprochen, sondern dargestellt. Und wenn das die Modelle sind, wie kann man verlangen, daß die unsicherste und schutzloseste Jugend nicht mehr oder weniger kriminell wird? Es war das Fernsehen, das auf der praktischen Ebene (es ist ein bloßes Mittel) das Zeitalter des Mitleids abgeschlossen und das hedonistische Zeitalter eingeleitet hat. Ein Zeitalter, in dem Jugendliche, die ebenso anmaßend wie frustriert sind aufgrund der Dummheit und gleichzeitigen Unerreichbarkeit der ihnen von der Schule und dem Fernsehen gebotenen Modelle, unaufhaltsam dazu neigen, entweder aggressiv bis zum Verbrechen oder passiv bis zum Unglücklichsein zu werden (was keine geringere Schuld ist).

Nun hat jede Öffnung der Schule oder des Fernsehens nach links nichts genutzt: die Schule und der Bildschirm sind autoritär weil staatlich, und der Staat ist die neue Produktion (von Menschheit). Wenn den Fortschrittlern also die anthropologische Situation eines Volkes wirklich am Herzen liegt, dann sollen sie sich unerschrocken vereinigen, um die sofortige Beendigung des Pflichtschulunterrichts und der Fernsehübertragungen zu verlangen. Das wäre nichts, aber es wäre auch sehr viel: einem Quarticciolo ohne abscheuliche kleine Schulen, das seinen Abenden und seinen Nächten ausgeliefert wäre, würde es vielleicht helfen, ein eigenes Lebensmodell wiederzufinden, das zwischen dem vergangenen Modell und dem gegenwärtigen angesiedelt wäre. Sonst ist alles, was man über die Dezentralisierung sagt, dumm aprioristisch oder gewollte Täuschung.

Was den Informationsfluß zwischen dem Quarticciolo – wie jedem anderen »Kulturort« – und dem Rest der Welt angeht, wären die Wandzeitungen und *L'Unità* völlig ausreichend, um sie sicherzustellen; und vor allem die Arbeit, die in einem solchen Zusammenhang natürlich einen anderen Sinn erhielte und dazu neigen würde, endlich einmal und aus freien Stücken, die Lebensweise und das Leben zu vereinigen.

Pier Paolo Pasolini, *Scritti corsari* (Auszüge)

.... **Pier Paolo Pasolini,** 1922 in Bologna geboren, lebte bis 1950 zum Teil in Friuli, schrieb Gedichte auf Friaulisch und war dort Dorfsekretär der Kommunistischen Partei. Nachdem die Polizei ihn wegen Homosexualität angezeigt hatte, wurde er aus der KPI ausgestoßen und zog nach Rom. Anfangs wirkte er vor allem als Poet, Kritiker und Romanautor, ab 1961 auch als Filmregisseur. Er wurde schnell zu einer der umstrittensten und auch gehaßtesten Figuren Italiens und stand häufig vor Gericht, vor allem wegen Obszönität oder Beleidigung der Religion. Im November 1975 wurde er von einem Strichjungen am Strand von Ostia bei Rom ermordet. Seitdem hat er gleichzeitig den Status eines Nationalheiligtums, das von allen Seiten, einschließlich den Katholiken und den Faschisten, für sich in Anspruch genommen wird, und das Flair des auch heute noch »unbequemen« oder »skandalösen« Autors: ein erstaunliches »Kunststück«.

Bis zur Mitte der sechziger Jahre war Pasolini überzeugt, die von ihm liebevoll beschriebenen Subproletarier, vor allem die der römischen Vorstädte, würden sich nie in die kapitalistische Gesellschaft integrieren. Unabhängig von ihrem politischen Bewußtsein waren es – so Pasolini – ihr gelebtes Leben, ihre »Fröhlichkeit«, die völlig unbürgerlich waren. Die schnelle »Eroberung« dieser Welt durch die gleichmachende Konsumgesellschaft versetzte ihn deshalb in Erbitterung. Seine Artikel über diesen »neuen Faschismus« nahmen äußerst dramatische Töne an, vor allem die ab 1973 regelmäßig auf der ersten Seite der gutbürgerlichen Tageszeitung *Corriere della Sera* veröffentlichten, mit denen er heftige Polemiken auslöste.

Seine Beschreibung der Konsumgesellschaft und des Verschwindens der traditionellen Klassen durch den Sieg der warenförmigen Vergesellschaftung war zwar nicht wirklich neu, aber nie vorher war sie in Italien vor so großem Publikum, so leidenschaftlich und mit der ganzen Emphase eines »Gewissens der Nation« vorgetragen worden. Es bleibt Pasolinis Verdienst, sich als einsamer Rufer in der Wüste dem Fortschrittsrausch der Linken entgegengestellt zu haben. Ein Opportunist war er nicht. Allerdings fehlten nicht die volkstümelnden, ja »völkischen« Töne in dieser Kritik (was auch das heutige Interesse von rechts ihr gegenüber erklärt), die im Volk den Hort einer reinen, unverdorbenen Menschheit sah; wobei die »linke« Identifizierung dieses Volkes mit den Arbeitern und Bauern gelegentlich die Züge eines »Proletkults« annahm.

Es kann nicht übersehen werden, daß sich Pasolinis »Ketzertum« in Grenzen hielt und oft mehr im Ton lag. Seine Verherrlichung der anarchischen und vitalen Instinkte des Volkes vertrug sich schlecht mit seinem Vertrauen in die Kommunistische Partei. Dieser, so schlecht sie ihn auch behandelte, hielt er eine Treue, die würdelos genannt werden darf und die er, wie es so viele andere auch taten, für moralisches Verantwortungsbewußtsein ausgab. Noch 1971 schrieb er: »Wenn ich in die KPI eintreten könnte, so täte ich es und würde dementsprechend / mit einer Loyalität handeln, die auch das Gewissen zum Schweigen bringen könnte. / Es wäre nicht das erste Mal, daß ein Mensch gezwungen werden muß, / zwischen zwei kompromißlerischen Leben zu wählen, und sich ergibt. / Übrigens habe ich immer respektvoll gegen die KPI opponiert und eine Antwort / erwartet auf meine Einwände.« Insofern ist es nicht erstaunlich, daß er 1968 mit den »proletarischen« Polizisten sympathisierte, als diese die »bürgerlichen« Studenten verprügelten: eine Folge seines rigiden Klassendenkens und der Überzeugung, die Aktivität in der Kommunistischen Partei sei die einzig richtige Form des Gesellschaftsprotestes. Auch seinen Vorschlag zur Abschaffung des Fernsehens beeilte sich der angeblich so »apokalyptische« und »ketzerische« Pasolini sofort als »humoristisch« zu bezeichnen: wie man sieht, waren seine Polemiken eben immer sehr »respektvoll«.

Verschiedene Kulturmodelle, Die anthropologische Revolution in Italien, Die Glühwürmchen und *Plädoyer für die Abschaffung des Fernsehens und der Pflichtschule* sind am 9.12.1973, 10.6.1974, 1.2.1975 und 18.10.1975 im *Corriere della Sera* erschienen, *Die anthropologische Revolution – Nachtrag* als Interview am 11.7.1974 in der Zeitschrift *Il Mondo*. Alle Artikel wurden dann in die *Freibeuterschriften* (1975) aufgenommen, außer *Plädoyer (...)*, das in den posthumen *Lutherbriefen* (1976) erschienen ist. *Die anthropologische Revolution in Italien* und *Nachtrag* werden hier mit Kürzungen wiedergegeben.

.... Anmerkungen

Seite 226: *Neinstimmen* – Erst 1970 war in Italien die Scheidung eingeführt worden. Katholische Kreise hatten ein Referendum dagegen in die Wege geleitet, das erste in der Geschichte der italienischen Republik. Aber am 12.5.1974 stimmte eine unerwartet große Mehrheit, 59%, gegen die Abschaffung der Scheidung (Neinstimmen), was nachträglich der Kommunistischen Partei (KPI) unrecht gab, die einen Sieg des »Ja« gefürchtet und sich sehr opportunistisch verhalten hatte.

Seite 227: *Blutbad* – Die starken und andauernden Protestbewegungen nach 1968, die auch die Arbeiterschaft erfaßten, und die Gefahr, daß sie der traditionellen Kontrolle durch die KPI entglitten, riefen als Reaktion die sogenannte »Strategie der Spannung« hervor: Teile des Staatsapparates schürten in Zusammenarbeit mit Geheimdiensten und rechtsextremen Terroristen ein Klima der Angst.

Den Beginn stellte ein Anschlag dar, dem am 12.12.1969 in einer Mailänder Bank sechzehn Menschen zum Opfer fielen; die bei Abfassung dieses Artikels letzte Bombe hatte am 28.5.1974 in Brescia sechs Menschen während einer Gewerkschaftskundgebung getötet.

Seite 229: *Esposti* – Der Rechtsextremist G. Esposti wurde im Mai 1974 bei einem Feuergefecht mit der Polizei getötet, die ein paramilitärisches Trainingslager ausgehoben hatte.

Seite 229: *SAM* – Neofaschistische Schlägertruppe.

Seite 231: *Caetano* – In Portugal stand seit 1968 M. Caetano als Nachfolger Salazars an der Spitze eines faschistischen Regimes traditioneller Art. Im April 1974, also wenige Wochen vor dem Erscheinen dieses Artikels, fand ein Militärputsch statt, der anfangs den General Spinola an die Macht brachte. Als Pasolini diese Zeilen schrieb, konnte das, was dann während anderthalb Jahren die Züge einer wahrhaften Revolution annehmen sollte, noch als ein reiner Machtwechsel innerhalb der reaktionären Militärkaste erscheinen.

Seite 233: *Il Politecnico* – 1945 gegründete linksstehende Kulturzeitschrift, 1947 unter dem Druck der KPI wegen mangelnder Linientreue eingestellt. Der Poet und Essayist Franco Fortini (1917–1994) war einer ihrer Redakteure.

Seite 235: *Die Radikalen* – Protestpartei, die vor allem in den siebziger Jahren stark war und der Pasolini in seinen letzten Lebensjahren nahestand.

Seite 236: *Völkermord* – Dieses Wort findet sich nicht im *Kommunistischen Manifest.* Vielleicht dachte Pasolini an die Stelle, wo vom »industriellen Vernichtungskrieg der Nationen untereinander« die Rede ist (*Marx-Engels-Werke,* Band 4, Berlin 1983, S. 485).

Seite 237: *MSI* – Movimento Sociale Italiano, 1946 gegründete neofaschistische Partei, 1993 in Alleanza Nazionale umgewandelt.

Seite 240: Antonio *Gramsci* (1891–1937) – Mitbegründer und seit 1924 Vorsitzender der KPI, verfaßte im faschistischen Kerker zahlreiche Reflexionen, unter anderem zur italienischen Geschichte und zur Linguistik *(Gefängnishefte).*

Seite 240: *Aldo Moro,* geboren 1916, einer der Mächtigen der christdemokratischen Partei, 1963 bis 1968 und 1974 bis 1976 Ministerpräsident, 1978 unter bis heute umstrittenen Umständen von den Roten Brigaden entführt und ermordet.

Seite 240: *Die Macht ... zu bewahren* – Die bereits erwähnte »Strategie der Spannung«.

Seite 241: *Montedison* – Koloß der Chemieindustrie.

Seite 242: *Ermordung eines Mädchens* – In einer Villa am Meer nahe dem Berg Circeo, südlich von Rom, vergewaltigten und folterten einige junge Faschisten aus dem römischen Reichenviertel Parioli zwei Mädchen und ermordeten eines davon, während das andere, Rosaria Lopez, durch Zufall überlebte. Das Verbrechen machte großen Eindruck, auch weil es Teil eines Anwachsens der Kriminalität war, das zur umstrittenen Verabschiedung neuer Gesetze zur Erweiterung der Polizeibefugnisse führte.

Seite 242: *15. Juni* – Datum der Kommunal- und Regionalwahlen von 1975, bei denen die Kommunisten starke

Stimmengewinne verzeichneten und nur noch knapp hinter der Christdemokratischen Partei lagen.

Seite 246: *Paese Sera* – Der KPI nahestehende Tageszeitung (mittlerweile eingegangen).

Seite 247: *Quarticciolo* – Volksviertel am südlichen Rand von Rom.

Seite 247: *L'Unità* – Tageszeitung der KPI, heute der Demokratischen Linkspartei (PDS).

Alberto Arbasino
Ein Land ohne

Ein Land ohne Gedächtnis
Ein Land ohne Geschichte
Ein Land ohne Vergangenheit
Ein Land ohne Erfahrung
Ein Land ohne Größe
Ein Land ohne Würde
Ein Land ohne Wirklichkeit
Ein Land ohne Antriebe
Ein Land ohne Programme
Ein Land ohne Pläne
Ein Land ohne Kopf
Ein Land ohne Beine
Ein Land ohne Kenntnisse
Ein Land ohne Sinn
Ein Land ohne Wissen
Ein Land ohne Selbsterkenntnis
Ein Land ohne Selbstwahrnehmung
Ein Land ohne Selbstverständnis
Ein Land ohne Zukunft?

Ein Land ohne kollektives Gedächtnis, mit allgemeinem und gründlichem Verlust des kollektiven Wissens, der kollektiven Geschichte, der kollektiven Realität, der kollektiven Kenntnisse?

Ein Land, das sich seiner Anthropologie nicht bewußt werden will und das seine Veranlagungen entschieden ablehnt; eine weitverbreitete Weigerung, die »geschichtlichen Kreisläufe« in genau dem Moment zu erkennen, in dem man sie erlebt oder wiedererlebt, wie Tragödien, die sich als Farcen wiederholen oder umgekehrt?

Ein Land, das im Traum lebt, ohne Zusammenhang mit der Wirklichkeit oder Beziehungen zum Existierenden, ohne Widerstand gegen die »Trips« in die Phantasie; ein Land, das sich selbst den Rücken zukehrt und das, wenn es Kräfte freisetzt oder Energien verwendet, hauptsächlich in ideologische und/oder wunschdenkerische und/oder bovaristische Verschwendungen investiert, ohne wahrnehmen zu wollen, daß nur allzuoft »all das schon einmal dagewesen ist«, und vielleicht sogar auf dieselbe Weise gerade das Unerwartete von heute, in der italienischen Vergangenheit, im lokalen Leben, und mehrere Male, nach sehr ähnlichen, sich wiederholenden und zwanghaften Schemata, mit (alles in allem) geringfügigen Varianten: die Gewalt, die Brutalität, die Unbeständigkeit, die Verantwortungslosigkeit, die Intoleranz, die Arroganz, die theoretische Ausführung, die abstrakte Debatte, die Asozialität, die Aggressivität, die Oberflächlichkeit, der Leichtsinn, die Streitbarkeit, die Kriminalität, die Pöbelei, die Flegelei, die Unfähigkeit, die Dieberei, das Banditentum, das Rowdytum, die Lebhaftigkeit, die Weinerlichkeit, die Schlauheit, die Skepsis, der Zynismus, das Melodrama, der Schlager, der Opportunismus, der Transformismus, der Machiavellismus, der D'Annunzianismus, die Gespreiztheit, der Betrug, die sogenannte Kunst des Sichdurchschlagens, das angebliche Dolcefarniente, die Widersprüchlichkeit in den Konformismen, die Straßenschlachten, die Jugendunruhen, die korporativen Konflikte, der Zank zwischen konkurrierenden Minderheiten, die Forderung nach Privilegien auf Kosten anderer, die Erfindung von nie verliehenen Vollmachten, die Haltlosigkeit und Unbeständigkeit in den Stellungnahmen, die Sucht nach Theatralik und Prozessionen, die Gier nach Zirkusapparaten, die in grabesmäßigen Demonstrationen vergeudeten Lebensenergien, der Massensnobismus, die Launenhaftigkeit der Prinzen und der Prinzipien, die öffentliche und private Überheblichkeit und Trägheit, die Unsicherheit und Unbestimmtheit des Rechts und der Justiz, die als Ernst verkleidete Oberflächlichkeit, das Getue und die Langeweile der akademischen Pedanterie, das Latinorum des Winkeladvokaten und das es begleitende Kanzleiprestige, die »Schlupfwinkel«, die »Bravi«, die in Festungen verwandelten Häuser, die darin verbarrikadierten Mächtigen, die Meuchelmörder an der Tür, das Brigantentum, die Banden, die Drohungen, die Racheakte, die Hinterhalte, die Entführungen, die Erpressungen, das Sichbewaffnen, das Sicheinschließen, das Gefangenemachen, die Betriebsamkeit und der Fleiß in der Herstellung von Todesinstrumenten und dann in ihrem Gebrauch, die falschen Kriege, die teuren Schlachten, die wahnwitzigen »Beweggründe«, die sinnlosen Spekulationen, die ruinösen Investitionen, der Widerwille gegen jeden Weitblick, die systematische Verstellung, die lächerlichen Rührungen, die anarchische Unbekümmertheit, der autarkische Provinzialismus, das Ernstnehmen von Dummheiten, die den Dingen entfremdete Sprache, der Wille, um jeden Preis »schlauer zu sein« als alle anderen, die »Verschlagenheit« *omnium contra omnes*, die Unduldsamkeit gegenüber jedweder »Position« anderer, die Gier danach, sich mittels Repression und Unterdrückung durchzusetzen, die Bürgersteigschlägereien und die Stadtviertelgegner, die an der Kleiderfarbe oder dem Haarschnitt erkannt und deswegen bekämpft werden ..., die Unbestimmtheit in den wichtigsten Angelegenheiten und die Gewaltsamkeit auch in den kleinsten und nebensächlichsten Sachen ...

Diese Liste mag unvollständig sein, vielleicht erscheint sie kleinlich oder ungerecht, aber sie ist den besten Autoren unserer Nationalliteratur entnommen, die, in den zwei »anormalen« Jahrzehnten des Lebens und der Geschichte unseres Landes (den fünfziger und sechziger Jahren) in der Schule gelesen, den Eindruck von Literaten machen konnten, die von unserer Wirklichkeit und unseren Charakteristiken »abgehoben« sind – und die hingegen (beginnend mit Dante) wiederkehren als durchaus nicht abstrakte, sondern sogar düstere Anthropologen kannibalischer Streitereien auch in den kleinsten Gemeinden und Dörfern, zwischen immer abstrakteren und entrückteren theoretischen Horizonten ...

... so daß in der besten Tradition der italienischen Literatur über Italien die berühmtesten Gedichte an das Land seitens der bekanntesten Dichter sicher nicht – nach mehreren Jahrhunderten – wiederholten, wie schön und gut, schlau, fleißig, »pfiffig«, lobwürdig und voll Ausdauer, Reife und Wachstum wir sind. Eher das Gegenteil, mit ziemlich gleichlautenden Ausdrücken, die weder angenehm noch verhüllend sind: »scabbia« (Krätze) reimt sich auf »gabbia« (Käfig), Auflodern von »wer richtete es so zu?«. Und genaue Anmerkungen, wie von Schreibern politischer Leitartikel: »wilde Bestien und zahme Herden«, »Volk ohne Gesetze«, »wenig seht ihr, und es scheint euch, viel zu sehen«, »dem Nachbarn schaden«, »der, den Finger erhebend, mit dem Tod scherzt«, »aber euer Blut fließt«, »nicht aus einem leeren Namen ohne Gehalt einen Götzen machen«, »aber den Ruhm sehe ich nicht«, »welche Fahlheit, welch Blut«, »wie oder wann fielst du aus solcher Höhe an so niedrigen Ort?«

Vielleicht log Petrarca, vielleicht übertrieb Leopardi? Glauben wir uns wirklich in solchen Umständen, behaupten zu können, Machiavelli, Guicciardini und Manzoni, um uns auf die am meisten zitierten zu beschränken, seien unzuverläßige Anthropologen oder sogar durch ihre Unzufriedenheit belastet? Und was ist finsterer, die Skizzen »eingefleischter Pessimisten« wie Leopardi und Gramsci oder die schmeichelhaften Porträts triumphalistischer Anthropologen wie Monti und D'Annunzio?

»Italia! Italia!« Die patriotischen Schreie und die Tausende von Nationalflaggen, die aus Tausenden von Autobusfenstern flattern auf dem Weg zum oder der Rückkehr vom sonntäglichen Stadion, bei Gelegenheit auch nur annähernd internationaler Treffen – und die entschiedene Weigerung, sich für irgendein staatsbürgerliches Thema oder irgendeine gesellschaftliche Angelegenheit einzusetzen.

Auch ein Vergleich oder eine Gegenüberstellung mit jenen Situationen, in denen man das Vaterland nicht schreiend hochleben läßt, noch es theoretisierend auf Distanz hält, sondern ernsthaft versucht, etwas für die unglückliche Nation zu tun.

Gleichschaltung der Charaktere, Austauschbarkeit und Fungibilität der für das Jahrzehnt charakteristischen gesellschaftlichen Figuren: der Chef, der Unangepaßte, der Terrorist, die Feministin, der Polizist, der Minister, der Halbstarke, der Beamte, der Experte, der Abgeordnete, der Drogenabhängige, der Lehrer, der Sänger; und die Geliebte. Die Literatur-, Film- und Theatergestalten sind untereinander austauschbar, an ihre Namen oder Gesichtszüge sich zu erinnern ist unmöglich, anders als vor ein paar Jahrzehnten.

Nicht nur geliebte Autoren wie Gadda, Palazzeschi oder Longhi, sondern auch die alte Bäuerin oder der alte provinzielle Herr wiesen die authentische Originalität derer auf, die vor dem Massenmedienzeitalter aufgewachsen waren, durch eine Schichtung absolut »persönlicher« Merkmale im Bereich der Kultur, der Sprache, der Gesichtszüge, der Kochkunst, der Ironie, der Kleidung, des Verhaltens und des Wortschatzes, erarbeitet in geschlossenen Gefäßen, die nur wenig Kontakt mit den benachbarten (individuellen und kulturellen) geschlossenen Gefäßen hatten: sie lasen nicht dieselben Zeitungen, aßen nicht dieselben Produkte, sahen nicht dieselben Fernsehprogramme und hatten das Wort noch nicht verflacht und vermengt.

Der Verrat, der Hinterhalt, die Falle: traditionelles, den Generalstäben wohlbekanntes italienisches Charakteristikum (»les Italiens ne se battent pas«), dem man stolz die vielen Toten für nichts, die Gemetzel, die Opfer, die Leidtragenden und den kühnen und stolzen Kult der Geopferten gegenüberstellt.

Entweder zehn Bewaffnete gegen einen Unbewaffneten, im Überraschungsangriff. Oder fünfhundertausend, die sich mit ungeeigneten Waffen, Pappschuhen, schwachsinnigen Offizieren, verräterischen Monarchen und großer nationaler Ruhm- und Trauerrhetorik abschlachten lassen.

Dann große Denkmäler für die Gefallenen, wofür alles Geld ausgegeben wird, das eigentlich für die Strukturen und Infrastrukturen der Zivilgesellschaft bestimmt war.

Merkmale des italienischen Kampfes und Kämpfers.

Ein Feind getötet: Sehr gut! Einer weniger!

Eine Ohrfeige für einen der »Unseren«: monumentale Proteste und Klagen.

Durch Zufall hingemordete Passanten: Dinge, die den Lebenden geschehen.

Überwachung in den Gefängnissen: dieser Staat ist unterdrückerisch.

(Immer so gewesen, in der Geschichte: die Grausamkeit mit der Waffe in der Hand, die Ermordung meistens durch Verrat, das ununterbrochene Klagen und Weinen der Gefangenen, die Mamma, die Tränenströme über ihr Kind vergießt, das ein anderes Kind verprügelt hat und dann zu ihr gelaufen ist, um sich zu beklagen.)

Würde eine wirklich radikale und totale Revolution endlich die ganze Ämter- und Ministerialbürokratie hinwegfegen, die Hauptverantwortliche für die Rückständigkeit und die Unordnung? Und ersetzte sie diese durch ganz andere Italiener, die auf absolut neue Weise regieren und verwalten?

Wo nimmt man die her?

Und für die anderen: was ist mit dem lebenslänglichen Arbeitsplatz? den erworbenen Rechten? den Beitragszahlungen? der Rente?

Italienische Städte und Regionen, die traurig oder wütend wiederholen: Niemand tut etwas für uns!

Von wievielen Städten oder Regionen anderer Staaten kann man sich vorstellen, daß sie dasselbe wiederholen? Das bombardierte Rotterdam? Das dem Erdboden gleichgemachte Dresden? Das überschwemmte Friesland? Das übervölkerte Ruhrgebiet? Die zu spärlich bevölkerte Steiermark? Das unfruchtbare Graubünden? ...

Die fetischistische Fixierung auf die »Stelle«, mit allem, was dazugehört in puncto Bürokratie, Sozialfürsorge und kleinbürgerlicher »Ehrbarkeit«; und das revolutionäre Streben nach einer festen und wenn möglich lebenslänglichen, vererbbaren, staatlichen, ewigen »Stellung« (neuer und ungewöhnlicher Zug der Subversion).

Das angespannte Gesicht und die wütende Anstrengung des italienischen Angestellten, der jeden Sonntag das Leben der lieben Gemahlin, der lieben Mamma und der lieben Kleinen riskiert, nicht, damit er um 20.15 Uhr statt um 20.30 Uhr zu Hause ankommt, sondern um mit seinem Fiat 127 »Special« einen Fiat 127 zu überholen, der nicht »Special« ist.

Typisch italienische Industrien, wie einst die Korallenfischerei und der Zitrusfrüchteanbau, aber mit beträchtlichem Umsatz: der Zigarettenschmuggel, der Drogenhandel, die Entführung von Besitzenden. Wenn man sie nicht bei den benachbarten Nationen findet, handelt es sich um echt italienische Spezialitäten? Aber wie tauchen sie in den Wirtschaftsstatistiken und den Budgets auf?

In der Wirtschaftslehre und den statistischen Erhebungen: neben den Gütern, den Dienstleistungen, den Exporten, der Schattenwirtschaft, dem tertiären Sektor, der Schwarzarbeit, der öffentlichen Dieberei usw. auch die Ökonomie des privaten Diebstahls und seines Personals. Diebe, Nachtwächter, Polizei, Privatpolizei, Versicherungen, Sachverständige usw. Zehn-, vielleicht Hunderttausende allein in Rom.

»Seinen Beruf gut ausüben«, war nicht so sehr ein Moralprinzip oder eine spießbürgerliche, überholte, obsolete Selbstverständlichkeit: es war eine sehr natürliche italienische Eigenschaft, ein instinktiver Zug, die »Freude an der gut gemachten Arbeit«, eine Freude wie die, ein Instrument gut und nicht schlecht zu spielen, gut Fahrrad oder Auto zu fahren, gut zu kochen.

Derzeit ist das Problem nicht so sehr das »so etwas können wir nicht mehr machen« in bezug auf Glas-, Keramik- oder Holzarbeiten, die sehr typisch für das italienische Handwerk und das italienische Manufakturwesen waren, also für die Kultur und das Wissen der Hand und des Auges, für die Schönheit und die Ungezwungenheit, die Tradition und das Erlernen der Materialien und der Techniken in Italien.

Es scheint sich eher um einen systematischen und verbreiteten Groll gegen das zu handeln, was man äußerst schlecht ausübt (und nie scheint irgendeine Aufgabe auf irgendeine Weise auf der Höhe des eigenen Selbstverständnisses zu sein), und um eine weitverbreitete Aggressivität und Feindseligkeit gegenüber Benutzern, Klienten und Empfängern.

Offensichtlich mehr eine Charakterstörung der Gemeinschaft als eine Form des Klassenkampfs (wie die allgemeine Verweigerung der Handwerkslehre), da Anbieter und Benutzer mit umkehrbaren Rollen derselben »arbeitenden« Klasse angehören.

Neue Angewohnheiten der »unteren« Klassen: in den Büros und den Wohnungen die Apparate, von der Klimaanlage bis zur Stereoanlage, bis aufs äußerste ausnutzen, als ob sie atavistische Bedürfnisse befriedigen müßten.

In der Mode, jede extreme Saisonneuigkeit annehmen und, anders als die »oberen« Klassen der Vergangenheit, den »alten Plunder« der vergangenen Saison wegwerfen und die »klassischen Sachen« ablehnen, es sei denn, diese wären Gegenstand eines Revivals.

War das jüngste Italien wirklich ein Land, in dem die Herrschenden und die Regierungen sich durch Härte, Gewalt und brutale Effizienz auszeichneten? Oder nicht vielmehr durch Ineffizienz, Ohnmacht, Schwäche, Unfähigkeit und Mattigkeit, die zusammen mit dem allgemeinen Verfall, dem hochtrabenden Geschwätz und den Aufschüben die unter den Bürgern verbreiteten Konflikte vergrößern? Und war es nicht außerdem ein Land, das nach einer sehr anomalen Periode des Wiederaufbaus und des Booms mit Befriedigung und Erleichterung sein altes »Selbst« wiedergefunden hat, mit allen traditionellen und liebgewonnenen Kennzeichen, die von Dante bis Gramsci immer gleich beschrieben worden sind: das Chaos von jeher, die ewige Streitsucht, die Übergriffe, das Opferlammspielen, die Intoleranz, die Präpotenz, die Gaunerei, die Brutalität im Kleinen?

Oder ist es hingegen auch für »die Leute« unbequem und unsympathisch, sich in einem finsteren Habitat mit Mühe durchzuschlagen, mit katastrophalen öffentlichen Dienstleistungen, schandbaren Infrastrukturen, Schulen, Gesundheitswesen und Justiz im Eimer, Banken, Tankstellen und Museen mit den kürzesten Öffnungszeiten und dem schlechtesten Service Europas, der verkommensten Fluggesellschaft der Welt, einer schlechteren Post als vor ein oder zwei Jahrhunderten, einer Armee, die jeden Krieg verliert, einer Polizei, die nie die wahren Schuldigen findet, Industrien, die Reichtümer verschlingen und Elend produzieren, Korporationen, die das Land im Namen ihrer eigenen Interessen anfallen, Politikern, die die Nation erdolchen, um andere Politiker zu verletzen – und das alles ist nicht einer gegen die Bürger gerichteten Bosheit von Unterdrückern oder Invasoren zuzuschreiben, sondern der Natur und der Initiative der Bürger gegen sich selbst ... in dem Zwangs-»Machismo« der Metalle, der fähig ist, alles gleichzeitig zu feiern und zu verherrlichen: sowohl die Metallkathedralen, die mehr Geld verlieren als verlorene Schlachten, als auch die Weigerung der Jugend, die Kathedralen zu verehren und die Metalle zu bearbeiten, als auch den nationalpatriotischen Unterhalt der Angestellten der metallischen und chemischen Niederlagen? ...

Oder zögen viele Italiener statt dem lieben, alten, wiedergefundenen »italienischen Durcheinander« nicht ein bißchen *Ordnung* vor (abscheuliches Wort, aber in der Praxis bedeutet es: da wir zusammenleben müssen, gebe ich dir keinen Fußtritt, wenn du in mein Geschäft kommst, unter der Bedingung, daß du mich nicht ohrfeigst, wenn ich an deinem Schalter erscheine), die viele sehr reiche und sehr arme Italiener in den Ländern suchen und finden (paradoxerweise zusammen), »wo die Dienstleistungen funktionieren«, aber zu Hause negativ und schimpflich finden?

Es genügt, von den kleinen Gruppen abzusehen, die in den größeren Städten die Zeitungen lesen und schreiben, und sofort scheint die ganze italienische Provinz Ivy Compton-Burnett, Palazzeschi oder Gadda recht zu geben: die wichtigsten oder grausigsten Themen des zeitgenössischen Lebens berühren vielleicht fünfhunderttausend Italiener auf fünfzig Millionen, etwa ein Prozent.

Polemiken und Kämpfe gegen das Schreckbild des »Systems«, das überall in einem System gesehen wird, wo die Institutionen Staat und Gesellschaft äußerst schwach und die Strukturen der Familie, der Korporationen, der Mafias und des Vorurteils – in allen Generationen – hingegen äußerst stark sind, mit allen Störungen des emotionalen Gleichgewichts, die von dem Streben nach falschen Zielen herrühren, welche die wahren Zwecke verbergen oder verheimlichen: wer hat dich so übel zugerichtet, wie du bist? Die Multinationalen, oder deine liebe Mamma?

Könnte sich Neapel je verwandeln wie Saigon? Keine Autos, harte Arbeit, Umerziehung der Angewohnheiten, Disziplin, Strenge, Sauberkeit, Samstagsarbeit, paramilitärische Umzüge am Sonntag, schmucklose Uniformen als Kleidung wie in Hanoi?

Wieso lassen Städte, die nicht groß sind und in »an sich« nicht reichen Gebieten liegen, wie Utrecht, Innsbruck oder Winterthur, sofort an kleine, international leistungsfähige Unternehmen und vielleicht an funktionierende Banken und Versicherungen denken, während Avellino, Catanzaro und Taranto nicht nur an die dramatische Unfähigkeit denken lassen, regionale und lokale Unternehmen zu organisieren, sondern vor allem an die, sich mit der Wirklichkeit auseinanderzusetzen statt mit Mythen, und noch mehr an die, die Dinge bei ihrem Namen zu nennen?

Warum keine Fiorucci in Potenza und Gucci in Cosenza erfinden, statt weiterhin frustrierte Humanisten und passive Stahlfabriken zu produzieren?

Neujahr. In Österreich kommen schon am Morgen, auch auf den abgelegensten Straßen, die Schneeräumer wiederholt vorbei. Im italienischen Radio: die Städte lahmgelegt durch einen Schneefall von wenigen Zentimetern, und »die Ereignisse dieser Tage nutzen, um Klarheit darüber zu erlangen und um im politischen Handeln die in den letzten Jahren von einer wachsenden Anzahl Experten eingebrachten Analysen und Vorschläge aufzugreifen, kann einen ersten Schritt darstellen, um diesen Teufelskreis zu durchbrechen«.

Im *Herald Tribune* Luftaufnahmen von der Autobahn an der holländisch-belgischen Grenze: auf der belgischen Seite ein halber Meter Schnee; auf der holländischen Seite alles schon geräumt.

In München, in Zürich, in den Schweizer, bayerischen und österreichischen Städten: die Geschäfte für Landwirtschaftsgeräte und Saatgut in den zentralen Einkaufsstraßen, und beinahe alle ländlich gekleidet in der Stadt. Nicht umgekehrt wie bei uns: hohe Absätze, Maximäntel, Miniröcke, spitze Schuhe und Pailletten zwischen dem Schlamm und Schnee der Apenninendörfer, und alle atavistischen Vorurteile und vererbten Tabus unversehrt ins Zentrum der Großstädte verpflanzt.

Typisch: wenn ein italienischer Gelehrter eine ausländische Zeitschrift abonnieren will, beschäftigen sich die Buchhandlungen nicht mehr damit, die Postämter nehmen nicht mehr als ein Abonnement auf einmal an und verlangen Dokumente, Belege, Bescheinigungen; oft kommt die Überweisung nicht beim Empfänger an. Wenn man Bücher im Ausland bestellen will, kann die Bezahlung nur in der Zentralstelle einer einzigen römischen Bank erfolgen –

in demselben Büro, das den schlangestehenden Ausländern das Geld wechselt – und mit einer ermüdenden und endlosen Prozedur, zu der die persönliche Anwesenheit des »am Verfahren Interessierten« erforderlich ist. Wenn ein italienischer Autor an ausländischen Zeitungen mitarbeitet, kann seine Bezahlung nur erfolgen, nachdem die Finanzbehörden, die Bezirksverwaltungen und andere Ämter eine Reihe von Formularen abgestempelt haben; aber da diese Ämter sich alle der Reihe nach unzuständig fürs Stempeln erklären, verhindert die Ermüdungsprozedur jede Überweisung von Summen nicht nur von Italien ins Ausland, sondern auch vom Ausland nach Italien. Es ist also angebracht, so wenig wie möglich zu arbeiten, sowohl im Ausland als auch im Inland (wo die kulturelle Produktivität von üblen Wirkungen der Mehrwertsteuer bestraft wird); oder es ist sogar besser und weiser, überhaupt nicht zu arbeiten.

In den Vereinigten Staaten ist es stets normal für die jungen Leute, das Elternhaus ziemlich früh zu verlassen, wie in Nordeuropa, und von einem Ende des Landes zum anderen umzuziehen, auch über Tausende von Kilometern hinweg, auf ihrer traditionellen Suche nach der eigenen Identität mittels direkter, allein gemachter Erfahrungen, unter hartnäckiger Bevorzugung der Hand- und Muskelarbeiten, die mit dem Körpernarzißmus, der Vorliebe für das Freie und der Verachtung für die Angestellten-, Verwaltungs- oder Schreibtischjobs einhergeht. (Auch Verblüffung bei den Nachbarn, wenn die Kinder nicht ausziehen: das heißt, etwas stimmt nicht: krank? unternormal? schwachsinnig?)

Bei uns hingegen, was für Dramen und Mißbilligungen, Klagen und Lästereien ruft das »Verlassen des Elternhauses« hervor, auch wenn man in das Haus gegenüber zieht; und für wie positiv hält man eine ausgedehnte, klebrige und fette Verwandtschaft, ganz und gar vereint und verbunden, »full time« und »für ewig«, zwischen Geschäften und Büros, Interessen, Mafias und vielen Schreibtischen, und überdies beim Essen und in den Ferien, und mit einer solchen Fixierung auf die Kinder, daß man das ganze Leben in »baby talk« spricht.

Während die großen internationalen Ausstellungen die wichtigsten Städte Europas berühren und sich davor hüten, bei uns haltzumachen, werden uns die einzigen bedeutenden Veranstaltungen von der Französischen Akademie oder dem Goethe-Institut gespendet. Unsere Institutionen hingegen sind rührend mit ihren kleinen, im Magazin zusammengekratzten Ausstellungen oder erwecken Mitleid durch die Profilneurose, den Fetischismus des verkaufsmesseähnlichen Aufbaus und den Schwulst und die Aufgeblasenheit des soziologischen Blablas in den Katalogen. Beaubourg in der Provinz. Und doch weiß man, daß unsere Museen die einzigen Dinge enthalten, die einem leichtfertigen Land wie dem unseren je einen Sinn verliehen haben; aber das leichtfertige Land läßt sie weiterhin dort, um zu verkommen, unter aller Augen, immer vernachlässigter und verfallener, und immer ohne Personal, in einer Gesellschaft, die von intellektuellen Arbeitslosen und Kulturassessoren wimmelt und überdies voller Geld ist, um sie für Schein-Arbeitsplätze in Industrieruinen zu vergeuden, die Milliarden kosten und immer neue verlieren ...

Es mag keine »Austerity« sein, aber es ist schon Autarkie; es ist jetzt leicht, im italienischen Leben sogar die Symptome des Mittelalters und die Anzeichen des Nahen Ostens auszumachen. Erstere sind umfangreicher und wichtiger, vor allem, wo es um Diebereien, Banditentum, Entführungen, korporative Schikanen, Herausforderungen zwischen Stadtvierteln und Racheakte zwischen Gruppen geht. Zweitere, feiner und kleiner, mehren sich durch eine immer mediterranere und süditalienischere und immer haltlosere Überbevölkerung an Orten und Plätzen, die vornehm oder berühmt waren und heute »Basare« sind, voll von zänkischem und lumpigem Kleinhandel, Bettelei, Taschendiebstahl und Müllhaufen wie die von gewissen längst gestorbenen päpstlichen Monsignori mittels Marmortafeln an den Kreuzungen verbotenen. Aber zu dem alten Bild des Verfalls und der Baufälligkeit kommen nunmehr verschiedene typische Merkmale »unserer« dreißiger Jahre hinzu: die charakteristischen Züge der Autarkie, des sich erbittert auf dem Grunde der Wirtschaftskrise windenden Nationalismus und des kulturellen Provinzialismus, wie immer aufs äußerste erregt und gekränkt zwischen den Mythen des Pariser Denkens und des Hollywood-Musicals.

Die typischen und unausbleiblichen gigantischen Hühnerställe verletzter Nationalempfindlichkeit, wenn die ausländischen Zeitungen uns Berichte oder Titelblätter widmen, die Gebrechen aufzeigen, an die wir uns vielleicht gewöhnen, während die anderen nicht imstande sind, sie auszuhalten. Wenn man flüchtig mitbekommt, »wie die anderen uns sehen«, und nicht, »wie wir uns sehen«, entsteht sofort der furchtbare Verdacht ungeheurer internationaler Komplotte, unseren Renaissanceverschwörungen ähnlich, aus ruchlosen Gründen und zu schändlichen verborgenen Zwecken... Welch unheilbare Pein: wenn *Newsweek* oder *Der Spiegel* oder *Le Monde* uns einen Artikel widmen, hält das ganze politische und journalistische Italien inne, schmachtet und schreibt Sturzbäche von Artikeln voll entrüsteter Standhaftigkeit, die ohne Antwort oder Echo bleiben; wenn wir hingegen etwas, selbst Einschneidendes und Schreckliches über die anderen Länder und ihre Zeitungen sagen, wird das nie aufgegriffen, denn es ist ziemlich klar, daß sie sich nicht sehr darum kümmern. Genau wie die Touristen, die hier mit ihren ältesten Kleidern, mit häßlichen Bündeln und Schuhen zum Wegwerfen ankommen und denen es aufrichtig egal ist, ob wir sie ansehen und kritisieren oder nicht; die »Italiener auf der Reise« hingegen, wie tragen sie ihre besten Kleidungsstücke zur Schau, wie stellen sie die »Accessoires« zusammen, wie kleiden sie sich für jede Gelegenheit um, und wie schrecklich leiden sie dann, weil sie sich ungesehen fühlen oder als charakteristisch beurteilt...

Der große Staatsmann: während die Nachbarländer ihre Infrastrukturen planten und ihre Kulturinstitute wiederaufbauten, um die Vergangenheit und die Zukunft zu organisieren – wieviele Berechnungen und Projekte, um alles zu lassen, wie es war, um die Lösungen aufzuschieben, damit sich ein Gleichgewicht der Kräfte herstellt, um die Probleme zu verschärfen, um die Parteiflügel zufriedenzustellen, um alles zu vermitteln, damit sich nichts verwirklicht. Wird er deswegen in die Hölle kommen?

An die Spitze der Institutionen gelangen bei uns bekanntlich vor allem Personen »für alles« und des »Ämterhäufungstypus« (gestern Bürgermeister und Rektoren, heute Oberintendanten und Präsidenten, morgen Direktoren oder Verwalter der Eisenbahnen oder der Heilbäder), umgeben von Scharen und Trupps von Leitern und Ränkeschmieden, von denen jeder Inhaber Dutzender anderer Stellen und Ämter ist, sowie Vertretern Dutzender von Parteien, Strömungen, Bewegungen, Fraktionen, Korporationen, Segmenten, Momenten, Gebieten, Sektoren, Komitees, Versammlungen und Interessen, also Trägern zahlreicher und unterschiedlicher Ansprüche, die oft unglaubliche und klägliche Einzel- und Gruppenidiotien von sich geben. Und mit der Tendenz, zwischen allem zu »vermitteln«, das heißt zu nichts zu kommen. Und mit enormen Klientelen unversetzbaren Personals und nichtsnutziger Funktionäre. Und mit der Grundidee, daß eine wahrhaft internationale Veranstaltung vor allem auf das »Umland« achten soll, also auf Mestre.

Das Rom von früher.

Ohne die nostalgische Elegie anstimmen zu wollen, wie schön alles mit zwanzig war – ohne sich je daran zu erinnern, wie verzweifelt man mit zwanzig war –, und wenn möglich unter Vermeidung der Sehnsüchte, die auch das vergangene Jahr streiften (ah 1977, das war »politische Bewegung«, ah 1978, das war Leben), beruht ein Vergleich mit dem Rom von vor zwanzig Jahren vor allem auf einer Tatsache: in den fünfziger Jahren schien es eine leere und sanfte Stadt, jetzt ist sie voll und brutal. Und natürlich wäre es ungerecht, die geistigen Anstrengungen, die es immer geben wird, sowie die vergangene Geschichte, das Durchhalten und/oder den Zusammenbruch, das Wachstum zu vernachlässigen. Vielleicht tut man auch schlecht daran, die »schmutzige Wäsche« zu zeigen, und es wäre besser, die »Sonnenstrahlen« zu suchen? Aber in der alltäglichen Erfahrung der Bürger sind es vor allem die Symptome der Dieberei und der Gewalt, die sichtbarer als früher erscheinen, sowie die Anzeichen der Angst: Handtaschenentreißen, Einbrüche, Schläge, Diebstähle, Attentate, Privatpolizei, Entführungen, bewachte Banken, zerstörte Autos, mehr und nicht weniger Schlösser, mehr Selbstverteidigung, mehr Waffen, Stadtviertelschlägereien, belagerte Büros, Racheakte. Wenn man also nicht die Frau der Illusion spielen will, sondern die Neue Objektivität, bleibt die offensichtlichste Tatsache eben die Brutalität: sicherlich wird sie von all den Ursachen hervorgerufen, die Soziologen, Ideologen, Politiker und Denker aufmerksam untersuchen, und vor allem von einer »wilden« Überbevölkerung, die, bei sinkenden Ressourcen, hauptsächlich Konfliktaggressivität hervorrufen kann. Man braucht keinen Verhaltensforscher, um uns das zu erklären: es genügt, auf der Straße die Typologie und die Mechanik des Handtaschendiebstahls durch Wegreißen zu beobachten: die beiden, die auf der Vespa langsame Kurven ziehen, und dann der Schrei des Opfers; oder durch das Guckloch an der Tür die Vorgehensweise der kleinen Banden zu beobachten, die Schraubenzieher und Brecheisen in die Türen einführen und dabei »Zum Teufel, zum Teufel, zum Teufel« wiederholen, und dann die verspätete Ankunft von Nachtwächtern, die nach Science-fiction-Laboratorien und Mutterhäusern des Expressionismus aussehen. Oder die Auseinandersetzungen zwischen großen Banden von Fußballfans, mit derselben Sprache und Verhaltensweise wie die Roten Brigaden, mit tödlichen Sprays, Slogans und Spruchbändern im Stadion; und bei der sonntäglichen Rückkehr die Gruppen auf dem Bürgersteig, die das Schließen der Türen und die Abfahrt der Autobusse abwarten, um Beleidigungen zu schreien und Gegenstände auf die Gruppen in den Autobussen zu werfen, die dann die Fenster zertrümmern, um sich mit Eisenstangen zu schlagen.

.... **Alberto Arbasino** wurde 1930 in Voghera (Lombardei) geboren und lebt in Rom. Er ist Autor zahlreicher Romane, Theaterstücke, Gedichte und Aufsätze, die sich durch eklektischen Stil, ironischen Grundton und die snobistische Haltung eines kultivierten Großbürgers auszeichnen. Von 1983 bis 1987 war er Parlamentsabgeordneter für die liberale Republikanische Partei. *Ein Land ohne – Ade, siebziger Jahre Italiens. Abschied von einem wenig geliebten Jahrzehnt* (1980) besteht aus einem Strom von Aphorismen und »Mikroaufsätzen« verschiedenster Art, von denen hier eine kleine Auswahl vorgelegt wird. Die siebziger Jahre Italiens erscheinen Arbasino als ein Irrenhaus, an dessen ideologische Rechtfertigungen er nicht glaubt; er macht dahinter stets wiederkehrende Konstanten der italienischen Geschichte aus. Zwar ist Arbasinos Perspektive die kopfschüttelnde des mißvergnügten Bürgers, der keinen Versuch unternimmt, die tieferen Gründe von so viel Unordnung zu verstehen; von den radikalen Protestbewegungen der siebziger Jahre sieht er nur die lächerliche oder irrationale Seite. Auch wirken einige der heftig beklagten Übel, wie der ideologische Fanatismus, heute Lichtjahre entfernt. Aber die Genauigkeit mancher Beobachtungen und der über 350 Seiten in alle Richtungen ausgestreute Sarkasmus machen aus diesem Buch einen interessanten, wenn auch höchst einseitigen Spiegel des zeitgenössischen Italien.

.... Anmerkungen

Seite 253: *Geschichtliche Kreisläufe* – Mit den *Corsi e ricorsi storici* meinte Giambattista Vico einen zyklischen Geschichtsverlauf, in dem jede Zivilisation zur Barbarei zurückkehren muß, um dann wieder erneut Zivilisation zu werden.

Seite 256: *Scabbia... Ort?* – Alle diese Zitate stammen aus Leopardis Gedicht *All'Italia* und, zum größeren Teil, aus dem Gedicht 128 von Petrarcas *Canzoniere*. Allerdings bezieht sich »Volk ohne Gesetz« bei Petrarca auf die deutschen Invasoren.

Seite 256: *Vincenzo Monti* (1754–1828) – Dichter und Übersetzer der Ilias.

Seite 257: Carlo Emilio *Gadda* (1893–1973), Autor experimenteller Romane; Aldo *Palazzeschi* (1885–1974), ursprünglich Futurist, zum Grotesken und zum Sprachspiel neigend; Roberto *Longhi* (1890–1970), Kunstkritiker und -historiker.

Seite 261: *Metallkathedralen* – Die hochsubventionierte und hochdefizitäre italienische Metallindustrie wurde, entsprechend der klassischen Kapitalismuskonzeption, von seiten des Staates wie der Gewerkschaften wie der jugendlichen Subversion als das entscheidende Schlachtfeld der gesellschaftlichen Auseinandersetzung angesehen, während Arbasino durchaus zu Recht auf ihr Obsoletwerden verweist.

Seite 262: Ivy *Compton-Burnett* (1884–1969) – Britische Romanautorin.

Seite 263: *Fiorucci, Gucci* – Modeindustrien in Norditalien, Exportschlager.

Seite 264: *Für ewig* – Im Original deutsch.

Seite 265: *Beaubourg* – Das »ultramoderne« Centre Pompidou in Paris.

Seite 267: *Mestre* – Industriestadt vor den Toren Venedigs.

‣ Leonardo Sciascia
Prezzolinis »Regeln des italienischen Lebens«

Ich habe einmal gelesen – oder erzählen hören –, daß Augusto Turati, Vorsitzender der Faschistischen Partei in den Jahren, in denen der Faschismus sich als diktatorisches Regime durchsetzte und die beinahe einmütige Zustimmung der Italiener fand, in einer seiner täglichen Berichterstattungen an Mussolini sich anläßlich gewisser Spekulationen der Familie Ciano die Bemerkung erlaubte, daß man die faschistischen Parteigrößen nunmehr in zwei Kategorien einteilen könne: die der Diebe und die der Deppen. Woraufhin Mussolini mit finsterem Blick sagte, daß er für den folgenden Tag die Liste der Diebe und die der Deppen verlange. Und Turati brachte sie ihm: Costanzo Ciano hatte er an die Spitze der Liste der Diebe gestellt, und Augusto Turati an die Spitze der Liste der Deppen. Die darauf folgende Maßnahme war es, Turati als Parteivorsitzenden »zurückzutreten«: denn im faschistischen Regime liefen die Absetzungen unter dem Namen Rücktritte, so wie in der Kommunistischen Partei die Rücktritte Ausschlüsse waren. Und es sollte erwähnt werden, daß auch Mino Maccari auf dieselbe Weise »zurückgetreten« wurde, weil er sich im Obersten Ausschuß für die schönen Künste der von Ciano gewollten Verwüstung der Via Grande in Livorno widersetzt hatte; und daher die scherzhafte, am 15. März 1942 im *Selvaggio* veröffentlichte Klage: »Gestürzt bin ich vom hohen erstrebten Felsen / wo an meiner Stelle bereits Oppo sitzt / Nun weint Strapaese in großer Trauer / Und auch Piacentini lacht einmal: / Groß ist die Straße, die mich klein machte / Obwohl ich sie liebte, und daß niemand sich darüber wundere / Aber wenn Du dort vorübergehst, sprich ein Gebet: / Der macht seinen Weg nicht, der eine Straße verteidigt / Ah, wie irrte ich mich, als ich zu hoch stieg! / Von mir sage ich, aber nicht mir zur Schande / (Wie mein Freund Bottai gut weiß) / Siena schuf mich; Tod gab mir Livorno.« Ein Depp also auch Maccari. Und diese beiden Beispiele, diese zwei Personen, die vom »hohen erstrebten Felsen« herabgestürzt sind, weil sie innerhalb des Faschismus an etwas glaubten (und nicht nur an den Faschismus selbst) und Grundsätze und Dinge verteidigen wollten, die zu verteidigen immer richtig ist, können uns auch zur Definition der beiden Kategorien führen, in die sich, laut Prezzolini, die Italiener unterteilen: die Schlauen und die Deppen. Und vielleicht hatte Augusto Turati melancholisch diese *Regeln des italienischen Lebens* vor Augen, als er konsequent die faschistischen Parteigrößen in zwei Kategorien einteilte und den Schlauen den genaueren Namen Diebe gab.

Prezzolini sagt: »Es gibt keine Definition des Deppen.« Und wenn wir behaupten würden (und dabei vielleicht Augusto Turati nachahmen), daß derjenige Bürger ein Depp ist, der nicht stiehlt, und umgekehrt, daß der diebische Bürger schlau ist? Hier ist zu bemerken, daß das größte Unheil unseres Landes nicht darin besteht, daß der diebische Bürger sich für schlau hält, sondern darin, daß auch der Bürger, der nicht stiehlt, ihn dafür hält und sich selbst masochistisch für einen Deppen: das erzeugt eine Atmosphäre der Straflosigkeit, Nachsichtigkeit und Bewunderung, die in gewissen Fällen und bei gewissen Gelegenheiten zur Nachahmung reizen kann hinsichtlich eines ganzen Spektrums von Diebstählen, das vom Nichtbezahlen des Eintritts im Theater und des Autobusfahrscheins bis dahin reicht, die Bücher der öffentlichen Bibliotheken und die Bestände der öffentlichen Museen mit nach Hause zu nehmen; von der Steuerhinterziehung bis zum Erhalt von Entschädigungen, Unterstützungen und Beiträgen, auf die man kein Anrecht hat; vom Bezug eines oder mehrerer Gehälter, ohne zu arbeiten, bis zur Geldverschiebung ins Ausland und so fort. Der Begriff des Diebstahls scheint sich nur auf Einbruch oder Raub zu beziehen, der nur dann vorliegt, wenn Gewalt ihn begleitet. Außer natürlich, wenn wir selbst die Bestohlenen sind; einzeln und direkt. Aber ein Diebstahl, der *alle* beraubt, der zum Schaden *aller* ist, erscheint als solcher nur den wenigen, die der beinahe ausgestorbenen Gattung der Moralisten angehören.

Und doch ist in Italien die Kategorie der Deppen viel zahlreicher als die der Schlauen. Nur daß sie, wie die Sklaven Senecas, sich nicht zählen (»Wenn die Sklaven sich zählen würden ...«). Und eine Vorstellung von der erdrückenden Mehrheit, welche die Deppen bilden würden, wenn sie sich nur ihrer Zahl bewußt wären, können wir uns anhand der vielen machen, die täglich und überall beklagen, nicht schlau zu sein. Da sie sich ihrer Zahl nicht bewußt sind und sogar den falschen Eindruck haben, die Schlauen seien in der Mehrheit, übertragen sie ihnen alle Macht; und vor allem dann – das ist das Paradoxe –, wenn sie über die Mittel verfügen, sie ihnen zu verweigern. Man kann also Prezzolinis Erkenntnis zustimmen, daß die Deppen, auch wenn sie intelligent sind, und obwohl sie sogar überhaupt der intelligente Teil sind (Prezzolini sagt: »Der Intelligente ist oft selber ein Depp«; aber wir neigen zu der Verbesserung, daß er es immer ist, wobei wir allerdings darauf hinweisen, daß man den Intelligenten nicht mit dem Intellektuellen verwechseln darf), an einer Komponente der Dummheit leiden, die sich besonders bei Wahlen äußert. »Im allgemeinen ist der Depp dumm. Wenn er nicht dumm wäre, hätte er seit geraumer Zeit die Schlauen verjagt.«

Man könnte fortfahren, jeden der zweiundsechzig Artikel dieser *Regeln des italienischen Lebens* zu glossieren, zu diskutieren und zu verbessern, die Prezzolini kurz vor 1920 geschrieben hat, als der Faschismus vor den Toren stand. Dieser stellte offensichtlich für Prezzolini eine Hoffnung dar: etwas, das endlich in der Lage sei, Hindernisse, Mängel, Ungerechtigkeiten und Fehler zu beseitigen. Der Artikel 62 (es ist angebracht, diesen Advokatenausdruck zweideutig zu gebrauchen) lautet: »Italien ist eine geschichtliche Hoffnung, die dabei ist, Wirklichkeit zu werden.« Aber Italien war damals nicht im Begriff, in ein Werden einzutauchen, sondern in eine Verfestigung, in eine Kristallisierung all des Negativen, all der moralischen und gesellschaftlichen Nichtigkeiten, die Prezzolini im italienischen Leben entdeckt hatte. Nicht im *ganzen* italienischen Leben, aber in dem Teil, der daraus hervorragte und noch hervorragt (die Spitze des Eisbergs). Aber es blieb, und es bleibt, ein unsichtbarer und unbekannter Teil, welcher der größte, reichste und an Fähigkeiten und Energie unvorhersehbarste ist und den wir – aber nur vage und annäherungsweise – stendhalisch nennen könnten. Und der schließlich der ist, der es diesem Land ermöglicht, zu leben, zu überleben. Malgré tout.

Aber wir werden hier keine Karte der Tugenden zeichnen, die der großen Karte der Mängel und Laster gegenüberzustellen wäre. Es erhebt sich eher eine Frage: Warum zerbrechen wir Spanier und Italiener uns mehr als jedes andere Volk den Kopf, um zu verstehen, wie wir sind, um die Nationalgemeinschaft mehr in ihren Lastern als in ihren Tugenden zu erforschen und um sie in Porträts (die unweigerlich auch Selbstporträts sind) und »Regeln« darzustellen? Eine ähnliche Jagd nach der Selbsterkenntnis findet man – goethisch – bei den Deutschen und – gogolisch – bei den Russen; aber ganz und gar nicht bei den Franzosen und den Engländern. Oder so scheint es mir jedenfalls, denn so sehr ich – in diesem Moment – im Gedächtnis suche, gelingt es mir nicht, in der französischen und englischen Literatur Beispiele einer so bangen und ständigen Befragung über das *ubi consistam* des Franzose- oder Engländerseins zu finden. Ganz im Gegenteil: es wird als selbstverständlich vorausgesetzt, daß es befriedigend und ein offensichtliches Privileg sei, Franzose oder Engländer zu sein. Keine Diskussion. Und wenn die Diskussion akzeptiert und dargestellt wird, wie in Giraudoux' Komödie *Siegfried*, in der ein Gedächtnisloser wählen kann, sich ein französisches oder ein deutsches Gedächtnis zuzulegen, kann die Diskussion, das Drama der Entscheidung, keinen anderen Ausgang haben als den des

Vorteils, Franzose zu sein. Nur Stendhal (und der eine oder andere Stendhalianer) hat es sich erlaubt, Italiener sein zu wollen: aber eben, weil er so sehr Franzose war.

Warum also befragen, porträtieren und selbstporträtieren sich Spanier und Italiener so zwanghaft, im Bewußtsein, daß es nicht die Schuld des Spiegels ist, wenn ihre Nasen krumm sind? Die unmittelbarste Antwort kann man in dem Wort finden, das Américo Castro als Leitmotiv der spanischen Geschichte bezeichnet: »inseguridad«, Unsicherheit.

Vor das erste Kapitel seiner *Realidad historica de España* stellt Castro als Motto diesen Satz von Galdos: »Die Unsicherheit, das einzige bei uns beständige.« Und er erklärt: »Wenn die Engländer und die Franzosen sich mit ihrer Vergangenheit konfrontieren, gehen sie von einem festen Glauben an sich selbst aus, der sich in scheinbar sicheren Formeln widerspiegelt: Empirismus und Pragmatismus, Rationalismus und Klarheit. Bis 1935 (mehr oder weniger) lebten die großen Völker Europas im Vertrauen darauf, eine normale und fortschreitende Geschichte zu besitzen, die auf ehrenwerten Grundlagen beruht, und manche leben immer noch so... Wie anders hingegen die Geschichte der Iberischen Halbinsel!... Von einer problematischen Gegenwart aus betrachtet, wird die Vergangenheit ein reines Problem, das den Betrachter zwingt, seine Aufmerksamkeit zu schärfen, da selbst die außergewöhnlichsten Ereignisse der entfernten Geschichte in die melancholischen Prophezeiungen eines fatalen und endgültigen Unterganges gehüllt zu sein scheinen. Die Vergangenheit wird also als Weissagung einer hypothetischen und unsicheren Zukunft empfunden.« Und es handelt sich um zwei Länder – Spanien und Portugal –, deren Glanzzeit viel weniger weit zurückliegt als das Römische Reich für die Italiener. Schon Guicciardini bemerkte, wie irreführend es sei, dem Beispiel der Römer folgen zu wollen, da die Eigenschaften und die Lage der Italiener in seinem Jahrhundert so »grundverschieden« von denen der Römer seien, daß es bedeuten würde, zu »wollen, daß ein Esel wie ein Pferd rennt«: und damals gab es wenigstens die Pracht der Künste und der Literatur (und die der Höfe). Und wie sah es erst nach der Einigung Italiens aus: mit der Niederlage bei Lissa, der Verlegung der Hauptstadt nach Rom, dem Beginn der süditalienischen Frage, dem Brigantentum, der Mafia, den öden Kolonialabenteuern, der Banca Romana, dem Transformismus und Klientelismus der Politiker, dem D'Annunzianismus, dem Faschismus …

Die Suche nach dem spanischen Charakter, nach dem italienischen Charakter ist wie das Streben nach einer Form, die ein fließendes, widersprüchliches und unsicheres Leben definieren könnte. Auf pirandellische Weise. Und die ihm ein Schicksal zuweist. Aber diese Suche steigt in die Vergangenheit ab und geht von einem Datum zum anderen, von einem Ereignis zum anderen zurück, so daß sie am Ende eine einzige Form findet: unbeweglich, unverrückbar, gewissermaßen »in vitro«. Menéndez Pidal findet sie in Pompeius Trogus: »Die scharfsinnigste Beschreibung des spanischen Charakters, die im Altertum gegeben wurde, die des Galliers Pompeius Trogus, sagt gleich zu Beginn, daß der Spanier einen Körper besitze, der zur Enthaltsamkeit, zur Arbeit und zur harten und strengen Nüchternheit in jeder Sache geeignet sei … Und von Pompeius Trogus bis heute wird oft eine ernste Einfachheit und mehr noch eine gewisse spröde Gleichgültigkeit erwähnt, mit der einige Lebensformen sich in Spanien bekleiden.« Was diejenigen Sizilianer angeht, von deren Charakter ein maßgeblicher Abglanz auf den italienischen Charakter fällt, können wir die Form bei Cicero finden: »Leute von scharfem und mißtrauischem Verstand, für die Händel geboren.« Und hier ist bemerkenswert, wie die Suche nach einer Identität, die Begierde, sich zu porträtieren und zu erkennen, und die erbarmungslose Bereitschaft zur Selbstkritik von Sizilien und den süditalienischen Regionen aus nach Norditalien vordringen: es ist also die Unsicherheit des Südens, die ganz Italien unsicher macht. Ein Lombarde oder ein Piemontese verspüren weniger als ein Sizilianer das Bedürfnis, sich als Lombarde oder Piemontese zu erkennen. Sie sind es in der Weise, wie ein Franzose ein Franzose ist. Erst beim Italienersein beginnt auch für die Piemontesen und die Lombarden das Problem. Und daher die Fragen, die Spiegel, die krummen Nasen und die »Regeln« wie die Prezzolinis. Und so wie die Dinge stehen, haben wir noch Zeit, und es werden uns nicht die Gelegenheiten fehlen, uns zu erforschen, zu definieren und zu geißeln. Unbußfertige Büßer.

Leonardo Sciascia, *Quel regno, questa repubblica*

.... **Leonardo Sciascia** wurde 1921 in Recalmuto (Sizilien) geboren. Im Mittelpunkt seiner international erfolgreichen Werke, deren Realismus oft stark dokumentarische Züge aufweist, stehen meist die dramatische Situation Siziliens, die Mafia und die Verteidigung der aufklärerischen Vernunft mit den Waffen einer bitteren Satire. Sciascia war einer der letzten »engagierten« Intellektuellen Italiens; von 1979 bis 1983 war er Parlamentsabgeordneter für die Radikalen. Er starb 1989 in Palermo.

Der hier übersetzte Text ist die Einleitung zu einer Sonderausgabe von *Prezzolinis Regeln des italienischen Lebens*, 1983 vom Mailänder Verlag Giuffré veranstaltet, dem der Herausgeber für die Erlaubnis zum Abdruck dankt.

.... Anmerkungen

Seite 271: *Familie Ciano* – Costanzo Ciano, faschistische Parteigröße aus Livorno (1876–1939); sein Sohn Galeozzo (1903–1944) war Mussolinis Schwiegersohn und 1936 bis 1943 Außenminister.

Seite 271: *Mino Maccari* (1898–1989) – Hauptvertreter der sich *Strapaese* nennenden Bewegung für die Rückkehr zu »echt italienischen« Werten in der Kultur. Die von ihm geleitete Zeitschrift *Il selvaggio (Der Wilde)*, zu der er neben Polemiken auch Gedichte und Epigramme beisteuerte, übte gelegentlich Kritik »von innen« am Faschismus.

Seite 271, 272: *Oppo... Livorno* – C. E. Oppo (1891 bis 1962), dem Regime gefälliger Maler; M. *Piacentini* (1881 bis 1960), wichtigster Architekt und Urbanist des Faschismus, der schreckliche Verwüstungen in den Innenstädten anrichtete; G. *Bottai* (1895–1959), 1936 bis 1943 Erziehungsminister, Anführer der »intellektuellen« Fronde innerhalb des faschistischen Regimes. Die letzte Zeile parodiert Dante, *Läuterungsberg*, V, 134; das ganze Gedichtlein ist in dantischen Terzinen gehalten.

Seite 274: *Siegfried* – Komödie (1928) von Jean Giraudoux (1882–1944).

Seite 275: *Américo Castro* (1885–1972) – Verfasser der 1954 in Mexiko erschienenen vieldiskutierten Deutung der spanischen Geistesgeschichte *Realidad historica de España.*

Seite 275: *B. Pérez Galdos* (1843–1920) – Spanischer Verfasser realistischer Romane.

Seite 275: *Esel wie ein Pferd...* – De Sanctis zitiert denselben Satz Guicciardinis.

Seite 276: *Lissa* – Vor dieser dalmatischen Insel erlitt die italienische Flotte 1866 eine schwere Niederlage im Krieg gegen Österreich.

Seite 276: *Hauptstadt* – In den ersten Jahren des geeinten Italiens war Turin Hauptstadt, dann Florenz, bis 1870 das noch dem Papst verbliebene Rom erobert wurde.

Seite 276: *Brigantentum* – Unter den besitzlosen Massen Süditaliens, denen die Einheit keinerlei Vorteile brachte, brach ein mehrere Jahre währender Guerillakrieg gegen die »Piemontesen« aus; das »Brigantentum« wurde blutig unterdrückt.

Seite 276: *Banca Romana* – Gewaltiger Korruptionsskandal 1892, der zum Sturz der Regierung Giolitti führte.

Seite 276: *Transformismus* – Ab 1876 gebrauchter Ausdruck für die Regierungspraxis, die Opposition zu »transformieren«, also zu überformen durch Beteiligung an den Pfründen und kleine Zugeständnisse.

Seite 276: *Pirandellisch* – Luigi Pirandello (1867–1936), Theaterautor, dessen Zentralthema die Suche nach einer nicht auffindbaren Identität ist.

Seite 276: *R. Menéndez Pidal* (1869–1968) – Spanischer Philologe und Literaturhistoriker, Autor von *Los Españoles en la historia* (1947).

Seite 276: *Pompeius Trogus* – Römischer Geschichtsschreiber der augusteischen Zeit, aus Südgallien stammend.

Anstelle eines Nachworts

Ennio Flaiano

Der Hauptfehler der Italiener

Ich glaube, der Hauptfehler der Italiener ist es, immer von ihren Fehlern zu sprechen. In keinem anderen Land würden solche Umfragen auf Sympathie stoßen; hier verlangt man nach ihnen. Die wenigen Male, die ich außerhalb Italiens gewesen bin, befand ich mich inmitten perfekter Völker, zwischen Leuten, die mir als Italiener gegenüber nicht ihr Mitleid für meine südländischen und mediterranen Fehler verbargen. Am Ende bin ich es leid geworden. Ich habe das Alter der Empörung überwunden und bin nicht mehr mit unseren Moralisten einverstanden, die es dem Durchschnittsitaliener vorwerfen, daß er kein soziales und moralisches Musterbeispiel ist. Der Durchschnittsitaliener ist so, wie er ist, und seine Fehler fangen an, mir zu gefallen. Es gefällt mir zum Beispiel, daß er meistens ein Lügner ist. Ich glaube nicht, daß er dreitausend Jahre in diesem Land hätte leben können, ohne die nackte Wahrheit einer vernünftigen Lüge anzupassen. In einem stets eroberten und besetzten Land verfügte der Italiener über ein einziges Mittel, um sich zu verteidigen: die Wahrheit verbergen oder zumindest verzögern. (Auch heute zwingt ihn der Staat durch viele seiner Organe dazu, lügnerisch oder heimlichtuerisch zu sein.) Es gefällt mir, daß er immer an Frauen denkt. Warum sollte er nicht immer an Frauen denken? Was gibt es schon Besseres? Die Männer vielleicht? Gut, laßt mir bitte meine eigenen Vorlieben. Es gefällt mir, daß er faul ist. Da er, obwohl er faul ist, soviel arbeiten muß, wie wäre es erst, wenn er nicht faul wäre? Es gefällt mir, daß er freundlich, rührselig, zynisch, verschwenderisch, unvorsichtig, frivol und pompös in seinen Zeremonien ist. Es sind Weisen, das Leben zu lieben, es verstehen zu wollen, es herauszufordern, es auszukosten. Es gefällt mir, daß er nicht sehr patriotisch ist. Das hat es ihm ermöglicht, die nationalistische Krise beinahe schmerzlos zu überstehen; es ermöglicht ihm heute, eines der am wenigsten rassistischen und intoleranten Völker zu sein, stets dazu bereit, die Tugenden der anderen Völker zu bewundern und ihre sichtbarsten Fehler nachzuahmen. Es gefällt mir, daß er meistens extrovertiert ist und gern in den Tag hineinlebt. Das hat es ihm ermöglicht, die Kunst zu lieben und sein Land durch Kunstdenkmäler anzureichern oder sie ohne allzuviel Bedauern zu zerstören. Es gefällt mir, daß sein Sinn für gesellschaftliche Beziehungen nicht sehr entwickelt ist. In den Ländern, wo dieser Sinn stark entwickelt ist, schützen die größten Garantien, der größte gegenseitige Respekt das Individuum nicht vor einer anderen Art von Einsamkeit. Die Fehler! Alle sprechen davon. Es mißfällt mir nicht einmal, daß der Norditaliener so viel auf den Süditaliener schimpft und ihm die Fehler vorwirft, die er, dank den veränderten wirtschaftlichen Umständen, seit ein paar Jahrzehnten nicht mehr hat. Ist das nicht vielleicht ein Beweis, daß der Italiener nicht über seinen Kirchturm hinausblickt? Gut, auch das gefällt mir. Es ist eine Weise, seinen Heimatort zu lieben, ein Beweis, daß der Italiener parteiisch seine Heimat liebt, da er sich als Teil von ihr erkennt, lebend und tot. Und es ist auch ein Beweis, daß zumindest auf der Ebene der Fehler die italienische Einheit (die man zu sehr in Zweifel zieht) vollbracht ist. Es gefällt mir schließlich, daß der Italiener zum Durcheinander neigt. Gibt es vielleicht ein anderes Mittel, um sich vor der Ordnung zu retten? Und ich gehe noch weiter: es gefällt mir, daß er sein »Privatinteresse« liebt, weil diese egoistische Liebe es ihm ermöglicht, seine wahre Begabung auszudrücken, die menschliche Solidarität in den wirklich schwierigen Momenten. Ich könnte so fortfahren. Wenn man von den Fehlern des Italieners spricht, nimmt man als Vergleichsmaßstab ein ideales Volk, das nirgendwo existiert, aber von dem wir, stets optimistisch (ein anderer Fehler!), glauben, daß es wirklich lebt und gedeiht. Und wie wir dieses unbekannte Volk bewundern! Wir denken nie daran, daß der Italiener seine Fehler als ebensoviele Formen der Verteidigung entwickelt hat, um sich einer geschichtlichen Realität, dem Klima, der Armut der Böden, der Enge der Meere, den verschiedenen geistigen und wirtschaftlichen Despotismen anzupassen; um schließlich so rational und sparsam wie möglich in seinen Lebensäußerungen zu sein, also sich selbst nützlich, und um weiterzugehen, um die Art zu erhalten. Ohne seine außergewöhnlichen Fehler würde der Italiener heute nicht existieren, und das wäre sehr schade. Die Natur, oder wenn wir so wollen, die Zivilisation hat dem Italiener eine große Aufgabe gestellt: zu überleben. Er erfüllt sie voll und ganz, seit Jahrhunderten, mit einem Einsatz, der das Vergnügen nicht ausschließt. Ein amerikanischer Schriftsteller (ich erinnere mich leider nicht an seinen Namen) fragte sich, was auf der Erde nach einem dritten Weltkrieg übrigbleiben würde. Seine Antwort: »Sicher fünfzig Millionen Italiener.« Das kann traurig sein, ist aber auch tröstlich. Alles in allem glaube ich, daß das viele Gerede, das man in den Zeitungen von den italienischen Fehlern macht, auch eine Form – die schlauste und eleganteste – der Verteidigung ist. Wenn man von ihnen spricht, versteht man sie am Ende und akzeptiert sie als die notwendige Garantie, daß wir in nichts perfekt sind, aber genügend lebendig und neugierig, was uns selbst angeht.

Ennio Flaiano, *Il difetto maggiore degli Italiani*

Inhaltsverzeichnis

Anselm Jappe
Italia docet oder Tua res agitur
.... 5

Giacomo Leopardi
Abhandlung über den gegenwärtigen Zustand der Sitten der Italiener
.... 35

Francesco De Sanctis
Der Mensch Guicciardinis
.... 87

Giuseppe Prezzolini
Die Regeln des italienischen Lebens
.... 117

Giovanni Ansaldo
Die Mittelschichten und die Arbeiter
.... 137

Fabio Cusin
Der Italiener
.... 147

Vitaliano Brancati
Rückkehr zur Zensur
.... 181

Giovanni Papini
Die »armen« Italiener
.... 191

Die Mißgeschicke des Buchs in Italien
.... 193

Ennio Flaiano
In Italien gibt es zuviele Italiener
.... 203

Pier Paolo Pasolini
Freibeuterschriften
.... 223

Alberto Arbasino
Ein Land ohne
.... 253

Leonardo Sciascia
Prezzolinis *Regeln des italienischen Lebens*
.... 271

Anstelle eines Nachworts
Ennio Flaiano
Der Hauptfehler der Italiener
.... 281

.... **Schade um Italien!**
Eine Sammlung von selbstkritischen Texten aus zweihundert Jahren, ausgewählt, eingeleitet und übersetzt von Anselm Jappe, ist im Mai 1997 als einhundertneunundvierzigster Band der *Anderen Bibliothek* im Eichborn Verlag, Frankfurt am Main, erschienen. Das Lektorat lag in den Händen von Gregor Wittkop.

Dieses Buch wurde in der Borgis Cheltenham Antiqua & Unitius Grotesk von Wilfried Schmidberger in Nördlingen gesetzt und bei der Fuldaer Verlagsanstalt auf holz- und säurefreies mattgeglättetes 100 g/m² Bücherpapier der Papierfabrik Niefern gedruckt. Den Einband besorgte die Buchbinderei G. Lachenmaier in Reutlingen. Ausstattung und Typographie von Franz Greno.

1. bis 8. Tausend, Mai 1997.
Von diesem Band der *Anderen Bibliothek* gibt es eine handgebundene Lederausgabe mit den Nummern 1 bis 999; die folgenden Exemplare der limitierten Erstausgabe werden ab 1001 numeriert. Dieses Buch trägt die Nummer:

7131

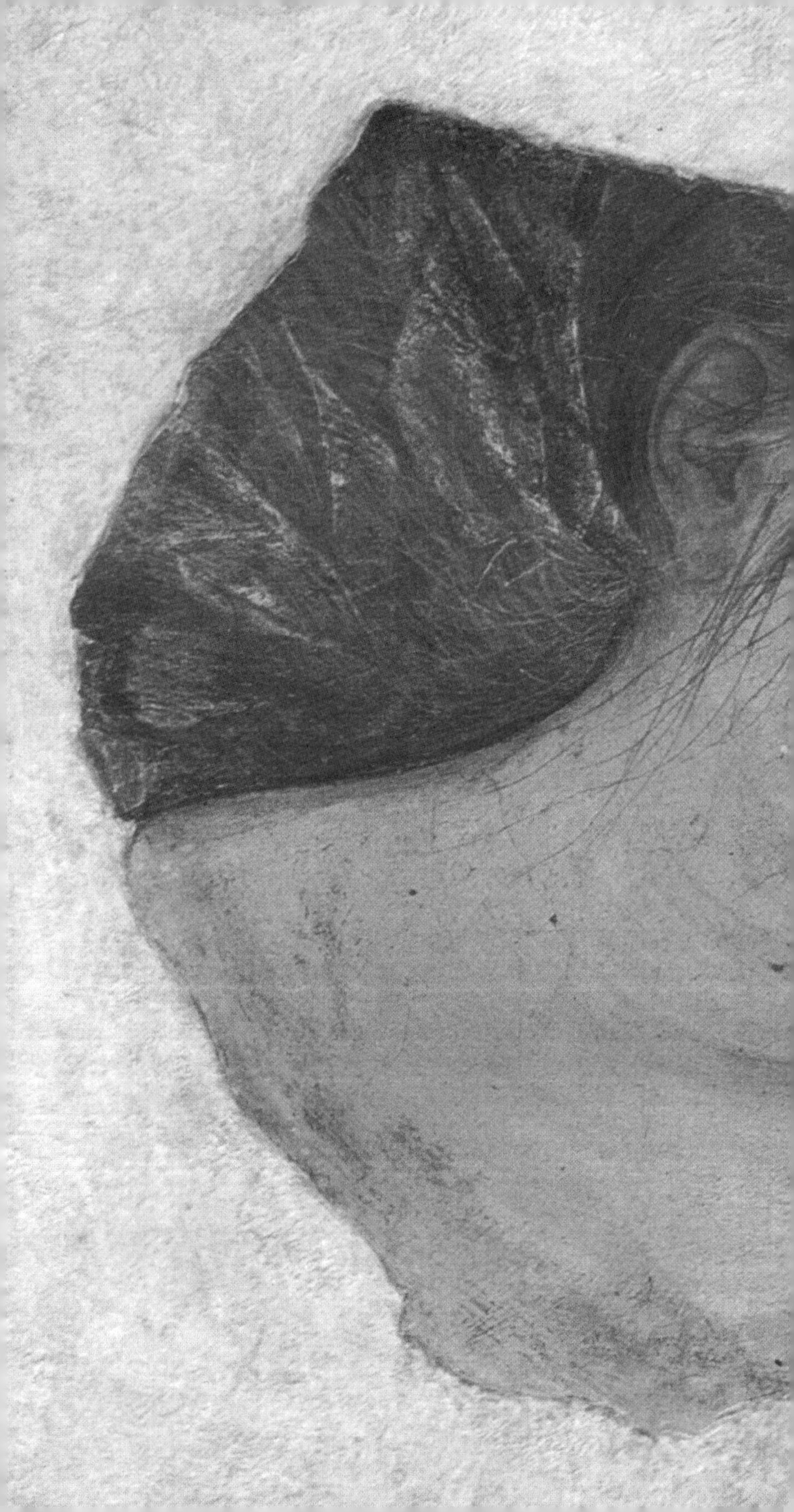